毕淑敏小说精汇
Save Breasts

拯救乳房

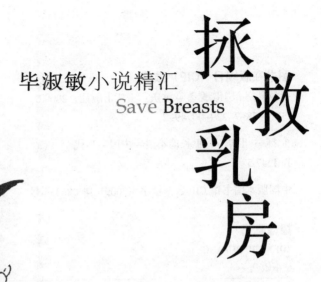

毕淑敏 著

重庆出版集团
重庆出版社

图书在版编目（CIP）数据

拯救乳房 / 毕淑敏 著.– 重庆：重庆出版社，2009.6
ISBN 978-7-229-00749-2

Ⅰ.拯… Ⅱ.毕… Ⅲ.长篇小说 – 中国 – 当代
Ⅳ.I247.5

中国版本图书馆 CIP 数据核字（2009）第 086335 号

拯救乳房
ZHENGJIU RUFANG

毕淑敏 著

出 版 人：罗小卫
策　　划：华章同人
责任编辑：陈建军
特约编辑：黄卫平　苏俊祎
封面设计：灵动视线

重庆出版集团
重庆出版社　出版

（重庆长江二路 205 号）

北京凯达印务有限公司　　印刷
重庆出版集团图书发行公司 发行
邮购电话：010–85869375/76/77 转 810
E-MAIL：sales@alphabooks.com
全国新华书店经销

开本：640mm×965mm　1/16　印张：21.5　字数：320千
2009年6月第1版　2009年6月第1次印刷
定价：32.00元

如有印装质量问题，请致电023–68706683

目　录

与狗有关的自杀

他越来越喜欢"自杀"这两个字了。

它们端庄宁静，充满魅力。无声旋转着的猩红引力，犹如巨大的橡皮，会把他所面临的匪夷所思的困境，涂抹干净。当他想到自己死后人们对死因的种种揣测时，冷峻的嘴角浮出了微笑。

没有人会猜出他的真实死因。他事业有成，历史清白。英俊有为，为人谦和。家有豪宅，出入汽车。也许唯一的缺憾是他还没有成家，壮年男子的这种状况，很容易让人和暧昧的习惯相联系。但他在私生活方面无可挑剔，没有情人，也不是同性恋。他规规矩矩地谈过恋爱，性格不合而分手，所以至今单身。

一如他严谨的工作作风，他对自杀也做了周密的研究。他在网上查了有关自杀的资料，据说女性多用服毒，男性多采自缢。这两种死法他都觉得有缺陷，关键是留下了全尸。

关于自杀的时间，香港一位硕士的论文以此为题，探讨在星期几自杀的人最多。他兴趣盎然地看下去，决定把终结自我的时刻，选在硕士认为最少发生自杀的日子。不料看完全文，才知道没法以自己的死和硕士开个小小玩笑了。资料表明，女性在周末自杀的人最多，但男性无此规律，分布平均。

他决定采取自爆的形式，地点选在一家狗肉馆。他喜欢狗，原本预计将来退休后，养一大群藏獒和一只京巴，不想来不及了。没有亲自养过狗，喜爱就更一往情深。他决定用自己的生命，为狗们做一件事情，让这家狗肉馆，因为有人曾在这里成功自杀，生意一蹶不振。

当他把一切计划安排妥帖以后，心情就稳定下来。经过狗肉馆的时候，他不由自主地对悬挂着的狗肉们说，别急，我就要来解放你们了。我的秘密也随之烟消云散。

叫醒魔鬼

某日，京城某报在最不显眼的版面上登出广告：

> 我知道你得了乳腺癌，我知道你手术后很孤独。我想把得了这种病的人聚在一起，成立一个心理小组，结伴前行。如果你想参加，请拨打程远青博士电话：××××××××询问详情。

程远青在自己家里，像在机场的候机楼里一样走来走去，路过穿衣镜的时候，对着里面那个面容清秀但不修边幅的形体，莞尔一笑。她本是穿着考究重视仪表的女人，知道提臀收腹，把一副略显衰败的中年妇女骨架，打造得挺拔紧凑。知道用极细颗粒的粉底，把面部填抹得依旧霜白。为了和病入膏肓的组员们打成一片，她毁掉精致，趋向朴素简约。

隽永生物公司资助小组，并把职员褚强配给程远青当助手，可惜没有办公室和专人值班。面向社会招募癌症组员，一应杂事必得程远青亲办，广告刊出的是程远青家中的电话号码。

程远青警觉如猎犬，睡觉的时候，仰面朝上，以利两只耳朵都能接收到声波。卫生间没有电话机，每次方便过后，她都先提着裤子跳出小门，仔细听听有无振铃，再按下水箱阀门，生怕冲水声淹没了一个报名者的希望。

电话响了。她急切地抓起话筒。

"我在报上看到你的帖子了，你究竟安的啥心啊？"

程远青察觉到对方的不解，很镇定地说："好心。"

"你有这病吗？"对方问。

"没有。"程远青如实作答。

"没得过这病，瞎掺和啥？想闹个啥外国学位，要不就是想得奖。诺贝尔什么的？"对方还挺渊博。

"我已经有外国学位了。凭这个得不了奖。不管是诺贝尔还是其他尔，全不够格。"

对方又追问道："卖票吗？"

程远青不明白："什么票？"

对方说："加入你那个组织，不要票啊？"

程远青答："不要票。"

对方穷追不舍："要不要钱呢？"

程远青说："也不要钱。"

对方大好奇，纳闷地问："一不卖票，二不收钱，那你图的是什么？"

这下真把程远青给难住了。说这是为了癌症病人的福祉，生命的终极关怀之类？想来她也不信。思忖一番，只得说："我得到一笔慈善捐款，专门用于癌症病人的康复，为他们排忧解难。"

话说到这会儿，对方一个大喘气，总算明白了，埋怨道："早说就跟庙里施粥似的，我就不和你啰唆了！"

程远青忍气吞声道："您是要报名参加这个小组吗？"

对方嘿嘿一乐说："阿弥陀佛，我可没得这种要命又说不出口的病。打个电话，凑个乐子。"说罢挂上电话。

程远青呆坐半天，缓不过气来。设想了一百种开张的方式，没想到竟是这样。

陪着先生到国外读书，程远青含辛茹苦，放弃专业，抚育幼女，打工助学。丈夫埋头读书之后，回家能吃到真正的手擀面和茴香馅的饺子。丈夫戴上博士帽的那天，正式宣布和她分居。程远青呆若木鸡，记得当时正在厨房里倒番茄酱，好像并没有听到玻璃瓶子落地的声响，遍地已是猩红泥泞。

"为什么？"她失声道。

"以前，电脑显像管是球面的，后来是柱面的，又发展到了平面……"丈夫回答。程远青茫然，想不出这两者的关联。"请你通俗点，别用专业术语。"程远青打断他的话，在失魂落魄中竭力保持着最后的尊严。

"我本不想说，但你一定要我说，就不要嫌我刻薄。你内存太小，硬件太差，CPU太慢。简言之，是个过时的球面管，而新的液晶显示屏更大更清晰，也更赏心悦目。"丈夫说。

这一次，程远青还是不很明白，但她确知事情已无可挽回。

西谚有言——一个丈夫消失的缺口，十个朋友才能填起。程远青此时悲哀地发现，这些年来，自己不但荒疏了学业，而且冷落了朋友。那缺口就孤零零地龇牙咧嘴，日夜飕飕冒出冷光。

她平静地接受了这一切，不需要解释，也没有哀求。干脆一步到位，和丈夫平和地离婚了。旁人以为是沉着，其实不过是绝望。丈夫要到硅谷任职，说把女儿带上，以后让孩子有一个好前程。程远青淡然说，你把女儿留下，这样容易和新人相处。丈夫先前一直绷出的强硬突然柔和了，说，给我个补偿的机会。程远青说，那你掏一份读博士的学费吧。先生说，这你放心，为了女儿，我会这样做的。程远青说，不是女儿的学费，是我的学费。我年纪大了，一边打工一边读书，恐怕拿不下来。

丈夫有些意外，但还是很快回答，行，不过要分期付款。

程远青选择了心理学，这门年轻而深奥的学问如同碘酒，为她的伤口消了毒，让她没有因此坏疽而崩溃。一个柔弱的东方女子，要在西方国度里钻研心理学，其中的艰辛，常人难以想象。程远青坚持了下来，披荆斩棘。导师和同学们都称赞她有毅力，只有她自己知道，那是为了探究自己命运的悲剧和洞察他人思维的轨迹。

学问真是个好东西，心理学深入到人心最柔软的地方，在那里摧枯拉朽、点石成金。它使程远青在痛苦中脱胎换骨、锻造一新。羞辱被宽容平复，仇恨被岁月漂白。她学会了觉察自己内在的涟漪，以博爱和晴朗的心，观察世界，穿透风云。孩子上了大学，有了自己的志向和圈子，程远青决定回国。她虽然已成为独当一面的临床心理学家，但面对异国人催眠后的喃喃低语，总有隔着冰箱保鲜纸的疏离。你可以看清肌肉的纹理，甚至可以触摸到起伏的骨渣，但它们以一种冰冷的滑腻，拒绝和你的指纹丝丝入扣。那是另类文化浸泡出的橄榄，其中五味，无论她怎样体察，都略逊一筹。她决定回国，把自己辛辛苦苦学来的知识，报效生养她的地方。这不但是一种地域的忠诚，更是文化基因的指令。

回国后，暂住在父母留下的一小套单元房里。何去何从，看看再说。研究所邀她任职，大学请她担任教授……她谢绝了那些声名显赫的单位，很想做一桩开创性的事情。

思忖之中，母校校庆。校园的每一个角落都被怀旧的故人塞满了，连大操场边上旧厕所的一堆废砖，都不断有人凭吊。一般中学的校庆会像贫农，母校不然，是个富农，不单茶点丰富，中午还有一顿价格不菲的自助餐。从星级饭店请来的厨师把餐台布置在篮球场上，高高的白帽几乎触到篮板。冷拼热炒，袅袅香气把篮筐的破线头吹得像章鱼触须，四下飘扬。来者无论老少，皆吃得双唇油亮，面红如蟹。

叙旧再久，必有一散。程远青因被几位老同学缠住，请她为各自的感情和子女问题支招，待走出校门，已是暮色四合。分手之后，程远青正待打车回家，一辆黑色奔驰无声地停在了她的身旁。电动玻璃窗摇下，一个很明亮的男声说："请问，是程远青博士吗？"

程远青下意识地回答："我是。"答完之后，又有些后悔。回国不久，几乎不认识什么人。眼下场面，有点像国外的惊险片，认定了是你，便有一番打斗。

那人把车子停稳，走出来，面带微笑。他身材高大，挺拔瘦削，西服笔挺，脸部轮廓像非洲人三斧劈出的木雕，不精致，但有一种独特的精气神。"程博士，别那么紧张。我叫吕克闸。算起来，不好意思，还是您的学长。"

程远青笑了。一些杰出校友的名字和头衔，今天在会场上被大喇叭屡屡提及，程远青也忝列其中。吕克闸这个名字，出现频率最高，据说校庆所有开销都由他支付。其实他当年转学过来，只读了一个学期，成绩还差。如今是隽永生物公司总裁，身价不菲。

程远青说："那要谢谢你。"

吕克闸说："谢什么？"

程远青说："谢你的饭啊。"

吕克闸露出烤过瓷的白牙说："要谢这个，应该是校长，不该是您。如果您要谢我，就要再给我一个机会。我能请你坐一坐吗？"

程远青去国时日已久，对国内人事心态，乐得能有第一手了解，就说："好啊。到哪里？"

吕克闸说："离这里不远，有一间酒吧。请上车吧。"

酒吧以航海为主题，假装无意地随处摆放着缆绳和舵盘一类的装饰品，连挂衣帽的钩子，都用抹了特质胶的水手结替代，空气中弥漫着海风的咸腥冷峻，想来也是特选了海洋气息的空气清新剂。吕克闸熟门熟路，落座于一架罗盘钟下的独木舟旁。舟长丈余，虽是现代能工巧匠的复制品，一眼看去还是古拙苍凉。舟板的木纹断裂处布满蛀孔，舟帮之上，略加打磨，铺着一块厚厚的玻璃砖，透过晶莹的玻璃，可以看到舟底森然的疙瘩纹如老迈之眼。

程远青为自己点了水，纯净冷冽的水。吕克闸点了烈酒。吕克闸说："程博士，在酒吧里点水，是对这里的不敬了。"

程远青说："所有的酒都是水变成的。"

吕克闸说："就像我们不管现在是什么人，以前都是天真无邪的中学生。"

程远青转了话题："吕总裁常来这里吗？"

烈酒入口，吕克闸说："我喜欢酒吧。尤其喜欢一个人待在酒吧里。在这里没人认识我。没人不停地对我说酒是个坏东西。"

程远青扣住："看来经常有人对你说酒的坏话。"

吕克闸说："是啊。我老婆。我父亲是得肝癌去世的，他是一个老酒鬼。烧他的时候，整个火葬场都闻到了酒味。程博士，罢罢，初次见面，不说这种伤感的话了。知道你在国外读了心理学，很想和你合作。"

程远青说："你是个企业家，我们怎么能合作呢？心理学某些分支和企业管理有关，可惜我不曾专修这些科目。"

吕克闸说："我是研究生物化学的，在我眼里，人既是细胞的堆积，支离破碎的，又是完整的大一统。程博士从国外回来，一定想干成一番事业。我愿意无偿资助你，事你挑，钱我出。只有一个条件，要和癌症有关。我母亲也是被癌症带走的。想孝敬他们的时候，我没有钱。有了钱的时候，他们已经不需要了。可天下还有无数的癌症患者，需要救治。"

程远青说："所以你要报效社会，满足自己的心愿。"

吕克闸说："拔那么高，我担待不起。我是商人，在商言商。比如操办今天的校庆，很多人以为是个义举，其实不过是为了多认识朋友。没有聚会，我就无缘和您再见面。当年，您比我低两级，成绩特优，全校瞩目，我哪能请您小坐。我很早就喜欢心理学。"

程远青说："国外很多企业家都有自己的心理医生。"此话一出，略觉不妥，好像在推销自己。

幸好吕克闸说："我可不敢请教心理医生。商人，连胃都填满了秘密，更不用说心。程博士，我倒要考考你，知道我为什么喜欢这个酒吧？"

程远青如实答道："不知道。心理学家没那么神。"

吕克闸是属于那种越喝脸色越惨白的人，伸出白蜡一般的手指说："我喜欢海。你看那个调酒师在干什么？"

迷蒙的灯光下，调酒师站在船长操作室模样的吧台后面，双手将碧蓝的基酒和一些辅料倒进调酒壶，加进锐利的冰块……酒壶高扬翻飞摇晃，冰与冰的破碎之声在酒吧浮动。摇匀了的酒滤出，再用一片柠檬挂杯。那杯酒就像一尾活泼的金枪鱼，蹦到了程远青面前。

吕克闸说："这种酒的名字叫——风暴，我为您点的。杯中风暴，儿戏而已。癌症是真正的海，人类至今顶礼膜拜的海。"

程远青用"风暴"和吕克闸碰了杯，在这一瞬决定和吕克闸合作。

程远青决定成立乳腺癌康复期病人的心理小组。

乳腺癌是女性杀手，并对第二性征构成毁灭性的破坏。除死亡威胁以外，病人尚面临一系列复杂的心理困境，尤需救助。

"面向社会招募，是不是有风险？你知道会来什么样的人？"吕克闸得知程远青的计划后，不放心。

"不知道会来什么样的人，就更富有挑战性。"程远青答。

"造药是我长项，组织小组你是内行。提个建议，登大广告，先声夺人。"吕克闸说。

"只需一个小小的广告。"程远青微笑着，用小指一划，如同在空中绘了一片透明柳叶。

"给我省钱，是不是？程博士，你也太瞧不起人了。我可以把整张版面买下来送给你。"吕克闸喜欢程远青划小指的这个动作，觉得属于知识化的风情万种。

"你以为癌症小组是什么？CDMA手机？减肥药？我就是要在报纸最不起眼的地方登一条眉毛宽的消息，只有那些最孤独最寂寞的人才能看到它。"程远青说。

"先要搞清这是什么人的眉毛？长寿眉还是蛾眉？宽度可有天壤之别啊。"吕克闸回应玩笑。

程远青浑然不觉道："准确地说，就是一乘四厘米的面积……"

"有什么事需要帮助就找我，这个手机日夜都开着。号码只有最亲近的人才知道。"

可惜马上要进行谈判，吕克闸只得结束对话。他喜欢和这位留过洋的女博士聊天，有类乎薄荷般提神醒脑的效能。

电话响了。程远青一把接起来，半天没有人声，只是窸窸窣窣揉纸的动静。

"你哭了？"程远青亲切地询问。

对方的哽咽得到了稍许控制，稀疏了一些，回答："我想报名。"

"欢迎你。你叫什么名字？"程远青知道这是一位认真的报名者。

"我叫什么名字，这重要吗？一点都不重要。重要的是我得了乳腺癌，做了手术，在家养病。我害怕极了，孤独极了……这样没日没夜地熬下去，人会疯……"

程远青说："感谢你信任我。但能否成为正式组员，要经过甄选。"

那一端惊讶迷惑地说："甄……甄……什么选？"

程远青解释道："甄别的甄，选择的选。不是所有报名的人，都能成为组员。在这之前，要面谈一次。"

"病得快死了，哪来这么多条条框框啊？"

程远青说："这是对大家负责任。"

对方不相信地重复着："谁对谁负责任啊？本来得病就够烦的了，这不是让人更闹心嘛！求您了，干吗为难一个都摸着阎王爷凉鼻尖的人啊？"

程远青不为所动，说："正因为这团体特殊，才格外慎重。"

那女人焦躁起来，说："谁稀罕你的小组！你开不了张就得关门！"

兀自把听筒砸下。此刻的暴怒和刚才的懦弱，恰成鲜明对照。

程远青看着电话机，缓缓放下。她不想把小组办成街头的秧歌队，原则一定要坚持。

深夜，电话痉挛似的响起，床头闪烁的电子钟，用毫不留情的血红色，向惊醒的程远青报告夜已多么深沉。

是一个男人，音色优雅沉稳，有一种青檀的味道。声音仿佛是从一架优良的仪器发出来，清晰而宽厚，带有稍纵即逝的魔力。

"程博士您好，很抱歉半夜三更打扰。"那人彬彬有礼。

"没关系。"程远青拼命睁大眼睛，以尽快进入工作状态，力求口齿清晰地回答。

"看到您登出的寻人启事，现在还可以报名吗？"

"您是……"

"哦，我猜您一定很奇怪，一个男人怎么会关心女人们的小团体。我叫成慕海，我有一个孪生的妹妹，叫成慕梅。很不幸……"他沉吟了一下，好像在选择下面的话怎样说。

"您是说，您的妹妹她得了……"程远青被胞间情谊所感动，轻微不快悄然散去。

"千万别说出那个病的名称！"成慕海忙不迭地打断了程远青的话。如果他在旁边，会像抓俘虏般捂死程远青口鼻。

"好，我不说。"程远青妥协。

"那病是睡着的魔鬼，大声叫醒，它就暴跳如雷。我和妹妹都受过很好的教育，还这样想，很可笑，是吧？"

"大家都害怕，你们不是例外。"程远青宽慰他。

午夜的空气里，一个男人绵长的叹息，震动了程远青的耳膜。"听您这样说，我们安心多了。"

"为什么你妹妹不亲自打电话给我？"程远青反问，借机把歪斜的枕头调舒服，让自己赤裸的双肩有一个倚靠。看这电话的阵势，一句半句结束不了。

成慕海说："她还没看到这份报纸。我前几天在炒货摊上买了瓜子，今晚才吃完，扔包装的时候，发现了这则消息……"

"你妹妹会有兴趣参加我们这个小组吗？"她问。

"不知道。我是男人，对这个病的认识很肤浅，只能尽量说服。她有了伙伴，彼此交流，孤单的感觉就淡一些。同病相怜，交流交流治疗方法，也是大收获。"成慕海条理清晰。

程远青把话筒换了一只耳朵（原来的那只耳朵被压麻了），说："欢迎她来。"接着告知具体事项。

成慕海说："我替她先挂个号。"

程远青克服着疲倦说："务请你妹妹亲自报名。"

成慕海说："她身体不好。"

"如果身体特别孱弱，就不要参加。小组有时会很深地刺入一个人的内心，消耗很大。"程远青刚想放下电话，成慕海又说："我猜您接到我的电话时，大吃一惊。"

程远青敷衍道："对一个心理学家来说，大吃一惊的时候不多。"

成慕海却不肯善罢甘休，说："男性询问这种小组，不令人惊奇吗？"

程远青说："这个病并非女性专利。"

成慕海声音嘶哑起来，说："还有男组员吗？"

程远青揉着后脖颈说："您的电话之后，我不再接受新的报名者。在这之前，没有男性报名。"

成慕海低沉地说："谢谢您。祝您晚安。"

程远青最后补了一句："请转告你妹妹，副组长是男性。"便义无反顾地把话筒砸向机座，然后用被子包住头，虽然她从幼儿园时代起，就知道蒙头睡觉不卫生，但也顾不上那许多了，当务之急是迅速进入黑暗之中。脑海中最后一个想法是——成慕海先生，您现在应该说的是：早安。

永远过不去的事

退休校长岳评对丈夫满各苗说："看了今儿报纸吗？"

满各苗一边刷碗一边说："还没呢。"

岳评说："好好看看，有一条消息我特感兴趣。"

满各苗说："是不是拉登男扮女装？我知道你最关心拉登。"

岳评说："那是。拉登活着，就有好戏。要是他蔫了吧唧死了，这世界多没劲啊。不过，今天的事碍不着拉登。只和咱家有关系。"

满各苗在外是一家濒临倒闭的国营工厂的书记，大小也算个人物，但多年以来，家中诸事都是岳评拿主意，把他当成六年级男生对待。今天郑重其事征询他的意见，满各苗受宠若惊，飞快地把碗筷拾掇净，戴上老花镜细细地看报纸。

岳校长每隔五分钟就催促一句："看完了吗？"

"没。"满各苗不慌不忙。

"怎么还没看完呀？你不是都自学了个大本吗？这么慢！一年级似的！"校长愤愤。

"嫌我慢，你告诉我不就得了！老花镜度数太浅了，我看字重影。"满各苗说。

过了大约一个小时，岳评说："看完了？"

满各苗说："完了。"

岳评说："我猜你看了也是白看。我知道你猜不着。"

满各苗说："不一定。"

岳评说："说说看。"

满各苗正色道："你看到了犄角旮旯那条招人的广告。"

岳评的眼眶，一下被泪水浸满，说："好老头，只有你知道我的心。我本想，你要是猜不出来，我就偷偷去。你猜出来了，我就光明正大地去，也省得跟你编谎。"

满各苗假装揉眼睛，其实是抹去稀薄的泪水，说："老婆子，人家要得过癌的，可你没得过。"

岳评不服气地说："没得过又怎么样？哪儿烂哪儿疼我都门儿清，蒙得过去。"

满各苗很担心地说："要是人家搜身呢？"

岳评说："一帮乌合之众，还会当场验明正身，扒光了看我肚皮上到底有没有一尺长的口子？"

满各苗说："老婆子，听我一句劝。别去。受罪啊。人家都是乳腺癌，就你不是……"

岳评的倔犟劲被挑了起来，说："我就是要会会这帮乳腺癌，看她们都是一群什么样的怪物！"

满各苗拿出在快倒闭的厂子做思想政治工作的耐心说："老太婆，火葬场在八宝山，你我都到了玉泉路。凡事想开些。"

岳评说："想不开。就是化成了灰，也想不开。这个程博士难道火眼金睛？就是穿了帮，大不了让我滚蛋，滚就滚。"

满各苗仰天长叹："你是图什么呢？过去的事，就过去吧。"

岳评老泪纵横地说："过不去。永远也过不去。我非得搞明白了这事不可。"

"嗨！几点了？还不来！限十分钟赶到！本小姐过时不候！"呼机响了，留下这样的通牒。

褚强佩服女朋友申凌，总能让呼台小姐言听计从，把她草拟的如同小作文一样繁复的信息录下来，连标点符号都传达得一清二楚。申凌在广告公司做文员，拿手好戏就是在文字上故弄玄虚。

下班后，褚强在办公室打开了尘封已久的心理学课本，复习小组的理论。临阵磨枪，临时抱佛脚，临上阵现扎耳朵眼……看来类似窘况大有人在，才创造出这类形容词。

看看表，咧个苦笑给自己。原定在公园门口会合，就是口角喷血，也赶不到了。他走出公司，找到一家星巴克咖啡厅坐下，点了一杯卡布奇诺，让淡棕色的泡沫浸泡着双唇，微微饮啜着。大约四十分钟后，一个身材高挑穿乳白色连衣裙的女子，袅袅婷婷地走进清澈的玻璃门。

他注视着这个女子。女子目不斜视，把并不长的脖子挺出了天鹅的风采。这是所有不很美但却自认为非凡的女孩子，必须练就的功夫。只有你坚定不移地表演着，别人才可能注意到你。

　　女孩路过时，褚强轻轻拉了一下她的裙子。这个略显暧昧的动作，让那女子夹杂着恼怒和浅浅的受用。

　　"讨厌！告诉你，我男朋友马上就来了！"女子低声但是非常清晰地警告褚强。

　　"你男朋友来了我也不怕。你也不看看我是谁？"褚强气势汹汹地说。

　　女子听了褚强的回答，定睛一看，大叫起来："褚强，你坏！让我在大太阳底下等你那么久，你居然在这里安安稳稳喝上卡布奇诺了！"

　　来人正是申凌。

　　"你怎么知道我要到这里来？"申凌细长的眼睛瞪成两尾挣扎的小鱼。

　　"嘘！我的姑奶奶！别那么大声好不好？闹得人家真以为我骚扰呢！"褚强压低分贝。

　　"老等你不来，我预备到星巴克喝杯咖啡就回家去给你写绝交信，没想到你这么聪明，居然在这儿等着我呢！嗨！快说说，你是怎么找到这里来的？"申凌快人快语，惊奇把怨毒赶跑了。

　　褚强慢吞吞地说："守株待兔。"

　　申凌说："马路上那么多树，怎么单选了这一棵？"

　　褚强漫不经心地说："有什么难的？你最近迷上了卡布奇诺，又特喜欢星巴克的小资味，一怒之下，肯定得找一间星巴克败败火。我一看时间来不及了，就打了一个114问，距公园最近的星巴克是哪一家……剩下的事，很简单了。"

　　申凌说："我的天！把我的脾气摸得这么透了，真比我爹我妈都了解我。"

　　褚强为申凌点了咖啡，说："你这么说，真叫我受宠若惊。"

　　申凌说："别这么肉麻！你得老实交代。你干什么呢？把我给忘了？"

　　褚强说："不用逼供，我正打算一股脑儿和盘托出！公司决定让我参加一个小组，以后啊，更忙了。"

申凌说："什么小组？抗洪啊还是救灾呢？不会是联合国武器核查小组把你挑了去吧？"

褚强说："这小组有个特点，全是女的！"

申凌手一哆嗦，把咖啡沫子都溅了出来，说："女排女足什么的让你去当教练？没听说你有这方面的才能啊！"

褚强说："她们全是病人。乳腺癌病人。"

申凌大叫道："有没有搞错？你也不是医科出身，跟女病人瞎掺和什么呀！"

"我也一百个想不通，可有什么办法？老板吩咐下来的，让我给女博士当助手。这个程老师，一看就是个工作狂。今后咱俩的约会，你就做好思想准备，迟到肯定家常便饭。"褚强愁眉苦脸，表情夸张。

申凌说："她长得怎么样？"

褚强说："谁？"

申凌说："程博士啊。"

褚强侧着脑袋想了想说："年轻时还可以。"

申凌说："谁问你她年轻时怎么样，我说的是现在。"

褚强说："那么大岁数的女人，你很难用漂亮还是不漂亮形容她。有一种风度，既柔又狠。"

申凌撇着嘴，说："这我就不懂了。柔和狠怎能掺在一起？"

褚强说："反正你看到她就会有这感觉。外表柔柔的一个女人，骨子里很强硬。"

申凌勾画出一个色厉内荏的女强人，便把心放下了，再接再厉盘问："长得怎么样？"

褚强摸不着头脑，说："这回又是谁了？"

申凌说："装什么傻啊？那些女病人。"

褚强说："我还没见到人呢。申凌你吃醋也要看场合，一群朝不保夕的病妇，黄皮寡瘦一步三晃的，谈什么魅力！"

申凌说："哼，难免没一两个美人混迹其中。不是有病西施吗？"

褚强说："咱们好不容易见着面，别说这些闲人好不好？"

申凌对褚强说："不管怎么说，我不喜欢你扎在女人堆里工作。"

褚强说："我也不喜欢，可有什么法子？"

申凌说："去跟领导反映啊，叫他们另派高人。"

褚强说："还用你教？你想到的，我早做了。我找到老板，说我年轻，小伙子，没经验……"

申凌说："条条在理。老板说什么？"

褚强长叹一口气说："老板看着我，说，如果你不愿给程博士当助手，你就不用来了。"

申凌大惊，说："是什么意思？"

褚强苦笑道："你也是江湖上人，连这话都听不出来？"

申凌说："听出来了，只是不信。就为这事，炒你？"

褚强说："正是。老板最近很忙，抓新药鸢尾素的报批手续。如果坚辞不受，恐凶多吉少。"

申凌说："看来要保住饭碗，必得当这个倒霉助手？"

褚强说："咱的房子，咱的沙发，咱的冰箱音响……还有窗帘板凳，都得从我这份工钱里来。温饱没解决，肚子有一票否决权。"

"好，那我就批你这个组副走马上任，为了咱们的窗帘！"申凌用杯子碰了褚强的杯子。

一道老虎菜

什么时候引爆自杀装置，这是一个问题。每当路过那家狗肉店，看到被燎了毛的小狗悬挂在钩子上，像个撅着屁股的婴孩，他的心就一阵悸痛，催自己赶快下手了断。血色猩红如同旗幡，呼唤他践约。手边还有一些事情没有处理完，有一些事情才刚刚开始。他劝慰自己，死这个大前提既然确定了，早一天死和晚一天死，差别不是很大。人对于自己的死，还是多一点耐心。少安毋躁。

甄选地点，公司的意见是在水晶厅，程远青谢绝，担心会让报名者紧张，选了朋友闲置的住宅。

褚强穿一套薄花呢浅灰西装，四处打量。"您说过这人是搞艺术的，我以为会看见牦牛头。"他说。

"这墙上原来真有一个惨白的羚羊角，叫我给收拾到壁柜里面去了。家是放松的地方，有某种程度的乱七八糟显得亲切。"程远青边回答边整理着沙发布垫。

客厅面积不小，地面铺着驼色的地毯，葡萄紫色的沙发摆成"厂"字形，阔大舒适。程远青带来若干个果绿色的布垫，杂乱铺在上面，显出轻松惬意。

"朋友一时半会儿不会回国，我在电话里请示过了，她愿意支持公益事业。"程远青说着一抬头看到褚强直冒汗，皱眉道，"干吗像个航天飞机似的，全副武装？"

褚强从纸巾筒抽出纸巾擦着汗说："第一次见面嘛，又有性别差异，我想正规些好。"

"换件衣服吧，看你热的。"程远青说。

"程老师，我不热。"褚强说。既来之，则安之，他现在端正思想，尽快以一个主人翁的态度投入工作。

程远青干脆挑明说："除了关心你别捂出痱子，从工作出发，也得要求你换件衣服。太严肃了。"

褚强糊涂了，问："严肃有什么不好吗？"

程远青说："甄选，需要报名者显示出各自的真实状态，越随意越好。你穿得这么正儿八经，她们也会不由自主紧张起来，对考察不利。"

褚强说："您说的是。可是，我换成什么衣服呢？"

程远青说："穿衬衣就行了。"

褚强把衣服脱去一只袖子，不想，又立刻穿上了，窘迫地说："我衬衣背后有个小洞，聚会的时候，不小心被同学用烟火烧的。领子袖口都挺好的，名牌，扔了怪可惜。平时不敢单穿，只把它衬在西服里。谁想今天……"

程远青笑笑说："日后哪个姑娘找了你，是福气。还有半小时，咱们想想法子。"说着，打开了衣橱。柜里并无男装。

"我刚才来的时候，看到门口不远处有一家小店，写着'喋血跳楼昏迷价'，买件 T 恤装扮起来，您看如何？"褚强说。

程远青颔首。

小铺的芒果绿 T 恤衫，款式质地都不错，价钱只有立夏时的三分之一，褚强试穿上身，便舍不得脱下，胳膊上搭着西服和衬衣，一溜风往回赶。

"跟您打听个路。东西南北也分不清了。"一位穿着豆沙色三件套装的年轻女子，拦住了褚强。

"我也是路过。"褚强歉然。

"现如今，不知路的人比知道路的人多。"女子喃喃道。

芒果绿的 T 恤衫，将燥热降去很多，心也爽了，褚强觉得这女子的话，有淡淡禅意，就说："具体地方我说不上，那边是东。"他指了指城市废气中昏昏欲睡的太阳。

女子嫣然一笑说："我要朝南。"

褚强说："走吧。大方向咱俩一致。"

女子银白的无跟凉鞋，在人行道朱红色的地砖上，踢踢踏踏敲着，细碎无力，搭讪说："早上挺凉的，这会儿热了。"

褚强敷衍道："嗯。"

女子说："你早起穿西服，这会儿又穿这么单，别感冒了。"

褚强觉着再冷淡下去有些不近人情，说："工作需要。"

白鞋女子道："只听说有工作必须穿西服，却不知什么工作是必须穿 T 恤的。你是干什么的啊？"

褚强不想深聊下去，随口说："我是推销员。"

推销员是属蝌蚪的，无孔不入。大马路上，穿着 T 恤衫浑浑噩噩，见了有门卫的写字楼，钻到公厕里把化纤西服套上就伺机潜入。

女子道："你推销什么货啊？"

编谎费精神，万一说差了，刚才指路的那点好印象也吹了。褚强说："保密。"

女子来了兴趣："这年头，还有什么东西保密啊？原子弹都让人参观。"

"我推销的玩意儿可比原子弹厉害。"

"到底是什么呀？"女子挑起眉梢追问，眼形如燕尾般秀丽，可惜眼珠网满红丝。

"妇女不宜。"快到了，褚强一语封门。女子姣好的面容和身材，让他不忍太生硬，用一个不高明的趣话作结。

那女子突然神秘地笑道："大哥，我知道你是推销什么的了。"

褚强大惑，连他自己都不知的事，这女人凭什么就知道了？反问："那你说说我是推销啥的？"

女子凑近说："推销伟哥的。"

褚强引火烧身，脸腾地红了。

那女子靠得更近了，颤颤巍巍的右胸，有意无意撞着褚强的芒果绿 T 恤衫的左袖口："大哥你红什么脸呢！我知道有几个顾客，是常用这玩意儿的。我看你是个老实人，我给你个名片，想做买卖了，就给我打个电话。包你比在别人那里赚钱容易。"说着把一张水红色的名片递到了褚强手里。

名片只印了一个名字:王惠明。没有任何头衔和说明，也没有地址。最下方，是手机电话号码。

"你是谁呀？"轮到褚强穷追不舍。

"你如果还想见我，就打这个电话，那时候，你就可以知道我是谁了。"白鞋女子突然果决起来，显出不想再谈的意思。身体移开，只把一股浓郁的香气，留在褚强左半边身体的空气里。

褚强愣愣站在人行道上，左肩麻酥酥，好像被人不由分说地打了疫苗，红肿热痛一块袭来，左颊也烫得像一块烤白薯。这模样，似乎不宜立即回到甄选现场。褚强大口吞吐着并不新鲜的空气，欲把体内的燥热散发干净。半晌，才慢慢走回甄选地点。刚要开门，门打开了。程远青送人出来。那女子细高个，如凋谢的水仙花，黄白杂糅委顿不堪。

她双手握着程远青的手说："大姐，千万别忘了我！应该的应！"说着眼泪就要掉下来。

褚强未曾想遇到这阵势，瞠目结舌，不知是劝还是保持镇静，侧身一旁，拘谨地笑笑。程远青说："她是应春草。"

褚强进门，见沙发上端坐着一个女人。褚强吃惊，把手中西服挂上衣架，搬了一张椅子，坐在对面。

程远青对沙发上的女子说："不好意思。让你久等了。"

那女子说："我还以为自己是第一个呢。"

程远青说："好吧，咱们正式开始。我叫程远青，他是我的助手，褚强。"

"我叫鹿路。九色鹿的鹿，小路的路。"女子爽快地自我介绍。

褚强第一次参加甄选，又是面对这样一个女人，忍不住再三打量。鹿路忍受不了沉默，开口道："甄选从哪里开始？"

程远青有一点小小意外。通常都是组长提问，这女人反客为主。

没人能察觉到程远青的吃惊。她平和地说："鹿路，你介绍自己名字的说法挺有趣。"

鹿路说："我的名字很少见吗？"

程远青说："你解释自己名字的时候，用字与常人不同。"

褚强除了记住她叫"鹿路"外，干脆忘了她是怎么说的。鹿路苍白的脸庞布满迷惘："甄选难道从名字开始吗？"

程远青一笑，说："其实就是聊天，可以从任何话题开始。"

"我的名字怎么啦？"鹿路不解。

"你说九色鹿的鹿，一般人会说梅花鹿的鹿。"程远青说。

"有区别吗？"鹿路纳闷。

"有啊。"程远青声音柔和，语气肯定。

"能告诉我吗？"鹿路被震慑住了，神气渐渐收敛。

"九色鹿比梅花鹿神秘而稀少，它的命运有悲剧色彩。"程远青说。

褚强看到鹿路打了一个寒战，但脸上依然是不拘小节的笑容："我从此以后再不说九色鹿了，改说马鹿驯鹿怎么样？"

程远青说："根子不变，叶子很难变。你说名字的第二个字时，也与众不同。"

鹿路惶然道："我刚才说什么来着？"

程远青说："你说'小路'。一般人说'道路'。"

"这有什么不同吗？"鹿路有些恐慌。面前貌似温和的女人，有一股异常之力。她怕她，又被她吸引。博士对自己一无所知，却在极短时间内，嗖嗖射出几把飞刀，直插心闩。

"小路狭窄崎岖。'道路'好听好记，你舍易求难了。"看到鹿路面容转阴，程远青就此打住，"小组完全自愿。不愿意说，没有任何人能强迫你。开关永远在你的手里。"

鹿路问："来的都是乳腺癌吗？"

程远青答："除了我和褚强，都是。"

鹿路说："我整不明白，为什么要组织这样一个小组？"

程远青说："回答你的问题之前，我想先问你一个问题。"

鹿路爽快地说："随便问。"

程远青说："你为什么要报名参加这个小组呢？"

鹿路仰脖笑着说："我在报上看到了你的启事，居然有人对得了乳腺癌的女人感兴趣。程远青这个名字，听起来不男不女的……"鹿路走嘴，赶快停了下来。

程远青大度道："你不是第一个说这话的人，肯定也不会是最后一个。"

鹿路继续说下去："若是男人接电话，我就骂他一顿。敢情你一辈子也不会得这样的病了，所以你就想了解了解，多见识见识。呸，我才不上你的当呢！没想到是个女的接电话。程老师，不是我当面奉承您，您的声音可真好听，让人安神，我一下子就被打动了。我想来看看到底有多少女人也和我得了一样的病。"

褚强插问:"你平常是做什么工作的?"

鹿路不满意褚强的口气,拉下脸说:"还查户口啊?"

褚强说:"我很想知道你具体干哪一行?"

程远青打圆场道:"鹿路若是不愿意说,可以不说。"

鹿路愤愤地说:"也没什么不可说的。我在一家物业公司做管理工作。看副组长口气,倒好像以为我是干什么见不得人的事。"

褚强辩解道:"我没那个意思。不过问问而已。你这么一说,我就放心了。"

鹿路一听反倒火了,说:"你原来对我有什么不放心的?"

褚强张口结舌。

程远青说:"我却不明白,褚强说了你什么?我记得他只是追问了你的工作单位。"

鹿路说:"这还不够吗?"

程远青坚持道:"我没觉得他特别挑衅啊。尽管我说过,你可以不回答。"

鹿路愣了半天,突然笑起来说:"这倒真是我过敏了。不过,也怪不得我。像我们这些从外地到城里打工的女人,落魄又有点姿色的,总被人朝歪处想。我遇见过几回这事了。窝着火,免不了出口伤人,也请海量。"说着,鹿路把手伸给褚强,算是和解。

褚强握着鹿路的手。感觉到她每一根手指,都在抖动。

程远青和褚强还未来得及交换意见,又有人敲门了。打开门,见一五十多岁的女干部模样人物站在门前。

"请问,程远青博士招募的乳腺癌小组甄选现场,是在这里吗?"她个头不高,身材敦实,用词准确。程远青和褚强除了连连点头,再没什么可说的。

她自我介绍:"我叫岳评,是一所中学校长。发现乳腺癌整四年了,手术后,接受化疗。现在一般情况尚好,能够坚持正常工作。就这些,你们还有什么问的吗?"

程远青褚强面面相觑。中学校长的口吻,让人不由自主地缩小和幼稚了。

"我主持过很多面试，对你们如何进行甄选的，很有兴趣。介绍一下吧。"

天！这哪是来参加小组的，简直是审查工作！程远青就算身经百战，这种开场白，也是头回见识。

她首先需从强加在身的中学生套子里挣脱出来，把套子还给面前这位可敬的校长。

程远青说："岳评……"

话音还没落地，就被岳评打断了："就叫我岳校长好了。"

程远青摇了摇头。她精确控制着头颅摇摆的幅度，如同一片树叶被微风掠过。但她相信面前的这位校长，已经很清楚地感受到了她坚定的拒绝。

"要是不习惯，叫我岳大姐好了。"岳校长适时做出了调整。

褚强张口刚想叫，程远青一摆手，制止了他。说："岳评女士，您好像不喜欢人家称呼名字？"

"没有啊。"岳评一脸无辜。

程远青说："那好，小组里，大家都直呼你的名字。"

"还是叫大姐顺口些。"岳评顽强坚持。

程远青不退让，说："如果您非要当大姐，很遗憾，岳校长，您将不能参加这个小组。"

岳评一看名字被提到如此高度，吃了一惊，她不能因小失大。这种不同凡响的小题大做，让她萌生好奇，神色谦恭起来，不再把面前这两个比她年轻的人，当成实习教师。她说："当然可以叫我名字了。住院，叫你名字那是好的，经常只叫你床号。"

剩下的问题，一帆风顺。总体说来，岳校长是颇具领导风范的知识女性，给褚强留下了很好的印象。

一天选人若干。傍晚结束工作后，程远青对褚强说："我请你吃饭。"

褚强说："程老师，请您给我一点面子，把这个机会给我。"

程远青说："小褚，别这么绅士了。咱们以后共进晚餐的机会，会多得让你厌烦。今天是正式开始合作的第一天，让我做东。"

走进路边的饭馆，程远青对服务员说："要雅间。"

穿着中式短袖裤褂的小姐说："对不起，没有雅间了。我给你们找个安静的地方行吗？"

"不行。"程远青很干脆地拒绝了。

褚强从节约出发，说："一顿便饭，外边也行。"

程远青说："对不起褚强，我知道你肚子饿了，可还是要换个馆子。"

终于在一间小屋落座，点了几样普通的菜肴，程远青说："就这些吧。快点上菜。对了，米饭也一起上。"

小姐出去了，短暂的寂静。

"这一天，有何感想？"程远青问。

"一言难尽，总是一惊一乍的。特别是那个鹿路……"正说到这里，送凉菜的来了，程远青轻敲桌面，止住了褚强的话茬。

程远青说："今天例外。若是时间来得及，不宜在公共场合讨论小组的事。"

褚强说："人海茫茫，谁认识谁啊？"

程远青说："世界越来越小，为了组员的利益，还是谨慎为好。你很难说，刚才送菜的小姐和鹿路就没有千丝万缕的联系。"

褚强兴奋地说："我有了地下党的感觉。上不告父母，下不告兄弟姐妹吗？"

程远青说："虽不敢说那般严格，也要高度小心才是。"

褚强感到左肩头又泛起了如火如荼的热辣，手指下意识地摸摸口袋。纸片上的王惠明，像铁皮扎了他的指甲缝。也许，那只是萍水相逢的做戏？

"我觉得她很神秘。"褚强字斟句酌。他不想骗程远青，但也不打算把和鹿路并肩而行的事说出来。

"每一个到小组来的人，都背负着她的神秘。"程远青不知就里，泛泛地说。

"你会批鹿路加入吗？"褚强忍不住问。

"她各方面都符合要求，似乎没有什么理由不吸收她。你的意见呢？"程远青说。

"我……我说不上来。"褚强支吾。也许，不收此女为上策。可是，他以什么理由呢？

程远青即便是出色的临床心理学家，也无法参透褚强的心事。

几样家常凉菜已布好，褚强连吃了几口辛辣的"老虎菜"，说："我最大的感受是什么？说出来，程老师你不要笑我。"

程远青看褚强紧张，就把话岔开："这道菜无非是红辣椒洋葱香菜什么的，和老虎有什么关系呢？"

褚强说："我也不知道为什么这么起名。许是因为太辣了，连老虎也不敢吃。"

程远青说："没准是因为辣到只有老虎才敢吃，才叫这个名字呢！"

两人没油没盐地瞎扯了一会儿，看褚强渐渐放松，程远青说："褚强，如果我笑话了你，你以后就可以不再同我说真心话。拿不准该不该信一个人的时候，我的经验是信他一次。"

褚强深深喝了一口可乐，然后说："程老师，每当一个报名者走进来的时候，我都在想，她真的是一个乳腺癌患者吗？好像不很像啊。我想象中的乳腺癌患者，血肉模糊腥臭无比。她们同正常人看起来的差别不很大。"

程远青笑起来说："谢谢你如此坦率……"

褚强说："程老师，先别夸我，等会儿您不骂我就是好的。每个报名者走进来，我都不由自主看她的胸部，很遗憾，我经验不足，判断不出她哪一只乳房被切除了？左面吧？不对不对，好像是右面？您说，我是不是很变态？很色情？"

褚强以为程远青会很吃惊，没想到程远青香喷喷地吃着酱猪手说："这很正常。说明你荷尔蒙分泌正常，正当青年，充满好奇心。我要是个男人，也会这么想。"

褚强如释重负，说："要不然，我一天都觉得自己要上道德法庭。"

程远青说："恭喜你察觉了这一关。你承认它是正常的，它就丧失了魔力，你假装道貌岸然，它就作祟。"

褚强笑道："我可以练出坐怀不乱的本领了？"

程远青说："考验实在不小。也许以后更麻烦。我想你能找到进退自如的那个点。"

褚强说："我把握不住分寸。不知道对她们是怜悯还是同情？还是少年老成？”

程远青笑道：“表演一下少年老成是什么样子？”

褚强正襟危坐眉头紧锁，眼角低垂嘴抿成“一”字，手放在裤线两边，握起空心拳。

程远青差点被油炸花生米卡着喉咙，说：“褚强，你如同围棋长考，谁还敢同你谈心里话？我宁愿你表现得性感一点，我估计，组里的成员，对你这个男士的态度，会非常在意。不单看你是副组长，也看你是一个年轻男子。”

褚强哀叹道：“在一群半老徐娘面前表现性感，难死我了……”

程远青说：“性感是个好词。来，吃饭吧。”

绿色的羊羔皮纸

　　小组确定了八名组员，加上正副组长，共十人。第一次活动场所，还在甄选地点，约定叫它"别墅"。小组成员遍布全市，那里位置居中，交通方便。

　　程远青和褚强提前半小时到了别墅，没想到门口已站了一人。苍老如枯树，面部呈现出奇异的莹白色，仿佛一层葱衣。黑色手织围巾，好似荆棘包绕着柴棍般的脖颈。

　　"安疆，你好。来得真早！"程远青同她打招呼。

　　"安……疆……您好。"叫着自己姥姥辈人的名字，褚强实在不习惯。有什么办法呢？这是小组的规定。

　　安疆很恭顺地说："我怕晚了。我总是这样，干什么都怕晚。"

　　花岚走在去往别墅的路上。鬼使神差，她第一眼就看到程远青的招募广告，赶快回家打电话。花岚讨厌"甄选"这个词，结果不欢而散。"甄"字让她想起"文化大革命"，那时叫"甄别"。再往前数，花岚是从《红楼梦》中认识"甄"字的，花岚喜欢贾宝玉，花岚不喜欢甄宝玉，株连此字。

　　拒绝了甄选，也就拒绝了癌症小组。花岚很快就后悔了，觉得为什么会在浩如烟海的信息里，找到了这一条古怪启事，一定有某种不可知的力量引导自己。花岚信命。凡事一到想不通的时候，就把它归结到命。要不然，为什么别人都没得癌，而她就偏偏得了？

　　花岚沉不住气了，积聚了足够的力量之后，又给程远青博士打了第二次电话。花岚对自己的嗓音做了一番技术处理。"我要参加乳癌小组。"花岚说。

　　"你是谁？"程远青问。

　　"一个得乳腺癌的女人。"

"报名参加小组的人，都要参加甄选，才能确定你是否最终可以加入小组。"程远青说。

"我知道。我同意。"花岚说。

花岚以为天衣无缝，其实，一句"我知道"，就出卖了她。程远青耳音辨析力很好，凡听过一两次电话，就建立了声音档案。程远青想起了那个反复无常的女人，她的拒绝和她的参加一样坚决。甄选的时候，她表现正常，癌症小组就接受了她。

花岚是银行的职工，术后在家静养，成天考虑的就是预后的问题，不知道自己能不能闯过这一关。人都说癌症病人有几道坎，一年一坎，三年一坎，五年一坎。她家里，供有西天如来南海观音，也有张飞关羽和送子娘娘，当然还有基督和圣母。丈夫裴华山曾说过："一个泛神论者。要不要我从网上扒一张麻原札晃给你挂上？"

花岚歇斯底里哭叫："大难当头，我生死未卜，你还说这种风凉话！"

裴华山说："我看你太紧张，想给你开开心。你一心理佛，众佛保佑你，我也就不在家里老陪着你，哪句话说得不合适，反惹你生气。佛管你的精神，我管你的物质。"说完，他穿上荔枝白的衬衣，打上葵花般明亮的黄领带，手上搭着伦敦雾的风衣，出门去也。

裴华山是花岚父亲花教授的学生。堂堂经济学教授姓花，容易让人对他的学问产生疑问。其实，花教授的学养和形象都堪称一流，口碑甚好。裴华山上学的时候，成绩并不突出，临近分配，他想留在北京的愿望，几乎成泡影。他开始追求花岚。也许花教授夫妇把基因优势占尽，留给花岚的是感情极易波动智商却持续中庸的大脑。她没有考上大学，上了一个财会类的大专，毕业后，凭着花教授的背景，供职于一家银行。

以花岚个人的姿色和条件，要找一个硕士把自己嫁出去，并不太易。当细碎的皱纹在花岚嘴角勾出两道括弧似的浅纹路之时，花教授不得不出马了。女儿没能上大学，已是终身憾事，再找不到一个有相当前程的女婿，一脉书香，岂不在这一代断根！

花教授在学术上是不虚荣的，但在女儿身上，他无法承受周围人的指指点点。女儿没考上大学所受的重创，花教授一想起来跳楼的心都有。当裴华山出于留京的目的，开始追求花岚的时候，花教授夫妇尽管洞若观火，但都不把这层窗户纸挑破。他们相信一手调教出来的女儿，是配得上这个从小地方考来的学子的，相信在漫长岁月里，女儿会认识到这是一个明智的选择。既然找不到翡翠，可以先找一块璞来打磨。花教授自认是识璞的，一个有心计的小伙子将来有不可限量的前途。于是，花教授动用非凡的力量，先将学业平平的裴华山，打造成论文优等的青年学者，然后动用关系，让裴华山进入了一家炙手可热的投资公司。

一场利益的婚姻，彼此都心知肚明。当得失利害达成平衡的时候，婚姻的关系也是稳固的。花岚和裴华山过了几年平淡如水相安无事的日子。

花岚习惯了演戏，裴华山配合着她。在花教授面前，他们相敬如宾。花教授夫妇当然不是好哄骗的，他们看得出小两口并没有一天天地紧密起来，但也看不出明显的分裂迹象。他们就满意了，他们是老年人，老年人的特点之一就是耐性良好，他们相信时间可以改变一切东西。自己能为女儿做到的就是这些了，剩下的只有等待。

等待的重要内容之一，是希望他们有一个孩子。这个冥冥之中的孩子，可能是感到自己将要负载的使命太重大了，有点畏惧，怕不堪重任。先是一而再，再而三地流产，最后干脆拒绝来到这个潜伏地火的家庭。没有孩子应该是一件伤感的事情，令人焦急。但裴华山不伤感，这种不伤感，让花岚感到了真正的危机。

裴华山一步步羽翼丰满。他是一个讲义气的人，从来没有说过埋怨甚至离婚的话。越是这样，花岚越看不透自己的丈夫。她仿佛和一堵墙壁结了婚，除了看到自己的影子，感受到的只是无动于衷。

长期的压抑聚集成了乳房上的一个包块。手术后，当爸爸妈妈一起带着她小时候最爱吃的枇杷，到医院来看她，见了她，又什么都说不出来的时候，她就知道了那肿块的性质非同小可。他们说了些不咸不淡的家常话，嘱咐她好好养病，听医生的话，后来就走了。一步三回头地走了。花岚目送着他们的身影，确信他们不会因为落下了某种东西而返回之后，号啕痛哭。

那一天，裴华山不在，只有裴华山雇请的看护陪在一旁。医生和护士都说，从来没有看到一个病人在知道自己是癌症以后，哭得如此天昏地暗。无论人们怎样劝说，说她的肿瘤并非晚期，手术做得也很成功，要积聚正气，好好调养，花岚一概充耳不闻。她惊天地泣鬼神地哭，把输到体内的液体，包括化疗药物，都变成泪水倾泻出来。泪水先是打湿枕头，而后蔓延到床单，最后浸入了棉被……哄骗呵斥也罢，夸奖鼓励也罢，一概无效。护士没办法，只好把成人用的尿不湿像围巾一般捆住了她的脸。

由于病，裴华山对花岚的温度比以前要暖一些。花岚甚至希望他们的关系，因为灾祸，有一个质的改变。祸福相依，也许这塌天之难，使他们恩爱起来，也说不定啊。

花岚抱着这样的期望，开始了治疗。她的情绪像抽水马桶里的白色浮漂，随着外界的旋钮而波峰浪底地起伏，裴华山的态度就是马桶里的水。花岚重病时，裴华山也还算尽心，后来，化疗进行了几巡，渐渐走入正轨，裴华山就疲沓下来。待到花岚主要是在家休养，裴华山的态度也就退回到和以前差不多了，重新不冷不热的。

保姆照顾一应杂事，花岚百无聊赖。一天，花岚在裴华山的西裤口袋里，发现了一张纸条。上书一串数字，共八位，一个本市的电话号码。花岚觉出那不是裴华山的笔迹，而极有可能是一个女人写的。那种墨绿色的羊羔皮纸，非常别致华丽。

如果仅仅出现一次，花岚可以装傻。她会对自己说，这是裴华山的一个客户留下的，商场上，什么样的人没有呢？要命的是，纸条每隔一段就神秘地出现一次，永远是在裴华山的右侧西裤兜里。

花岚可以肯定，纸条不是裴华山装在裤兜里的。裴华山是从小地方来的，格外注意礼节礼仪的自我培训，久而久之，他比很多世家子弟更显得温文尔雅礼数周全。当他穿第一套西服的时候，就恪守绝不在西裤口袋放杂物的习惯。在他嘲笑人的经典词汇里，就有：是不是绅士，看看他的裤兜就明白了。××裤兜鼓鼓囊囊，像塞了一窝癞蛤蟆，天生一个暴发户！

花岚到街上找寻这种纸，店里告诉她，这是特制的进口纸，一般商店根本不进货。高级礼品店里有这种纸。墨绿色的羊羔之皮，可怕而邪恶的号码。

花岚不是一个聪明的女人，但不聪明的女人直觉可能更加发达——

有一个神秘的女人，潜伏在裴华山的身边。这个女人不但不想掩饰自己的存在，她还要让花岚知道这个存在。这是一个怎样的女人？她要达到怎样的目的？

花岚生活在惊恐之中，不知道该对什么人说这件事。爸爸妈妈吗？他们把她成功地嫁到了一个她能嫁到的最好的男人，就像一张股票在价位最高的时候，卖了出去。他们什么时候想起来，都充满了预见的快乐和骄傲。花岚不忍破坏他们的幸福。自己从未给他们带来过骄傲，那么自己还有什么权利把他们自己抚育的快乐，再毫不留情地毁掉呢？况且，毁掉之后，她就能有幸福吗？

积攒起来的墨绿色纸条幻化成钩子，将她吊在半空，恍如冰冷的冻肉。是一个什么样的女人，在这些墨绿色的纸上一笔一画地写下这些号码，处心积虑地带在身上，在同裴华山亲密接触之后（花岚不愿想象他们之间究竟发生了怎样的事情，她只愿用亲密接触这个词。这是一个含义模糊以至暧昧的词。从冰清玉洁的信纸和信封的接触，到非常色情的想象都可容纳），伺机把纸条塞到了裴华山的裤兜里？

也许，她应该给那个纸条上的号码，打一个电话。那真是非常简单的事情，几个号码一拨，就会极大地向前推进事态的进展。甚至，她可以不说话，在凌晨或是半夜把电话打过去，然后在暗中捕捉那个女人的邪恶气息。

那一组数字，烙在她心尖最细嫩的地方，流血结痂。在一个个清晨或是黄昏，自己再把血痂刮开，品味血腥。她不敢在自己家中打这个电话，断定那个女人一定开通了来电显示的功能，只要她的电话一打过去，那个女人就会狞笑，知道自己得逞了。她设想如果从街头的公用电话亭打过去，那个女人就无法判断。

花岚为自己的这点小聪明而得意。但紧接着的问题就是——电话接通之后怎么办呢？在听完了"喂喂"之后，就一言不发地挂上电话吗？如果那样，那个女人一定还会想到这个莫名地方电话来自哪里。如果她误以为那是一个打错了的电话，之后又怎么办呢？花岚也曾特地到宾馆登记过房间，只为借用宾馆的电话。她躺在宾馆床上，一次又一次地把手伸向电话，然后又一寸寸地缩回来，好像电话是一条蜷曲的毒蛇。最后在付了房费之后悻悻而归。

花岚一筹莫展。何去何从煎熬着她，吃多少补药也无济于事。癌症和纸条，两把交叉的骷髅刀，剔着她的神经。失去了乳房，作为一个女人已经不完整,勇气也随着被削去的乳房，被扔进了垃圾桶。后来，她连看那个纸条的气力都没有了，每当它出现，就用一次性的纸抹布像铲起死蟑螂那样把它卷了包，投入马桶。

以苦闷和疑惧作燃料，花岚决定走入乳癌小组。她一路斗争着，一路反悔着，一路向前走着，直到进入别墅。

这个小组姓癌

组员们围坐在沙发上，素不相识。早来的人坐得比较分散，尽量拉开距离。后来的人只有插坐其中，加上椅子，九人挤成一个长方形的圈子。

褚强看了一下表，还有最后五分钟，还差成慕梅未到。

第一次聚会就可能有人迟到，不是件愉快的事。但是，已比程远青预计的要好。她们是一些什么人？沉疴在身！

"嗨！大家好。马上就要到预定的时间了，还有一个人没有来。大家说，咱们怎么办？"程远青说。

"不等她，时候一到，咱们就开会。"女校长岳评抢先说。

一时静了。大家有点不知所措。本来想组长该有一个挺响亮的开场白，没想到是从迟到开谈。有点滑稽，不伦不类的。

程远青看得分明，但她不理会，沉默。沉默内蕴压力，她既然提出了问题，岳评既然提出了一个解决的方案，大家就应该发表个人意见。

"等等吧。都不容易。"安疆老人说。本来以为她戎马一生，对准时准刻有非同小可的热爱。可是，不然。

"我无所谓。怎么都行。等也行，不等也行。随便。"花岚摆弄着自己的红指甲说。很长时间没抹新油，残存的红色剥脱着，露出垩白甲床，好像宫墙遗址。

"目前三种意见：一种是不等。这比较简单，到时间，我们就开始。一种是随大流。大流还没有形成，都持这种意见，等于什么也没说。我个人比较倾向第三种意见——等。这个'等'，不是没完没了，有一个下限。等多久？三分钟，还是五分钟？"

说这话的是一个身穿西服套装的女士，短发齐耳扣住雪白脖颈，干练洒脱，绝无在座各位佝偻之态。她叫卜珍琪，是某国家机关副司长。对身份，她声明保密。"没有任何人知道我得了这种病。"她说。

卜珍琪此言一出，鹤立鸡群。鹿路撇嘴道："一个人迟到，至于说那么严重吗？又不是国务院开会。"

程远青迅速扫视全场，应春草低着头，任杀任刚不开口的模样。程远青只得任她继续安静。周云若嘴唇翕动，默背英语单词。程远青把目光投向褚强：副组长你可要立功啊。

褚强拍马向前，清清嗓子说："咱们对事不对人。我的意见是尽量早点出门，别迟到。非得迟到不可，就先给来个电话，道个歉……"

尽管所有参加小组的人，都明知会有一位男士在座，尽管褚强很明显的寸头（不是男歌手喜爱的马尾巴），性别色彩很鲜明的灰色细格子衬衣（不是红黄杂糅男女均可的中性服装），都使走进别墅的女人，在第一时间察觉到有一位男性在场。他一开口讲话，众组员还是有受惊之感。

门开了，一个身材高挑胸部夸张的女子，走进门来。一袭湖蓝色的中式服装，细密的盘扣直到颀长颈部，长发飘飘，香气袭人。远看风姿绰约，近了打量，化疗荼毒痕迹明显，皮肤粗糙无光，过度茂盛的头发是假的。

"大家好，我是成慕梅。堵车，第一次就迟到，不好意思。请多多原谅。"说着，鞠了一个长躬，袅袅婷婷坐下了。

成慕梅像长笛，嗓音有一种沙哑。褚强觉得成慕梅的胸部太张扬了一点（该死！他总是非常在意女人们的胸部），并很快找到了心理学的依据——因为切除引发丧失，所以补偿以致过度。

大家等待小组正式开场。程远青好像毫无察觉，说："成慕梅，你猜，当你走进来的时候，我们在干什么？"

成慕梅面无表情地说："猜不出来。"

程远青看着大家："谁愿意告诉她？"

谁都不挑这个头，气氛微妙起来。也没有什么不可告人的话，但刚才众说纷纭，谁也不知道怎样总结才全面。

程远青说："成慕梅，我看你现在的心情是有点着急，有点好奇，也有点委屈，觉得迟到也是有客观原因的，道了歉了，干吗揪住不放，不依不饶的……"

成慕梅说："我还有一点恼。有秘密瞒着我，拿我当外人。"

大伙就叫冤枉，说："我们也都互不认识，只比你早进来几分钟，凉锅冷灶，哪有什么秘密！"成慕梅安下心来，团体初步圆融。程远青却不甘休，说："成慕梅，我们正在讨论处置你的迟到问题。"

空气凝滞，大家搞不懂组长为什么非要把好不容易建立的和谐氛围一炮轰掉。

程远青装傻："咦！干吗这么瞪眼看我，好像我撒谎似的。难道我说的不是实话？"

安疆老太太第一个答话："成慕梅同志，你也不用担心，觉着背后议论了你什么。不过就是说迟到了怎么办？"

成慕梅说："一个迟到，有什么了不起！我不相信有谁一辈子不曾迟到过。小组算什么？连个民间团体都算不上，刀光剑影的，至于吗？要是坚决不原谅我迟到，我退出！走！"说着，成慕梅站起身来，湖蓝色的裙裤腿，兜起了地毯上的碎毛屑。

沉默不语的应春草爆了起来，说："迟到算什么？腐败啊，贪官污吏啊，卖假药的，拐卖小孩的，到处都是。咱们病人聚在一起，不就是为了找点乐子吗？这可倒好，成了找气了。我今个儿虽说没迟到，可我不敢保证。要是下次我迟到了，也来这么一通批，我可受不了。得了，若是这么较真，那我也走。"

形势急转直下，眼看小组还没开个圆圆会，就要树倒猢狲散。褚强急得抓耳挠腮，又不晓得如何帮组长的忙。程远青看着她的组员。她的组员也看着她。

癌症女人，无论老少，都曾在生死线上逛了一遭，内心多焦躁和疑虑。

程远青避开话锋说："咱们这个小组，不是学习小组，它是心理学辅导小组。世界上第一个具有治疗作用的小组，就是为病人设立。1905年，在美国麻省民众医院，由内科医生波瑞任组长，一群患有肺结核的门诊病人，组成了世界上第一个心理治疗小组。人是群居动物，小组就是一个微观社会，在开放温暖的环境中，大家共同成长。小组有它特定的纪律和制度，期待大家遵守。大家抱着各式各样的目的而来，但没人打算到这里骗人和被骗。"

大家脸色稍缓，花岚说："那是。人之将死，其言也善。"

鹿路冷笑着说:"我不是病人。"

花岚道:"这个组姓癌,你不是,混进来干什么?"

鹿路说:"我来,是打算学着不当病人。每天对着镜子,一尺长的刀疤,早就让我知道命有多悬了!用不着提醒。"

岳评校长搓着手说:"身有病,心不能病。肉里的病,医院里医,到这来,医心里的病。"

程远青说:"我想知道,在小组里,愿意把自己当成正常人的有几个?把自己当成病人的有几个?"

周云若眼波空蒙,说:"我倒是想把自己当正常人,做不到。"

很有几人附和这说法。程远青不与纠缠,说:"做得到做不到是一回事,想不想做是另一回事。起码,肉身继续病着,精神渐渐强健起来。咱们举个手,表个决,看你愿意当个什么人?"

统计的结果是只有花岚一个人愿意别人把自己当病人看,安疆弃权。

又回到迟到议题上。为了让成慕梅释疑,大家把刚才的讨论又表演了一遍,有了某种小品的意味。有谁哪儿忘了,大家就提醒她说:"你刚才是那样说的……"成慕梅看得津津有味,叫道:"也没什么好保密的嘛!"

程远青说:"很多时候,人们是把简单的事物复杂化了。"

经过这番演练,一是对迟到的强调,到了刻骨铭心的地步。二是彼此间的关系密切了很多,干戈化玉帛。

大家催程远青:"组长,还不正式开始啊!您不发表个演说什么的?"

程远青说:"还不能正式开始。大家先来个自我介绍。之后,要签一张合同。"

应春草哆嗦着嘴唇说:"妈呀!这么复杂!我就怕签合同。原来那家工厂,就是让我们签了合同,每人发了几万块钱,说是——买断,就把我们打发了。现如今,我一听签合同,手就抖得像摸了电门。"她把自己骨瘦如柴的手举起来,大家不忍多看,把目光移往别处。

花岚说:"合同签了又能怎样?我要是硬不来,还能到家押我?"

有人问:"先签合同还是先自我介绍?"

程远青说："我先来介绍自己。我今年四十五岁了……"

她刚说到这里，就被卜珍琪打断了，说："每个人都得介绍自己的年纪吗？这可和国际惯例不符。"

鹿路说："我和你做伴，我也不介绍。"

岳评不满了，说："怎么也不按个次序？组长还没说完呢！"

程远青说："组内人人平等，不分长幼尊卑。谁想讲就开口，不必请示。可以打断别人的话，当然也包括打断我的话。我从小长在中国城市，上大学，学的是医科。结婚生孩子，随先生到了美国。先是打工供他读书，挺苦的。后来，他爱上了别人。我们分了手。我开始自己读书，获得心理学博士学位。孩子在美国读书。有什么问题吗？"

花岚问："男孩还是女孩？"

程远青道："嗨，忘了交代。女孩。"

花岚又问："你恨他吗？"

程远青说："谁？"

花岚说："你前夫。"

大家本以为程远青会宽宏大量或是高屋建瓴地说"不恨"，才与她的学者身份相符，不想，程远青很清晰地说："恨。"

卜珍琪说："组长，你的介绍让我挺感动的。我还想多知道你的事。"

大家响应："是啊是啊。"对于组长，大家不摸底。有一个她自投罗网的机会，干吗不充分利用？

程远青说："你们还想知道些什么？"

"心情。你此时此刻的心情。"卜珍琪边说边向大家眨眼睛。

"对！"大家半是恶作剧地说。

褚强觉得不恭，刚想出援手，程远青早就掐算好了他的脉搏，一个眼神，封了褚强的上下唇。

"我现在挺自卑的。"程远青真诚地看着大家。

无异在别墅内扔了一枚原子弹。自卑？谁？组长？她说谁呢？她在说她自己！有没有搞错？！

震惊。有头脑灵活思维敏捷的，马上判断程远青在玩花活，一个噱头，故意耸人听闻。

程远青说："第一点自卑的是，我离婚了。婚姻是女人的第二张皮。

在婚姻美满的女人面前，我总生出哀伤和低人一头的感觉。第二点自卑的是我已经不年轻了，常常力不从心。除了这两处旧伤以外，今天，坐在你们之中，我又感到了第三点，让我胆怯不安。"程远青轻轻地叹了一口气，好像吐出一个松软但体积庞大的棉花球，不但堵住了程远青的胸口，把大家也壅塞得喘不过气来。

在场的人，若说对程远青的前两点还能体谅理解的话，这第三点，就有点丈二和尚摸不着头脑。大家说："我们哪点让你自卑了？"

程远青道："我没得过乳腺癌。"

此语一出，全室皆惊。大家都不知程远青葫芦里卖的什么药，连褚强也觉得程老师怎么啦？玩笑不是这个开法，调侃也不能往伤口上撒盐哪！

大家目光炯炯。某种意义上可说虎视眈眈。程远青走一着险棋，把自己摆在全组对立面。就算褚强保持脆弱的中立，她现在也是名副其实的孤家寡人了。她的话像一道界桩，把别墅划分成两大阵营——得乳腺癌的，没得乳腺癌的。

一边是所有组员，一边是组长程远青孤身一人。

程远青面色平静。程远青口吻诚恳。并不是她愿意挑起这种对立，而是这种对立一定会来。早来比晚来好。这是一个事实，铁的事实。由一个健康的人，来给一群罹患恶疾濒死之人做组长，这深不见底的鸿沟，你绝对躲不开。尊重和陌生，会使对立隐蔽而悄然，但雪埋死人，变化会让这个死人蠢蠢欲动，在一个意想不到的时刻，猛然坐起来，吐出红舌。程远青蓄意要把这个死人激活，现身光天化日之下，瘴气就提前散了。

卜珍琪说："组长，您说的是真话吗？"

程远青道："千真万确。我希望小组养成好习惯。你可以不说，但你说，就是真话。"

鹿路插言道："打岔吧？你是全乎人，我们呢？不男不女的怪物，残人。只有残人在好人面前自卑，哪有反过来的？！"

程远青瞥见成慕梅脸色非常难看。大家的面容也都冷漠中透着愤懑。

程远青道："自卑并不是和条件成正比。这个小组里，我是少数，你们是多数，你们知道很多事情，我不知道。你们彼此容易沟通，我却是局外人。如果你们联合起来把我当异己，排斥我，我就融不到群体里。"

花岚说："我愿要你的自卑，把病过给你。"

安疆宽厚地说："组长，您别自卑。我们也不自卑。病，也不是罪。"

鹿路更有邪门的，说："组长，您的自卑有治。"

程远青道："怎么治法？"

鹿路说："别着急。你就等着吧。得病这事，谁也说不准。也许哪天你就得了这病，不就不自卑了吗？"

大家就说："乌鸦嘴！自己得了病，已是天大的苦事，哪能还巴望着别人也受这份折磨！"

鹿路不服气地说："少来这一套假仁假义！我就不信，你在苦海中就没想过：为什么天下的人不都得上这种病！你就没咒过让你的仇家或是你的朋友都得一回这病！不是不盼别人好，起码这世上多几个同甘共苦的人！"

大家不说是，也不说不是。只有安疆喃喃地说："我可从来没想过。"

这一程话里，可供讨论的题目太多了。程远青好像面对一个处处滚着岩浆的火山脚脖子，从哪里钻下去，都会诱发猛烈的爆发。

岳评指挥道："组长说完了，该副组长的了。然后按顺序，顺时针转。"她自觉坐上了老三的位置。

褚强刚要张口，程远青双手交叉着向下一按。这是一个有着强烈拒绝意味的手势，空气一下凝结了起来。程远青说："咱们这个小组，不搞排排坐，分果果。谁想好了谁就说。没有什么顺时针逆时针的，顺序在大伙心里。"

程远青口气安然，但那个非同小可的动作，令人过目不忘。岳评不服，心想不按我说的轮值，看谁愿发言？

她错了。组员在孤独苦闷中自愿而来，骨鲠在喉不得不吐。

"我叫鹿路。九色鹿的鹿，小路的路。我是东北人，到北京来打工。现在一家房地产物业工作。没办法，养活自己呗。完了。行不？"鹿路说完，看程远青。程远青掉转头，不看鹿路。鹿路的目光就掉在地上，摔碎了。

鹿路又去看褚强。褚强闭上了眼睛。褚强总觉得鹿路嘴后还有一张嘴。

鹿路自我解嘲道："既然说多说少，全由自己，我就说这么多。"

安疆发言："我叫安疆。平安的安，新疆的疆。我这个名字是后改的。是我老伴改的。我们是在新疆结的婚。我在干休所。一个人。"安疆声音很弱，但不含糊。

"那你以前的名字叫什么？"应春草问。她不喜欢自己的名字，觉得一听就像个下岗女工。因此对别人的名字，特别是后改的名字感兴趣。

"这个……不说吧。"安疆拒绝了。

"很小资味！"周云若说。

"小资是什么味？"老人家在干休所孤陋寡闻，对流行词汇一无所知。

"比如叫潇潇或是丽娜什么的。"周云若说。

"云若也算吧。"褚强插话。

周云若很快反击道："不算。云若有武侠风。"

安疆老太太说："不是。"

"那你以前究竟叫什么呢？"周云若追问。

"这个……只有政委知道……"安疆为难了。那是她和政委的秘密。

程远青解围道："名字只是一个符号，不必太在意。"

接下来是花岚自我介绍："花岚。不是盛满鲜花的花篮，是山底下的风。我在银行工作，成天和钱打交道。过路财神。不过，单位有钱还是好，药费不成问题。"

大家就都露出羡慕的神色。癌症是个无底洞，很多效益还算不错的单位，刚开始还说：安心养病，尽管治，药费的事不用挂在心上。面对着汹涌澎湃的药费单子，很快就变了脸，最后不是规定了最高限额，就是拖着不报，闹得大家心中惶惶。

"我这一辈子啊，除了住院交押金，没摸过超过一万块以上的钱。头一回摸那么多的钱，比摸不着的时候还惨，打小窗口喂进去，那个心疼啊。真想不出天上地下袖筒子鞋旯旮里都是钱，啥滋味？"应春草啧啧说。

花岚有机会谈谈自己的工作，也有成就感。她说："钱味，难闻得很。一堆钱放在一起，就像破鞋臭袜子脱下又捂了三天。每天数钱，就像清洁工人扫树叶子。没感觉。硬说有什么感觉，那就是，这世上钱再多，不是自己的，干着急也没用。不如不看。"

应春草听得发呆，由衷地说："过手成千上万钱的人，才说得出这话。"

岳评受了程远青的打击，积极性有所收敛。等到这会儿，说："我在一所重点中学当校长。我们学校有六十七年的历史了，是一所有光荣传统的学校。现有教职员工×××名，班级×××，在校学生××××……在历次的评比中，我校一共获得了……"

大家昏昏欲睡。鹿路捅捅岳评说："校长，这儿不是教育局。"

岳评喜出望外地说："你怎么知道我是校长？还没介绍到呢。"

鹿路故作诧异："我好像听您已经说了好几遍了。"

岳评浑然不觉，说："我这个人，最不愿意把职务挂在口头上了。"

鹿路说："您这么谦虚，难得。我看您就再谦虚一下，给别人也留点空。"

可惜岳校长忍痛割让出的时间，大家不领情，固执地沉默着。褚强说："我讲两句。"

鹿路就带头鼓掌。鼓掌这事，如果没有鼓，一直静着，也就不见怪。一旦有人带头拍出声来，别人不响应，好像不敬似的。散落在沙发上的组员们，稀稀拉拉地拍掌，闹得褚强一个大红脸。

周云若不鼓掌，抢白鹿路说："别人发言你不鼓，为什么单是这人发言，你就鼓？"

鹿路说："谁叫他是副组长来着？我拍他马屁！"

周云若说："不对吧？要说拍马屁，组长的官比副组长大吧？你没鼓掌啊！"

鹿路说："我没鼓掌，组长记恨我也就罢了，可关你什么事？我这人，想给谁鼓就给谁鼓，你管不着！"

气氛有些僵了。褚强一见大事不好，纠纷是因己而起，息事宁人的法子就是赶快介绍自己："我叫褚强。男性……"

大家就很夸张地笑起来，褚强得了一个碰头彩。

"好像谁不知道你是男的似的。照你这样介绍，我们每个人都得在自己的话里加上：性别——女。"花岚说。

褚强着急地说："我也自卑。"

花岚说："怪啦！都说女人比男人自卑，你大小伙子一个，自卑什么？"

褚强说："在社会上，女人比男人自卑。可咱这小组，就颠了个个儿。你们都是女性，我是少数派。刚才组长还说她因为不是病人自卑，那我既不是病人，又不是女人，就更自卑了。"

岳校长道："自卑也不是什么值得夸耀的事，甭争甭抢了。副组长，你接着说。"

褚强说："我插一句。叫我名字，叫小褚，怎么样？"

周云若立刻响应："小褚，你接着说。"

褚强说："别人都叫得，就你叫不得。"

周云若说："为什么？"

褚强说："你比我小。你得叫我老褚。"

大家说："管你叫老褚，我们怎么办呢？"

褚强只得说："小褚就小褚。我是心理学系毕业，在隽永生物公司综合部任职。程老师的助手。"末了又添了一句："未婚。"

大家就笑："补充得好。"

周云若说："我的也简单。本科和研究生读的都是中文，由于生病，学业还没完。算肄业生。"

现在，没有做自我介绍的只有卜珍琪和成慕梅两个人了。她俩互相看了一眼，成慕梅说："你先。"

卜珍琪说："我叫卜珍琪。干部。寡居。"

简单，干脆，有一种拒人千里的决绝。成慕梅干咳了一声，好像对自我介绍很为难。已然是最后了，也无法推托，迟疑着说："成慕梅。在机关工作。未婚。"

程远青看看表，这个动作具有传染性，大家都不由自主地看了看表，第一次小组活动只剩不多的时间了。程远青说："中国有句古话，百年修得同船渡。小组就是一艘小小的船，驶向各自心灵的港湾。大家走到一起，是缘分更是福气。现在，大家签署一份契约。"说罢程远青拿出一沓纸，给了身边的成慕梅，示意传给大家。每人分得了一张，忙不迭地看起来：

小组契约

1 我自愿加入小组，为了自己和同伴的成长。

2 我力求坦率真诚，与他人分享自己生命的体验。

3 我将保守小组的秘密。

4 我遵守小组的纪律和制度。不迟到不早退。如遇疾病和其他特殊情况，事先向组长请假。如果两次无法参加小组的活动，视为退出小组。

5 在小组的活动过程中，可能会扰动身心，我对此有必要的了解和准备。

签约人：

按下你的指纹

"跟加入地下党似的。"鹿路把签约纸像小蒲扇一样扇着自己的脸庞。纸软，弓成拱桥样，噼噼啪啪地响，有些刺耳。

"你参加过地下党吗？"安疆老人平和但却很有分量地问。

"没。我才多大啊，哪能跟您比！"鹿路带着伪装的恭敬和明显的优越。

安疆说："真正的地下党不留任何纸。"

周云若说："我不明白。既然请了假，为什么如果两次不来，就不能再参加了呢？谁也不是故意的。"

大家就说："别那么严格。三次吧？"

程远青说："小组的活动有很大连续性。一次不来，就有很多信息不知道。两次不来，就会丧失更多的机会。组员看起来还是那些人，可心灵的步伐不一样，会出现隔膜，对小组和对自己，都不负责任。所以，以两次为限，不再宽延。"

说完，程远青拿出一个很陈旧的铁盒子，圆扁若一只小手鼓，表面印着粗糙的图案，花红柳绿的，已看不清是"百雀灵"还是"万紫千红"。

"这是什么？"周云若很惊奇。

"以前装擦脸油的。现在都用精华素面霜晚霜的，只有农村才用这玩意儿。"鹿路说。

程远青说："出个谜大家猜。这里面装的是什么？"

褚强说："我知道。"

程远青说："你说吧。"

大家就说："小褚你不要说。你是副组长，得避嫌。"

褚强说："那我弃权。"

大家说："弃权不行，你不能搞特殊化。"

程远青笑道："其实小褚并不知道这里面是什么。你就最后说吧。好，谁先猜？"

鹿路说："我猜里面就是普通的擦脸油。故弄玄虚而已。"

程远青说："里面不是香脂。"

岳评第二个猜，这已是很大的忍耐。"糨糊。"她说，"我小时候，上手工课，用白面打出糊糊，装在这种小盒里，带到学校去。"

程远青说："但遗憾地通知你，里面装的不是糨糊。"

应春草猜道："这里头啊，可能是一只小昆虫，蚂蚁什么的。"

大家说："怎么想到活物上去了？"

应春草说："我有过这样的一只小盒子，陪伴了我好多年。我藏过蚂蚁、小蚂蚱什么的。"

程远青说："这里头的东西没生命。"

应春草说："我看到盒子盖得很紧，也想里面没法装活的动物，那就憋死了。"

安疆开口："土。"

大家一时没听清楚，追问："你说土，什么意思？盒子的式样土，还是另有含义？"

安疆说："里面装的是土。我十几岁离开家的时候，表姐说你带上一点家乡的土。无论走多远，若是水土不服，捏一撮家乡土，沏水喝了，病就会好。当时，想找个铁盒子，没找到。后来用块家常布包上了土。"

大家说："盒子太小了，若是装土，沏一杯茶就得见底，两杯茶就喝干了。"

安疆说："我想不出别的东西来。"

程远青说："有诗意。可里面不是土。"

周云若说："我能把这个盒子拿在手里吗？"

程远青说："可以。"

发过言的说："不公平。我们远远地看了一眼就猜，你却要拿在手里掂，占便宜了。"

周云若反驳道："谁叫你们不问呢？程老师并没有说不让拿在手里猜啊！"

程远青说："这个漏洞找得准。"

周云若说："那您就把这个小铁盒给我吧。"

程远青把铁盒抛起来，在空中划出了一道优美的弧线，周云若灵巧地接到手里。

"这么沉啊！"周云若失声叫道，"我猜是一种金属。哦，我知道了，是钱。"

原来那是一盒子钱！——不对吧？是纸币，不会有这重量。是硬币，盒子不该喑哑无声。周云若察觉自己的失误，反复察看盒子。有人不乐意了，说："你看也看了，说也说了。不会干脆把盖子起了吧？"

周云若悻悻地把盒子交出，说："不是硬币，就是欧元。要不然，就是金子。"

大家就说："欧元啥分量，不知道。金子恐怕还要重些。"

程远青点点头，等于宣布了周云若的失算。

现在，只剩下卜珍琪和成纂梅。目光一交汇，成纂梅说："你先。"

卜珍琪说："能闻闻吗？"

程远青说："行。"

卜珍琪把铁盒放在挺秀的鼻梁下方，用颀长的手指扇着气味，耸动精巧的鼻翼，轻轻嗅着。大家也都屏住气，等这位职场中精明的女性，发表高见。

"有一种极为独特的香气。和我们通常所闻到的任何一种化妆品都不相同。盒子外表朴素，很有些年头了。当盒子还很新的时候，东西就装到里头了。很可能是洋货，装在纯粹国货的旧铁盒里，一个伪装。"卜珍琪若有所思地向大家报告。

有人小声说："卜珍琪你该到公安部门任职。"

程远青说："已经靠近了答案。不过，它是纯粹国货。"

又是成纂梅垫底了。她索然看看大家说："不猜。"

大家说："都猜了，你为什么不猜？不行不行。"

成纂梅说："猜不出来。"

大家说："我们也都没说对啊。你最后一个猜，够占便宜的了。起码你已知道它不是化妆品，不是钱，不是土，不是活物，不是洋货，不是糨糊……"

成纂梅说："就算知道了不是这几样，也没用。万物海了去了，猜不出来。"

僵持。成慕梅坚持不猜，组里出了一个"特区"，程远青有点发愁。

褚强救场说："我猜，是药。"

一听是药，大家来了精神。齐问："什么药？"

褚强说："那还用说，特效药呗。香气，国货，说明这是一味祖传中药，很沉，说明装得瓷实，大家都可分到一点。"

别墅内气氛高涨，还有什么比奇异的药材更能让癌症病人兴趣盎然！程远青赶紧泼冷水："里面的东西和医学无关。"

成慕梅不想在第一天成为众矢之的，就说："我试试吧。也猜这里藏的是药。"

大家说："程博士都说过了，不是药。"

成慕梅道："我这个药，和刚才那个药有所不同。不是治病的药，是致死的药。盒子虽小，若装氰化钾，把咱一干人放倒在这里，绰绰有余。砒霜，效果差点，估计也够了。"

大家毛骨悚然，不由仔细端详这位最晚抵达的组员。她浓妆艳抹的脸上阴冷淡然。

程远青必须出手，停止这种恐怖想象，很干脆地说："你猜得不对。盒子里绝不是毒药，也不是炸药。你这样猜测，使我很难过，也让大家很不安。我想你是在开玩笑，是这样的吧？成慕梅。"眼光中有温和却不容抵挡的压力。

在大家目光的逼迫下，成慕梅只好就坡下驴，说："唔。我开玩笑。"

成慕梅收回了耸人听闻的揣测，大家重又关心盒子悬案。

程远青说："我先给大家讲一个小故事。"

鹿路说："我是个急脾气，先打开盒子，再讲故事，好不好？"

大家都说："好！"

程远青说："故事听完，就知道盒子里面是什么了。好多年前，当我还是个小姑娘的时候，经常到一个同学家给她补习功课。她脑子有点笨，但人很好，老实本分。她叫千叶……"

千叶的父母都去世了，千叶和奶奶一起过日子。千叶不喜欢读书，千叶说，她才不上大学呢，那得学多少年啊，得付多少学费啊，奶奶等不了那么多年了。千叶说她要早早上个中专，挣钱养活奶奶。千叶的奶奶可不这么想，她一心要让千叶上大学，觉得这才对得起千叶的爸爸妈妈。

奶奶不知道千叶是怎么想的。或者说她就算知道了千叶是怎么想的，她也不理睬，依然坚持自己的想法。千叶的奶奶找到了学校，希望学校派一个学习好的孩子，和千叶一起做作业。

这个活就派到了程远青头上。程远青每天放学以后，就到千叶家去，趴在千叶家古老的红木小饭桌上，做功课。每当这时候，千叶的奶奶就守在一旁，看着两个孩子一笔一画地写字，是莫大的享受。千叶不会做的功课，就请教程远青。程远青就一遍遍地告诉她。写完最后一个字，奶奶就像神仙似的，变出很多零食。爆米花啦，铁蚕豆啦，还有分成两堆的花生米。

"你们俩谁先挑？"奶奶对着花生米和垂涎欲滴的小姑娘说。

千叶每次都说："远青你是客，你先挑。"

程远青说："哪堆都行。我也看不出哪堆更大。"

奶奶就啧啧称赞道："到底是好学生，就是不一样。一下子就看出来了。是，两堆一般多，都是一百粒。我一个个地数过了。"

也许是一百粒的花生米是个吉祥物，总之千叶的成绩有了很大的进步，有一次，居然得了生平第一个一百分。老奶奶把程远青叫到身边，说："孩子，我谢谢你。"

少年程远青说："老奶奶，这回全班有三十多个一百分呢，老师说题目出得太容易了。"

奶奶说："奶奶不管这个。奶奶只知道这是千叶的第一个一百分，为了这个，奶奶要赏你。"

少年程远青说："奶奶是要给我二百粒花生米吗？"

奶奶说："这回不给你花生米了。花生米吃了就没有了。奶奶这次要给你一个能留久远的物件。"

奶奶说："千叶的爷爷早年间在宫里当差。宫里，你知道那是哪儿吗？"

少年程远青说："我知道，是故宫。"

奶奶说千叶的爷爷从前干过一个特别的差事。宫里头活儿分得很细,看着笔的是一拨人,看着墨的又是一拨人。千叶的爷爷是看印泥的。

"印泥还用看啊? 印泥又不会跑。"少年程远青说。

奶奶说,宫里用的印泥是特制的,含有上等朱砂,并加进了玛瑙、珍珠等多种宝物,俗称"八宝印泥"。皇帝的玉玺盖印时,用的就是这种印泥,永不退色。千叶的爷爷冒着杀头的风险,从宫中偷出了一小坨八宝印泥,藏在家中。

"喏,这就是八宝印泥。我给你装了一小盒。不值钱,可没地儿淘换去。留个念想吧。奶奶看你是个读书人的坯子。读书人喜欢这个。"奶奶说着,把一个装香脂的小盒子递给了少年程远青。

……说到这里,中年程远青把手掌摊开,让那个小盒子如同一只被捕捉的蟋蟀,静静地躺在手心。

"哦……原来这盒子里面藏的是八宝印泥!"众人恍然大悟。

程远青慢慢地把盒子打开,由于年代久远,盒盖压得很紧,开启的时候,颇费了一点气力。

盒盖终于打开了,一股凛冽的芳香之气奔涌出来。不是俗气的茉莉玫瑰之香,也不是甜腻讨好的香草水果之香,更不是类似狐臭和皮革的国际香型,甚至也不是大富大贵的红木檀香之气,而是让人有轻微迷茫的沁人心脾的幽远肃穆之香。

八宝红印泥隆重奢华,有着君临天下的非凡气魄,纯净温润,不掺丝毫杂质,宛如一颗巨大的红珠。

程远青用自己的右手食指,在八宝印泥的中央,先按了一下,然后端端正正地在自己的那一份契约的签名一栏,按了下去。一个清晰宛若梅花花瓣的指纹出现了。

"哦……"大家恍然大悟。褚强最先响应程远青的号召,伸出自己汗毛浓重的手指,也在契约上按了手印。并问:"一式两份吗?"

程远青道:"对。自己存一份,我这留一份。"

有人觉得新奇,有人觉得好玩,有人觉得小题大做,有人觉得故弄玄虚……但一看组长副组长如此认真,加上契约对利益和责任都很公平,况且若真是自己一不留神谈出了隐私,契约也是极好的保护。纷纷伸出手指,在契约上留下了手印。

说来也怪,不管你是坚决还是迟疑地在契约上按了手印,只要自己的食指被这古色古香的八宝印泥所染，就好像被打上了共同的印记，有了重重的承诺。大家看着自己的红手指，孩子似的笑了起来。

程远青说："第一次小组活动就到这里。签署了共同的文件，我们成为一个特殊的集体。汽笛已经拉响。我们的小船，能走多远，全靠各位水手的努力了。小组活动就要结束，希望大家用一句话，形容一下今天的感受。正的负的都可以。"

岳评抢先道："我先说。我的感受是：这是一个团结的小组，一个特殊的小组。我从来没有参加过这样的小组。我想谈以下四点看法……"

鹿路突然鼓起掌来，不怀好意的掌声，让岳评只得草草收场。

花岚说："我本来想来看看风头。要是好，就留下。要是不好，下次不来了。"

大家说："这算什么感受啊？况且，你下次还来不来了啊？你没说。"

花岚说："这还听不出来啊？当然是来啊。要是不来，就什么都不说了。"

鹿路说："按说我走南闯北的，见过的世面也不算少了。这种小组，没见过。稀奇。"

大家就问组长说："稀奇，算不算是心情？"

程远青说："你的稀奇是不是惊奇的意思？"

鹿路说："无奇不有的意思。"

程远青说："算。"

鹿路过关，出现了短暂的间歇。程远青说："我希望总乐意在后面发言的组员变变。"

卜珍琪警觉道："你是批评我吗？"

程远青说："建议。"

卜珍琪说："我感觉在这个小组里，今后会发生一些意料不到的事。拭目以待。"

这带有某种巫术预言的话，令人感到轻轻的不安。程远青觉得有责任匡正，就说："你的意思是，将有很多事件可能发生，每一个人既是演员，又是观众。"

卜珍琪莞尔一笑道："不完全是这样。您若觉得这样说比较好，我就承认我是这个意思。"

安疆说："我说吧。我会把这些告诉政委。"

大家说："政委是谁？"

安疆说："政委就是政委。"

应春草说："看到大家都有这病，也许是我自私，心情好一些了。"

周云若说："挺累的，好像一天背了三百单词。不知为什么？"

程远青说："用心了，就累。"

有好几个人出长气，看来周云若说出了她们的身体感觉。

成慕梅这回比较自觉，赶在倒数第二个说了话。"说不上好，也说不上不好。"

褚强说："我本来以为会碰到一些怪人，现在觉得挺亲切的，不怪。"

大家都很高兴。一位年轻的男士，觉得患了乳腺癌的女人很亲切，这很好。

程远青看着她的组员们。青黄的面色，游弋的眼神，散乱的假发，枯萎的身体……比她领导过的任何小组都更抑郁和孱弱。她要帮助她们流出眼泪和眼泪之后的忧愁，要把她们拖回她们想要回避的那些惨痛记忆，那些记忆对于她们是一种罪恶的宝贝。它们是深夜出来作祟的魔鬼，痛苦就是它们潜藏的巢穴。当她们因为太痛苦企图逃走的时候，她要轻轻地但是绝不迟疑地把她们重新投入火焰，让过去化为灰烬，让火苗编织出新的羽毛，助她们飞翔。

任重而道远。

她说："我的感受是——时间过得真快！乳癌小组的第一次活动到此结束。"

夜半铃声

　　他忍着呛人的狗肉气味（也许在爱好者鼻子里，正是诱人的香气），认真地察看了狗肉店的每一个犄角旮旯，以致让领位小姐怀疑他是微服私访的检疫人员。他挑了一个靠窗的座位，点了和狗肉无关的凉菜还有啤酒。他悠闲地喝着啤酒，认定这个地方非常适宜自戕。墙上没有多余的饰物，只要把桌椅搬开，爆炸之后就不会引发火灾。时间以晚上打烊前为宜，先让店员们退出，才不会伤及无辜。他这样想着，背靠着墙壁，把沉重的扎啤杯子紧靠在胸前，假设那是筒装的爆炸装置，然后一饮而尽。

　　褚强回到家，后背像被人狂殴一般酸痛。他知道这是在小组活动中，精神高度紧张所致。很想痛痛快快大睡一场，申凌来了。工作和情感，在大脑中分属不同的区域，软塌塌的褚强，转眼又生龙活虎。

　　褚强说："你怎么来了？"

　　申凌说："瞧你这口气，好像不稀罕我来似的。那好，我这就走。"

　　褚强赶紧做了一个老鹰捉小鸡时鸡妈妈的动作，说："我是喜出望外。要是早知道你来，我就把屋里收拾干净。"说着，把泡着袜子的塑料盆，不动声色地用脚踢到床下。

　　申凌说："我也不是检查卫生的。你甭遮遮掩掩，反正我也不会给你洗。"

　　褚强嬉皮笑脸道："哪敢有那非分之想呢。主要是怕熏了你。"

　　申凌说："我不怕熏。就怕你变心。你如今是一枝独秀，扎在女人堆里。"

　　"那也叫女人？一堆枯枝败叶。"褚强故意贬斥癌症小组，虽于心不忍，但为了爱情，也就让她们牺牲一回。

　　申凌说："把你们小组活动的事，讲给我听听。"

褚强为难了："程博士不让讲。"

申凌变色说："我重要还是程博士重要？"

褚强知道自己即将步入一个危险的连环陷阱，马上封门道："当然是你重要。咱别说工作了，好不好？"

申凌锲而不舍："把你小组的事抖搂点，也是个乐子。我保证不跟任何人说，咱们俩，谁和谁啊，不就是一个人吗？"

褚强爱听这话，心就软了。他把小组的事当成讨好申凌的机会，星星点点透露若干。不时想到程远青的叮嘱，舌头就抵住了牙床。申凌正听得有趣，哪里容他收兵。他坚持不说，申凌就把好看的小嘴撅成"O"形，说："你爱不爱我？"

褚强赶紧表决心，说爱到地老天荒。申凌抢白他说："你要是爱我，就说下去。"

褚强说："爱你和小组有什么关系啊？"

申凌说："关系大了。爱和所有的东西都有关系。"

恋爱中的女孩，愿意把一丁点儿的小事都和爱联系起来，褚强哭笑不得，禁不住申凌死缠烂打，就把小组的事像挤牙膏一般说着，真真假假，编故事哄申凌。申凌听得还挺上瘾，说："跟这拨人一比，咱实在是太幸福了。嗨！你说，这个小组活动中，会不会死人？"

褚强吓了一大跳，说："你想点好的成不成？我还真没想过谁会死在小组里。"

申凌撅着嘴说："别这么一惊一乍，留神吓着谁！都是癌症病人，死个一个两个的，才合逻辑。估估看，你这个组里，谁第一个死？"

年轻的女孩，可能觉得死亡遥不可及，喜欢把它当成一个谜语。

褚强说："不知道。"

申凌说："我知道。"

褚强说："谁？"

申凌说："我看那个叫成慕梅的人先死。"

褚强说："有何根据啊？你也没见过她。她脸色虽说差点，大面上还行。"

申凌说："直觉。女人的直觉，你不服行吗？"

褚强举手投降说："我服我服。服到五体投地。"

褚强上班，看到自己办公桌上，放着一个白色信封。褚强任职隽永生物公司综合部，公务函件不少。但这封信有些古怪，单位地址和姓名一应俱全，寄信人一栏中，却只留下"内详"两字。

说实话，褚强还真没收到过如此神秘的信件。

他饶有兴趣地打开了信封。一张雪白的 A4 纸，上面以黑体 3 号打印着一行字：

"请找到第一版第 12 次印刷的《现代汉语词典》，打开第 1253 页。看看第 11 个字……"

褚强觉得很有趣。谁在和他开玩笑？看看邮戳，本市寄出的。他有十分把握这是申凌干的。这个小文员，字典、A4 纸和打印机，正是她朝夕相伴的作案工具。故弄玄虚是该人的长项。

不管怎么说，褚强还是要抓紧时间找到那本"现汉"，查查是个什么字。不然，下次约会，小姑奶奶问起来，褚强答不出，就要看她的脸色了。

"现汉"本是最常见的工具书，但寻找起来却比想象的困难。褚强楼上楼下穿行，跑出一头汗。有"现汉"的人倒是不少，但这个指定的版本实在是太老。它是 20 世纪 70 年代末期的产物，在电子时代，简直相当于乾隆时期的花瓶。天可怜，褚强最后终于在广告部的一位老编辑那里，找到了这个宝贝。再三道谢之后，褚强夹着来之不易的"现汉"，回到自己蚁巢般的办公隔断。

倒要看看申凌搞的什么鬼。褚强翻到了第 1253 页，食指挿着向下数，找到了那个字，真是又好气又好笑。这是一个非常普通的字——"小"。"小"什么呢？小张小李小褚小刀会小气鬼小心翼翼小不忍则乱大谋……不知道。褚强苦笑，交了这么一个鬼点子甚多的女朋友，你就得适应她的鬼把戏。目前只有按兵不动，看看后面还有什么花样，申凌是不会虎头蛇尾的。

吕总裁召见褚强。作为低级职员，走进总裁阔大的办公室，褚强既兴奋又紧张。办公室的氛围更加重了褚强的不安。一个成心不让人舒服的地方，光滑的深胡桃木把所有裸露在外的细节都包裹起来，好像一把整装待发的猎枪。

吕克闸在甲板一般辽阔的办公桌后面说:"把癌症小组的进展汇报一下。"

褚强说:"小组在程博士的领导下,已经正式启动。"

吕克闸问:"都是货真价实的癌症病人吗?"

褚强说:"是。"

吕克闸说:"详细讲讲。"

褚强沉吟,总裁不是申凌,不能乱编乱讲,只得说:"程博士不让讲。"

吕克闸说:"好。忠于职守。只是,是程博士发你工资还是我发你工资?"

褚强低头道:"您。"

吕克闸说:"你知道吗,连程博士的工资也要我发。"

褚强见缝插针道:"那您就让程博士给您汇报。"

吕克闸笑了,说:"脑筋急转弯。好吧,关于小组的事,我直接问她。但关于程博士的事,我只有问你了。你是公司派出人员。"

褚强想,谈程博士,这倒不违背原则,便把有关信息一一报出。吕克闸不动声色地听完,示意褚强可以离开了。

吕克闸起身,躲到弧形的外飘窗前,看着楼下熙熙攘攘的人群,想着那个在酒吧喝清水的女人。她为自己的婚姻和年纪自卑,原来她玉树临风的镇定之下,也有软肋。

谁没有软肋呢? 吕克闸凭着自己艰苦卓绝的奋斗,有了隽永生物公司今天的局面,他没有一个知心朋友,睡梦中永远睁着一只眼睛,和老婆也是同床异梦。和这位心理博士在一起,有一种奇怪感觉。吕克闸认识无数女人,从铁腕娘子到百媚千娇的小姐,如此特立独行的女人头一回见。她有一种单纯到透明的风度,甚至是傻,居然对着一群社会上的药渣滓,述说自己失败的婚姻。然而她骨子里的强悍、敏锐和原则性,又如同檀香,不动声色地熏染着每一个靠近她的人。

吕克闸看了一下日程表,拨响了程远青的电话。

"程博士,您好。不知道您还是否记得我? 我是吕克闸。"总裁彬彬有礼。

程远青有一点意外,很快回答:"当然记得。有什么事吗?"

"我想创造一个让您再次感谢我的机会。"吕克闸说。

程远青不知总裁卖的什么关子，鉴于工作关系，斟酌着说："感谢您的邀请，只是没时间。小组刚开始活动，有很多准备工作要做。"

吕克闸怎能善罢甘休，说："你知道，由于历史的原因，我对癌症小组很关心，想听你详细谈谈。"

程远青想到了吕克闸的双亲，动了恻隐之心。她筹划了一下自己的时间，说："我只有明天下午有点时间。但要一鱼两吃。"

吕克闸来了兴趣，说："什么叫一鱼两吃？你不是要请客吧？"

程远青说："时间是一条鱼。一吃就是同你谈天。还有一吃，是想找个地方讨论死亡。"

吕克闸倒抽凉气，一个文静女子，居然组织一帮癌症病人谈死亡，也太嚣张了。他说："死亡不需要讨论。那种感受，刻骨铭心。"

程远青说："如果说世上有什么人应该讨论死亡，我以为癌症病人和他们的家属是首选。"

吕克闸说："听你这样一讲，我倒很想参加讨论。"

程远青断然拒绝："很抱歉，您不是小组成员，不能参加。明天下午两点公墓门口见。"

程远青换了家常的棉花绒布衣裤，踩着软底的布拖鞋，浇了浇叶子有些打蔫的巴西铁，为自己做了简单的饭，又在沙发上躺了一阵，决定洗一个热水澡。

洗手间里装有按摩浴缸。朋友说，远青，在这一点上，你比较腐化。

程远青说："我孤身一人，也无人爱抚，装了按摩机关，代替耳鬓厮磨。"

朋友说："如此说来，有朝一日你结了婚，这个浴缸就可拆除了？"

程远青说："对。那就装一个双人浴缸啦！"

程远青放好水，卧进水中。她感到轻微的压迫感，那是温柔的水聚集在一起的力量。薄荷浴盐倒入水中，软滑的绿色颗粒像幽灵一般在她胸前的水中，划出飘逸降落的轨迹，沿着她还算光滑的皮肤，四处飞舞。随着时间的推移，水珠浸酥了浴盐,浴盐锋利的边缘变得模糊，浮起了绒毛样花纹。每一粒浴盐，都各自为战变成薄荷色的太阳，浅绿的光芒蜿蜒扩散，无数丝线般的羽翼朦胧地飞舞着，把一盆水，染作碧青琥珀，散发清凉气息。

程远青静默地注视着浴盐溶解的过程。也许按照正规的步骤，她该先把浴盐溶解在水中，然后再把身体沉浸。但是，在观察浴盐溶化的过程中，她总能感到一种轻盈的快乐，自己的疲倦，也随着浴盐的消解，渐轻渐淡。

程远青把按摩开关打开，水流汹涌地激荡起来。管道中储留的冷水，让她打了个寒战。芬芳的水，泛起无数珍珠样的气泡，把她包裹起来。程远青昏昏欲睡，随波逐流。

电话铃响了。她最近买了一个新电话。铃响同时，一个电子合成女声，刻板而忠诚地报出一连串阿拉伯数字。

程远青泡得正舒服，合上眼睛，不肯接电话。它不是褚强的，也不是任何一个程远青的朋友。来电终于哑了。程远青很高兴。可惜，没容她享受五分钟，铃声又顽强地响起来，余音袅袅，还是刚才那个号码。

什么人？什么事？不肯罢休？

程远青琢磨。思量的结果还是不理睬。也许只是一个拨错了的电话，别让它毁了自己的惬意。铃声无望地响了很久，沉寂下去。这一次，程远青有些不安。她把身体略微擦了一下，披着浴巾走到卧室，把电话机移到了浴缸旁边。话机像机警的癞蛤蟆，原先鼓噪一片，后来听到了捕捉的脚步声，就再也不响了。当洗发香波盖满程远青脑瓜顶的时候，那个奇怪的电话又响起来了。

真讨厌！程远青用毛巾把湿淋淋的头发包上，抓起电话。

"喂，你好。"程远青关了按摩机关，让水波静下来。

"程博士，你好。"青檀样的男声，空旷深远。

"请问，您是哪一位？"

"程博士，你听不出我的声音吗？"对方失望。

程远青最不喜欢这种欲盖弥彰的表达方式。她硬邦邦地说："不好意思，听不出来。"

"我是成慕海。"对方不得不自报家门。

"噢。您找我，有什么事吗？"成慕梅出席小组的表现，让程远青有几分吃不准，对成慕海的来话不敢大意。

"程博士，我知道您现在一定是又累又乏，特别想好好休息一下。打扰您，很抱歉。"

也许是成慕海富有魅力的嗓音，也许是他温柔地提到了程远青的累和乏，或者是等了这么半天，若是三言两语地就放下了电话，程远青也觉得对不起自己里里外外这一番折腾，态度略显热情地说："不客气。你说好了。"

成慕海说："小组会开得怎样？"

程远青反问道："你为什么对这件事如此感兴趣？"

成慕海说："因为是我动员妹妹参加小组，怕她受委屈。"

程远青说："那你该去问你妹妹，而不是问我。"

成慕海说："我问了她。正因为问了她，我有些不安，才来问您。"

程远青说："成慕梅说了什么？"

成慕海说："所有的。"

程远青一惊："什么叫——所有的？"

成慕海说："就是小组活动过程中发生的所有事情。包括，你指责她总是最后一个发言。"

程远青愣住了。她举着话筒，半天不知道说什么好。在她担当组长的所有小组当中，还没出现过内奸。惊讶使她忘记避开发丝淌下来的泡沫，眼珠被腌得如同泡菜。程远青焦躁地说："既然是所有的，那你妹妹一定同你说了纪律——小组是完全保密的。"

成慕海轻笑着说："当然，说了。这么重要的话，她怎能不同我说呢？"

程远青愤怒道："那她岂不是明知故犯？！"

成慕海说："程博士，我听出你生慕梅的气了。她是一个循规蹈矩的人，因此她很孤独。我是她的孪生哥哥，我不知道您对孪生子有没有研究？"

程远青强忍住火气和眼珠的涩痛，说："有一点。不多。"

成慕海说："孪生子之间有一种感应。即使是成慕梅不说，我对她的精神和感觉，也都会有反应。这是天意，没有办法的事情。"

程远青说："你的意思是，你就这样成为我的小组的一个旁听生了吗？"

成慕海说："我以下所说，均是慕梅的意见，若有不恭之处，请您谅解。小组是从社会上招募的乌合之众，而乌合之众的特点，就是集体的智商低于个体的智商……"

程远青虽再三告诫自己要沉住气，还是忍不住打断道："请你不要出口伤人！"

成慕海说："程博士,您别动气。慕梅她就是这样说的。小组组员，文化出身身份教养……一切方面，都鱼龙混杂泥沙俱下，不具备可比性。"

程远青恼火地说："这叫异质性小组，正是在这些不同层面人群的碰撞之中，成长的变化才奇妙地出现了。她懂不懂？！"

成慕海用很好听的男低音说："她不懂。一般人都不懂，博士。"

这话让程远青清醒了一点，说："成先生，下次聚会的时候，我可能会就此做些说明。"

成慕海说："我现在有一个顾虑。讲多了，您红颜一怒，把我妹妹开除了，我还是不讲的好。"

程远青冷笑道："你就是只字不讲，我已有足够理由开除成慕梅。"

成慕海说："程博士，我猜您不会。"

程远青杏眼圆睁，这样就使更多的洗发液顺着眼角细碎的皱纹，淹没了眼珠。她刚想说出几句掷地有声的话，没想到成慕海突然柔声道："程博士，我等一会儿再把电话打给你。"

程远青不知何意，想早早作结，便说："有什么你就说完吧。"

成慕海说："我猜你正在洗头。肥皂水流到眼睛里的滋味很不好受，快把头发擦干吧。"

还没等程远青醒过味来，对方把电话挂了。

程远青愣怔了片刻，心想简直遇到了魔鬼！他怎么知道的？程远青顾不上细想，得先把自己的眼睛从水深火热中救出来。

成慕海的耐性足够好，当程远青自己里里外外收拾干爽之后，他的电话才来。

"程博士，刚才很对不起。"成慕海的声音带着关怀。

面对问候，程远青不好意思太冷淡，便说："没关系。只是，你怎么知道我在洗头？"

成慕海说："这要感谢您配备了质地优良的电话。听筒在你耳边摩擦，我听到细碎的泡沫破裂的声音。"

程远青失声道："这么灵敏啊！"一边暗自嘀咕，也许成慕海还猜到了她在浴缸中，不过留了面子不曾说破。

成慕海误会了，说："我的感官就是要比一般人灵敏。也许因为双胞胎的关系，总有双份的力量。慕梅告诉我小组的情况，是生理决定的，和道德纪律无关。和您的御用八宝印泥也无关。"

不提还好，一提小组活动的细节，程远青又震怒难耐。她说："你凭什么说我不敢开除你妹妹？这是我的权力！泄密者被剔除，别说双胞胎，就是三胞胎四胞胎，也一样得打道回府。"

成慕海不急不躁，说："正因为了解你，信任你，我才把真相告诉你。你崇尚真话，我追随你。对一个说了真话的人，以这种方式惩罚他的诚实，程博士，这不好吧？不合适吧？你要诚信，不能出尔反尔。"

程远青气得肝痛，但不得不承认这家伙攻伐有度，让人难以作答。成慕海继续说："如果开除了慕梅，你如何回答小组成员的疑问？当然你可以嫁祸于人，说是成慕梅自动退出，但这就违背了你说真话的原则。您也不能选择沉默，因为组员需要你的解释。如果你以真情相告，小组内必生惶恐。内情已然泄露，人人都要揣测成慕梅的哥哥究竟是个怎样的人……所以，不能开除慕梅，这不是我恳求您，是为了小组的最高利益。您必得投鼠忌器。"

程远青气得肝颤，说："成慕海，你想操纵我，对你妹妹的泄密无动于衷，容忍你的冷眼旁观。"

成慕海说："程博士，你不要生那么大的气。我很尊敬您的，您这样说，让我心中很不安。我哪有能力操纵您，您高估我了。即使真出现了您说的这种情况，也绝非我本意。我只是想告诉你，因为我和妹妹血脉相连，我得知了小组的某些事情，这个事实，已不可更改。我只有发誓，永不泄密。"

程远青说："你如此关注小组，到底想干什么？"

成慕海说："为了妹妹的性命。我希望你兼听则明。您刚才说我是冷眼旁观，我觉得冤枉。给您改一个字，我不是冷眼，是热眼旁观。"

程远青大惑不解道："成慕海先生，以我多年心理学家的经验，我想不通你对小组为什么这样感兴趣？"

成慕海说："程博士，我猜您的头发湿漉漉地披在肩上，一定很不舒服，快去吹干吧。关于我的问题说来话长，以后再聊。祝您晚安。"说完，利利索索收线了。

程远青怔怔望着一池碧水，心想，本想除累解乏，求个好觉，现在恐一夜无眠了。

墓地游戏

公墓门口，一身雪白运动服的吕克闸和程远青打招呼："你好啊！哪儿不成，为什么要到坟场呢？"微笑着迎上来。

"这儿清静。"程远青回报淡淡一笑。老板要应付，小组的活动场所也要落实，把这两者结合一处，有点滑稽。

城里人满为患，只有墓园保持着孤寂的凄冷。早就不让土葬了，墓穴最少也有半个世纪以上的历史，石刻斑驳。已是秋天，百花凋残，只有松柏和耐寒的树木，还点缀着苍绿或是枯黄的颜色，在蓝天的辉映之下，有一种剪纸样的脆弱感。从稀疏的林叶间透下的阳光，晒在身上，温暖得令人感动。略带青蒿气味的空气，充填进被都市汽油废气腌渍的肺脏，让人只想悠长呼吸，不想说任何话。

程远青看到吕克闸双肘抱肩，说："很抱歉和您在这里见面。"

吕克闸哑着嗓子说："没什么，我觉得很好。别开生面。"

程远青说："可是你的姿势出卖了你，在身体语言的字典里，它表示的是拒绝。"

"是吗？"吕克闸诧异，下意识地把双肘松开。但是，很快，好像被旋风包裹着，又把肩部抱起来。他是个聪明人，略一思忖，释然道："父母逝去后，我是第一次到墓园，不愿沉浸到往事中。"

程远青说："触动了您的隐痛，请原谅。"

吕克闸说："没什么。我总是要面对这个地方。这是人生的归宿。"

两人默默前行。从远处看，墓地草木聚集，很多地方似乎是不能进入的。当你真正靠过去，才看到树干和树叶渐渐分开，好像少女纷披长发之下掩盖的面庞。地面的汉白玉墓座已然残缺，刚栽下的时候，想必是洁白的新鲜的，一如那刚刚诞生的死亡。如今，死亡已苍老，汉白玉覆盖着暗绿的苔藓，孤寂而沉着。在这旧宫似的汉白玉之下，骨架飘散了热度，肌肤化成粉色尘埃，血液干涸为蚂蚁的触须，经脉酥碎得像粉丝。死亡就这样变得平凡了。

程远青抚摸着树叶，仿佛在和无数逝去的人握手。过往的生命，已进入了树林的年轮。树叶的纹路就是那些人的掌纹。走到一块略微空旷的地方，程远青四处打量，用脚尖踢踢碎石，看地面是否平坦。

吕克闸不解道："你要在这里安营扎寨？"

"做游戏。"程远青说。

吕克闸吓得一个趔趄。"在坟场做游戏？我的博士！您不是在林间中了蛊吧？那是一些什么人？癌症女人！你把小组活动选在这儿，人家来不来，我不敢说，也许您有魅力有魔法，能让她们来。您还要在墓穴旁边做游戏，博士，会把狐狸精招来的。"

程远青说："您说得很对，癌症病人必须面对死亡，不管他们是愿意还是不愿意。那是强行送达的请柬，晚宴就要开始。在墓地进行一次小组活动，是既定方针。具体步骤，我要万无一失。"

吕克闸说："我首先想到准备一辆救护车。谁要是现场休克，马上送急救中心。"

程远青说："不用那么隆重，急救药品我会备一些。其实，最危险的地方，常常是最安全的。"

吕克闸不解道："此话怎讲？"

程远青看着一丛萧索的野草说："死亡通常可以分为两种。突然的死亡和缓慢的死亡。"

吕克闸一点就透，说："癌症是一种缓慢的死亡。"

程远青说："癌症比心梗脑溢血要仁慈得多。癌症病人通常有足够的时间来思索死亡，他们对这件事的了解，比我们想象的要深广得多。"

吕克闸说："不会痛哭流涕？不会捶胸顿足？不会怨气冲天？不会咬牙切齿？"

程远青从地上捡起一朵枯萎的小花，花瓣脆得像半只昆虫翅膀。说："都会。吕总裁，你挺了解情况。"

吕克闸垂下头说："这一切我都经历过。"

程远青说："这是每个人的必修课。"

吕克闸说："既然躲不过，就早点开始。套用一句高尔基的格言：让暴风雨来得更猛烈些吧！"

程远青嗔怪道:"太猛烈了不行。要和风细雨,润物无声。"

吕克闸叹口气说:"隔行如隔山。我第一次觉得自己这么无知。"

程远青说:"心理学是一门非常年轻的学问。说来伤感,人们对外太空的了解,比对自己的内心多得多。人一得了癌症,好像上了死亡传送带,被打入黑洞。癌症是荒火,掠过之处,幻想成灰,欢乐失色,礼物破碎,成绩无光,信心瓦解,残留下来的只是恐惧和绝望的黑石头。其实死亡是宁静和安详的,我们不过是地球上的暂住者,死亡是我们成长的最后阶段。"

吕克闸若有所思,看着这些话落在阳光照射的枯叶之中,被它们吸附得无影无踪。

两人漫步着,饶有兴趣地观察着一个个墓碑。吕克闸说:"起码在这里,你会感觉死亡是不可避免的。你看那个墓碑上记载的人身世显赫,这个人呢,一生平平。到头来,都是一抔黄土掩埋。"

程远青说:"人的生存就是一个向着死亡的存在。墓地是明证,比什么都有说服力。"

吕克闸若有所思地说:"哪次开公司中层会议,我把大家请到这里来。"

程远青笑道:"估计那是你发不出年终红包,又要大家同仇敌忾奋战的时候,就要到这里来了。"

吕克闸说:"你这样一讲,只怕我是没有机会到这里来开会了。言归正传,需要我帮什么忙?"

程远青看似闲溜达,其实已把小组活动的地点踩好。她说:"吕老板要帮我三个忙。"

吕克闸说:"只要用钱办得到,三十个也不在话下。"

程远青说:"第一个,我需要在未来一月之内的天气预报,力求精确。"

吕克闸说:"稀奇。你是要出海捕鱼还是旅游探险?"

程远青说:"我要预定一个小组活动日期,天气晴好,无风无雨。因为是露天活动,组员们身体欠佳,所以温度要不冷不热。"

吕克闸说:"这个不难。说第二个吧。"

"需要十几把椅子摆在林间的空地上。"

吕克闸说:"质地尺寸?真皮的还是布艺的?"

程远青笑道:"最普通的木椅子就成。最好能有个布垫,别冷着组员。毕竟在户外。"

吕克闸说:"这太简单了。"

程远青说:"这第三个,有点难度。此区域百米之内,届时能保持安静,无人打扰。"

吕克闸说:"这最易办到。无非和管理者打个招呼,塞点小钱,让他们劝说偶尔来扫墓的人,绕道而行。"

程远青说:"吕老板,我代表所有的组员谢谢你。"

吕克闸说:"我接受你的谢意,只是这称呼要改改。"

程远青莫名其妙地说:"改成什么?"

吕克闸说:"改成吕秘书。"

程远青大笑道:"您主动请缨,这会儿反倒闹情绪了。"

吕克闸说:"不是闹情绪,是要报酬。"

程远青说:"那你就自支自领吧。"

吕克闸说:"我帮了你三个忙,你要帮一个忙作为报酬。"

程远青说:"我不一定还报得起。可以试一试。"

吕克闸说:"我的忙很简单,只是想知道你将在这里干什么。比如,你要玩什么游戏?"看到程远青张口结舌,吕克闸说:"你别做出江姐的样子。我不参加你的小组,也不逼迫你说出活动详情,只是单纯的好奇。也不知您用了什么手腕,我的下属褚强居然宁死不说内幕,这倒让我更生纳闷。"

程远青像个孩子似的得意起来,为着褚强的忠诚。她说:"你是想让我把这次小组活动内容告诉你。因为小组尚未活动,所以也不算泄密。"

吕克闸说:"做生意讲究礼尚往来。如果你这次回绝,以后吕秘书就怠工了。"

程远青知道这半是玩笑,但所有的玩笑都有真意编织其中。程远青说:"好吧。那我就考考你。你及格了,我就把小组预案告诉你。如果冥顽未开,恕我不谈。"

吕克闸觉得很好玩,说:"我智商一百四十呢。"于是,程远青在前面走，吕克闸在后面跟，步履匆匆，好像两个寻找先人遗骨的后人。

回到刚才那块空旷的场地，程远青说："十把椅子运到了，你怎么摆放？"

吕克闸环视四周，说："这难不住我。摆成一个椭圆形。"

程远青说："为什么是椭圆形？"

吕克闸说："我的会议室席位就是椭圆形的。"

程远青说："错了。总裁。我不管你的会议室如何摆放，小组的座位必须是一个尽可能周正的圆形。"

吕克闸说："我知道你说的那个游戏是什么了。丢手绢。所以要尽可能的圆。"

程远青说："圆是为了所有的人都看到别人的眼睛。每个人就像一枚银戒，连起来就是银链。如果不圆，风可以从那里吹进，内气可以从那里泄走，凝聚力就散了。"

吕克闸拍拍额头，说："程博士，你是一宗浪费罪的主谋。"

程远青讶然道："从何谈起？"

吕克闸说："我要把隽永生物公司的会议桌改成正圆形，你说这不是浪费吗？"

程远青说："那我就不说了。要不，岂不罪上加罪？"

吕克闸只好求道："我赦免你了。你说下去。"

程远青说："我会先让组员在墓地散步。"

吕克闸说："就像咱们这样？"

程远青说："不能两个人一起走，要独处。不得说笑。"

吕克闸说："孤苦伶仃地一个人在墓地走，那可够瘆人的。也许会碰见磷火。"

程远青正色道："现代人独处的时间太少了，无时无刻不是在人海包围之中，但死亡会单独会见你。对于癌症病人来说，必得练就从容面对死亡。"

吕克闸说："我明白了，这是预演人生的最后一幕。你就不怕震耳欲聋的哭声，袭扰这里安睡的灵魂？"

程远青说："我希望这里安睡的灵魂，把一种对于死亡的达观传达给我的组员。你不觉得连这里的空气，都对心神有一种安抚作用吗？"

吕克闸说："匪夷所思。接下来呢？"

程远青说："我会让大家畅谈体会。死亡虽是孤独的，但你确知有人和你一样恐惧和哀伤之时，力量也随之崛起。"

吕克闸半信半疑，说："真是这样吗？"

程远青说："这是有科学依据的。当一个人知道自己要死的时候，一般要经历惊愕、否认、愤怒到接纳这样几个阶段，有同伴和没有同伴大不一样。"

吕克闸说："好吧，就算你的组员大彻大悟，然后干什么呢？"

程远青说："我会让组员们一、二报数。"

吕克闸说："怎么又改兵营了？"

程远青说："组员结为对子，报一号的人，可以用任何动作，描绘心中的想法。类似现代舞，没有固定的脚本，全看你自己的临场发挥。报二号的人，当回影子，一号做什么，你就做什么。简言之，亦步亦趋。"

吕克闸说："这倒有趣。你把小组变成了舞蹈训练班。可我要是不会跳舞呢？"

程远青说："像你这样调皮捣蛋的组员少。"

吕克闸说："如果我参加小组，我就会这样。实事求是嘛！"

程远青说："你真不会跳舞吗？这样的老板不多。"

吕克闸说："我会慢走。"

程远青说："那你就慢走吧。你的二号追随你。"

两个人说着，渐渐从墓园的深处走出。

"在你的游戏里，可以打人吗？"吕克闸问。

"原则上是可以的。但你要注意啊，你的影子模仿你的一切行动和力度，如果你打了他，他会原样奉还。"

"可以一动不动像冻僵的毒蛇一样吗？"吕克闸沉浸在意象中，感觉十分有趣。

"行啊。但是，在这一切背后都有原因，当游戏结束之后，你需体察自己内心的呼唤。"程远青说，"你为什么要打人？为什么要做毒蛇？"

吕克闸一惊，这个女人已经在不知不觉当中，像剔骨刀一样，把刀尖搋进了自己的要害。刀锋太凌厉了，你甚至都还未觉到痛，就看到了血。吕克闸赶快把自己包扎起来，说："好了，程博士，不敢过多刺探小组的秘密，我猜你一定早烦了吧？"

程远青知道吕克闸已觉不安，就此打住。

两个人便专心看风景。午后的太阳光，给晦暗的墓园带来了生机。程远青俯下身，看着每一株青草每一朵小花，如同探望自己的亲人。在墓碑潮湿的阴影里，蜗牛铺出银色的带子，蝴蝶的翅膀像平衡木冠军一张一合，亮蓝色皮肤的金龟子愤怒地飞走了，只剩下它片刻前的恋人——一颗饱满的紫红果实，气得半边脸白了起来。一朵有着锯齿样边缘的野菊花，无拘无束地微笑着，一如换牙的女孩。

程远青不由得说："多美丽啊！"

吕克闸看看表，恋恋不舍地说："真糟糕，我还有一个会。"

快走到墓园门口时，吕克闸突然道："程博士，要是我和你玩这个一号二号的游戏，你觉得怎么样？"

程远青一愣，说："游戏不是人人都可以玩的。"

吕克闸锲而不舍："可以假设嘛！从宏观意义上说，人生也是大游戏。"

程远青不得不表态道："你想让我当你的影子？知道这个游戏的规则吗？继续玩下去，位置互换，一号将成为影子。"

语带双关。不管吕克闸从哪个层面理解，信息都很清晰。

吕克闸说："开个玩笑，一号要是拥抱二号，作为规则，二号也要拥抱一号啊。"

程远青说："谢谢你的提醒。我在这个游戏中，要加一个补充规定，双方可以厮打，但不能拥抱。"

吕克闸说："一般的人和心理学家谈恋爱，是不是很难？"

程远青说："基本上是。"

天堂里的政委

安疆听到医生说她乳房上的包块很可能是恶性时，由衷地微笑。医生使劲揉眼皮，掉了好几根睫毛。

欣喜从胸前升起，流向全身。感谢这个肿物，像一只可爱的手榴弹，可以粉碎她的生命。她不敢自杀，自杀是自绝于人民的说法，镂刻在心。对啦！这肯定是政委的安排。政委是很讲策略的人，办事周到，滴水不漏。

医生义正词严地说："必须立即手术。"宣布这种决定的时候，医生的口气总是充满自豪。安疆没有慌乱和哀求，平静地说："我要和家里人商量一下。"

医生说："要快。每一分钟，肿瘤细胞都在一个变俩，俩变四，四个变无数……"

安疆不为医生的算术所动，说："一有了消息我就告诉你。你可千万别着急啊。"

老太太说完，扔下怅然若失的医生，款款离了医院。医生对护士说："病人叫我不要着急，行医以来第一例。"

第二天，安疆没有来。第三天，也没有来。一个星期之后，安疆来了。医生说："商量了？"

老太太说："商量了。"

医生用笔尖戳着登记表："马上动手术吧。"

老太太说："不。他说让我吃半年的中药。"

医生火了，说："他是谁？怎么这么糊涂！这是能等的事吗？"

老太太说："你怎能说他糊涂？他是政委！"

医生说："政委有什么了不起的？毛主席得了病，还得听医生的呢！他是哪儿的政委？"

老太太说："我老伴。"

医生扑哧笑出来，虽说面对这样严重的病人是不合适笑的，但医生要是一辈子只在能笑的场合笑，他就要闷死了。医生说："把你们家的政委叫来一趟，我同他谈。让他下午来。"

老太太说："政委下午来不了。"

医生说："那就明天上午吧。你叫政委早点来啊，晚了有会诊。"

老太太说："明天政委也来不了。"

医生火了："那你说什么时间能来？"

老太太说："政委什么时候也没法来。"

医生冷笑着一字一顿地说："为——什——么？"

老太太两字一顿地回答："政委——已经——死了。"

医生脸上的冷笑蔓延成了后颈窝的冷汗。不是政委的死讯，医生不怕死人。医生怕活人——面前这个被癌症舔在舌尖的老太太，口唇微微上翘，仪态祥和从容。

要不是在系统检查里，确认老太太没有任何精神疾病，也没患著名的阿尔茨海默氏症——也就是老年性痴呆，医生真要立即送她到精神病院。

错愕之后，医生恢复了镇定，和蔼可亲地说："老人家，您是说，您的丈夫已经去世了？"

"是。六年前。"老太太口齿清晰。

"那么，您说和家人商量手术，是和儿女商量吗？"医生问。

"我和政委结婚几十年，什么都好，就是没儿女。"安疆表示遗憾。

"那和谁商量？"医生话语变得短促。

"就是和政委商量。你没听清楚啊？"安疆怪起医生。

医生的态度超凡脱俗地好起来："政委已经去世六年，你如何与他商量？"

"这很容易。临睡前，要用热水泡脚。把要跟政委问的事，在嘴里多念叨几遍，接着就睡。半夜中，政委会来，一二三四条地把他的指示告诉我。政委忙。那边的交通可能比这边还不方便，就要等。所以上回我告诉你不要急。"安疆微笑着讲完这些话，眨着略微有些白内障的眼珠，天真地看着医生。

医生赶紧给自己找了一把椅子，怕摔上一跤。"怎么办呢？"医生喘着粗气说，好像刚从冰河中被人救出。

"什么怎么办？"老人吃惊地说，"政委都指示了，就那样办呗！"

医院按照安疆留下的地址，与组织联系。干休所一听到这等消息，那还了得，赶紧做工作，但安疆就是不答应手术。

"您不能讳疾忌医。"干休所的木所长说。他亲手操持了政委的后事，自认为对老太太有一定的影响力和感染力，讲起话来，底气较足。

"我没啊。查了，治着呢。中药，一大包。有蝎子和蜈蚣，都是毒虫。以毒攻毒，也许奏效。"老人家一边给所长沏茶，一边打开中药包。药包上印着"×× 药堂龙肝凤髓益寿延年"字样。看来治病一事并无敷衍。

木所长是一个坚定的国粹拥戴者，对寒光闪闪的外科，有着本能的恐惧。那不是把人当成人，而是把人当成柴火。既然老太太执意不肯，就尊重她的意愿吧。谁说中医不治病？偏方治大病呢！

病变发展。安疆不慌张，她明白了，政委想念她，先从半边身体开始，最后完整地将她带走。她等着政委来接她，但这并不妨碍她按时按顿地吃中药，这也是政委的明确指示。在以往的岁月里，政委有过很多指示。指示的时候，政委并不像小学的算术老师一样，给你掰开揉碎地讲清楚为什么。政委不习惯告诉你为什么，政委只需要你按着他的指示办。

木所长晚上对老婆说："你见过这样的女人吗？"

木老婆是个年轻美丽的女人，说："你得救她。"

木所长说："我怎么救她？威胁利诱软硬兼施，不管用。现在，吓唬她的那些话，都变成真的了。"

木老婆说："救一个女人比追一个女人还困难吗？"

木所长说："什么一个女人两个女人的？哪来的这么多女人！"

木老婆说："哼！当年为了把我追到手，你用了多少阴谋诡计！江郎才尽了。"

木所长说："嗨嗨，我还真没把安老太太当成女人。"

木老婆说："再老的女人也是女人。"

木所长说："我没有看错你。善良啊！"

木老婆说："别那么上纲上线。我是兔死狐悲。我太依赖你了。看到安老太太这样，不由想到自己。女人比男人活得长，这不是好事。你跟安的老伴儿熟吗？"

木所长说："这问题暴露出你不了解我。我知道每一个离休老干部视力零点几有没有痔疮……"

老中医李畏三坐堂的小小诊室如同一个真丝蚕茧，白布隔开了药堂的人群。便装的木所长说："给我挂一个李大夫的号。"

"十天以后再来吧。"小姐回答。

"十天？太长了吧。要是急症，还用上你们这儿吗？直接送火葬场了。"木所长没好气。木所长穿军装的时候，就不能用这种口吻讲话了。老百姓的衣服，可以让木所长更放松，更淋漓尽致地展示他的才华。

小姐说："李大夫一天只看五个病人，你知道不知道啊？"

"不知道。"木所长老老实实地回答。

"不知道就打听打听。十天后也只剩最后一个号了，要不要？"小姐不耐烦。

"要。我要。"木所长赶紧掏钱挂号。

挂完号之后，木所长就琢磨怎样趁着挂号小姐不注意，一头溜进李畏三的诊室。

"我说你别鬼鬼祟祟的。回家等着吧。"小姐说。

"小姐，你能不能美言几句，请他老人家辛苦一点，提前给我看看？"木所长拿出当年追老婆的小心劲，赔着笑脸说。

"你知道李大夫多大岁数了？前清时代的人了，还坐堂看病，别不知足！"小姐头也不抬地说。

木所长只有丢掉幻想准备强攻，盯着白布门帘。许久，一个佝偻身子的老汉走出来，抱孩子的妇女走了进去。

"这是几号？"木所长问。

"走的是 1 号。进去的是 2 号，我是 5 号。你是几号？"旁边的老奶奶搭了腔。

"我是看热闹的。"木所长说。他闭上眼睛，不再看诊室门帘。坚信老奶奶进场的声响足以把所有人惊动。

老奶奶终于进去了，木所长也从假寐中清醒。

"你怎么还不走啊！"挂号小姐视他为肉中刺。

"小姐，我今天一定要看上病。你拦不住我。"木所长斩钉截铁地说。

挂号小姐向后退了退说："我这就上厕所。"

临近中午时分，药堂显得有些空空荡荡。空气中弥漫着人造牛黄的气味，催人警醒。

老太太出来了，颤颤巍巍捧着药方。木所长一个箭步冲进了诊室。

李畏三疲倦了，微阖双目正在养神。长长的胡须被木所长搅动的气流拂起，粘在墨笔上，银丝变成铅丝。

"你是何人？"李畏三缓缓睁开眼说。

"我是病人。"木所长说。

"我看你没有病。"李畏三说。

"我是替别人看病的。"木所长说。

"我看病必得病人亲诊。如果行动不便，以前，我可以到家中出诊。现在，我老了，走不动了，就不看了。除非瘟疫流行，我绝不多看一个。"李畏三说。

"我知道。"木所长说。

"知道了，还等在这里，闯进我的诊室，这不是自讨没趣吗？"李畏三淡然中有严厉。

木所长觉得李畏三如同敌军的老司令。"你此刻在害着一条命。"索性单刀直入。

"小伙子，你一介武夫，说话不可太放肆。我可曾害了谁的命？"李畏三优哉游哉地问。

"你怎么知道我是武夫？"木所长惊讶李畏三神算。

"你身手利落，怀揣重要物件。小伙子，那不会是一把手枪吧？"老人用他的手指敲打着桌面，古老的雕花木桌和苍然的老骨头，碰撞出铿锵之声。

木所长想，这个老头是个老妖怪！他敬畏有加地把口袋中的东西双手呈了上去。

老人接过去，一张军队的介绍信。细细看了看，拱手抱拳道："原来你还是所长。有失远迎。"

木所长说："干休所的所长，如同敬老院院长。我有一个请求，要您全力帮忙。事情成败，就在您这一举。"

李畏三说："言过了。我没有那么大的本事。生平只做一件事，号脉诊病，开方抓药。治好了病人无数，治死的病人也无数。"

木所长说："我所有一离休老干部的遗孀，名叫安疆，可在您这里看过病？"

李畏三对整理方剂的助手说："给这位所长查查看。"

助手翻看了记录说："有。安疆是乳癌。左胸肿若鸽卵，紫色堆凸。此乃忧思内敛，淤血凝滞，毒邪客乳，气血两伤。您开的方剂是……"

"你需要这个方子的话，可以抄给你。"李畏三说。

"我不要这个方子。谢谢。"木所长把头转向助手，"您能暂时离开一会儿吗？我和李老有几句话要讲。"

助手看着李畏三。老大夫捋捋胡须说："去吧。你也辛苦了一上午了，就让这位军官同我说说体己话。"

助手退出了。"病人是乳癌中晚期。医院想安排她尽快手术。"木所长单刀直入。

"安疆第一次就诊的时候，说不愿意手术。有的中医一听病人要手术，就火冒三丈。医者仁术，只要对病家有好处，都可以做。外科并不是西医专长，华佗刮骨疗毒，你说是中医还是西医？"

木所长频频点头，清清喉咙说："您老说得对。如果这是安疆的想法，我们就尊重。可是，这不是。"

李大夫扬了扬他的长寿眉，说："那女人低眉顺目，十分善良，所言句句不虚，依我经验，并不觉有诈。你这样说她，有何根据呢？"

木所长说："她之所以来看您，因为她做了一个梦，是她逝去的丈夫要她来看您。来的动机，是她丈夫，而不是她自己。如果梦中她丈夫说不看中医了，那她马上就不吃药了。"

李畏三不为所动地说："日有所思，夜有所梦。人之常情。"

木所长不退让："人之常情可以理解。但一个大活人的一举一动，全由一个死去的人主宰着，这是否合乎情理？"

李畏三说："军官，你的意思，要我转手西医？"

木所长掏出医院报告单说："现在手术还不算晚。再等下去，就不敢说了。"

"你打算让我怎么办呢？"李畏三反问。

"您可否……"木所长把自己的想法抖出来。

李畏三听完，说："小伙子，我李畏三畏天地畏鬼神畏大人畏祖宗，可是不畏权不畏势且不会撒谎。"

木所长说："这和权势无关，也不是撒谎，只和一个风烛残年的老人性命有关。您刚才说了，医者仁术，求您答应我。我不喜欢冷清，喜欢热闹。能让老人家多活一天是一天。人丁兴旺，我干得也起劲。"

李畏三站起来拱手道："少壮军人，我明白了，尽力协佐就是。但此话两说，若是那老妇人固执己见，也只好顺其自然。"

木所长长出一口气，把手中的挂号条放在李畏三的桌上。李畏三见了，说："拿去退了吧。"

木所长说："费了您这么多精神，哪能不付诊费。"

李畏三说："我这回，不是作医，而是作巫。不能收你诊费。"

安疆在一周后，找到了医院外科医生。"手术吧。"她说。依旧平平淡淡，好像在说："我要脚气药膏。"

医生说："想通了？"

老人说："什么都没想。"

医生按着自己的思路说下去："没想就通了，那好啊。我们动刀的人，怕就怕心里想了好多，压力特大的病人。"

安疆说："我没压力。有政委呢！"

医生又沁出薄薄的冷汗。以为老太太洗心革面了，没想到转了一圈还在原地。罢罢，我是外科医生，又不是神经科医生，动完刀子，把烂菜花一样的坏乳房割下，这一站就完成了。至于那个沉睡在地下的政委，愿他平安吧！

木所长在安疆老人的手术单上签了字。病灶不算小，手术也不很顺利，淋巴也有转移。医生是尽力而为，已经有了死马当活马医的味道。按说像这样的病人，术后的情形不会很乐观，但安疆是一个例外。她神色安详，泰然处之，积极配合治疗。术后的化疗中，更是高风亮节，不哭不叫，照单全收，绝无一般人的焦躁抱怨。

术后出院,病人回到家。木所长为安疆安排了保姆。过了一段时间,老人的身体渐渐恢复,三年以后,居然不再需要人服侍,一切都自力更生。在旁人的眼里,这几乎是一个奇迹。

安疆的情绪一直非常稳定,既不乐观到瞒天过海的地步,也不危言耸听把复发的可能性渲染到草木皆兵。每一个接触到老人的人,都会被她的安详和冷静所震撼。

安疆抚摸着自己的左胸,那里因为失去了乳房的保护和铺垫,皮肤紧紧地贴在骨头上,心脏下垂的尖端,好像一只衰老的欲见天日的田鼠,不停地从胸腔向外拱动着累累的疤痕。

"您最近感觉怎么样?"木所长在干休所的小花坛边上碰上安疆。

"还好。有政委和我在一起,什么都好。他让我先一个人过着,等时候到了,他就会来接我走。"安疆说。已经九年了,她不再随口提到政委,岁月让政委变得更加神圣。只有在最亲近和最可信任的人面前,她才会说起政委。

木所长点点头。他已经不再年轻了。虽然他工作很出色,但是军队是一个武装集团,像他这样的工作岗位,就是边缘部分了。他很想能驰骋疆场真刀真枪地演练带兵,可惜他在这里干得越出色,就越失去了离开这里的可能。不是每个人都能和老年人搞好关系,就像不是每个人都能当好幼儿园的保育员。有过一两次风传所长可能调动,虽然是平调,但到了更广阔的水域里,所长就有了飞跃的可能性。离休的老干部们有很多耳目,任何风吹草动,哪怕他们不想知道,也会源源不断传来。传闻所长要走,老干部们动用自己的影响力,扼杀了他仕途转折的萌芽。不是不喜欢所长,正相反,他们太喜欢所长了。他们知道要在军队里找到这样婆婆妈妈的干部太不容易,他们不愿失去他。如果换来新的一位所长,需要多久的时间,他才能知晓这里每一位老人的沧桑?从哪一年入伍到有几个瘊子,这是一个宏大工程。木所长天造地设,不能放过他!

木所长开始挺伤感的。后来,算了一笔账。干休所里,有二十五位团职干部,四十位师职干部,十七位军职干部,三位兵团级别的干部……统辖着这样一批人马,仅次于军区的首长了。

对于安疆，他格外有一份关切。木老婆觉得自己是拯救安疆的幕后英雄。英雄的特点就是每做一件事都很负责任。

"老太太活得还不错。今天，我在小菜摊上看到她和小贩讨价还价。老人凡有精力讨价还价，就说明她活得兴致勃勃。"木老婆说。

木所长说："可是，她还是口不离政委，这事不寻常。"

"老太太把政委当成她的神了。当就当呗。人信点什么，总比什么都不信要好。"木老婆很哲学地说。

过了几天，老婆突然很神秘地把一张报纸放到了木所长面前。"看！"她说。

"看什么？"木所长胆战心惊。老婆经常把丝绸展销或是羊绒展销的广告拿给他看，他就呼吸急促胸口憋闷。

木所长说："字可真小。我得拿老花镜去。"

老婆说："至于吗？"

木所长说："那你告诉我得了，省得我手忙脚乱。"

老婆说："不成。你自力更生。我看你知不知道我想的是什么？"

木所长闷着头找了半天。

老婆说："找不到吧？"

木所长说："找到了。"

老婆说："干吗不说话？想什么呢？"

木所长说："前几年我在报纸上看到李畏三的讣告了。一个好老头儿，可惜了。"

老婆说："本来我还想，你是真猜着了还是假装的？你这么一说，我知道你还行。"

木所长说："不行了。用过的饵，不能用第二回。再说，李畏三不在了。"

老婆说："这和李畏三没多大的关系。李畏三就是活着，你也不能打他主意了。"

木所长说："不用李畏三，用谁？用你？"

老婆惊喜地说："嗨！你真和我想到一块了！咱想法把她送去吧。"

木所长说："安老太太现在活得挺好的。"

老婆说："男人都死了九年了，那个女人还一直以为他活着，这是什么日子？我一想到这种煎熬，浑身的汗毛都立起来了。我看见她，觉得她像个孤魂野鬼。像现在这样活着，生不如死。你救过她一次，救人救到底。"

木所长说："老婆，这回我不能帮你了。"

老婆说："谁要你帮忙了？这件事，我一个人能行。"

苦涩的青苹果

王惠明回到度鸟别墅。度鸟别墅警卫森严，派发了专门的证件。在这份证件之上，王惠明叫王惠明。王惠明还有很多证件，王惠明喜欢根据不同的情况，使用不同名字，相应找到一份新感觉。鹿路虽是个新名字，复活的却是十年前一个快嘴的得理不饶人的中学生的感觉。当然，那时她不叫鹿路。但叫不叫鹿路，又有什么关系呢？

度鸟别墅是20世纪80年代兴起第一次别墅热的时候，在近郊盖起的花园洋房。当时，买者都是暴富起来的商人和海外华人。对土地的利用，也还没有吝啬到后来锱铢必较的地步。宽阔的林带如今已可将每座洋房的秘密，遮挡得风雨不漏。

王惠明走到一栋爬满了凌霄花的小楼前。秋天了，盛夏时骄傲的金花，干枯成脆弱的标本，被秋风揉成碎片，飘零一地。楼房的门窗都紧闭着，挂着墨绿色窗帘。如果不经意，会以为是主人远游的空房。

王惠明掏出钥匙，打开门。吴妈揉着眼圈迎过来说："怎么才回来？姊妹们都在睡觉，你可好，大清早就跑得没了影。下午要是不把觉补回来，晚上哪来精神？"

吴妈话说得热络，脂粉之下却是职业的笑容。王惠明不耐烦地说："打你的盹去吧，老猫！管那么多干什么！我什么时候没精神过？"

吴妈不说什么了。吴妈是这里的下人，王惠明是这里的领导。王惠明之上还有更高的领导——如果在这个行业里，也可以用领导这个词的话。

王惠明是个孤儿。王惠明是被干妈抚养大的。王惠明非常佩服自己的干妈。王惠明佩服干妈最直接的原因，就是因为干妈和自己毫无关系。王惠明的父亲是一个修铁路的人，长得矮小猥琐。王惠明不佩服自己的父亲，也不佩服自己的亲生母亲，甚至，她还恨他们。王惠明只爱戴干妈，干妈给了她一切。干妈完全有理由把她饿死病死包括意外伤亡，总之用任何一种原因，让她非常自然地消失，而谁都不会发现异常。但是，干妈没有。

王惠明的父亲和干妈是元配夫妻。他们生了四个儿子，这四个儿子的生日都在某个月份，相差不过一两天，每个中间相隔了两年。那时候，父亲在外面修铁路，每两年回来一次。儿子们是在相同的季节出生，这说明干妈是一个很有生殖力的女人。父亲总是在某个日子回到乡下的家。那个日子就是春节。

父亲在外修铁路的时候，是个不安分的男人。他没有英俊的仪表，可他握有在那个时代很珍贵的粮票和油票。当然，他还有工资，虽然不多，但诱惑铁路沿线贫苦的女人已然足够。不过，父亲保持着基本的判断能力，他认为钱要留给自己元配的女人和孩子，但从牙缝里抠出的东西，就有理由自由支配。这个道理，是很能站住脚的。一个人节俭了自己的食欲，去资助自己的性欲，可以得到理解。王惠明的生母是一个寡妇，一个身体很不好的寡妇。父亲勾引了这个寡妇，用的代价是一块腊肉和一碗胡麻油。铁路向前延伸，父亲把寡妇忘了。欢庆铁路全线修通的庆功会开完后，寡妇找到了喝得醉醺醺的父亲。寡妇穿着宽大的棉袄，僻静处，寡妇从棉袄的怀中，托出王惠明并把王惠明还给父亲的时候，父亲在一刹那发生了某种错觉，以为那块腊肉又回来了，差点想说这肉你为什么不吃了，补补身体。当他看到了腊肉上的眼睛和嘴巴的时候，他的酒醒了三分之二。他说，这是什么？

寡妇说，女儿，你的。

父亲说，我没有……女儿。我……有了四个儿子。

寡妇说，你以前是没有……女儿，现在……有了。

父亲连连后退，说，我不要女儿。你赶快走吧。春节就要到了，我要回家看我的老婆和我的儿子。

寡妇说，我马上就要走了。我不愿带着女儿走。她好看着呢！说到这里，就微笑了起来。她怀抱中的小婴儿，也笑了起来。

父亲被这两副笑容吓坏了。他说，你要我怎么样？

寡妇说，带她回你家。

父亲说，你叫我怎么说？

寡妇说，你怎么说都可以。最不济，她就是一死。都一样。

寡妇说完，就把"腊肉"放下了。掩好她的衣襟，头也不回地走了。后来，听人说，她痨病吐血，一吐一碗，很快就死了。

父亲抱起了王惠明。当然父亲不会知道她以后叫王惠明，父亲管她叫小五。从父亲管她叫小五起，父亲就把她认下了。父亲对别人说，小五是他在雪堆里捡到的。所有的人都相信了这个话，因为那时候沿着铁路，有很多私生子降生。

父亲是个懦弱老实的人。他很想扔掉小五，可是他不敢。他怕遭报应，因为小五身上有他的血脉，扔了小五，就等于把他自己的一个脚掌扔了（小五只有他脚掌长短）。小五要是被狼吃了（随着铁路开通，狼已经很少了，但谁也不敢说绝对没有），就等于自己的腿肚子（小五只有那么厚薄）进了狼的大肠。所以王惠明应该感谢迷信，要是父亲不迷信，王惠明就成了狼的一部分。

父亲把王惠明带回了工棚。工友们都说，老王，你太傻。你就是想要个孩子，也该捡个小茶壶。

父亲说，我们家连我有五把茶壶了。我想要个茶碗。

工友们说，茶碗也挑大点的。路旁林子里，尽是茶碗，大姑娘生的，哭声赛过火车。

父亲说，我就愿要这个小不点的茶碗。

父亲用米汤和胡麻油喂养小五，当他把骨瘦如柴的小五交到干妈手里的时候，干妈正奶着小四。

干妈看了一眼小五，干妈就知道了一切。干妈说，你的。

干妈用的不是疑问，干妈很肯定。如果干妈用的疑问句，父亲就把他坐火车时想出的所有谎话，一股脑儿地端出来。可是，不是。干妈没有疑问。干妈所做的第一件事，就是把乳头从小四的嘴里拽出来，放进了小五的嘴里。

小五的第一个反应是把乳头吐出。小五根本就不知道乳汁的味道，小五的肠胃已经被胡麻油浸得透明。后来干妈以她非凡的智慧解决了这个难题，她把乳汁挤在蓝花碗里，她在乳汁里掺上了胡麻油。小五对这种混合饲料依旧很不习惯，但生命的本能战胜了味觉，况且还有胡麻油熟悉的味道在诱惑着她。随着小五的吞咽开始，小四只好从此远离妈妈的怀抱。

这一个春节父亲没有播种。父亲的身体已经不行了，那个寡妇把结核传给了父亲。父亲返回工地之后，突发肺炎，死在了那里。于是在同一天，小五和她的四个哥哥成了没有父亲的孩子。

小五至今无法想象干妈是怎样把五个孩子抚养成人的，而且还让她读了高中。干妈从来没有让小五管她叫过妈妈，干妈一直坚持让小五管她叫干妈。小五说，我想和哥哥们一样。干妈说，那不能。你如果叫我妈，他们就和你争吃争穿，我也拦不住他们。你和他们叫得不一样，你就是我们家的客。

于是小五在家中吃白粥的时候，总能得到几根咸萝卜条。在交学费的时候，总能得到钢镚。

干妈从来没有隐藏过小五的身世。干妈不是因为没有闺女才对小五好的，干妈说过，小五如果是小茶壶，干妈也一样。干妈甚至也不是因为父亲的原因才对小五好，干妈对父亲有很多犀利的批评，一针见血。

干妈只是觉得小五是个客。一个不请自来的客人。干妈是个好客的人，干妈铭记古训，哪怕自己家没吃的，也不能让客人饿着肚子。干妈不能让小五混淆了这个界限，如果混淆了，干妈就没有办法养活小五了。

对于小五的生母，干妈很少发表意见。干妈没有恨也没有爱，因为干妈不认识她。干妈对于自己没有亲身相处过的人和事，从来不发表言论。唯一的例外是干妈有时候看着小五，会说，她是个俊女人。

小五不希望自己俊，不希望自己像生母，而希望自己像干妈。干妈是个粗嘴大唇五大三粗的女人，小五后来以粗嘴大唇五大三粗为女子审美的最高境界。小五后来知道了自己的窈窕和清秀，是骄傲的资本。可小五在心底不以为然，觉得那是傻瓜男人的标准。真正的美人是干妈那样。

小五记住了干妈的乳房。那是她的干粮袋子，鼓胀坚挺，在她童年的记忆里，乳房是一个有着很多小格子的碗柜。吮吸母奶的时候，她会感到它的内部有很多间小房子。每间小房子里面都存着盛满乳汁的罐子。当一个罐子被吸干的时候，它就变成了空壳，无论你怎样用力，乳汁的溪流也不会增粗，只会无可救药地干枯下去，可以听到有节奏的砰砰声。小五开始一直不知道那是什么声音，后来当她成为王惠明之后，有一天突然明白，她早年间在干妈胸前吸不到乳汁时听到的那个声音，是干妈心脏的音响。本来每一个婴儿都懂得这个道理的，因为他们在母亲的腹中待了九个月，听惯了这个免费的音响。但对于小五，它是陌生的，所以她不懂。没有乳汁的乳房，所有的血管都因为努力和羞愧而怒张，婴儿听到的就是母亲的心跳。王惠明通过自身的努力，知道当乳汁细弱下来的时候，只要用更大的力气，新一股强劲的乳汁就会喷涌而出，好像一个高压水管被拔去了龙头。

干妈对四个哥哥的要求是——只要不被送进监狱，就算对得起你们爹了。从这个意义上讲，干妈是称职而且出色地完成了任务。四个哥哥都安分守己，虽然家道贫寒，让他们吃了不少的苦，没有读过多少书，但他们勤劳而本分，到了结婚的年纪，也都有人来提亲。干妈对这一点甚为自豪，这说明她和她的儿子在这一带是有口碑的。

对待小五，干妈就是另外的政策了。小五是干妈家的特区。小五很聪明，干妈说，一窝的孩子和另一窝就是不一样，不服不行。干妈说这话的时候，没有一点见外的意思，干妈是实事求是的。干妈说孩子也像木料，有的适宜做条凳，有的适宜做炕桌，有的就适宜做案板，千刀万斧剁不烂。

干妈，你说我能做啥？小五问。

你上学。你细皮嫩肉的，上了学，嫁个好人家。干妈深思熟虑地说。

小五说，我不愿上学。

干妈说，你不愿上学，你愿不愿吃饱饭？穿花衣服？那就得上学。

要说吃饱饭，当然愿意啦！但还不是最愿意的。最愿意的是穿花衣。上面四个哥哥，干妈就是再向着小五，也没有钱给她买花衣服，只有穿哥哥们的剩衣服。

小五穿得最多的是三哥的衣服。三哥是四个哥哥里长得最英俊的一个。按说小五该穿老四的衣服，但是穷人家的衣服质量不好，从老大穿起，到了老三的时候，已腐朽不堪。这样身为老三，就成了两个极端。一则是他穿得最烂，布料经过老大和老二两个男孩子的荼毒，补丁相摞看不出本色。一则是他偶尔会穿到崭新的衣服，因为把衣服添给他，下面还有两个小的等着，一箭三雕。这样的衣服，通常三哥会穿得格外仔细。下雨的时候，别人都是赶快把衣服顶在头顶避雨，唯有三哥是赶快把衣服脱下，夹在腋下，以保护衣服。有一次深秋，突然下起冰雹，三哥回到家里，头上鼓起几个红蓝筋包，连一向不娇惯儿子的干妈都失声叫起来，说，我的小祖宗，你就不怕雹子从天灵盖落到你的屁股眼里！衣裳呢？怎不护着点头？！

三哥笑嘻嘻地从裤裆里摸出自己的上衣，说，我把它藏起来了。新布叫雹子一砸，布丝就断了。

后来那件衣服从三哥的位置，直接传给了小五。原因是老四的身高突飞猛进，和老三丧失了梯度。小五穿着三哥的衣服，就有了奇妙的感觉。觉得那衣服有三哥的温度和味道。

小五直到上了初中，才穿上了真正属于自己的花衣。那不是因为干妈有了本事，是因为大哥二哥都能挣钱养家了。但大家都不知道，小五因为从此不能穿三哥衣服，而在被窝中痛哭。

小五依旧不愿上学。她是家中的宠儿，可她不是学校的宠儿。学校展示的那个天地，和她在家中的感受格格不入。所有的孩子都想上大学，小五不想上。小五只想有一天嫁给三哥。这个可怕的想法被干妈看穿，干妈说，小五，你不要一天腻着你三哥。他是你哥。

小五说，我知道我不是你生的。

干妈说，你还小，知道的不全。男的也管生孩子的事，你和他是一个爸。

小五说，谁能证明啊？我和他就不是一个爸！

干妈听了大惊失色。干妈从来没有想到这一点，干妈奇怪小五小小的年纪，怎么就这么眼毒！

干妈说，那可是你亲妈说的！

关于小五的身世，包括细节，干妈都对小五说过。这个家庭里的每一个人都知道这个秘密。小五反复思量过自己的由来，小五提出了疑点。这个疑点首先是建立在一个怀春的少女，想嫁给自己的哥哥的前提之下。充裕的想象力，使她大胆无羁。

干妈哑口无言。干妈从来没有想到这种可能。干妈于是检讨，当时的坚信不疑，其实没有多少依据。

干妈相信那个死鬼男人没说瞎话，他不是不打算说瞎话，而是在干妈的智慧和贤惠面前没有机会。就算男人一口咬定这是从苜蓿地里捡来的孩子，依了干妈的仁慈心性，也会叫她"小五"，也会把她抚养成人。小五说自己的亲妈，极有可能是个说瞎话的女人。她和小五的父亲有关系，她和别的男人也有这种关系。生下了孩子，她无法确认到底是谁的孩子，或者她虽能确定是谁的孩子，但她没办法将孩子托付给他。在所有与她有关系的男人当中，她一定将他们排了队，仔细地深入地比较过。一个得了致死疾病的女人，面对她嗷嗷待哺的孩子，她的脑子一定万分好使。最后她挑中了小五的父亲。小五的父亲是一个老实人，只有这样一个人，才有可能把她的女儿认下来养下去。于是，她就编造了一个谎言。实际上，小五和这个家庭一点关系也没有，她和三哥是完全可以结婚的。

干妈在小五的推理面前，大惊失色。干妈不是一个蠢女人，但干妈就是每天晚上不睡觉，想上一百年，也不会设计出如此完整的阴谋。在这一瞬，干妈几乎相信了小五和自己家的血脉毫无关系。她悲观地想到了自己的孩子，没有一个有这份心计。她太了解那个死鬼丈夫了，以他的能耐，能有如此聪明的后人吗？不能！干妈此时突发奇想，断定小五的生父一定是个技术员（她认识的人里，这是最高级别的知识分子）。单凭那个农村寡妇，再有姿色，也不能达到这样的理论水平。干妈想到这里，就对自己家的小五子肃然起敬了。

干妈对小五肃然起敬的后果是更加敦促小五上学。至于小五提出的嫁给三哥的提议，干妈来了一个釜底抽薪。干妈对三哥说，以后离小五远些。

三哥不懂，说，远些是咋回事？

干妈说，就是别单跟她在一块儿。

三哥说，为啥？她不是我妹？

干妈说，她是你妹。可她说她想成你媳妇。

三哥说，这能成？她糊涂了？

干妈说，她不糊涂，她比谁都精。无论从她从你，这门亲事都不能成。乱了章法。末梢细节我也不跟你多说了，只问你一句话，你要不要这个媳妇？

三哥说，这是哪儿的事？我咋能娶了我妹子？我不要。

干妈满意地说，有你小子这句话就成了。无论她说什么，哪怕抹脖子上吊吞砒霜吃耗子药，你咬住了不答应，就有救。

三哥说，救谁？

干妈说，救她。

三哥想了想说，也救我。

假如干妈不是这样一个手起刀落的利索女人，假如干妈拖泥带水给了小五一个缓冲的工夫，很难说小五不把三哥媚倒。但是，干妈以她大智若愚的手法，把三哥和小五的恋情扼杀在萌芽中。

从此以后，三哥和小五视同路人。三哥在一家屠宰场工作，三哥的每一根头发丝里都染有猪苦胆的味道。三哥对小五的温情脉脉一概视而不见，三哥甚至自作自贱，把自己推向鲁莽和粗鄙。

那时候小五的乳房开始发育。它们像一对青杏镶嵌在小五瘦骨嶙峋的前胸。萌起的乳头每天都愤怒地龇着，弄得小五只有佝偻着背，让摩擦的痛感稍有舒缓。半夜里，小五抚摸着自己的乳核想，三哥你为什么不要我？你是不是觉得我还不是一个成熟女人？小五就忍着疼痛，拼命揪扯自己的胸部，想让它更快长高。

不知是这种自我按摩的效力还是不可阻挡的青春，小五的乳房飞快发育，很快就由青杏长成青槟子，然后是青苹果。小五成了这一带最美丽的女孩，尽管她的学习一塌糊涂。

小五在等着自己慢慢长大。小五知道她有办法捉到三哥的心，只是要给她足够的时间。小五不忙，小五知道三哥对她的冷淡，正说明了三哥放不下她。要不然，为什么其他的几个哥哥都很自然，唯独这个哥哥总是一脸冰霜。装出来的没事就是有事。小五每天晚上抚摸着自己的乳房入睡，把自己的手想象成三哥的手。小五在这样的想象中觉出快意，早上起来容光焕发。

小五读高中的时候，三哥病了。三哥在杀猪的时候，感染了一种罕见病症。先是红疹和抽搐，后是高烧。高烧之后突然就一滴尿都没有了，医生宣布肾功能衰竭。那些天，全家人像渴望甘霖一样地盼望三哥有尿，可三哥的肾赤地千里。

医生决定透析，这是很昂贵的治疗。在有限的次数之后，屠宰场不再支付透析费用。厂方说，杀二百头猪的手工，才能换他一泡尿。

是他的腰子重要还是大伙的粥碗重要？

家里和厂方抗争，说这是工伤啊！厂方说，为什么别人都没事，他就有事？你家人的尿泡天生就弱。硬说是工伤，连以前出过的药费，都得让你家给吐出来。

家中所有的钱都用来给三哥买尿了。刚开始的时候，大家都满怀信心。透析的原理非常简单，没有任何医学基础的人一看也能明白。它是一张大滤纸，把充满了尿的血液从这边透到那边，尿渗出去，血就干净了。透析过后的第一天，特别是头几个小时，人跟没病一样，你不能不对透析充满了感激之情，不能不惊叹透析具有起死回生的效力。但是，人体的废物很快积聚起来，人就开始委靡，好像被火熏烤的葱管，疲软下去。这样形容也不准确，疲软的是精神，肉身硬肿，皮肤污浊透亮。这个时候，就要赶快开始下一次的透析了。透析就像一条追在身后的狼狗，你烦它，可你万万不能赶它走。它走了，你就没命了。狼狗疯狂地吞噬着干妈四处哀求凑出的钱，看守着三哥的小命。

透析的管子，该一次一换。没钱，改成了两次甚至三次四次一换。透析室医生一看推了三哥去，就不给好脸，说，感染了，死了人，算谁的呀？

即使是这样，家里再也拿不出钱来给三哥透析，三哥命若弦丝。

小五想不到还没等到她长大，三哥就老了。三哥不但老了，三哥还这么快就要死了。小五坐在三哥的床前，干妈已不再防着小五，别的哥哥也都退出去了。不是特意安排一个说话的机会，是再没有人能从容面对日益走向死亡的三哥。钱榨干了大家的耐心和勇气，面对只是徒增伤感。能溜的就全溜了。

小五捧着三哥手。小五以为三哥的手是干枯和冰冷的，其实不然。三哥的手黏腻肿胀。小五说，三哥，我要救你。

三哥说，小五，心意我领了。

小五说，你不知道我的心。

三哥说，知道不知道现在都没有什么说头了。

小五逼视着三哥说，三哥，你爱不爱我？

三哥说，爱。我爱你……

一阵幸福的晕眩，以至小五没听清后面的话，三哥接着说……爱妈，爱哥弟兄……

有三哥这一句话就够了。小五说，三哥，你等着。

三哥不知道小五让他等什么，血液毒素积聚，三哥思维已很迟钝。小五看出三哥不明白，小五想，三哥，你很快就会明白。

小五走出病房。小五不需要三哥再表其他的态了，一句话已胜过万语千言。小五很想把三哥的手在自己胸前放一放，就像梦中无数次出现的那样。但是，小五不敢。小五很害羞，梦中的勇气烟消云散。小五觉得现在求三哥做这件事，有点不人道。况且，病房内的人太多，有些男人不怀好意地看着她，使她不敢久留。

小五找到三哥的主治医生，说，我哥哥还能活多久？新来的年轻医生花了好半天时间，才搞清面前如花似玉的少女，是那个濒死的肾功能衰竭病人的妹妹。美貌在很多地方都是有效的通行证，医生格外好脾气地回答，这个很难说，如果停止透析，也许一个月之后，也许一个星期之后。

小五说，如果一直透析呢？

医生说，如果用最精确的透析液，器具全部一次性，避免感染，再加上周密的观察，那么，可能活很多年。发达国家，病人一边透析一边上班，有些干脆自己家里就有透析仪，周末晚上透一次，可保一个星期。只是……

小五打断了医生的话，说，只是需要很多钱，对吗？

医生说，对。

小五说，我会有很多钱的。

医生很吃惊，面前这个小姑娘说的是"我"，而不是我们。他见过除了这个小姑娘以外所有的"我们"，那些个"我们"是绝不会有很多钱的。

小五说，医生，我求你一件事。在我没拿到很多钱之前，让我哥哥活着。我很快就会有钱的。很快。

医生没有答应她，这是职业习惯。但医生记住了小五的话，也许小五一往无前的眼神，打动了他。

第二天早上，小五带着家中仅剩的几百块钱，失踪了。哥哥们说这不是雪上加霜吗？老三彻底没救了。干妈不让大家说小五的坏话。

干妈说，有这几百块也救不了老三的命。不如让小五寻一条活路去吧。她本来就不是咱家的人，干吗要拖住她？

小五走了。小五要挣出一大笔钱，给三哥治病。小五从一开始就下了卖身的决心。在所有的旧戏文里，穷家女子走投无路时只有卖身。小五并不觉得卖身是奇耻大辱，她觉得像杜十娘、李香君什么的，要是不卖身，肯定得不到传世的资格。

只是，如何卖身，并且能卖出一大笔钱？小五还是处女，小五本来想把自己的处女之身为三哥存着，但为了救三哥，只有先将这个身子卖了。小五不知到哪里去卖，想象中是大城市卖的价高些。

小五偷了家里的钱，她知道干妈不会说这是偷，但小五坚持认为这是偷。她需要盘缠，她不能扒车，她要用合法的手段，尽快地到达繁华都市，尽快把自己高价售出。这些都容不得耽搁。

小五还在票证贩子那里，买了若干张证件。本来她想只买一张的，票贩子说批发优惠。她把假证按顺序排好，如同一打饼干。她把自己认为最不好听的名字排在前面，记得是叫李桂花。

乳房哭泣

　　李桂花一路照章买票到了京城。李桂花让自己吃得饱饱的，买了地摊上的化妆品，她要打磨抛光。李桂花在住所上委屈自己，找了间地下室，和几个倒卖毛线的女人挤在一起。李桂花东游西逛，到处是朗朗乾坤正人君子，李桂花急得夜夜垂泪。她的钱不多了，再徒然耗下去，不要说给三哥治病了，连自己的饭食也没了着落。小五不怕挨饿，但小五怕把自己饿瘦了，影响了价钱。

　　卖自己是很难的。后来，李桂花终于找到了一个有希望的市场，那就是街头的舞池。在幽暗的立交桥洞下，有一些痴迷男女，搂抱着走着笨拙的舞步。李桂花是个聪明的女子，窈窕的身材和对音乐异乎寻常的感应，让她学会了那些并不复杂的走动，尤其是被北京舞迷引为自豪的"平四"，很快弓马纯熟。她向每一个约她跳舞的男人发出笨拙的挑逗，吓得若干人落荒而逃。要知道，在这种场所出没的男人，多是民工和下岗工人中的不安分者，和打工妹耳鬓厮磨可以，一到来真格的，想起瘪钱包，身体的某个部位也就瘪了下去。

　　李桂花急死了。好在工夫不负有心人，她未入流的挑逗，终于有了回报。一个穿件污黄的写着草书"舞"字背心的老男人，和她疯狂地跳了平四之后，汗流浃背地把她带回了自己的住所。

　　我老婆出差了。今晚你就放心睡在这里吧。那个男人说。在一间昏黄的平房里，他冲了一碗黑芝麻糊给李桂花。

　　李桂花喝着黑芝麻糊，紧张而失望地打量着这间平房。用了许久的电子管灯，两端发黑，如同一根霉坏的山药。她对即将到来的事件有些紧张，最主要的是这个房间的主人太穷困潦倒了。可是，她不能退却，她需要完成这事。她要把自己成功地卖出去，这是一个仪式。

　　当她还没有想好是先说价钱还是后说价钱之时，那个老男人已经扑了上来。在整个过程中，李桂花一直坚忍地鼓励自己——坚持就是胜利。疼痛和羞辱都被买卖开张的喜悦冲淡，她甚至想到这个人在这间昏暗的房子的某一个角落，也许藏有金条。雨过天晴之后，那个人很不满意地说，想不到你还是个黄花闺女。

黄花有什么不好吗？黄花是多要钱的。李桂花说。身体的破损和彻骨的疼痛有一种奇怪的力量，让李桂花勇敢和放肆起来。刚才不知如何说出口的话，如今已变得这样容易。

你还要钱啊？那个男人大吃一惊。

白来啊？李桂花像母豹一样坐起来，看到乳房上有清楚的齿痕。

我最讨厌跟处女干这个事了。一点乐趣也没有，白当挖掘工。你还算不错，没哭，也没叫唤。要钱没有，想嫁给我，更没门！男人说着，把干瘦的屁股撅到一边，倒头就睡。

李桂花怒了，掐着他的大腿说，我告诉你老婆。

老男人说，告吧告吧，我老婆早就知道我是这么块料。只要不给钱，她不管。

李桂花走投无路说，那我就上公安局告你。

老男人说，告我什么？强奸啊？谁信呢！这两天舞场上，谁不知道有个乡下妞想男人想疯了，见人就往上贴。别人都不答理你，还就我这个人，心软，帮你解解痒。我这是助人为乐！你怎能恩将仇报呢？

李桂花放声痛哭。

老男人被哭得睡不着觉，说我的小姑奶奶，刚才流那么多血你都没哭，这会儿你哭个什么劲！就为点钱，至于吗？你就是干这行的，今天遇上我，算你倒霉。卖冰棍还兴赶上停电，你说是不是？东西在你身上，我又没弄坏螺丝锁扣什么的，来日方长啊！说着，他用污浊的枕巾替李桂花擦了擦眼泪，还有嘴边的黑芝麻糊。

赤裸着身子的李桂花披散着头发哭喊着说，没有什么来日方长！我三哥他就要死了！

老男人一愣。说，闹半天，你是真有隐情啊！我这人就喜欢听故事，说来听听。

在李桂花断断续续的哭声中，背后写着"舞"字的老男人听懂了她的故事。当然，李桂花没说她和三哥的关系，她说三哥是自己的亲哥。

老男人说，看你哭得梨花带雨的，怪可怜的。我就再干你一次。

李桂花大怒道,你白占了我一次便宜还不够,上一次算老娘瞎了眼,这一次,门儿也没有!

老男人说,上一次我占你的便宜不错,但这一次,我可是要诚心教你。我这么大岁数了,打连发也是辛苦的事。要是你不配合,累得我热气换冷气,我还不教你了!

李桂花愤愤,说,你教我什么?

老男人说,你要干的这一行,也跟跳舞似的,有诀窍。高手的价码和雏儿是不一样的。我这人没别的本事,就是好钻研这个。遇到我,是你的福气。好了,我叫你怎样,你就怎样。不许拧着劲,这是个力气活儿!

老男人说完再次进入。这一次,李桂花感到了撕心裂肺的疼痛。在震惊中麻木的神经,恢复了灵敏的知觉,那裂隙好像不在方寸之间,而是刺穿了所有的脏器和整个灵魂。李桂花如行尸走肉,任凭老男人折磨。不,她比行尸走肉要凄惨得多,行尸走肉是没有感觉的,但老男人要求她的配合,不停辗转腾挪……

当李桂花重新站起来的时候,李桂花觉得自己已经一万岁了。小五死了,永远地死了。一个名叫李桂花的女人活着,穿着小五的身体,一个千疮百孔的身体。

老男人说,我真是赔了血本了。谁让我这个人心好呢!

李桂花缓缓地说,谢谢你。

老男人说,不用谢。以后若是遇到了我,要免费。

李桂花说,那是当然。

老男人说,我看你这样知书达理,就介绍你一单生意。我的这个朋友,有钱。如果你把他伺候好了,我估计你一次得的钱,够让你三哥尿十回尿。

李桂花拿着半袋黑芝麻糊走出了那间小平房。她的双腿之间好像夹着一把熊熊燃烧的松明,灼痛难熬。她蓬头散发,扶着墙壁慢慢行走。在一个公共厕所里,凑着冷水龙头,把黑芝麻糊的小包装袋打开,全都倒进自己的喉咙,然后才有力气进到半截木板隔断的蹲坑上。她用了吃奶的力气,才把小便解出来。滚烫的尿液如同盐酸淌过,疼得她龇牙咧嘴。她看到尿液中夹杂着鲜红的丝带般的血液,如同小蛇,从她的身体里爬出，坠进黑暗污臭的粪坑。她痛得几乎昏过去，可是她没有昏过去。一个如此年轻的生命，哪能那么容易就昏过去！她没那份幸运，公共厕所长期积累的氨气，异常刺鼻，在短暂的晕眩之后，她异乎寻常地清醒了。解完手，李桂花又走到水龙头前，这一次，是洗脸洗头，收拾清爽。她把厕所当成美容院，把自己粉饰一新。当她从厕所走出来的时候，一个新人诞生了。

那个老男人的哥们儿很满意，他给的钱，真的救了三哥的命。从此，干妈家每隔两个月，就会准时收到小五寄来的钱。小五从不留地址，钱从不落空。

透析得以继续，三哥的生命就这样延续下来，三哥每周都要接受透析，三哥逐渐适应了这种以医疗器械代替生理本能的生活，三哥过起了平静的生活。三哥再也不用去杀猪，三哥不再被风吹日晒，三哥不必再起五更睡半夜，三哥的头发里再没有了猪胆汁的苦气……

干妈不想要小五的钱。干妈凭一个女人的直觉，知道这钱不是好来的。但干妈不愿深想，深想下去，是对自己一手抚养大的孩子的不敬，干妈也承担不起这份沉重。干妈好多次想对老三说，咱不透析了，行不？但干妈一看到老三凝固的目光，干妈就什么都说不出来了。小五不说，干妈不说，三哥不说，所有的人都不说。三哥是个沉默寡言的人，以前就很难猜出三哥在想什么，大病之后，就更没人知道三哥想什么了。剩下的弟兄囊中羞涩，面对三哥的期待，心中有愧。小五的钱，解了大家的围，小五的仗义衬出了众人的无力，只有不说，谁都不说，才是报答。每隔一段时间飞来的钱，成了这个家庭的秘密。人们小心翼翼地保守着这个秘密，秘密维系着家族的运转，表面上水波不兴。

小五的买卖一旦打开，业务量突飞猛进。小五从一开始就绝不打算做普通的"鸡"，立志做一个名妓。只有名妓才可能有百宝箱，才可以彻底拯救三哥，给三哥换肾。才可以"从良"——嫁给三哥。小五细细研究了古代那些著名的妓女，个个是色艺俱佳。小五开始研究做名妓的技术，以前，有青楼老鸨代代相传，现在需自学成才。老男人所教的简略几招，充其量只是"初段"选手。小五知道要拉住客人，让客人肯出大价钱，必要有绝活。客人是小五最好的老师，小五和他们细致地研究各种感受，并乐于试验。客人们有着千丝万缕的联系，小五名声传播，价码也水涨船高。小五并不滥接客，那对身体影响太大。小五很谨慎，小五要细水长流。小五聚敛财富的主要手段是以一当十，提高单位面积产量。小五很仔细地选择委身的对象，对每一个顾客都很投入。让客人觉得物有所值，才会源源不断进账。小五的目标很明确，小五要挣钱，资本只有自己的身体，要爱护资源。

小五知道古代青楼女子，除了天生丽质以外，还要精通琴棋书画，会玩一手或笙或箫或阮或筝，能作诗会对对子，善解人意……小五来了个古为今用。当然了，她不会作诗不会对对子，但现在的男人们也一同衰落，不会这些雅活了。她学会了一语双关的幽默和笑话，当然基本上都带"色"，但不那么低俗和明目张胆，透着一点点的聪明。她学会了按摩和用个保健的小锤子，胡乱在客人身上敲敲打打就说是通经活络。她有很多闺阁游戏，可令一些孤陋寡闻的家伙惊为天人。

随着阅历的进展，她能在一分钟内判断出对方有没有钱，肯付多少钱。对于吝啬的男人，无论多么英俊潇洒，她从不动心。她也不会对任何人动真情。有若干个男人在一夜欢愉之后，萌生出要包她的意思，小五都拒绝了。属于一个男人，无论那个男人在短期内能给她多少钱，终有枯竭的一天。男人一旦把女人攥在手心里了，他会为她吃醋，但不会为了她无限投入。小五喜欢结识新的男人。有钱的男人，在她眼中，如同一枚枚刚采摘的橘子，可以榨出充沛的新鲜果汁。榨过了，就要扔掉，不能总当标本保存着。

刚开始由于经验不够丰富，小五得了几次性病。好在那个时候，中国的艾滋病还没有大规模蔓延，不过是淋病和尖疣一类普通病症。大众媒体上把这些病宣传得很可怕，其实人类早在半个世纪前就征服了它们。只要你具备基本知识，它们就温柔懦弱。街头的小广告，说什么"一针见效"，虽说滥夸海口，但只要诊断明确，一针大有好转是可能的。

小五知道那些最著名的药店里治疗性病的柜台在哪里。走进药店透明得像玻璃鱼缸一样的铺面，通常是在一楼非常便利的地方，摆放着全是进口说明的一排排药品。精致小巧的瓶子，让人一看就很疼爱。店员通常是一位面无表情的老者。他很平静，饱经沧桑的脸上看不出喜怒哀乐。但又绝不是冷若冰霜的，有一种平和的谦恭若隐若现。他微微前躬的身体表达着"我随时为您排忧解难"的信息，但他淡漠的表情说明他是矜持和缺少好奇心的。总之，这个店员的形象很重要，他要使前来购买此类药物的人有足够的信任感，才能在这里付出一大笔钱，把涉及隐私的药物买走。

小五买了很多医书，小五把性病研究得很透彻。小五会给自己诊断性病，并迅速开始治疗。她很小心地保护自己，但百密一疏的时候还是有，她会在第一时间感受到自己被病菌侵袭了。她会赶快用自备的一次性注射器把治疗性病的药品打进肌肉。小五很感谢科学，层出不穷的新药物真是具有改天换地的力量，让她们这一行受益匪浅。往往是半夜里还痒痛不堪，到了黎明已水波不兴。小五购买了最高级的安全套，当然这笔费用她要打入成本。一般来说，客人不愿使用安全套，但小五巧舌如簧。小五说这不是为了她自己的安全，她一个苦命女子，命是不值钱的，客人们的命才是值钱的，他们前程远大日后享受的机会还多着呢，不要因小失大。况且这种进口的高级安全套，对人一点妨碍也没有，或许还有刺激作用。花言巧语之下，客人们通常都会接受。

通过实践，小五发现，由于若干年的封闭，其实中国的男人是很孤陋寡闻的。因此，要哄得他们高兴，并不是一件太难的事情。小五渐渐老练，成了一名技术高超的性产业工人。

只有一点令小五摸不着头脑。她的乳房再也不肯长大，总是保持着青苹果模样，坚硬如卵石。她的各部分机体在频繁的性刺激之下，烂熟如桃，但乳房固执地坚守少女时代的状态。有的客人喜欢这种童真样式，但更多的客人不喜欢。他们想看到一个放浪形骸饱含水分的女人，但小五幼稚的前胸会突然启动他们沉沦的良知，让他们一下子想起自己的初恋甚至女儿。

小五意识到乳房成为自己发展的瓶颈，决定改造它们。小五去了正规的整形医院，要求做丰乳手术。医生详细地同小五探讨了她期望达到的尺寸，根据小五的体型计算出丰乳图形，并在计算机上模拟出相应影像。小五只看了一眼就说，太小了。医生修改了尺径，小五说，还是小。医生严肃地说，这是能够完成的最大尺径，根据她的身体状况，最多只能注入这么多硅胶。

小五离开了那家医院。小五认为，人嘛，要么是原装的，天生什么样就是什么样。如果兴师动众全新打造，就一定要追求完美。既然花了钱，受了罪，就要可心。在她的心目中，最美的女人是干妈，干妈丰乳肥臀。

小五在街上漫无目的地走着，看到了一家美容院的招牌。小五走进去，说，你们最大能做出多大的乳房？

接待她的女士说，你想要多大的乳房，我们就给你做出多大的乳房。不够大，不要钱。

小五比画了一下，说，要这么大。

女士咬牙切齿地说，成！

小五留了个心眼，说这么大的乳房，要打进很多硅胶，是不是有危险？

女士说，是有危险。所以，我们不给你用硅胶，我们只给鼻子用硅胶。硅胶很贵，我们用盐水。

小五吓了一跳，说，盐水？那不成了腌咸菜？

女士说，这你就有所不知了。用盐水，是当今世界上的最新潮流。又安全又简便又没有副作用。我们并不是把盐水简单地注射进去，而是要有一些包裹的囊……美容师是有洋文凭的，手艺很好。找他做手术的人预约要到五个月以后，算你运气好，今天有一个约好的顾客临时不来了，空了一张台子。你要不要做？要做就赶快进去，要不然我就打电话叫别的病人来了。

这番话说得小五热血沸腾。她在别的事上都很谨慎，唯独到了自己的乳房，就头脑发昏。一头进了美容室的里间，一间阴暗的北房。

据说有洋文凭的美容师切开了她的乳房，裹进一些盐水囊。

小五起身后第一个感觉是胸前沉重了许多。小五欣喜地看着自己在镜子里的新形象，知道为手术花费的钱是鲜酵母，很快会衔着更多的钱飞回来。

美中不足的是发酵得太夸张了，好像两只酸奶罐子。美容师解释，过一段盐水会有所吸收。新打造的乳房就像刚买的白棉布，下了水，尺寸会缩的。

小五也不好多说，确实是按她的意思度身而做，不能退货。小五人气攀升，前来的男人都有喜爱丰乳的癖好，骨子里是没长大的男婴。

小五的乳房渐渐地在圈子里有了小名声。那种充满了水泡的乳房，抚摸和蹂躏起来，感觉很是怪异，前来寻欢的男人们爱不释手。小五把所得的钱，一部分寄给干妈，一部分留了起来。她迅速地衰老，好像还不曾年轻就饱经沧桑。小五要为自己留个后手，她不可能总是如日中天，卖笑女子的职业生涯极其短暂。

小五从来没有回过干妈家。小五不给家中写信，寄钱的时候，总是用电汇。电汇单上，只要你不要求，邮局就不显示寄款人地址。每次打电话的时候，干妈都抽噎着问，我的小五子啊，你何时回来？小五都会在结束通话之前，假装随口问道，三哥怎么样了？干妈也好像才想起来似的说，你三哥呀，他挺好的。每礼拜两次按时透析，人也比以前有精神了些，脸色也不那么黑了。

肾功能衰竭的人，脸色会有一种奇怪的黧黑。小五是从有关的书上知道这回事的，却无法想象白皙的三哥怎能变黑。小五离家的时候，由于肾衰的时间还短，三哥肿，但是，不黑。小五一想到黑暗的三哥就心如刀绞，小五想只有一个办法，就是以后给三哥做肾移植，不单把三哥的病根拔掉，而且让三哥同以前一样英俊。

肾移植需要很多的钱。小五卖命地挣钱。所有的淫荡都因有了这样远大的目标，而变得辉煌。小五学会了卖笑，伪装处女和伪装高潮，小五能让客人们慕名而来，掏光口袋里的钱，还恋恋不舍。小五为自己租了很体面的房子，过起了带点小资味的城市女人的生活。

虽然小五严格选择客人，有时也因对方报出的价格太诱人，也接待粗鲁的客人。小五通常采用的手段是陪着他们先喝一通烈酒。再骁勇的男人也敌不过酒精的度数，当醉眼蒙眬之时，一触即发，卖笑女子就可偷工减料，以逸待劳。小五会装疯卖傻，小五会五花八门的酒令，小五会甜言蜜语，小五会卖弄风骚……总之，小五会用种种手段保护自己，绝不死扛着，让自己筋疲力尽。

那个客人好像刚从猿猴进化过来，浑身多毛，充满山洞的气味。小五从一开始就打了冷战，觉得不祥。果然，小五劝酒，他说不喝。小五说这么棒的男人，怎么不喝酒？多毛的男人说，喝了酒，就饶过了你，我怎会那么傻？

于是，小五知道自己遇到行家里手了。小五的胸中就涌起了一股悲壮，小五不知道壮士慷慨赴死是怎样的英烈，但把它缩小万分之一，可能就是自己的心态了。小五咬紧牙关，忍受着无休止的折磨，那个男人的手，好似隆隆的坦克，从一双乳房上碾过来碾过去，想夷为平地。

小五感觉水囊好像老鼠，在她胸前滚动，大手继续施压，软肋挤住了心房，呼吸受到强烈压抑。

小五坚持忍着，不出一丝声音。如果想早些结束苦难，就要像烈火焚身的勇士一样，咬紧嘴唇。任何声音都会刺激这个魔鬼，让他感觉别致有趣，变本加厉。只有暗无天日的沉默，才能早点救赎。

莽汉的手在小五的乳房上横冲直撞。乳头由最初的兴奋坚挺变成疼痛的怒张，乳晕颗粒凸起犹如清晨的草莓，乳房增大仿佛随时要爆炸的圆形手雷。就在男人之手一个极其猛烈的揉搓之后，小五突然感到左胸坠落，随着锥心的刺痛，奇异的空虚感油然而生，左半个肢体痛楚麻木，左脚尖痉挛抽动。小五一下惊坐而起，惊惧席卷身心，一道宽约二寸的撕裂感，从她的左肩直劈到了左胯。淋漓的冷汗使她完全忘记了身上还匍匐着一个贪婪的男人。

男人被掀翻在地，鼻青脸肿。他从情欲的高峰被打入谷底，恼羞成怒。多毛的手指疯狂揪住小五的头发，怒骂道，臭婊子，装什么金枝玉叶啊，居然不让碰……

小五的头发被高高揪起，赤裸的胸部格外高耸，男人穷凶极恶的表情僵在那里，变成惊骇莫名的恐怖。小五是从那个男人的眼神中，发现事态非同小可。小五低下头，于是看到从左胸下方，有一道深深的裂隙。不是皮开肉绽的破损，如果是那样，还不至让人胆战心惊。在表皮完整之下，错裂出一道峡谷。小五的左乳房到左大腿根，如同被南京大屠杀时日本军曹斜劈了一刀，掰成毫不相干的两半。

一堆膨起的圆包，约有数个乒乓球大小，堆在小五左腹之下。她战战兢兢用手捅了一下，包是软的，有波动，还有……跳动。小五悲惨地发现圆囊波动的频率和心跳一致。

"你把我的心给揪下来了！"小五歇斯底里迸叫，凌厉凄楚。

嫖客也大吃一惊。因为灯光的作用，他看到小五的身体一分为二，如同一根被剁开的白蜡木。他看过很多女人的身体，稚嫩的苍老的，但没有看到过如此诡异的分裂。他听到了小五的嚎叫，正是这母狼似的叫声让他平静下来。这个女人还能有这么大力气叫唤，这就好，没什么大不了的事。

他说，叫什么叫！你的心真要掉下来了，你还有力气叫！

说着，他伸出手指，掐住小五大腿根处的鼓包。小五乖乖地让他掐，毕竟这个人告诉她，她的心还在。如果心不在了，她就不能活了，再也见不到三哥了。

男人狞笑着说，白玩你，免单！

小五说，你伤了我！你要赔我！

男人掐着水包说，这就是你的奶子！你用假奶子骗我，你还想要钱！

小五这才知道，原来是假乳中的水包，在剧烈的揉搓之下剥脱，从乳头处直线向下坠落，如同一把剔肉的重锤，撕开了皮肤和肌肉之间的筋膜，直捣腿根。

小五满眼泪水，忍受着那个男人残暴的折磨。眼睁睁地看着自己腹壁的鸿沟，渐渐地被皮下出血所填平，直到成为一道紫色的棱起。

清晨，那男人未给一分钱，扬长而去。小五弓身如同老妪，找到了美容院。美容院的小姐，一反当时邀她手术的热情，冷脸说，你赶快走，别堵在这儿，败我们名声。我们管不着！

小五很生气，说，手术是你们做的，怎么就不管了！你们草菅人命！

美容院说，是我们做的不假，可你过了保修期！知不知道？你使用过度！别人的水囊怎么都好好的，你的就掉到了裤裆里？你以为是篮球呢！

小五一下被噎住，知道在这里找不到理了。小五取出积蓄，进了正规的医院。医生为她止血消炎，住院之后，把乳房中充填的劣质异物取出。当需要家属进行手术签字的时候，小五说，我自己签。医生说，那不行。这是我们的制度。小五说，我是孤儿。医生说，那就让你单位的领导签。小五说，我没有单位。

医生就很特别地看看小五。小五迎着他的目光，对看着。过了一会儿，医生首先把目光收回了。总之，你找个人签吧。医生走了。

小五就把三哥的名字签上了。小五签这个名字的时候，眼泪止不住地往下掉。小五不是伤心，小五是感动。小五觉得三哥就在自己身边，是小五最亲最亲的亲人。

　　小五很快进行了手术。手术把乳房中乱七八糟的水囊取出，小五期望自己恢复原样。小五不敢回家的一个原因，就是她意识到自己的乳房太夸张了。这种不适当的丰满很容易让人联想，小五希望自己在三哥眼中冰清玉洁。现在，一切将重新开始。

　　小五从手术中醒来的时候，医生等候在她的身边。当你的情况好一些的时候，我有话要同你说。医生说。医生说完了这句话就走了。于是小五知道，医生等在这里，就是为了要同她说这句话。

　　这句话是为了要说另外的一句话。什么话如此重要？小五有些疑惧。但是麻醉后的晕眩让她无法清醒地思维，只得昏昏睡去。

　　当她完全清醒以后，医生说，你在住院记录上，亲人联系一栏所填都是假的。

　　小五点点头。

　　医生说，有一些问题，我们必须同你的家人谈谈。

　　小五说，我就是我的家人。有什么问题，你尽管谈。

　　医生说，不行。

　　小五说，如果不行，你就不要谈了。

　　医生急了，说，我要谈的话，等不得。

　　小五说，那就说好了。

　　于是医生就站在那里，边想边很吃力地说，我们在为你乳房手术的时候，发现了一个包块。

　　小五说，你的意思是说手术不彻底？

　　医生说，手术很彻底，我们把那个包块切除了。

　　小五说，那就谢谢你们了。

　　医生说，不要谢，我的话还没有讲完。那个包块的病理检验结果出来了，性质不太好。

　　医生说到这里，很小心地看着小五。小五极度冷静，仿佛在听别人的故事。小五说，性质不太好是什么意思？

　　医生说，你还要我说得更明白，是吗？

　　小五说，是。因为我根本就不明白。

　　医生说，好吧。那我就说了。它是恶性的。

医生本来以为小五会大惊失色，没想到小五说，这不是真的。

医生说，我没有必要骗你。这是非常严肃非常严重的事情。如果你的亲人在场，也许我们当时就会决定为你做乳房切除手术。现在，我们已经损失了极其宝贵的时间。时间是输不起的。你知道吗？

小五说，你们一定是搞错了。我这么年轻。我怎么会有这种毛病。

医生说，年龄不是保护伞。我要说的就是这些了。你还有什么不明白的吗？如果你感到很痛苦，告诉护士，我为你开了镇静剂。

小五说，我都明白了。医生走了。小五按了床头的呼叫铃。小五服下了护士为她拿来的药物，然后美美地睡了一个好觉。小五从来没有睡过如此香甜的觉，简直是死了一个世纪。当她醒来以后，她对护士说，你把医生叫来吧。

医生来了。医生说，你有什么事？

小五说，我同意手术。

医生说，你的家人来了吗？

小五说，她明天会来。

医生就不再说什么。

小五找了个一块儿卖笑的女子，打电话说，明天你来看我。那个女子说，我有客人。小五说，你最贵的价码是多少？那个女子说，比你少，可是比别人要多。小五说，那你今后就是最多的了。我付你双倍的钱。你要来给我签字。你是我姐姐。

那天晚上，小五抚摸着自己的乳房。她的饱受苦难的乳房啊！它还没来得及让三哥亲手抚摸，它们除了被侮辱和被损害，从来没有得到呵护和温柔。还没有一个婴儿用如花瓣般的小嘴亲吻过樱桃般的乳头，它还没有喷射过一滴洁白的乳浆。它只是被填进污浊的盐水，被兽性地蹂躏。它愤怒了，它要反抗。它反抗的方式是那样的奇特。它长出了一个瘤子，它要和这个瘤子玉石俱焚。现在，它要解脱了。它的苦难就要到头了。这一切就要消失了，它原先高耸的地方，将是一道可怖的疤痕。这还绝不是全部。如果命运的魔爪还不放过小五，那么被切除的就不单是乳房，还有她的生命。她很想给朋友写一个条：你到医院来，带上一把刀。如果你不愿带刀，你就带上一根绳子。如果你连绳子也不愿意带，你就带上一只优质的长统丝袜。那个到处流浪的三毛，就是用丝袜把自己送到另一个世界的。可惜的是，她连一个可以这样托付的朋友都没有！

　　小五以为自己想到这些会哭，可是小五几次摸摸眼眶，干涸得如同撒哈拉大沙漠。小五在这凄惨的时刻，想到了三哥。小五想，当三哥肾功能衰竭的时候，三哥掉泪了吗？三哥没有，那么她也不掉泪。小五这样想了以后，很快睡着了。

白云之舞

　　需要遗嘱。伪造一个死亡的原因。人们对于自杀者最大的好奇是"为什么？"既然你的死就是为了掩盖这个为什么，你就要成功地提供一个"为什么"，以回答那些关爱或是憎恶你的人们，以便让你真正的目的逃之夭夭。他这样想着，在不知不觉当中，就把对死亡方式的策动转变成了对死亡的伪装。

　　伪装死因是艰苦卓绝的工程。你必得策划得滴水不漏，你死后让千百双眼睛看不出破绽。如果你做不到位，叫人看穿了谜底，就前功尽弃，你算是白死了。在这种压力下，他设想了种种可能，每种都是系统工程。你要假装破产，要有一系列的财务报表支持。你假装受骗，就得有杰出的骗子出没左右。你假装失恋，就得有一个狠毒的女人陪伴身边。

　　这可不是顷刻间就能来的。

　　在极端的辛苦之后，他突然想到，如果不死，这一切就迎刃而解。这个念头第一次涌上的时候，他被自己的失信吓了一跳。说得好好的，为什么就不死了呢？这不是背信弃义出尔反尔吗？他听到狗肉店里的小狗大狗们狂吠起来。被剥了皮的狗还能叫吗？无边的猩红又包围过来。

　　枯燥的文员生涯，百无聊赖。申凌是最底层的那级台阶，谁都有权指使她。她要恭顺地对每一个人微笑着说"是"，整日套装在身，无论脚多么痛，也要挺拔轻快地在办公室里一路小跑。书包里永备一双新丝袜，袜子出现小洞，第一时间跑进洗手间，金鸡独立着更换。唯一快乐的源泉，就是对照着别人的不幸，发掘自己的幸福。

　　"嗨！你的小组，又有什么新进展？"申凌撒娇。

　　褚强两难。刚开始是戏说小组，以博申凌一笑。古代有用烽火社稷博女子一笑的，褚强聊聊天让女朋友高兴，有何不可？茫茫人海，谁能认出她们是谁？但随着小组的深入，褚强再不敢把组员们的情况和盘端出，便采用浪漫主义的手法，大胆地加以虚构。既然申凌第一次就断定成慕梅快死了，褚强顺藤摸瓜，为成慕梅编造出一系列悲欢离合病入膏肓的故事，以满足申凌的窥探欲。

小组进行了若干回活动，虽时有突破，基本心态是"犹抱琵琶半遮面"，好像做小本买卖的，你看看我，我看看你。你说几分，我就说几分。你若是不说，我也不说。人们是靠自己的秘密活在世上的，要是都说了，人们还有什么？

褚强对程远青说："程老师，您要是不怕受到重大打击，我就把迄今为止参加小组的真实感受告诉您。我觉得大家都在外围绕圈子，没有实质性的交锋。三锥子扎不出血来。"

程远青笑道："都是癌症病人，要是扎锥子放血，就得报病危！"

程远青委婉地提醒褚强不要操之过急。毕竟，这不是普通的成长或是发展小组，而是一群濒临死亡的人的特殊团体。

最让褚强不安心的是鹿路这个人，苦于没有证据，褚强也无法多说："就当是童言无忌。"

程远青说："需要有一个活动，让大家同仇敌忾。"

褚强说："您设计到墓园面对死亡的活动，是个好机会。"

程远青说："时机早了点，酒还没有酿好。下次小组活动，你带一条花围巾来。鲜艳些，最好是真丝的。"

褚强觉得有趣，说："干吗？"

程远青就把想法同褚强谈了。

褚强电话告知申凌，约会临时取消，主要是为了小组，要备课。还有一个说不出口的原因，一见了面，申凌就要听小组的故事，褚强深感创造力枯竭，难以为继。"求借一样东西。"临收线时，褚强说。

"什么东西？"见不了面，申凌满心不悦。

"一条花丝巾，要漂亮的。"

申凌大惊，说："褚强，你好狠！居然还要拿我的东西去讨好新人！"

褚强说："说到哪里去了！是小组活动的道具，你可千万别忘了，下次见面时一定带着！"

申凌啧啧道："呀，真看不出你对这帮老娘们的事还挺上心的。"

一向对女友言听计从的褚强，低声反驳道："干吗这么说人？你也是女同志，有点同情心好吗？"

"我既然没同情心，你就别理我好了！我同情她们，谁同情我！"申凌说着把电话摔了。平常，褚强会赶紧把电话回过去，一个劲儿地赔不是，可今天没这心思。

这次小组活动地点，选在医院的诊室里。按说诊室不能当会场，程远青亲自出马和院方联系，希望得到支持，除了借用地方，绝不动设备。其实诊室除了桌子板凳之外，就是诊床和看片灯，也没什么贵重东西。院方答应了。

诊室面积有限，座位不能围成优雅的圆形，他们就因地制宜把凳子约略摆成多边形。程远青道："走进医院来进行小组活动，感觉如何？"

一向很沉默的成慕梅第一个发了言，说："我最讨厌医院了。这是一切灾难的策源地。"

虽然成慕梅不招人喜欢，但她低沉而愤怒的话，说出了大家的心声，众人不由自主地点头。

程远青说："我也很不情愿到医院来。我选了这地点，有人骂我吧？"

有人说："哪能呢！医院是什么地方？闲人免进，您必有深意。"

岳评说："咱们不是闲人啊。无事不登三宝殿。"

大家频频点头。是啊，医院如今成了她们生命中最重要的场所，灾难开始的地方，生命的终结也在这白色之地。为什么要到这里来呢？看着组长，她应该给大家一个解释。

程远青含笑道："我们先来做一个游戏。"

大家就很夸张地响应。不仅是游戏有松解人紧张的神经之效力，更重要的是，在医院这个不苟言笑充满权威的地方，能做游戏，让病人们有一种报复的快意和恶作剧的创造感。

程远青更正道："说是做游戏，有点不大准确。更正一下，咱们是做角色扮演的小话剧。"

周云若以前在学校演过戏，急着问道："脚本在哪里？谁是导演？谁是主角？"神情已暴露出想当主角的野心。

程远青微笑道："别急！别急！人人有份。男主角已经有了，就是褚强。"

褚强很绅士地站起来，向几个方向弯腰，口中念念有词道："承蒙信任。"让人忍俊不禁。大家说："别这么假模假式的吧！只有你一个男人，当然男主角非你莫属了。"

成纂梅冷着脸说："女的就不能演男的了吗？"

大家的好兴致没被打断，接着嚷嚷："女主角呢？"

程远青说："人人都有机会。"

应春草小心翼翼地问："不管长相身材什么的？"

程远青笑说："不管。内部游戏，谁先报名，女一号就是谁的。"

安疆问："岁数呢？"

程远青说："也不管。老少咸宜。"

大家都笑，成纂梅不笑，卜珍琪也不笑。成纂梅不笑，是因为总阴阳怪气不合群。卜珍琪不笑，是她吃不准要干什么。长期的机关工作，养成了她绝不轻易表态的习惯。

周云若抢先说："我第一个报名。"

大家见周云若自告奋勇，就鼓掌。看见周云若和褚强站在圈子中间，觉得俊男靓女的，挺般配。

程远青说："我是导演。就叫我程导好了。"

大家说："你要是姓周就有点意思了。"

别看程远青聪明，一时竟也没醒过神来，问："姓周又怎样？"

大家就拍着手笑，说："就是周导——洲际导弹啊！"

程远青敲敲脑瓜说："那就要武器核查了。"

一阵哄笑，把白色压抑冲淡许多。褚强和周云若说："程导，您给说说戏。"

程远青像模像样地指手画脚地说："剧情很简单。褚强，你就假装是病人，女病人，刚患了乳腺癌。还不知道，只是怀疑。你来看病。接待你的医生，周云若扮演。至于剧情，你们向下发展吧。总之，褚强是一无所知的病人。周云若你按照你所知道的医生来演。"

大家静下来，挤了许多人而显出拥挤的诊室鸦雀无声。

褚强忐忑不安地坐着，把特意买的真丝花围巾裹在头上（跟申凌关系尚未修复，无法借用，只好现买了一条），还真有那么点妩媚之态。

褚强突然想起，问："程导，我多大岁数？"

程远青环顾大家，问褚强："为什么想起这问题？"

褚强说："这的确是个问题。岁数大和岁数小的女人，想的不一样。岁数大，主要考虑的是生命安全。岁数小的女人，可能会更多地考虑性征的问题。"

褚强的话音还没落，岳评说："呸呸！大男子主义！得了癌症，无论对年纪轻还是年纪大的女人来说，第一位，都是性命。相当于一个人落在水里，你说他是先逃命呢，还是先顾衣裳？性征虽然非常重要，但和生命比起来，毕竟是第二位的。"

褚强不服气，说："那我问问周云若，当你知道自己患了癌症之后，有没有为自己即将失去如此美好的性征，而非常伤心？"

问题极具有杀伤力。大家都洗耳恭听美丽年轻的周云若，如何作答。

周云若说："说真话还是说假话？"

褚强说："当然是听真话。"

大家说："真话假话都想听听。"

周云若说："那么，是先讲真话还是先讲假话？"

大家说："先讲假话吧。要是把真话先说了，就没有兴趣听假话了。"

周云若说："好。我就先讲假话。听好了，我开始说了。"

周云若坐在椅子上，侧面对着大家，她秀丽的长发如溪水般流畅而下："第一个念头是我还这么年轻，我还有很多要做的事，死亡原来是遥遥无期的，没想到猛然拉近。我要赶走它。不惜一切代价赶走它！医生说，要切除我的乳房，还要进行大剂量的化疗，所有的头发都会脱光……我一点都没有迟疑，对我来讲，乳房再重要再美丽，它也只是一个局部。为了全体的利益，我要在所不惜。就这样，我义无反顾地上了手术台……"

这个过程，人人都已走过，不堪回首。现在，听那么年轻的一个姑娘，用平静的声音叙述出来，其中所蕴含的震慑，仍惊心动魄。最可怕的是她们在感动之余，记起了这番铿锵之言，居然是——假话！

大家脸上的表情僵滞着，感动的泪花未及旋出，就被疑惑的焦灼烤干。

周云若不愧是个优秀的演员坯子，很快控制了情绪，对大家说："下面，我将表演真话。听好啊。"

周云若说："从我知道得了乳腺癌那一刻起，我就觉得自己不是个女孩了。我变成了不男不女的怪物。我身体的制高点，我的骄傲，我的爱情和没来得及享受的幸福，就将随着咔嚓一刀，变成可怕的深渊。我想，女人之所以被称为女人，是因为她无比美妙的曲线和这个曲线的功能，它不仅是外在的，更是内在的。当它被损毁之后，我的尊严和勇气，也一起被埋葬了。"

周云若说到这里，两条溪流沿着她清瘦的面颊滴下，鹅黄色高领衬衫的某些局部，变成深色的斑点。

程远青不得不惊叹小组的神秘和不可捉摸。计划再好，人是活的。组长只有随着情绪起伏快速调整。就像高超的冲浪选手，他没有也不可能有任何计划的。一切都在追逐浪花中完成和精彩。程远青给了褚强一个眼色，褚强就披着他的花头巾，无声无息地从圈子中央退出。只剩下周云若一个人坐在圈子中间，凄迷而惘然。

程远青说："周云若，你看一看周围。"

周云若仿佛幼童，顺从地张望。她看到很多婆婆的泪眼，很是惊奇。真实往往是残酷而偏颇的，眼泪鼓舞了她。如同一枚花蕊，向花瓣敞开了心扉，花瓣回报它芬芳。这些话很懦弱，不符合癌症病人在公开场合的形象。她预备着受到批评甚至批判的。在所有鼓励癌症病人康复的书中，都把形体上的缺失，列在无足轻重的地位。

活检确诊之后，周云若的第一个难题是对不对父母说。远在寂寞小镇的父母，是她最亲近的人。思考的结果是——不说。她要求医生保守秘密，除了校方领导之外，一概不传。消息封锁好之后，她要做的第二件事，就是找到了男友。

她对追求了自己很久的男友说，我要和你睡觉。男友吓了一大跳。他们相好了很长时间，在饭厅吃饭的时候，都是你喂我一口，我喂你一口，惹得很多人羡慕或悻然。周云若常和男友在公园里亲密，她不找僻静地方，专找公园要道拥吻。太清静的地方，她害怕，怕男友控制不住自己，越过雷池。她是一边深吻，一边四处张望。男友有些不解，说多幸福，为什么不好好享受？周云若说，我看有没有人在看我们。

男友说，你管他们呢，现在是二人世界。如果你特怕人看，咱们到那边草丛。

周云若说，想得美！我才不跟你到草丛。

男友说，怕我使坏？不会的。你不愿时，我不会巧取豪夺。

周云若说，你不懂我。我是看人们看我们的表情。

男友说，真讨厌！好像没看过大片。

周云若说，我喜欢他们的眼神。看的人越多，我越来情绪。

男友说，你不因爱我才和我拥抱，是为了让别人看。

周云若不服气地反驳，这就是爱情的观赏性。

男友也不跟她废话了，观赏就观赏吧。众目睽睽之下的拥抱和接吻，的确更能让男友忘乎所以。

在等待手术的日子里，周云若对男友说，我要让你看看"白云"。

周云若一方面大胆无羁，经常和男友在光天化日之下吻抱，另一方面，她又是非常保守的女孩，不越雷池一步，至今还是货真价实的处女。激动时，周云若把男友的手的活动范围，明确地限制在腰部以上。此区域内，最美好的风景就是周云若高高耸起的乳房，像进口的葡萄柚。男友抚摸，感到它们并不像看上去那样瓷实，而是充满了云朵般的虚无和弹性。男友简直被"白云"迷住了，说，我身上任何一块肌肉和组织，都没有让我有如此奇怪和舒服的感觉。

无论男友怎样软硬兼施，周云若就是不让他再向下走一步。那个学历史的好男孩，很长时间内满足于望梅止渴。后来得寸进尺，强烈要求一窥"白云"。男友说，黑暗中已经多次接触，很希望能在阳光下一睹真颜。要不然，无论对我还是对它们，都是遗憾。

周云若说，等着吧。会有那一天。

男友眼巴巴地问，哪一天？

周云若说，洞房花烛夜。

男友就拼命揉搓自己的头发，让激情平息。

当周云若提出和男友上床睡觉的要求之后，男友吓了一跳说，云若，你是不是遭人强暴了？

周云若说，呸，不要脸！我做好人好事，你却说这种恐怖的话！

男友说，我猜，必有一个如同八国联军那样的入侵，才使你这个稳定的封建社会发生巨变。如果你惨遭不幸，我为你复仇！

周云若顾不上感动，她已被自己的厄运压得喘不过气来，可她不能吐露真情。

患病的乳房，外表依然可爱，不久却将从枝头坠落，万劫不复。它脱离了身体，从此不知漂流何方。也许蠕满蛆虫，也许干枯成朽叶。周云若最担忧的还不是自己的病况。她很年轻，还不知死亡为何物，她不相信年轻的胴体会腐烂成泥浆，死亡是不足惧的，它遥远而不真实。最可怖的是人们快意的笑脸，周云若残忍地嘲笑过别人，她惧怕报复。周云若是从小地方来的美女，这两个因素使她在长时间内喜爱嘲笑别人。一个女孩对自己容貌的基本评价，将强烈地影响她一生的走向。恐惧甚至压倒了她对疾病的忧虑。她以为最好的方法就是把真情掩盖，瞒天过海。

周云若要和这不公平的命运抗争，要给"白云"一个栖息的归宿！她爱惜自己，爱惜身体的每一个零件。为了这个美丽的局部，她不惜牺牲一次全体。况且这个男子，是她完整身体的见证，在她最妩媚最晶莹的时候。过了这个时刻，她就是残缺和血污的，是破旧和凌乱的了！

要给男友一个合乎情理的解释。周云若说："我要动一个小手术。虽说小，但它会破坏乳房的美丽。我希望能在这以前，把一个完整的我呈现给你。这就是实情。"

男友把周云若揽在怀里，泪水坠落下来。周云若的手被男友的泪水砸痛。

那一天，周云若穿着素白丝裙，没到脚踝，飘逸如仙。腰间扎的是天青色绸带编起的带子，那是她自己编的，用了整整七个晚自习。那一晚他们喝了很多酒。以周云若当时的身体状况，是不宜喝酒的，但她一醉方休。深红色的葡萄酒像陈旧的水晶，仿佛深闺里的倦猫，慵懒而温暖。他们的第一次进行得很神圣，有一种祭坛的味道。男友对周云若的乳房小心翼翼，一再地问哪一侧有病变。周云若闭目不语。冰炭相煎，心冷如雪。深醉之后，如火如荼，再后就是一床殷红。他突然很怕，有一种世界末日来临的崩溃感。周云若说，你要是不相信，就再仔细看看吧。你要是珍重，那就谢谢了，你是人证它是物证。你要是怕有什么责任，权当自己色盲好了。

周云若完成了作为一个完整女人的仪式，周云若恋恋不舍。她捧着男友的脸说，请记住我。记住我的一切。以后的我就不是现在的我了。你看到的是绝版……

男友还太年轻，剧烈的运动消耗了他的体力，没有为性爱后的爱抚和窃窃私语留出足够的精神，他有一声没一声应对着，很快就沉入深深的睡眠。

他们住的是男友一位亲戚的房间，那亲戚到西藏支边，要三年后才回来。周云若环顾四周，凄冷一笑。她要记住这个地方，包括窗台上的假花。这里见证了她的初夜，也见证了她的完整。如果她不死，如果她还有心情，她会来凭吊。她会站在远远的地方，向这间屋子的烟囱致意。

周云若悄悄地起身，已经是凌晨了。周云若约好了就要在这天住进医院，身边这个此刻和她有着最亲密关系的男子仍在熟睡。她要孤身一个人神不知鬼不觉地走向未知。

男友醒来之后，看到字条上写着："如果你爱我，就千万别找我。如果你找到我，我不认识你。"

周云若现在常常使用"完整"这个字眼。对一般人来说，完整是不成问题的。完整是一种多么可贵的和平状态。国家不完整了，那就叫殖民地。一个人不完整了，那就叫残疾。一个女人不完整了，那就是劣等品。

手术很成功，发现比较及时，周云若年轻。年轻的机体抵抗力强，修复的力量很旺盛。手术之后很短的时间，周云若就可落地行走，肩部和手臂的水肿也都较轻。

化疗之后，周云若一头油黑的长发，在一周内脱清，露出白生生的头皮，摸上去好像煮软了的乒乓球，富有一种可怕的弹性。同病室的病友，都在为周云若惋惜，怕她禁不住这恐怖的一击。很多女人，在手术当时，尚属坚强。当秀发如腐草连根脱落，只剩下锃亮秃顶的时候，最残忍的心理刑罚才刚刚开始。

很多病人寻死觅活，失去了一个乳房，已经不是女人，现在又失去了头发，连男人也不是了。丧失了头发保温功能的脑壳，清醒到痛楚。头发的重量，已被每个人纳入了大脑的重量，此刻一旦消失，脑子就被挖空了一部分，周云若简直觉得自己傻了一般。当人们静观秃头美女，预备着她号啕痛哭甚至奔向窗口企图一跃的时候，周云若挣扎着爬起来，打开了自己的小提包，从中拿出一顶假发。她像经营山西刀削面的老师傅，用一块毛巾抹净了趣青的头皮，把假发戴到了自己的头上。

假发做得很精细，柔曼飘逸，最时髦的"碎披"发型，需理发师一根一根地将头发从内向外切削而出。前额一缕黑发被挑染成琥珀红色，斜洒眉间，风流俏皮。周云若因折磨而骨感分明的脸庞，现出陡峭的病态之美。

这姑娘，看着不言不语的，可真有心眼。来前就把假发备好了。临床的一位得了肺癌的老奶奶不住地夸奖。

周云若淡淡一笑，不做解释。她历来精打细算，是个"还价大王"，但买这顶昂贵假发，一分钱也没有还。假发下的脑袋，值这个钱。讨了，就委屈了自己。身体稍有恢复，周云若就辞了学校找来的护工，四处活动。癌症是不能轻言治愈的，只有缓解。癌症统计五年生存率，十年生存率，但是不统计治愈率。癌症是慢性病，癌细胞并没有离开你，它和你难舍难分。它同你达成了暂时的平衡。它在暗中休养生息，以求反戈一击。

周云若一边牙齿打着颤，一边嚼着干吃面，顽强地把所有能找到的有关乳腺癌的书，都看过了。知道的愈多，她就越离群索居。

休学一年后，周云若恢复学业，成绩比以前还好了。知道底细的教授劝她不要如此拼命，周云若总是淡淡一笑，说我会保重自己，谢谢老师。如果有了病，又没有了钱，那才真是悲上加苦，只有拿下高学历，才能找到高收入的工作。

由于这种说不出口的残缺，周云若觉得自己低人一等。自卑的表现就是周云若高傲冷漠，斩山筑城，断谷起障，把自己全面封闭起来。男友在她住院后四处寻找，想不通一夜柔情蜜意之后，怎么就人间蒸发了。因为不在一所大学，他打探不到实质性的结果。周云若出院很久，男友有一次碰上了她。男友的指甲直抠进她的肉里，说，你到哪里去了？找得我上天入地！周云若说，我不认识你。男友说，你一走了之就能一笔勾销吗？你欠我一个理由！

周云若看到男友比以前瘦削了，心中发痛。她知道自己绝不能回头，那段生活已经死了，让一个死尸复活多么可怕！她绝不能让这个人看到她残缺的身体，不能！她决绝地说："我什么都不欠你。连理由也早就给了你。你放开我！如果你再纠缠，我就报警！"

男友被她吓呆，放开了她，不是怕她报警，是明白眼前的这个决绝的女子已不是他的恋人。

周云若回去之后痛哭不止，无论流多少眼泪，她都不用手去擦。这种哭泣的方法，是她摸索了很久之后才找出来的，宣泄郁闷，不伤眼睛。无论你夜里哭多久，早上用冷盐水敷敷眼皮，照样一个清晨美人。

周云若又是毫不讨价还价地购买了假乳，像将军跨上战马一样，把假乳佩好。从外表看，她婀娜多姿曲线优美。周云若终日埋头读书，心无旁骛。一天，她听到有人背后议论她是否性冷淡的时候，周云若恼。她希望术业专攻，日后，倘病魔放她一马，假以时日，成为一名杰出学者。这条路太冷寂了，每当病情出现反复征兆，又要到医院化疗，周云若残存的自信就荡然无存，怀疑起自己全部生命的价值，包括这样的苦读苦修。她想到，自己很可能就这样不明不白地死掉了。所谓不明不白，是她至死都不能将真相示人。

周云若情绪极端低落，一个名叫蒲的男生开始追求她。周云若那种从骨子里向外渗透的冷漠吸引了他，人总是会为一些自己所不具备的特质所吸引，蒲就是这样一个阳光男孩。刚开始，周云若对蒲和对其他人一样，冷拒于千里之外。但这种冷拒，更激起了蒲的热情。蒲见过冷拒的女孩，但那多是一种姿态，如同扇子扑动微风，是为了让火焰燃烧得更持久更猛烈。蒲以为凭着自己不懈的努力，微风会转化成热风。没想到，周云若拒绝，是真正凛冽的寒风。但寒风可以扑灭炉子里的火，却不能扑灭旷野中的火，蒲就处于这种激动当中。为了矫正蒲的偏颇，让自己耳根清净，周云若除了自己的病，什么都说了。我出身贫寒，我失过身，我常常有一死百了的念头……说出这些话，如释重负，觉得自己很丑陋。但丑陋的周云若似乎更具魅力，蒲从一往无前干脆变成神魂颠倒。周云若很清醒，蒲可以接受一个贫寒的妻子，一个失过身的女孩，一个忧郁而凄楚的女生，但蒲不会接受一个罹患癌症的女子，一个丧失了乳房的女人。周云若发现自己玩着一个危险的游戏。和蒲的交往，使她有了自信——那就是——即使在这种极为可怕的病中，她依然充盈魅力。这种脆弱的自信，只有在同蒲的缠绵当中才会产生，一旦分离，那一切又成虚幻。奇特的爱恋，使周云若活力迸发并感到人生是有希望的，于是她会热衷与蒲约会。但她绝不允许蒲碰自己的胸部，宛若中世纪的贞女，冰清玉洁。

在某种程度上，她在引诱蒲。她感觉到自己的卑鄙，她是把蒲当成一剂药——精神的荷尔蒙。当她在蒲的热切和激动中，确认了自己的存在价值之后，她就断然冷淡蒲。她准确掌控着爱情游戏的节奏，把健康男子当成月亮，以映照自己的女性引力。然而，无论周云若怎样操纵，情感自有水滴石穿的韧性。终于，无论周云若怎样婉拒，蒲都寻求躯体进一步的接触。周云若明白是离开的时候了。关于分离，周云若已颇有经验，知道怎样才能行云流水般结束。一切都是和初恋男友的重演，只是蒲看不到周云若的乳房和身体。当失魂落魄的蒲找到周云若的时候，周云若云淡风轻地告诉他，一切都结束了。

周云若在歇息了一段时间之后，又开始寻找新的男友。然后再把他抛弃。俗话说事不过三，事情一旦超过三次，就变成了惯性。

切除了一侧乳房的周云若，已经变成了情场高手。她不是为了玩弄男性，只是要为自己的绝望寻求解脱。一旦这种确认完成，她就停止进一步的情感汇入。如果对方穷追不舍，周云若就快刀斩乱麻，扬长而去。没有人怀疑周云若的真情，她烈火般投入。周云若从未贪图过钱财，在所有的交往中，都是"ＡＡ"制的强烈倡导者。周云若不淫荡，简直是守身如玉。周云若不风骚，完全凭着自己不凡的谈吐和高雅的仪表，加之那种奇异的哀伤和洞察世事的清明，吸引了一位又一位的男友。每每把对方拖到"性"的深潭边，便把他们残忍地留在那里，自己踩着青苔全身而退。周云若沉湎其中，几近炉火纯青。有限青春无限经验，不为钱财，只为精神不寂寞。如果不是在报纸上看到了乳腺癌小组的招募启事，周云若就会一直游戏下去，直到病魔将她收了去或是某天倦了，金盆洗手放弃这种玩法。她很希望和同病相怜的人有一个交流，推荐自己的生活方式。那就是——精神的性欲有一种黑暗而神奇的力量。它可以帮助战胜癌症。

我得了乳腺癌

周云若讲完了。

大家不知说什么好，第一个反应还是感动。凡是真实的东西，都有一种令人咬牙切齿的感动在里面。

褚强吓得不轻。天啊，这个看起来清纯无邪矿泉水般透彻的姑娘，居然九曲回廊，好一个冷血杀手。这是今天她自己招了，要不然下一个殉难者还不定是谁呢。

一向断后的成蓦梅抢先发了言。她说："周云若，我挺佩服你的勇气的。把自己的故事讲出来。这里面有很多肮脏的东西，请你原谅，没有批评的意思。真到了我们这一步，就无所谓肮脏还是干净了。我能理解你为什么要一吐真情，是因为你太孤独了。孤独可以让人变态。"

程远青很高兴成蓦梅发言，小组里，一个人的沉默，会引发多种猜想。当然了，若是那个人天性不爱说话，神情表示和大家心心相印，倒也不必太在意。成蓦梅显然不是这样的。貌似无动于衷，其实字字入耳。

卜珍琪紧接着说："周云若，我能想象到你的痛苦和发泄的手段，但是，这是否太消极了？一个人的价值，并不是一个器官可以决定的，你失去了这个器官，可是你没有失去自己的人格。你在骄傲和自卑的两极滑来滑去，这就决定了你对男人的态度也是忽冷忽热的。不知你想过没有，那些被你抛弃了的男性，他们会怎样想？你要弄了他们。从这个意义上讲，你把自己的生命变成了报复的一种手段。医生辛辛苦苦地把你的生命抢救过来，你却用它伤害了别人。"

这是一个质问。

程远青面临着一个难题。周云若说的是真心话，卜珍琪说的也是真心话。燧石对燧石，打出了火花。今天是一个很有意义的突破，沉闷空气被撕破了一个口子。在这一点上，程远青感谢周云若，她把自己鲜血淋淋地剖开了。在她自己那一方面，有她骨鲠在喉不得不吐的情势，但对整个小组，这也是一个极好的契机。

程远青轻声道："我有点紧张。"

声音不高，大家的注意力却高度聚拢。印象中，组长博士无所不能，她居然不知所措？殊不知以退为进，是一个好办法。当领导者显示出真实的谦逊，部下就要赤膊上阵了。

鹿路出来救驾："是不是怕吵起来？"

程远青老老实实作答："是啊。你们不一般。"

没想到这话把卜珍琪惹火了。她说："癌症怎么啦？不就是一种慢性病吗？和胃溃疡、高血压一样，有什么了不起的？癌症死人，心脏病就不死人啦？嗓子里卡根鱼刺还死人呢！有什么不可以争论的？要是这么一点风雨都经受不了，那还真是和死了差不多。"一瞬间卜珍琪卸下了佩戴着的领导面具，显出锋芒。

程远青暗笑，这正是她所需要的答案，说："我想做个小小统计。在座各位，是愿意别人把你们当成病人，还是当成正常人？愿意属正常人的，请举手……"

程远青的话音未落，组员们的臂膀就举起来了。从骨瘦如柴的安疆，到冷漠淡然的成慕梅，从嘻嘻哈哈的鹿路，到胆小畏葸的应春草，所有的臂膀都举起来了。

在这个刹那，感动如钱塘江秋天满月时分的潮头，扑上了程远青的眼帘。真的，她们之中的每一个人的身体，都是不正常的。可她们渴望做一个正常人，这发自内心的渴望，让乌合之众的乳癌小组，趋向一统而刚强。

大家异口同声道："不管我们身体上有什么样的病，是轻是重，我们要做精神上的正常人。"这些得过乳腺癌的女人面面相觑，有了一个约定。

她们的血液沸腾起来，即使她们的血要比健康人少，比健康人稀薄，依然缓缓地沸腾了。

周云若说："今天真好。真话就像一块大石头，压得我喘不过气。现在，扔到大家的怀里，我可以轻松地走了。求你们了，也讲真话吧。"她诚恳坦率地看着大家。

她穿着一条今年最流行的低腰牛仔裤，上面是雪纺的藕荷色上衣，外罩宝石蓝短风衣。岳评本来是很看不惯低腰裤的，觉得成何体统。引诱人朝着肚脐的上方或是下方联想，都是罪过。但此时，这个古板的校长说："我有个女儿和你一般大。她也得了重病，我一直很不理解她。今天，听你这样讲，我想到很多……"岳评突然就哭起来了。半老妇人的哭声是嘶哑和浑浊的，十分悲哀。

　　大家一时慌乱，弄不清此刻该关注谁。那厢周云若焦急地等着大家的真话，这边坚强的岳校长水漫金山。程远青也一时无措，陷入困顿。表面上看，周云若还算平静，她内心袒露，正期待进一步开放。岳评可算方兴未艾，一把鼻涕一把泪，花容惨淡（如果这么大年纪的女人还可以用花容这个词的话），局面看起来更吃紧。

　　程远青一如瞬息万变的战场上的指挥员，判断着情况。周云若紧闭心扉漫长岁月之后，把门敞开了一条缝。表面上好像满不在乎，实际上，心细如发，极为在意众人的反应。卜珍琪发表尖锐意见，她内心如何应对，也是未知之数。大家允诺的坦诚相见，还未付诸实施。此刻中断讨论，在周云若心中将留下怎样的潜在创伤？她当众揭开创口，如今，血泊尚未凝结，人们却蜂拥着围拢另外的人了，这被人遗忘和忽略的荒寒，可能覆盖她整个人生。也许她从此收起她的心，就像农妇收藏起她唯一的嫁衣。

　　岳评呢，大大咧咧的女人，却哭得这般伤感，完全出脱了她平日领导的角色，必有重大隐情。那是什么？大家饱含悲怀。

　　何去何从？小组之手，揭开内心魔瓶的封纸，往事的妖烟蒸腾而出。组长你何去何从？

　　这一回，程远青连征求大家意见也不可能了。如起纷争，也不能搞少数服从多数。面对着活生生的人，不可有些微差池。此刻只能集中，不能民主。

　　她坐到岳评的身边，掏出纸巾说："岳校长，我知道你非常难过，大家都看着你呢。"

　　岳评接过纸巾，擦擦红肿的眼睛，蒙蒙眬眬地看了大家一眼，困难地点头。香水纸巾裹着涕泪，很快浸透了。很难说清点头的具体含义，是同意自己情绪非常难过，还是说看到了大家的眼神？不管是何含义，岳评的情绪和惨痛的内心，有了短短的间离。

程远青说："我猜一定是周云若的故事打动了你，你想起了一段伤感无比的往事……"

岳评听到这里，大嘴一咧，又要哭出声来。程远青赶紧止住她说："这痛苦很深，很痛，不是一时半会儿说得清的。"

岳评把头点得如同鸡啄米，红着眼圈刚要说什么，程远青打断了她的呜咽，说："岳评，我想如果有一个专门的时间，大家一道听你的故事，好吗？"

程远青代大家签出了一张情感和时间的支票。岳评很希望淋漓尽致一路哭下去，但残存的理智提醒她，眼前的确不是一泻千里的好时机。她点了点头。

整个过程中，岳评几乎没有讲话，只有几次点头。程远青读懂点头，小组的两难境地得到缓解。

程远青赶紧又回到这厢，问："周云若，你还愿意大家就你的问题展开讨论吗？"

周云若长久以来，被"爱"煎熬得头重脚轻，仿佛癌症转移到了大脑。她时刻需要证明自己是可爱的。情人节的时候，有人买三百元一枝的"蓝色妖姬"玫瑰送她，这算不算就是爱了？不知道。接吻，到喘不过气来，一方感冒，另一个第二天早上也狂打喷嚏的时候，这算不算是爱了？依然不知道。周云若甚至像007一样，关注测谎仪的国产化进程，虽然这对她的爱情测试绝无实质性的帮助。她抚摸着残缺的身体，知道他们爱的是一个影像，而不是真实的自己。那么，真实的自己是不是可爱呢？

她渴望答案。

安疆说："孩子，你可爱。那些话吓着我了，你说出来，就证明你不愿意那样做，这就可爱。我这一辈子过得很平淡，但我有一个优点，就是不说假话。所以，孩子，信我的话。你是可爱的。"

安疆的身体在急剧恶化，走向垂危。垂危在某些人的想象里，好像是一眨眼的工夫，但在癌症病人那里，是缓慢而坚定的不可逆转的滑脱。她们都熟悉它，在无数病友的身上碰到过它，现在，它毫不客气地居住在安疆身上了。她们都认出了它。人之将死，其言也善。纵使是再多疑的人，也不能怀疑安疆的诚恳。

周云若看着安疆。她知道她说的是心里话，她相信她。但她固执地认为，一个快要死了的人，就像过了期的请柬，即使是真的，又有多少实用的价值！

周云若乖巧地说："奶奶，您多保重自己的身体。我记住您的话了。"

安疆只是一粒小小的萤火虫。无论从光芒还是从温度上，距离驱除周云若的心灵之冰，都太过微弱了。这是周云若的心灵蹦极，从高处坠下，无所依傍。

程远青说："周云若，我有一个小建议，不知你愿不愿意试试？"

周云若极快地回答："真的？程老师，我愿意一试。"

程远青说："周云若，你走到每一个组员面前，对她说，我得了乳腺癌。希望大家把自己听到后的真实感受告诉周云若。行吗？"

大家说："做得到。"

周云若忸怩地说："我的事，还有必要再说吗？"

程远青斩钉截铁地说："有。"

见周云若迟疑，大家说："人还是这些人，事还是这些事，再说一遍嘛！有什么难的！"

周云若迟疑着。大家不解。但程远青深知，这很难。抽象的肯定具体的否定，是很多谬误的藏身之所。

无望的等待。很长很长。周云若迟迟没有任何动作，但内心翻江倒海。除了医生之外，她还没有亲口对一个人说过自己疾病的名字。即使是对着医生，她也总是说："我的那个病……"此刻张口，对她是莫大的挑战。

她张望四周，从哪个人开始呢？她磨磨蹭蹭走到安疆面前，看着老人历经沧桑如风干咸菜一般黑苍的脸庞，说："安奶奶，我告诉您一件事……我……得了一个病……"

安疆看着她，竭尽全力地点头，她要帮助这个年轻的女孩。

周云若卡在那里了。她说不出自己的病名。她不敢说出它。她对它是那样熟悉，她的生活因为它，发生了翻天覆地的变化。她从来没在人前称呼过它，陌生得如同非洲一个小村庄的名字。

程远青殷殷看着周云若，很想帮助她。可此刻最好的帮助就是一言不发的等待。如果不能在等待中重生，就只有在等待中沉没。

周云若紧紧地咬着嘴唇，她原本就贫血的嘴唇，由于牙齿切压，显出弥漫的苍白和局部的紫癜。她很想退缩，为什么要在众人面前呼唤那个魔鬼？她的身体向后倾倒，好像濒临深渊。近在咫尺的安疆比别人更早地发现了周云若的企图，她不顾一切地扑去，抱住了周云若。老人太瘦了，当她凸起的肋条敲在周云若时髦服装的扣子上，人们听到了金属的响声。"孩子，说吧。我在听。"她用手抚摸着周云若，她的皮肤因为这种抚摸竖起了一些褶皱，就像拉长的太妃奶糖，久久不肯平复。

周云若来不及思索，就在安疆的怀抱中开口："有人得了乳腺癌……"

大家明显地松了一口气，周云若终于说了。一个进步。可是不彻底。程远青紧问："这人是谁？"

周云若非常不情愿地说："我。"

程远青说："那就请你把刚才的话再重复一遍。不要说有一个人，用第一人称。"

周云若说："我得了乳腺癌……"此语一出，她漆黑的眼中流出了澄清的泪水。想象中，她以为该落下红宝石一样的血珠。

安疆紧紧地抱住她说："孩子，你好命苦！"

大家的眼泪就一起流下来，想起了自己的病和孤单恐惧，连褚强的眼眶都潮得能养金鱼了。只有程远青不哭，不是她不哀伤，她有比哭泣更重要的使命。她走到安疆和周云若面前说："周云若，请你把这句话再说一遍。"

周云若为难地说："还要说啊？非要说啊，程老师？"

程远青不容置疑地说："是。"

周云若就一字一顿地说："我，周云若得了乳腺癌。"她的声音比刚才要稍微亮一些，这句话的完成并不像她想象的那样艰难。泪水涌流得更畅快了。

安疆说："我也得了。孩子，咱们都是一样的。你别哭了，你一哭，我心里更难过了……要不，你还是哭吧，哭哭或许会好受……你得了病，这不是你的错，你挺勇敢的。是个好孩子。"

周云若栖息在安疆的怀抱里，泪水交流。母亲都不曾知道这个大秘密。周云若真想永远依偎在这个羸弱但是温暖的怀抱中，程远青打断了她的享受。"接着干什么？"

周云若喃喃地重复着："不知道。程老师，告诉我。"

程远青拍拍周云若说："想想看。"

周云若冰雪聪明，稍加思索，说："我要走过去和每一个人说一遍。"

周云若很舍不得地钻出了安疆的怀抱，走到应春草面前："我得了乳腺癌……"周云若想起了什么，就又重复道，"周云若得了乳腺癌。"

应春草，这个一贯细声细气的女人，突然大声回复："周云若，你得了病，这一点也不影响你的可爱。再说，不可爱又有什么？别人爱不爱的，管他呢。只要咱自己觉得可爱就够了。大妹子！"

周云若也同样抱住了应春草。很瘦的女人，抱在一起，好像两只折叠的纸扇。要是以前，周云若会看不起应春草的，但身体和身体的接触，使周云若感到了一种温热的关爱。她有点内疚，觉得以前太小看这个女人了。

周云若第三个走向卜珍琪。卜珍琪有一种拒人于千里之外的内在的傲气，依周云若长期小人物生涯锻炼出的敏感，她察觉到卜珍琪潜藏的淡漠。今天的周云若豁出去了，组长承诺她在反复陈述之后，情绪会有改变。周云若择人的顺序，除安疆之外，她是先难后易。如果应春草拒绝了她，如果卜珍琪拒绝了她，那么，纵使程远青说破大天，周云若也不玩下去了。

卜珍琪很专注地听完了周云若的癌症告白，把自己的脸颊贴到了周云若的脸上，两个人都有泪水，双方先感到冰凉，然后才是泪水之下的温热皮肤。卜珍琪凑在周云若的耳边说："你很勇敢。你很可爱。我要向你学习。"

周云若现在很振奋，情绪起了根本性的变化。一个她敬而远之的女人，能够这样评价自己，周云若非常高兴。肌肤相亲，谎言没有滋生的空隙。重病之人，直觉发达，你不可能骗她。

周云若快步走到了鹿路面前，对鹿路说："我，也就是周云若，得了乳腺癌。请问，你得知这个消息之后，怎样看我呢？"

鹿路说："嗨！我以前怎么看你，我现在还怎么看你。现在流行减肥，你歪打正着。”

花岚没见过这阵势，比周云若还紧张。见了周云若，抢先说道："就别说那句话了。怪吓人的。你真的很可爱。我要是个男人，我会爱你的。就是知道你得了乳腺癌，我也会爱你。"

周云若回头看看程远青，程远青说："还是要说。"

周云若就有些开玩笑地向花岚鞠了一躬，说："兹有乳腺癌患者周云若小姐，向您报到。"花岚哭笑不得地说："好了，好了。吓死人了。好像我是马克思似的。"

倒数第二家是成慕梅。按说成慕梅是很压抑的人，极少讲话，让人感到不好亲近，但周云若还是把她排在了褚强之前。不管怎么说，毕竟还是女性，周云若走近，成慕梅蓦地站起来，动作很大，掠起一阵风。周云若依样画葫芦，说："周云若是个乳腺癌患者……"因为已经说了若干遍，悲凉也就化为惯性，甚至有了某种不以为然的调侃意味。周云若很喜欢这种新生的轻松心境，她说这句话有点上瘾了，说完之后，就像鱼鹰叼鱼似的张开双臂，预备拥抱，并倾听成慕梅的回答。

成慕梅很诚恳地说："你不但在女人的眼里是可爱的，在男人的眼里也是可爱的。你用不着悲观。女人不是因为乳房才可爱，是因为勇敢才可爱！"

讲得可真好！周云若的眼圈又湿了，今天反复流泪，这一次，如果把她的眼泪收集了去化验，其成分和以前几次一定不同。这一次，是快乐的眼泪。

最后的宣言和拥抱，留给了褚强。褚强一直在等着这个时机，当这个时机真的到来的时候，褚强甚至比周云若还要激动。褚强这是第一次走进了乳腺癌组员的内心，他惊恐悲哀又充满了不可言说的好奇和敬重。周云若大大方方地说："褚强，你是我们小组唯一的男性。我对男性一直抱有很高的警惕，今天让你把我的秘密都听了去。我很想听听你的真话。别担心我，如果说这种真话我在一个小时之前，还听不得，我没有那个力量，但我想，我现在有了。我已能正视我的苦难。现在，我正式向你宣布——周云若，是一个乳腺癌患者。你对此有何感想？"

褚强说："如果我说真话，请你不要生气。"

周云若说："我不生气。"

褚强说："我的真话就是，我以前就喜欢你，听了你的故事，看了你的勇敢，我就更喜欢你了。如果不是我有了女朋友，我会追求你。"

周云若调皮地说："我知道你是在开玩笑，我喜欢这个玩笑。谢谢你了。毕竟，你是第一个知道了我的真相之后还向我开玩笑的男孩。"

周云若最后走到程远青面前，说："程老师，对您还需要我说吗？"

程远青说："对不起，我要纠正一下你的说法。不是我需不需要你说，而是你自己需不需要对我说。"

周云若有些不解地问："这有什么不同吗？"

程远青说："你不觉得有所不同吗？一个是我要你说，一个是你自己要说。毕竟，这个世界上，没有人能要求你一定要把自己的病情公布于众。从你的感觉来说，究竟是哪一种情形较好，选择完全在你。"

周云若想了一下，走到程远青面前说："我要告诉您，我，周云若，是一个乳腺癌患者。可这没有什么太大的改变，我还是我。我不会被一个小小的肿瘤所战胜，虽然，它也许能要了我的命，但这依然不能改变我藐视它的态度。"说完之后，她和程远青久久地拥抱。大家也拥上来，抱在一起。

她们生命的一部分交融在一起，互相支援和补充。人们无法拒绝一个生命对另一个生命的浸润，当这种浸润柔细无声长久浸淫的时候，奇迹就要渐渐出现。

要说周云若从程远青那里得到助力是比较容易理解的，但程远青要实实在在地承认，她也从周云若和整个小组那里得到了强有力的启示。柔弱而残缺的生命，当她呈现出所有虫眼和芽苞的时候，她所具有的韧性，射出了立体的复杂光芒。真正的悲悯是那样辽阔，仿佛垂颈冥思的天鹅。

心中蟒蛇

事情在不知不觉中变化。以往，无论他何时何地经过狗肉馆子，总会看到一片猩红。不知从哪一天开始，那猩红渐渐地淡了下去，犹如被太阳曝晒过的红领巾。

小组活动归来，岳评失魂落魄，忠厚的满各苗吓了一跳。自打老妻一意孤行深入乳癌小组腹地之后，满各苗一想起来，手心就湿。

他递过一杯茉莉香片，说："快喝了吧，上好的，今天我专门给你买的。润润喉咙。"

岳评连喝了几大口。满各苗说："叫人认出来了？以后咱不去了不就得了。"

岳评否认："没。"

"那这是咋啦？和谁怄气了？跟我说说，我给你开开心。"满各苗哄老妻。

"和你没关系。"岳评愣怔着说，神游另一世界。

满各苗不放心，说："早上走时还好好的，现在就这样了，一定和那个古怪小组有瓜葛。"

岳评不耐烦道："对啦，是有关。我乐意。"

满各苗说："听我一句劝，老婆子，见好就收吧。行不行？"

"不行！"岳评不含糊，"我才弄出点头绪，哪能半途而废？"

满各苗不言声了。他哪能说过老婆？一辈子都是这样，翻不过身来了。认命吧。

褚强又在一堆往来公函中，发现了那个惨白的信封——上写"本市××路××号隽永生物公司综合部褚强先生收"。和上次一样，在信封的下端写着"内详"。褚强这才想起，已将申凌冷落了一段时日，未及联络，看来申凌熬不住了，又写信来提示。最近除了小组工作之外，主要是公司今年的生化拳头产品——鸢尾素，已到了临床应用的白热化阶段，褚强负责宣传和广告事务，杂事多多。褚强不敢怠慢，把白信封撕开，看看申凌的新动向。

偌大一张 A4 纸，还是只有一行乌黑的字。

"请找到第一版第 12 次印刷的《现代汉语词典》，打开第 1268 页。看看第三个字……"

褚强放下手边诸事，去找公司负责文案策划的一位退休老编辑，上次就是在他那里找到的那本"现汉"。不想老编辑出去了。褚强本想赶紧忙活别的事，又一想，还是早点结案好。要不然，一下忘了，下回见面，申凌又说拿她不够珍重。想到申凌，褚强有了主意，何必舍近求远呢。

拨电话。申凌娇滴滴的声音："您好。这里是……"褚强赶紧打断道："是我。别那么公事公办，你就用平常嗓音跟我说话吧。"

申凌小声说："是你呀。主管刚好不在，有什么事，你快说。"

褚强说："查找怪费劲的，干脆问问你，这 1268 页第三个字究竟是什么，你告诉我得了，省得捉迷藏，大家都忙。"

申凌摸不着头脑，说："褚强，你说什么呢？"

褚强说："就别装糊涂啦，'现汉'啊。"

申凌装得还挺像，说："'现汉'是谁？我只知道秦汉。"

褚强说："还林青霞呢。"

申凌来了兴趣，说："他们死灰复燃了？小报上没见登啊，你从哪儿知道的？"

褚强心一沉，不敢掉以轻心，严肃道："你写的信，你还不知道？"

申凌说："谁写信了？褚强你昏了头吧？我可没写信给你。"

褚强说："申凌，差不多就行了，见好就收。别和我逗了。忙着呢。"

申凌急了："听不懂你说什么！反正我没给你写信，不定是谁写的信呢！你可要给我说清楚。你……"可能是主管回来了，申凌话没说完，就把电话挂了。

褚强一时发傻。申凌这个女孩，爱吃醋，小心眼儿，鬼机灵，毛病不少，但不说瞎话，有什么都露在外头，让人一目了然。看来，这封奇怪的信，真不是她的作品。褚强打了个激灵。

不管怎么说，先把第二封信的字查出来。

褚强马上再去找老编辑，那人还没回来。褚强着急，就给老编辑留了一个条子，上书："我有要事，急需'现汉'。同我联系，用完璧还。"用即时贴粘在老编辑的电脑上。回来工作，筹划应用鸢尾素的大型义诊预案，心不在焉。还好，老编辑很快回来，抱着那本"现汉"来找褚强。

褚强忙不迭说："不好意思，劳您大驾，您还亲自给我送上来了……"

老编辑很和善地说："就先放你这里吧，也许你还有得用。"

褚强一边致谢，一边想：但愿水落石出。

"不用急的，慢慢看。我还有一本新'现汉'，这是老本子了，跟随我多年。你别丢了就成。"老编辑走了，褚强俯在桌上，急不可待地翻到1268页，查到了第三个字，把它写在纸上。

"心"。

他把第一封信和第二封信摆在一起，两个大字赫然在目——"小心"。

褚强背后黏潮。"小心"什么？有人在向他发出警报，提醒他凶险在近。谁如此密切关注他？公司里的同事？以前的朋友？恶作剧的玩笑，还是真有危机？写信人是男是女？是老是少？他在何方？

褚强拿起信封细细查看。纯白的西式信封，极其简洁，任何一家超市都可买到。邮票也是最普通的民居那种，本市邮寄，没有留下任何蛛丝马迹。

A4纸，看起来质量不错，是"金旗舰"牌的。字是黑体，三号。不是激光打印，是喷墨打印出来的。但这能说明什么呢？褚强敢说，在周围一平方公里的范围内，起码有几千架喷墨打印机和几万箱金旗舰A4纸。

褚强甚至拿起A4闻了闻，除了纯木浆的淡香和漂白剂若隐若现的味道外，没有额外的香气或是恶浊之气。

褚强找了个新公文袋，仔细地把这两封信放了进去。他判断寄信人不会善罢甘休，还会有新的信寄来，和"小心"组成一个句子。褚强想自己没得罪过黑道上的人啊，是个守法公民。申凌也不会结交某个情魔，要找他决斗。褚强决定暂时和谁都不说，这很可能是个低劣的玩笑，办公室是寂寞的沙漠。

想不出这玩笑的动机是什么。他有一个预感，那个打印信的人，已经不年轻了。年轻人，谁还用第一版"现汉"。一个中年人的玩笑。

种子蛰伏

通过几次活动，特别是墓园之行，对死亡正视和探讨，彼此深入内心，水波不兴的卜珍琪感觉有什么危险在靠近。她有些生气，却说不清是生谁的气。是生自己的气吧？没有人逼她参加乳癌小组。

卜珍琪内心很孤独，和大多数人逃避孤独不同，她喜爱孤独，有意营造孤独。从幼儿园开始，卜珍琪就把自己和别的小朋友区分开来。最早做这种区分的不是她，是幼儿园的阿姨。

她生于江南小城。父亲是小城的主官之一。地方太小了，在有限的范围之内，父亲已是高官，卜珍琪也就有了"公主"的美称。有一种娃娃脸的女孩，幼时非常漂亮，长大了也就姿色平平。卜珍琪就属于这一类。

军长的孩子可以因为身在总参谋部，而觉得父亲的职务太低。科长的孩子可以因在边地而趾高气扬。卜珍琪小时候听过的童话中，国王是最大的官了，她觉得自己就是国王的女儿，被很多人夸赞。人们常常以为孩子在很长时间内，听不懂大人的话，其实，大谬不然。

卜珍琪母亲是市剧团团长。她以前是演员，爱演戏不爱当官。丈夫成了市长，她就不能演戏，只能当团长了。她不肯放弃对演戏的钟爱，时刻做好上台的准备。为了保持身材，不曾哺乳，卜珍琪是喝奶粉长大的，那时候，还不知道鲜奶比奶粉好，以为越是工业化的东西，越显出高贵。卜珍琪从小被送到幼儿园，全托的幼儿园是贵族的象征。幼儿园给孩子们规定了太多的睡觉时间，阿姨们嫌孩子们顽皮烦人，早早把他们赶到床上。

后来一定发生了某些事情，可卜珍琪不记得了。真的，不是忘了，是一段空白。每当试图回忆的时候，头脑中就有霹雳和辐射性的火光出现，双眼后方爆发剧烈的疼痛，任何思绪都淹没在滔滔黑水之中。她当时只有五岁，孩童的记忆自有不可理喻的法则。前半部分每一个细节都那样清晰，后半部分却像曝光的胶卷一片灰翳。

　　妈妈自那个晚上再也没有回家，爸爸把卜珍琪送回幼儿园，也不再接她。紧接着爆发了"文化大革命"，爸爸的名字被浓墨写在马路上，任凭车碾马踏，还有无数的唾沫和鞋印。

　　妈妈在运动中自杀，爸爸经历了可怕的批斗，被两派造反派当成人质，你抢我夺，很长一段时间下落不明。卜珍琪从公主变成小妖。幼儿园也解散了。牛鬼蛇神的狗崽子还有什么资格养尊处优。园长——一个在延安保育院工作过的老阿姨，收留了卜珍琪。她认定孩子无罪。老园长谁都不怕，造反派逼急了，她就说，我当初在延安的时候，给现今××领导的孩子擦过屁股！此话一出，具有莫大杀伤力，谁也不敢得罪有擦屁股功绩的老人。风向常变，前几天老人夸口的某位头面人物，下一次就沦为名字倒刷在墙上的小丑。造反派以为老园长风光不再，再兴师问罪，老园长又隆重推出新的风云人物——俺也曾为××的孩子擦过屁股！谁也不知道老园长当年在延安，到底擦过多少尊贵的屁股，而这些屁股又牵连着怎样的椅子。无人敢查证，此类事情，只好信其有，不敢信其无。

　　在这柄保护伞下，卜珍琪得以度过相对平安的岁月。小姑娘什么都听老园长的，只是坚持自己擦屁股，哪怕得了红白痢疾，裤子都提不起来的时候，也不让老园长动手。小丫头在那个时候，就想到自己有一天出人头地，不能留下话把。

　　卜珍琪在苦难中学会了生存的伎俩，从公主到妖孽的坠落中，领略了世态炎凉。十岁的时候，像六十岁那样苍老。卜珍琪为自己立下志向，这一辈子要做个大官。让和她打过交道的人，许多年后还会以她为荣。

　　解放父亲的时候，卜珍琪到监狱接他。两个人都很吃惊，爸爸看到的是一个少年老成的矜持少女，女儿看到的是一位面无表情的老人，风流倜傥的爸爸已经往生。

　　父亲可以恢复原职，卜珍琪的精神却永不会回到从前。所受的伤害化入年轮，凝结在那里，无论何时切开思维的脉络，都会看到那一圈逼仄的痕迹。

　　卜珍琪和父亲没有多少话说，虽然他是她唯一的亲人。他们从不谈论母亲，卜珍琪曾希望把缺失的记忆补上，但父亲避之唯恐不及。父亲不谈，必有不谈的苦衷，母亲已死，就不要让父亲再痛一次吧。于是，父女俩相对的时候，都做出快乐的样子。

"文革"结束，大学重新招生。和那些"文革"前的老高中生相比，今天学军明天学农没上过多少文化课的卜珍琪，虽然年纪轻轻，并不占优势。竞争空前惨烈，榜发下来了，卜珍琪差两分落榜。晚年的父亲有一种宿命的悲观，卜珍琪倒比较平静，反正来日方长，年纪还小，经得起输。卜珍琪准备来年再战，一个月后，来了一封补充招生的通知。国家急需人才，常规录取之后，号召各校深挖潜力，扩大招生。新生入学之后，一些大学又报上来扩招名额。京城名校的经济系大专部录取了卜珍琪。对于一心想读文史哲大本的卜珍琪来说，兴趣不大，决定放弃，明年再考。

父亲拿着通知书看了很久，好像那是一部世界名著。

"去。"父亲说。长期监禁的后遗症之一，就是让父亲吝啬言语。

"我不喜欢这个专业，也不喜欢大专。"卜珍琪回答。

"这所大学名声很好。"父亲声音不大，却很有分量。

"可是，不喜欢……"卜珍琪还想重复对专业和学历的不满。

"大学是标志。五年十年以后，人们不会记得你的专业，却会记住你的大学。"父亲说。

以卜珍琪的阅历，尚无法想象若干年后人们对某大学的评价，将如何影响她人生的走势。但卜珍琪敬畏父亲，对他的意见不能等闲视之。

"大专是台阶，还能读本科。如果明年再考，你不一定能考入这所学府。盯着一碗蜂蜜，不如赶快喝口糖水。政策这个东西，有变数。"父亲难得地讲了这么多话。

"对这专业实在不感冒。"卜珍琪最后抵抗。

"天生就知道适合什么专业的人，很少。你说的喜欢不喜欢，可能只是凭着对商场和会计的一知半解，算不得数。一个国家，政治安定之后，很快就会转入经济建设。先去学吧，之后再说喜欢不喜欢。改行，来得及。"父亲微微合上了眼睛。可以理解为他困倦了，也可以理解为所有的话都说完了。他不会改变意见，听不听在你了。

卜珍琪遵从了父亲的意见。对于专业，克服了最初的反感，也能慢慢深入下去。举凡真正的学问，定有它迷人的地方。卜珍琪一心想读本科，需要有出类拔萃的成绩作为自己的资本。后来的发展，证实了父亲的远见卓识，"变数"是一个多么伟大的东西。百废待兴的国度，几年时间沧海桑田。数理化不时兴了，文史哲不时兴了，经济炙手可热。卜珍琪大专毕业时，已不需挖空心思报本科，校方名额多多，保送成绩优秀者直升续读。卜珍琪不感谢命运，只感谢父亲。到本科毕业的时候，分配去向主要在国家机关，是镶了金边的不锈钢饭碗。

卜珍琪拿不定主意，是趁大好形势，分到有背景的机构，从此过丰衣足食的日子，还是继续苦读，甚至出国留学？卜珍琪只有请示父亲。

父亲在江南小城，又找了续弦夫人，卜珍琪对继母充满了感激，这样才使她远走高飞之时，少了愧疚。父亲沉吟，比那一回卜珍琪报考大学还要长久。父亲说："要我帮你拿主意，就要对我说实话。"

卜珍琪说："爸，我要是对您都不说实话了，我还能相信谁？"

父亲说："我问你，这辈子想当什么样人？"

卜珍琪说："我还以为您要提什么呢，原来是老掉牙的问题。我提非常具体的问题，可您问我非常抽象的问题。"

父亲说："所有具体问题，都由抽象问题管着呢。孩子，说吧，你想当什么样人？"

卜珍琪一下子恍惚起来，回到好多年前，那时她是一个需要别人帮着擦屁股的小姑娘。她为自己的一生定下了一个目标。她要成为一个名人，一个大大的名人。一个让喜欢她的人，一提起她的名字就自豪，一个让仇恨她的人，一提起她的名字就恐惧的人……种子蛰伏在那里，从没见过阳光，却不曾有丝毫倦意。

这能和父亲说吗？卜珍琪迟疑了。

父亲说："珍琪，如果你实在不愿意说，不勉强。何去何从，不必征询。"

外松内紧的政策很具杀伤力。卜珍琪实话实说："爸，我想当一个有名的人。"

父亲难得地笑起来说："大名还是小名？"

卜珍琪说："起码要有小名。最好是大名。"

父亲说："小名有多大？"

卜珍琪说："比如全校的人都知道我。"

父亲说："那你现在就有小名了。"

卜珍琪说："我不满足。"

父亲说："大名有多大？"

卜珍琪不由自主地看了看继母在哪里，厨房传来筷子碰到碗沿清脆的击打声，卜珍琪说："有几百万人知道我。"

卜珍琪是鼓足了勇气说这番话的，她相信走过患难的父亲不会笑话自己，没想到父亲还是轻声笑了起来。卜珍琪说："您觉得想得太大了？"

父亲说："你想得太小了。有几百万人知道你，很快就会有几千万人知道你。几百万不是一个数量级。一百是个数量级。一个老农民，充其量一生就在这个级别上。一百之上，就是一万。这也是个约数。爸爸就是属于这个级别的。"

卜珍琪说："爸爸，起码有十万人知道你。"

父亲说："珍琪你不用鼓励我。爸爸不在乎这个了。你有让成千上万的人知道你的决心，这很好。只是，这要吃很多的苦。"

卜珍琪悄声说："我知道。"

父亲说："决心不会更改了？"

卜珍琪说："爸爸，你这是什么意思？"

父亲说："定了，就要把一生精神押上去。不能后退。后退了，所有的苦就白吃了。"

卜珍琪说："决心在你住监牢的时候就定下来了。"

一提到那段时光，父亲有些恍惚。他不愿在这个问题上耽搁，说："务虚就到这儿，开始务实。要出名，你就要读研究生。要在国内读，不到国外去。国外读书，回来后会在很长一段时间内不被重用。你再怎么赤胆忠心也不行，这就是国情。中国人，最讲究同窗之谊。这就是无形资源。"

卜珍琪恨继母，她恰在此时进屋，宣布饭好了，请大家入席。父亲站起身来，向卜珍琪眨眨眼睛，这个调皮的动作，在父亲的一生中从来没有做过。卜珍琪突然有了一种不祥的感觉。父亲这一天说的话比以往任何时候都多，卜珍琪感谢父亲，但卜珍琪不安。

趁着继母到厨房里端另外一盘菜，父亲小声对卜珍琪说："闺女，以后找女婿，也要服从你的人生大目标。"

记忆中，这是父亲留给卜珍琪的最后一句话。父亲三个月后脑溢血突发辞世，卜珍琪从学校赶回家，看到的只是父亲在水晶棺里化妆过的遗容。卜珍琪可以肯定，在"找女婿"这句话后，父亲还说过很多话，但卜珍琪不记得了。于是，这句话就成了父亲的临终遗言。

可惜了，父亲。那样一个小小的城市，正值壮年，又遭遇"文革"。牢狱之灾和妻子惨死，使父亲卓越的政治才能未及盛开就凋零了。父亲的远见卓识偶尔一露峥嵘，就是在卜珍琪人生道路的设计上。随着时间的推移，卜珍琪越来越觉察出父亲的英明。卜珍琪读完硕士，国家核心机构向她招手，吸收她参与经济政策的调研和制订。

出国，读博士，还是从小职员开始工作？

"我想当一个有名的人。"卜珍琪听到自己的声音。

她的眼里蓄满了泪水。父亲在天国慈祥地看着自己。她多么巴望父亲再次举重若轻地为她指点迷津。但是，父亲无言。现在，卜珍琪要当自己的父亲了。

"我要走为官之路。我要升至高位。我要做一个有影响的政治家。"她听到自己坚定地对父亲说。

父亲眼睑垂下。父亲惊讶的时候，不愿让别人发现，就会垂下眼睑。父亲的眼睑就成了悬挂的包袱皮。你看不到惊讶，但惊讶已然存在。

父亲伸出一个手指，竖在自己的嘴唇处。父亲说："孩子，记住，这是你一生中第一次说这个话，也是最后一次说这个话。你可以牢牢记着你的理想，但是你不可以说。永远不可以说。政治是不可以说的，说出来就不是政治了。"

卜珍琪对想象中的父亲说："我记住了。我永不会说。"

父亲说："你想过没有，你是一个女人。"

卜珍琪说："我知道我是一个女人。"

父亲说："知道和想是两回事。如果你没有想过，你还算什么政治家？"

卜珍琪说："政治并不是拼刺刀。它和体力没有太多的关系。主要是智力。"

父亲说："不错。政治是不分男女的，但是，政治家是分的。"

卜珍琪坚定地说："我知道。可是，我还是要做一名政治家。"

讨论进行到这里，父亲的形象突然模糊。父亲到底是同意还是不同意她的选择呢？卜珍琪不知道。

卜珍琪习惯了同父亲对话，慢慢梳理出自己的头绪。那些念头，盘旋在她的内心，晃动着，难以固定。对话把飞翔的蝴蝶捕捉，针将蝴蝶留在纸板上，反复研究。

目标确立之后，卜珍琪精神抖擞。有方向和没方向是不一样的。同是到广州，有些人是边走边唱，也许先往山海关方向走一程，太冷了，然后才南下。到了郑州，又忽然拐向乌鲁木齐。卜珍琪不是这种类型，到了国家机关，从小职员做起。

部里的人自我感觉很好，执掌重要物资的生产大权，有着舍我其谁的骄傲。上班第一天，在先于知道食堂之前，被告知了开水房的位置。作为一个年轻的女硕士，卜珍琪对此没有丝毫的怨言和意外，她知道自己今后所打的每一壶水，都有价值。

卜珍琪杂务做得不错，但也仅仅是不错而已。她会把暖瓶灌满水，但她不会把暖瓶上天长日久积攒下的泥垢擦洗干净。虽然对于她勤劳的手指来说，这微不足道。她是有洁癖的人，要在视线所及的范畴内，保持几把水瓶的肮脏，她付出的忍耐力，绝对大于把暖瓶擦干净的劳动量。出于长远考虑，她不能让人们把自己定位于一个勤快的小姑娘。

司长是一位不苟言笑的长者。据说早年间留过苏，和上面有千丝万缕的关系。司长分配卜珍琪负责整理编发资料。这项工作，要说简单，可以不费任何脑子，把下面报上来的资料点出若干，集合成册，签发到打字室，就成了一期内部资料。部里文山会海，资料犹如雪崩，根本无人细读。卜珍琪决定咫尺兴波，把具有潜在动向的资料整理出来，画龙点睛。第一个步骤是埋首资料，古今中外统统阅看。

很短时间内，卜珍琪对部里的主要产品Z物资，从储量到矿山到工厂，从Z物资的历史沿革到当前国际市场的价格走势，都了然于胸。

"你把这些玩得这么透，干啥？想当部长秘书？"同她一起分来的女硕士小孔说。

"当部长的秘书，倒不必懂得这些。他只要知道谁懂就行了。"卜珍琪说。

小孔说："既然知道得门儿清，还秉烛苦读干什么？"

卜珍琪一笑，不做声了。有些话，和最好的朋友也不能说。如果能说，答案是——做秘书当然用不着研究这些，但做部长，就需要了。

从小小文员，到部的最高长官，这个目标，卜珍琪没有同任何人讲过。即使有一天，她真的当上了部长，也绝不会说。

卜珍琪跑步上班。目不斜视，弹性极好的腰肢在拥挤的马路上坚定向前，显出与众不同的气概。部里班车到达时，西装革履的人们款款而下，会看到一个鬓发粘在脸边的女子，意气风发地走进大楼。她的朝气令沉闷的机关耳目一新。

卜珍琪埋头文案，外语精通，她所编撰的有关内部参考，渐渐成为在决策会议上被引用最多的文本。

司长有意锻炼她，说："纸上得来终觉浅。你得到生产第一线去。"

卜珍琪说："手头的工作呢？"

司长说："交给小孔。"

卜珍琪说："什么时候下去？"

司长说："有两个时间表。我马上也要下去，大江南北转个遍，你可以跟我一起走，我在这个圈子里几十年了，老马了……"司长话说到这里，停顿下来。

卜珍琪知道自己应该适时接话，填补起这充满爱护的空白。可是，她顽强地沉默着，直到司长很自然地接着说："第二个选择是你自己走。我下去，粮草未动，底下就有了防范。你目标小，轻车简从。但人生地不熟，又是女孩子，我有些不放心……"

卜珍琪心中一热，几乎想起了父亲。她说："司长，我想锻炼一下自己。"

她没说自己的打算但其意自明。

司长给了她一张纸，上书很多企业一二把手的名单。司长说："在下面遇到了困难，就找他们。当然，找我也行。"司长同时写下了他家的电话号码。

卜珍琪把蒸蒸日上的内部参考交给小孔，孤身上路。她级别低，不能坐飞机，到遥远的青海新疆，也只有坐火车。她以单位名义拍发的请人接站电报，被置之不理，电话里人家答应得信誓旦旦，实际上不了了之。下了火车，无人理睬，拎着行囊，和收购羊皮的商贩一起搭乘长途汽车，赶往大山深处的厂区。企业的人很会看人下菜碟，见她一个人行不久的小女子，断定和上层也搭不上话，很是怠慢。她想听的情况，无人汇报，她要见的人，常被推托。甚至连她居住的招待所，也是最差的房间。厕所漏水，阴暗潮湿，她只好天天把被子搭在室外铁丝上晾晒。一次下矿井忘了收回被子，赶上暴雨，待她赶回，被子已成水帘。

那一夜，卜珍琪找到招待所的服务员，要求换一床被子。服务员是个山里妹子，声小如蚊，说她没有被子。被子都归所长一个人管，所长把钥匙带回家了。

卜珍琪裹着大衣挨过一晚，早上，在街头小店吃碗米粉，就挤进班车到厂区考察。别看她在机关的时候不愿坐班车，出差在外，专爱在班车上听工人们聊天。

底下厂矿的领导，忽视了这个初出茅庐的小姑娘。他们以为她不过是个下来镀金的娇小姐，过不了几天苦日子，就乖乖地打道回府了。他们没把她放在眼里，这倒给了她极大的便利。她坐着罐笼上下矿井，在工人食堂吃饭。工人们口无遮拦，有什么尽管放炮。卜珍琪获得了极为宝贵的第一手材料。

卜珍琪离去时，既没有告别晚宴，也没有土特产馈赠，有一两次，连她走时的火车票都没有着落。虽然早就在接待部门预订了火车票，临到取票的时候，却被突然告知她订的卧铺票没了，要走，只有站票。

计划早安排好了，刻不容缓。卜珍琪站着乘车，南方的火车比北方的更脏，没脚面的甘蔗渣子，类似圈肥味道。脚面肿了，皮肤从鞋帮鼓出来，好像两只碗糕。卜珍琪看看四周昏睡的人，伤感起来——她这是为了什么？

只是一瞬间质疑，她就坚定下来。

台阶向上

卜珍琪凄风苦雨回到部里，黑了瘦了皮肤粗糙了……内心的嬗变更深广。

司长说："小卜，泥牛入海无消息啊。我估计你在大西南，给那里老总打电话，可人家说，根本就不知你到了那里。好像我是个官僚，连下属在什么地方也闹不清楚。"

卜珍琪在困窘之中，不止一次掏出司长给她的"红名单"，这是救生符。只要拨通一个电话，舒适的房间有了，周到的接待有了，稳妥的车票有了，不消说还有丰富的土特产和谦和的笑脸，当然了，还有精心策划的汇报和美化过的参观。卜珍琪咬着牙把关系网的纸条放在衬衣的最内层口袋里。她本想把它撕了，以表自己破釜沉舟背水一战的决心，但她马上笑话自己的幼稚。出门在外，什么事都可能发生，她犯不上和自己较劲。纸条保留在身，并不妨碍不用它。

卜珍琪单枪匹马完成了对企业的全面考察，她术业专攻，有很好的学术背景，又有全局鸟瞰的优势，再加上对历史资料的占有和对国际走向的研究，交织一起，道行已渐趋超拔。

面对司长的友好探询，她非常谦恭，说："怕给您添太多的麻烦。我一直以为最困难的还在后面，没想到跌跌撞撞就一路过来了。能有一些收获，最主要的是您的指导和关怀。"

年轻人知道自己有几斤几两，这就好。司长说："下去跑，最大收获是什么？"

卜珍琪看到了一个个真实的企业，其中隐藏着巨大的机遇和危机。但话不能这么说，只能说："最大的收获是觉出自己太幼稚了。走出去，才知国家之大，事业艰难。"

有人应对困难局面的法门是沉默，可惜机关里知晓这一诀窍的人太多，沉默不是金，变成了负数。卜珍琪的方法是答非所问。每个人都有答非所问的时候，人们常常忽略并原谅了这背后的谋略。

司长喜欢年轻人谦虚，说："跑一跑，受益无穷。"

卜珍琪很有分寸地点点头。在机关工作，要学会恰到好处地点头，既不是颔首含胸谄媚夸张，也不是浮光掠影点到为止。你要轻微地但是毫不含糊地让你的下颏笔直地向下敲击，如同一只无形的手击打键盘。

司长对卜珍琪的好感增加，说："小卜，你觉得我对你怎么样？"

这是个私人化的问题，卜珍琪略一思索，说："司长，我觉得您对我挺严格的。"

无懈可击的回答。

"是吗？我怎么没发现？"司长笑眯眯地说。司长一般是不笑的。司长笑起来的时候，卜珍琪感到陌生。

"那就是司长把严格当成常态了。"卜珍琪说。

司长意外。这个看起来温顺的女孩身上，像海星射出橙色锋芒。机关工作，你可以什么都明白，但你不能说。

司长用右手的中指，点了点桌子。它的幅度是如此之小，连一根针都不会拂动，但它还是如胶条一样让卜珍琪封了嘴。

"孩子。"司长说。

卜珍琪很吃惊。

"听到我叫你孩子，你吓了一跳。"司长难得地露出了笑容。

"是。"卜珍琪简短地回答。

"没什么奇怪的。我的儿子比你还大一岁。我记得你的出生年月。有件事，想同你商量。"

说完之后，他看着卜珍琪，半是威严半是慈爱。卜珍琪再察言观色，也不知司长下文指向，不由得纳闷。

司长好像下了很大的决心，说："小卜，我想把你介绍给我的儿子。"

就算卜珍琪比一般女孩子要有心机，也想不到司长在正式工作谈话之中，掺进如此要命的问题。

卜珍琪不想探讨个人的婚姻问题，尤其是不想和上司的儿子联姻。

卜珍琪说："司长，您不是开玩笑吧？"

司长说："不开玩笑。"

卜珍琪说:"我不会做饭啊。"

司长笑了说:"我们家有人做饭。"

卜珍琪说:"司长,我得考虑一下。"说着,她就站起身,明确地表示出要走。司长也不拦她,说:"好吧。你什么时候考虑好了,就同我说一声。"

卜珍琪就走了。那一天,她把自己搞得非常忙碌。一方面她很长时间不在办公室,积下一些事务必得处理,另一方面是她需要一个安静的场合,用足够的时间思索。

晚上,回到蜗居的宿舍,卜珍琪又习惯性地扮演起双重角色。

父亲说:"上司看得起你,好事。"

卜珍琪说:"不好。"

父亲说:"男大当婚女大当嫁。有人看上你,怎么不好?"

卜珍琪说:"我还怕没人看上吗?等到我想出嫁,想找谁都可以。"

父亲说:"这么自信?别成了老姑娘。"

卜珍琪说:"爸,别担心了。"

父亲说:"可这个小伙子的具体情况,咱还一点都不知道呢!"

卜珍琪说:"我特意没问。"

父亲说:"要是一个好小伙呢?"

卜珍琪说:"那我也不考虑。"

父亲说:"绝对了吧?"

卜珍琪说:"我是故意不问具体情况的。什么都不知道,拒绝时伤害最小。"

父亲说:"你已经决定了?"

卜珍琪说:"是的。不管是潘安,还是阿斗,都不同意。"

父亲说:"不留一点余地?"

卜珍琪说:"我嫁了他的儿子,司长为了自己名声,很可能将我调离。我前途受阻。"

父亲说:"对一个女孩子来说,找个好丈夫,也许比自己有个好发展更重要。要三思而后行。"

卜珍琪说:"我是四思五思甚至更多思过了。什么样的丈夫,都不如自我发展更重要。"

谈话到此结束。

上班，司长刚刚沏好浓浓的乌龙茶，卜珍琪敲门求见。"小卜，重要吗？"虽然和蔼，但强调了"重要"二字。

"重要。"卜珍琪很坚定地回答。

"别超过十分钟。"司长网开一面，示意卜珍琪坐在沙发上。卜珍琪坚持不坐，说："我郑重考虑了。我配不上您的儿子。请原谅。"

司长说："配得上！我说配得上就配得上！具体情况是这样的……"

司长说到这里，停下了嘴唇的嚅动。他美丽的女下属，倒退着走出了他的办公室。姿势绝对恭敬，脚步非常坚定。

卜珍琪后来无意中见到了司长的儿子，一表人才，任一家证券公司的部门经理。卜珍琪不后悔。他家需要的肯定是一个有学历有相貌拿得出手的贤妻良母，卜珍琪做得到这一切，但她目标不在于此。

不管卜珍琪心底如何波澜起伏，表面上宁静淡雅，颇符合女干部形象，但机关很少提拔青年女性。没结婚的女职员，是一只不稳定的股票，你不能投资。能力平平的小孔嫁了秘书，先被提拔了副处。

卜珍琪耐心地准备着。如跑龙套的演员，要苦苦用功，日复一日地把根本不属于你的那份台词，背个滚瓜烂熟，要等到主角生病的那一天。

部长召开"神仙会"，商定大计。这种会，说好了不打棍子，不戴帽子，集思广益。原定司长参加会，没想到老母病逝，他赶回家乡奔丧。

神仙会上，部长发现司长的缺席，说，让副司长来。秘书找到司里，只有卜珍琪一个人在。秘书问："副司长在哪里？"

正在伏案写材料的卜珍琪说："在悉尼。"

秘书说："哪位处长在家？"

卜珍琪说："都不在家。"

秘书急了，说："那你跟我走一趟吧。"

卜珍琪说："到哪里去？"

秘书说："神仙会。"

卜珍琪说："我不够格。"

秘书说："部长今天较真，你们司看来一定得有人参加会，我先吹个风，等我通知。"秘书说完，赶紧小跑回九楼。

部长问："他们司的人呢？"

秘书小心地说："司长老母去世，副司长在国外，几个处长分别参加各种会议去了……"

"他们司里还有什么人？"部长紧接着问。

"有一名普通干部……"秘书小心翼翼地说。

"叫他来。没有嘴巴还有耳朵，回去传达。"部长指示。

秘书退出，电话里只说了一句："马上来。"卜珍琪深深吸了一口气。她已利用短暂间歇，温习一遍。重要资料如同游牧的战马，听到号角，飞快集结。

卜珍琪不慌不忙地等着电梯。电梯繁忙，有时半天等不到，从四楼到九楼，通常部长召唤，哪怕是年近花甲的司长，也都爬楼而上。卜珍琪才不爬楼呢，气喘吁吁披头散发的，影响形象。

卜珍琪走进会议室，各路神仙正鏖战不已。部长面具一样的脸庞深不可测。卜珍琪一进入机关，就得到教诲：不要主动同部领导讲话，除非是领导问你。卜珍琪相信部长不认识自己，依秘书目光所示，落座后排沙发。

雄浑的灰色真皮沙发几乎把人淹没，卜珍琪挣扎坐正，直背挺胸。

神仙会的主题是制定行业明年的增长指标。卜珍琪把脑子洗得如同一匹白练，一字不落地记忆着。不明内情的人，以为那些增长数字非常庄严，窥到高层决策过程，卜珍琪才知道其中充满斤斤计较，计划就是妥协的产物。

先把大盘子定下来，再一一切割，分派到各个具体单位。连续若干年爬坡，企业疲惫不堪。没有大的投入和休养生息，再提高一个百分点，都很吃力。但是，部长骑虎难下，每年均以两位数的速率增长，口碑甚好。如果能继续保持高速率增长，就在全国人民面前立了一大功。如果不能增长，以前的努力就会在其他战线的捷报面前，被人遗忘。

整体上，都同意继续保持两位数增长，一落实，就互相推诿。这个英雄逞不得，只能以邻为壑。会议陷入僵局，爆发了争吵，神仙会成了妖魔鬼怪会。部长没有说话。或者说，他只在开头部分说了很少的话，就把发言权交给了众人。在整个会场上，比部长说话还少的是卜珍琪，至今为止，她一句话也没有说。

卜珍琪清晰地感到了部长在伤心，本能意识到了这是一个命运的关口。卜珍琪听到一个声音说："我前些日子跑了很多厂矿，有一点不成熟的意见，不知能否讲？"

这是谁？这么大胆？竟然还是一个女人。卜珍琪在充满敬佩的同时，简直有些嫉妒了。她可真勇敢，要知道，在这个会场上，女性极少，基本都是搞技术工作的，只在必要的时刻提供有关数据，并不参与重要决策。

卜珍琪下意识地张望四周，想看到这位令人尊敬的女性。她无比惊奇地发现这个声音居然是自己发出的，不禁骇然。她这才晓得，人的本能所具有的能量，居然可以在理智严密设防的同时，来个腾挪大法，一意孤行。

大家不知斗胆发言的女职员为何方神仙，就看着部长。部长此时不开心，下属们虽然心知肚明，可拒不合作。官场进退有度，就是拍马屁，也要有分寸。当官是个职业，不是一天两天的勾当，不能一时心血来潮，押上长远利益。

部长希望打破僵局，哪怕离题万里也好，要让死水震荡。部长颔首道："讲。"

卜珍琪说："谢谢部长给我机会，我的主要意见是——明年的生产指标，不是增产两位数，是减产两位数。"

石破天惊。就是在部会议室扔一颗飞毛腿导弹，效应也不过如此了。神仙们的身体不由自主地绷紧，一时间，看起来好像长高了一寸。秘书干脆做好了把卜珍琪轰出去的准备。

部长很温和地说："噢，振聋发聩啊。细谈，别怕他们。"部长说着，用一根手指圈了周围虎视眈眈的下属，其中也包括秘书。大家就都尴尬地笑了。部长接着说："也别怕我。"

卜珍琪如真是谁也不怕了。到了这个时候，唯有不怕才是生路。说："我们部，是Z物资的权威生产机构。计划经济下，操控天下。矿产的特殊性，在于并不是生产出多少，就消耗掉多少，棉花绿豆不一样。它耐储存体积小，类似黄金，成了某种财富的象征。国际上任何风吹草动，都会影响Z的价格。黄金买卖，很少自用，更多为了储备。考虑世界市场这个大盘子，最理想的状态是，我们的Z减产，但Z价格提高。从长远来看，Z埋在我国地底下，我们不挖，它也逃不了。我们少挖，就保护了我们的资源。如果我们一味提高Z产量，使国际市场过剩，自己和自己恶性竞争，消耗我国Z资源，两败俱伤。据我收集的资料，每当我们提高产量的时候，世界Z价就下滑，反之，价格就上升，具体的数字是……"卜珍琪红唇翻飞，数字叮当落地，令人应接不暇。

钢筋铁骨的数字，雄辩地支撑着论点的大厦。卜珍琪脑海如同明镜，想到哪里，记忆的反光就照到哪里，以为已经忘记的数据，神奇地凸现。

部长听得很仔细。观点很朴素，朴素到即使不用那么多的数字装饰，也具有非凡的生命力。自从部长走入这座大楼，他从来没听过这样的观点。这是禁区，如同皇帝的新衣。今天，禁区被一个年轻的女干部打开了，她说，我们不必增产，我们减产。但是只要计划得当，我们依然能挣到足够的利润。

卜珍琪说完了。用干燥的舌尖舔着发木的双唇，有点奇怪怎么这么快就把所有的话倾泻而出。她惊奇地发现自己喜欢这种类乎失控的紧张，仿佛高空跃下，最初一片空白，之后就是飞腾的失重，惊险而刺激。

部长沉吟着，大家连同卜珍琪在内，都以为他会有一个旗帜鲜明的表态，不料部长说："刚才谈到哪里了？"

不得要领的题目。久经考验的属下们立刻明白了部长的意思。"刚才"——指的是卜珍琪发言以前的时间，也就是说，部长根本就不把卜珍琪的发言当做一个正式的东西，根本就不打算就她的意见展开任何讨论。她的发言犹如一只苍蝇飞过（当然了，在卫生状况非常良好的大厦中，根本没有苍蝇），不必把苍蝇打死，假装没看见就是了。

属下们继续分摊两位数的增长指标，由于那只苍蝇，属下们感觉到了部长的难处，争执气氛有所缓和，大家比卜珍琪发言之前融洽了不少。几轮艰难的讨价还价之后，两位数成功地得到了落实。

卜珍琪傻眼了，当她怅然若失地走出部长会议室，简直觉得这是闹剧。她满腔热情的发言，如同一个连臭味都没有的蔫屁，除了制造者知道曾经有过怎样的蠕动和释放，其余的人似乎连味都没闻到。

事情就这样过去了。那天，司里本来就没有什么人，卜珍琪不说，谁都不知道。之后，也没有人提起。司长奔丧回来了，心境抑郁。某一天，司长召见卜珍琪。拒婚之后，除了必不可少的工作上的交代，司长单独和卜珍琪对谈很有限。

司长说："小卜，你参加过一次神仙会？"

卜珍琪详尽作答。

司长说："你在会上放了一炮，后来几位领导见到我都说，你司里的小女子胆大包天啊，是不是你老兄暗中授意？借童言无忌，好达到你的目的？"

卜珍琪没想到那天看起来毫无反响的发言，会有这样的后作用，忙说："我是心血来潮，不知怎样才能挽回对您的影响，要不要我去解释一下？"

司长说："这种事，总是越描越黑的，由它去吧。我回来后，部长找我，也谈到了你那天的发言……"

卜珍琪说："司长，以后我会三思而行。"

司长说："小卜，不要忙着做检查。部长大大地表扬了你，还说这是我培养的结果。当然了，我不能贪天之功，据为己有。你是自发生长起来的。"

卜珍琪看看司长的脸色，不是开玩笑，字斟句酌地说："您这么说，让我又意外又高兴。"

司长说："你有了一个好序曲，现在，谈点具体的事务吧。部长要我好好用你。要提拔你。"

卜珍琪这一次知道自己应该显出惊奇。

司长接着说下去："消息不该事先透给你，有纪律管着。但我希望听听你的意见。你愿意留在我这个司，还是到其他部门？"

卜珍琪迅速判断。看来提拔一事板上钉钉，具体安排，还没有最后定下来。司长提前告知，除了上司对下属的关照之外，是否对提亲一事还不死心？继续留下，关系就会比较微妙。再有，在本司提拔，老同志是看你长大的，在他们眼里，"小卜"永远是"小卜"，假若到了另外空间，就是从处长起步了。这样一想，卜珍琪充满感情地说："司长，自我来到司里以来，您对我无微不至的关怀，还有……爱护……我都心里有数，非常感谢。如果说我那天参加会议，能发表一点初生牛犊不怕虎的意见，和您的指导密不可分。我很想一直在您的身边工作，也想了解更多部门的工作情况，心里很矛盾……"

卜珍琪把决定权交给了司长，道高一尺魔高一丈，司长坚决要留她，她也没办法。退一万步讲，司长根本不征求她的意见，又能怎样？最重要的是升迁，至于在谁手下升迁，则是第二位。从一般职员升到处级，乃一大关卡，特别对女干部来说，机不可失，时不再来。不能因小失大。

卜珍琪心思绵密，不愿从命。司长想，还是顺其自然吧，说："我知道了你的志向，我会帮助你。但是，你知道，干部部门自有他们的考虑，旁人无法干预。我尽力而为。"

司长一席话，于情于理，无懈可击。卜珍琪钦佩感动之余甚至在想，老子英雄儿好汉，此人的儿子也许真是栋梁之材？马上又自我批判，一个女人，绝不能把命运寄托在别人身上。

和司长的谈话在和谐的气氛中结束。剩下的就是心无旁骛的等待。卜珍琪几成惊弓之鸟，晚上经常做噩梦，好像有很多小人在破坏捣乱。其实，白天她理智分析时，觉得提职一事基本应该是确凿的。不仅因为这是部长的钦点，而且卜珍琪学历年龄能力都在遴选范围之内，她又并无仇家，现在只是时间的问题。

终于等到了。在一大张纸的任免通知里，卜珍琪看到了自己的名字，任生产计划司综合处副处长。这个结果因为期盼得太久，居然全无想象中的欢乐，只有任重道远的惆怅。

综合处处长简直就是个大管理员。发洗澡票领圆珠笔芯，打印文件安排休假看望病号……杂事多得很，就是和业务不沾边。卜珍琪走马上任，开局要和全司的人搞好关系。她很快找到了一个与人为善的小窍门，这就是文具发放。别的综合处长，都在节约办公用品上大做文章，勤俭持家守土有责。卜珍琪不。搞文字的人，都对文具有特殊喜好，再者，出差开会，文具的档次，在某种程度上提示着身份和背景。卜珍琪大手大脚，办公经费花得一干二净不说，连卖报纸的收入，也用来给大家买高档文具了。派克笔、真皮文件包，连橡皮都用法国原装的。这招虽小，颇得人心，卜珍琪很快和大家融洽起来。综合处长，不学无术也完全干得下来，属于管家婆那个档次。优势是和各个部门都熟。卜珍琪细细分析，决定要把优势使透，深入到各项工作中去，礼贤下士虚心讨教。她蓄势待发，预备向更高的台阶迈进。

两年后，卜珍琪调任另一个司的处长，熟悉了管理业务，在这座中央指挥机构的大楼里，卜珍琪已驾轻就熟。下一个目标是进入更高一级的领导班子，但是她遇到了阻碍。

　　卜珍琪为人方正，举止端庄。卜珍琪了解下情，专业精通，学识甚佳。卜珍琪对官场游戏规则谙熟于心，起承转合弓马娴熟。卜珍琪懂得必要的妥协和退让，也能随大流睁一只眼闭一只眼得过且过……卜珍琪觉得自己就是为官场天造地设的尤物，可她不知为什么就迟迟不能升任副司。在每一次民意测验中，她作为后备干部都名列前茅，可命运的绣球就是和她无缘。一肚子的雄才大略，却没有人识货。后来，在一次办公会议上，百无聊赖的她突然有了一个惊人的发现，那就是会场上的女性非常少，除了秘书和端茶倒水的服务员之外，清一色都是男人。她从心底升腾起恐慌，好像是置身于孤寂的野外，被野兽围困。她明白这和性无关，也和恐惧无关。所有的男人都正襟危坐仪表堂堂，讨论的问题和性别没有一点关系，但卜珍琪驱逐不开自己顽固不化的惊惧。晚上，她在宿舍里看电视，突然骇然莫名。屏幕上，是无尽的会议和谈判场景，出现的人物中，都是男性占了绝大多数份额，全球皆然。

　　那一晚，卜珍琪用遥控器把所有频道点遍之后，关闭了电视。之后，她把电灯也关闭了，一个人躺在床上，习惯中的和父亲的对话又开始了。

　　她对父亲说："爸，我很沮丧。想不通他们为什么不提拔我。我觉得自己可以胜任更高一级的领导职务。"

　　父亲说："哦，孩子，你这是在要官啊。"

　　卜珍琪说："要官又怎么样？在国外，还争当总统呢。这岂不是要最大的官吗？"

　　父亲说："这里有原则的区别，你不要混淆。你要学会等待。"

　　卜珍琪说："我已经等待了很多年。我做了所有的准备。我不知还要等多久。我发现在优秀之外，另有一个砝码——我是女人。"

　　父亲说："珍琪，我不知道跟你说什么好。"

　　卜珍琪说："父亲，你什么都不用说了。我已经知道了我要干什么。我不会改变我的初衷，即使它比我想象的更漫长。"

　　卜珍琪如此这般说完之后，还没数到一百就睡着了。第二天早上，她轻轻松松跑步上班去。在忙完手边的工作之后，她推开机关人事处沉重的门，说："我要开封介绍信。"

"开什么信啊？"吕处长圆脸盘，面善且多管闲事。

"婚姻介绍信。"卜珍琪平和地说。

"恭喜啊。你要结婚了。"吕处长说。

"不是我要结婚，是我要征婚。"卜珍琪继续保持着柔和的语调。

"哟，咱们可应该是肥水不流外人田啊。别上什么介绍所了，我这里有一个现成的好小伙子……"

卜珍琪微笑不语。

卜珍琪找到一家正规的婚姻介绍所，呈上有关证件。接待她的是位老大爷，想象中似乎该是媒婆。老大爷说："有点奇怪是不是？想想看，月下老人是男的还是女的？是老的还是少的？"

卜珍琪虽说经了风雨见过世面，孤身闯进婚介所还是头一遭，不禁惴惴，说："我没来过这种机构。"

"说机构不敢当，就是穿针引线。这个世上，有好多好小伙，也有好多好丫头，别在意啊，不是戏文里给小姐端茶倒水的那种丫头，我把姑娘都叫丫头。"

卜珍琪连连点头，表示同意自己加入丫头行列。

"丫头，我看你这条件挺不错的，在我们这儿，算是特等品了。你想找个什么样的，别害臊，尽管和大爷讲，实不相瞒，我这岁数估计和你家老人差不多，有什么，说。说得越详细越好。大爷给你留个心眼，有好小伙先尽着你挑。"

卜珍琪不由得笑起来说："大爷，您这儿还兴走后门啊？"

大爷说："我这不是走后门。条件相差太多的，见也是白见。把谁介绍给谁，先得我这里看得上眼。我这儿可不搞腐败。"

卜珍琪听了大乐，喜欢这里乱糟糟不伦不类的气氛。她说："我想要找个军人。"

"大兵？"老人惊讶。

"是。"卜珍琪确认。

"军人也有不少，就是愿意跟他们的丫头不多。别看现在尉官校官威风凛凛的，到时候一转业，从哪来到哪去，就不是咱京都的人了，谁干呢！我给你找个既是咱京都的老家，又在咱京都当兵，来个双保险。这样的人，有是有，少。十天半月的也碰不上一个，我给你惦记着这事……"

老大爷很快发现卜珍琪心不在焉。"怎么，不合你的意？"

卜珍琪说："不合。"

"哪儿不合？"老人家问。

"第一，我不要京都有家的。除此之外，全中国哪个省市自治区都行。第二点，我不要在京都当兵的。除此之外，也是哪个省市自治区都可。这第三点，选择的兵种是海军第一，空军第二，陆军第三……"

"我们有横向的联合网，听明白您的意思了，外地老家外地工作，海空陆的顺序。好，这就抓紧和部队鹊桥联系。"老人向卜珍琪交代一应事项，不再呼她"丫头"，改称"您"。

卜珍琪回到单位，在电梯里碰到吕处长，面对着她喷薄欲出的问话，卜珍琪早早地眼看着脚下写着"星期×"的地毯，封了她的嘴。

大约一个月之后，婚姻介绍所来了电话，让她去看资料。卜珍琪在一本厚厚的资料册里，看到了一位威武的海军军官的照片。他叫文滔，是舰长，在北海舰队工作。有过婚史，妻子因车祸去世。有个8岁的女孩，随姥姥在南方生活。

看到卜珍琪半天不言语，老大爷说："我看还般配。只是他二婚，您头婚。"

卜珍琪说："这不要紧。"

老大爷说："这就对了。依我在这里工作的经验，凡是不在乎这个的，成功率就高，后头的运气就好。太在乎的，当时说起来好听，往后好不好，还真说不准。"

卜珍琪说："大爷，劳您费心了。如果文滔先生也同意我的话，我希望早些见个面，大家心里就都有数了。"

老大爷连连点头说："是这么个理。好，我这就去张罗。因为按照咱这儿的规矩，是先问女方，等这头看好了，咱们就往下进行。"

到了正式会面的那一天，卜珍琪穿上平日的职业装出发了。

婚介所的老大爷听了卜珍琪所选的见面地点，假牙差点没掉下来："选哪儿不行，偏选那儿！电影院咖啡馆，实在不成百货公司门脸都行，怎么能上道观？"

卜珍琪说："就这么定了吧。地点我选，时间他选。"

老大爷说："那么复杂干啥？您还不一股脑儿都定了，我也好通知。"

卜珍琪说："还是让文滔定吧。这样公平。"

文滔定下的时间很有特色——上午十点十分。

见面很顺利，大家都是一眼就把对方认出来了。这是一个好兆头。只是文滔的个子要比卜珍琪想象中的矮一些。卜珍琪很直率地把自己的观感告诉他。

文滔平静地接受了这个锋芒毕露的问题，说："舰艇上的铺位长度有规定。一线官兵，个子都不太高，要不然，睡不下。"

卜珍琪笑了，说："恕我孤陋寡闻。"

道观幽静，芭蕉和竹子，这类南方植物，居然在这里长得很茂盛。他们沿着芭蕉叶纷披的幽静石径漫步。文滔说："我很想问你一个问题，你的条件挺好，为什么要找一个外地的军人，还要首选海军？"

卜珍琪说："因为我爱吃鱼！"

文滔说："这个理由不充分。你可以找个开海鲜店的老板。"

卜珍琪说："可是我还喜欢勇敢。"

文滔说："你有点说服我了。可还不彻底。你可以去找渔民。"

卜珍琪说："渔民没有光荣和冒险。"

文滔说："你这样说，我就放心了。咱们志同道合。"

卜珍琪说："从此我叫你船长。"

船长和卜珍琪的谈话进行得风趣而富有成效。两人的年纪都不小了，又都是非常务实的人，没有花前月下，没有甜言蜜语，彼此都相信自己的直觉，满意对方的人品。那一天，谈得很投机。文滔是在京城的院校进修，几乎是出于开玩笑碰运气的动机，在一家婚介所登了记，没想到就遇到了卜珍琪，心里惊叹天下真有这样的奇女子，不但不怕两地分居，更是痴迷大海。因为他学习即将结束，很快就要返回舰艇，因此很希望约会频密。卜珍琪说："两地书不错。"

自然要谈到孩子，这是文滔的心病。他知道卜珍琪是第一次婚姻，一定想要自己的孩子。他说："这是一个问题。"

卜珍琪说："这不是问题。我不要孩子。"

文滔大惊，说："我不希望你做出这么大的牺牲。"

卜珍琪说："那你也做出相应的牺牲，咱们俩就扯平了。"

文滔说："我不明白你的意思。"

卜珍琪说："我不想做亲娘，也不想做后娘。"

文滔大惊说："我更不明白你的意思了。你知道，我是有一个女儿的。"

卜珍琪说："我知道你有一个女儿，但你想，我连自己的孩子都不愿要，我还能给别的孩子做一个好继母吗？我做不到。我的意思不是说不认你女儿，只是我不能亲自负起抚育她的责任。"

文滔沉默了许久。这是一个与众不同的女子，如同深海的红珊瑚。表面上静止不动，其实潜伏水中，已经生活了很多年。她非常聪慧，知识广博，有时很通达，有时又非常锐利。这和他的前妻非常不同，那是一个黏在他身上的女人。这种截然不同的风格，使舰长惊奇和着迷。如果女儿和卜珍琪同时站在身旁，也许他会选择女儿的。由于妻子的惨死，他觉得自己对女儿负有天大的责任。但是，此时女儿不在。正当壮年的舰长，面对着一个有学识有魅力的京都女子，无论从吸引力和自尊心的角度出发，文滔不会退让。再说，女儿在她外婆那儿，生活得也很好。除了将来上大学，估计不会到京都来。

文滔在回到舰艇的第二天早上，就写来了信。当印有部队番号的信件由收发室隆重送到卜珍琪手里时，立即引起了强烈的注意。机关里的注意是不动声色但却影响深远的，很快，人们都知道待字闺中的卜珍琪处长，有了一位军旅恋人。一个有身份的未嫁女子，就像一块未开凿的璞玉，基本上无法准确估计她的价值，就连最有经验的行家老手也有看走眼的时候。卜珍琪找了一位死了老婆的舰长，算是等而下之的选择了。恨她的人有几分解气，喜欢她的人有几分遗憾。

卜珍琪我行我素。她准时给船长写信，既不缠绵也不冷淡，不温不火地推进着和船长的关系。一年以后，船长另一个假期来临的时候，卜珍琪去了军港，在那里举行了海上婚礼。结了婚的卜珍琪运气不错，正巧机关分房，她以已婚的处级干部的身份，分到一套三室一厅的房子。虽说朝向和楼层都不好，又是最小的一套，但卜珍琪知足。现在，她感到原先高度聚焦于她私生活的目光已经降温，由于她找了一个终年飘泊在海上的人，又是二婚，又有孩子，又在远方……这些显然负面的条件，让人们对她的敌意缓解了很多，甚至滋生起淡淡的同情。在下一轮的干部提拔中，卜珍琪如愿以偿，进入了副司的行列。

船长在得知妻子升迁的消息之后，有一点不安。卜珍琪对他说："你是不是觉得我的职位比你高了？"

船长说："我当上副师长，才能与你平起平坐。"

卜珍琪说："到那个时候，也许我就当上部长了。"

船长说："那我就要当个兵团级了，这如何赶得上你？"

卜珍琪说："你是赶不上我的。不要赶了。"

船长说："那你会不会看不上我了？"

卜珍琪说："我看得上你。这就是我珍惜你的原因。"

船长说："我不明白。"

卜珍琪说："不明白就算了。夫妻间搞那么明白，累不累啊。我不能生孩子，就是怕耽误了这一切。"

船长听明白了卜珍琪对他的承诺，也就不再深究。嫁做军人妇的卜珍琪，出落得越发精明强干。她工作泼辣风起云涌，少了顾虑之后，处事更加圆熟。一个大姑娘和一个小媳妇的区别，不但在偏僻的山村很明显，在国家机关这样庄严的场合，也依然非常分明。军人在女性择偶的排行榜上，早已由若干年前的首选，滑落到半山腰以下的位置了，但在正统的观念中，人们对敢于嫁给军人的女性，还要报以尊敬。卜珍琪私下被女人们怜悯但是被男人们敬佩。卜珍琪的民意指数因她的婚姻，而呈直线上升。

卜珍琪同船长风平浪静地过了几年。他们始终没有孩子，这使人们好奇又不便打听。卜珍琪在适宜的时间很大方地告诉大家，说船长以前有孩子，这说明船长是正常的。我不正常吧？卜珍琪用的是疑问句，这说明她也不肯定，但是提出了这个假设。

女人们也不再反感卜珍琪了。她连女人最基本的功能都可能是欠缺的，这就使得任何一个平庸的女人都可以居高临下地悲悯卜珍琪了。于是，卜珍琪在机关里的人缘好，在跨世纪干部的测评中，得到了令人瞠目的高分。

卜珍琪的进一步提拔，遭遇到了众多阻抗，人们没法接受三十多岁的女性跻身于正司级别。卜珍琪在升迁的道路上关山重重，且这一次，她无咒可念了。遇到的不是某个人，而是透明玻璃天花板。和父亲对话也不灵了，父亲沉默不语。父亲能说的唯一一句话是："让你本身更强。"

卜珍琪开始攻读在职的博士。这在机关里又引起了小小的轰动。你要是不停地学习，在某种程度上就招供了你的野心。一个女人，读到大学毕业，应付日常工作和嫁人，已绰绰有余。如果你要读硕士，那么如果不是太丑，就是性冷淡。如果你要还不悬崖勒马，居然要读什么博士，那么基本上就只有一个解释了，你不是心理残疾，就是一个野心家。卜珍琪为自己做了铺垫，人们对于丧失生育能力的女性，有足够的宽容和理解。于是，卜珍琪完成课程，突击英语，写出了精彩的论文，在耗时弥久之后，拿到了博士学位。

按说心里应该很高兴，可是，没有。卜珍琪生自己的气，为什么自己就不能高兴起来？连一小会儿无忧无虑的状态也不能达到？

卜珍琪不喜欢这样。她很想改变，她的目标太高远了，远到她自己无法企及的高度。她无奈，但她无以逃脱。

日子就这样缓缓地流逝着。她一直当着副职，副职和正职虽然只是一小步，但对有些人来说，就是终生屏障。在卜珍琪几乎绝望的时候，发生了一件事——船长在一次执行任务的时候，潜艇出现技术故障，因公殉职。部队来人，很委婉地告知船长出了一点小意外，受伤住院了，希望卜珍琪到部队看望，卜珍琪清晰地意识到——船长出事了，这事不是小事，船长已经不在了……卜珍琪不原谅自己在得知船长遇难时的淡然。那时噩耗还未曾确认，人之常情是不愿往最坏的方面想。但她可以欺骗别人，不能欺骗自己。她知道在内心深处，她从来没有爱过船长。船长是一个好人，她对船长也尽到了为妻的职责。但是，她爱的男人始终只有父亲。

卜珍琪到了部队，连船长的遗体也没有看到。船长留在大海深处，被授予很高的荣誉。那些日子，卜珍琪像一具游走蜡人，听命于部队的安排，服从所有的程序。船长被追认为烈士，一个人一旦成了烈士，连他的遗属的表现，都不能随心所欲。卜珍琪懂得这些，卜珍琪以对船长最大的爱意，履行了她应有的形象。卜珍琪把所有的抚恤金都留给了船长的女儿，那女孩从此和卜珍琪再无往来。卜珍琪孤身一人回到了京都，在机关大楼里，获得了从未有过的关爱和友情。卜珍琪知道这是她的不幸带来的副产品。失去了丈夫的卜珍琪重新潜回到自己宁静的生活，她的社会公众形象却在不断攀升，先是被评为全国三八红旗手，之后又成为五一劳动奖章获得者……由于她英雄的丈夫和寡居，一股脑儿地塞给了她。卜珍琪安静地等待着。终于，她几乎在同时，等到了两个消息。一是风传她将要提升正司职，一是在例行的体检中，查出乳房有不明肿物，要求复查。卜珍琪没有到合同医院，而是去了另外的医院。一系列的检查，最后做了局部切片。当卜珍琪看到检验报告的那一瞬，天旋地转……

她欲哭无泪，不知道能和谁说说心里话。她不愿让任何人知道她的困境，但悲哀又是如此深重而宽广。父亲缄默不语，船长安息在珊瑚礁。她何去何从？孑然一身，只知道不能独自吞下悲哀。悲哀入肠，化作剧毒，能把肝胆击穿，她一生的规划就都毁了。她要借助外力，粉碎悲哀和混乱，自己才有一线生机。她找到了小组，可是小组真的能帮助她吗？

熟悉的陌生人

隽永生物公司的老总吕克闸，最近很烦。公司拳头产品鸢尾素的审批，遇到了障碍。原本是想取得卫生部颁发的"药准字"批号，这样就可以堂而皇之地进入全国所有的正规药店。没想到上面卡得很严，客也请了，红包也送了，还把有关领导的子女，神不知鬼不觉地送到澳大利亚读书了，一应开销均由隽永生物公司承担……总之，百般伎俩都使尽，批号就是下不来。那人还算有良心，对吕克闸说："我受人之托，不能忠人其事，孩子的学费，我退给你。没有美元，给你人民币行不行？"

吕克闸非常恼火，就算他在金钱上不失，可他失去了时间。全国保健药品市场有几千种汤汤水水在拼杀，病家的脑袋和胃都容量有限，能记住就那么几种品名。胜者通吃，谁早一步占领了市场先机，谁就能抱个大金娃娃。

生气的话不敢说，那钱也不要了，人在江湖，谁知以后还有什么交道要打，为别人留个面子，为自己留条后路。

吕克闸着手办"药健字"批号，不想由于政策变化，"药健字"停止审批，他想要让"鸢尾素"有一个名分，必得把它升级为B字头的"药准字"批号。得！转了一个凄惨的大圈子，依然回到了原来的出发点。

吕克闸百折不挠。东方不亮西方亮，黑了南方有北方。他毅然放弃了"药"字头的金字招牌，寻求省级"食健字"批号。

"鸢尾素"好比巨贾之子，藏在后院，除了父母，他的武艺胆识，别人都不知晓。父母先是想给他捐个从一品的顶戴花翎，以期有朝一日成了驸马也不一定。不想机关算尽，不果。只得降格以求，捐个三品吧，不料朝廷又改了章程，把三品这一档次取消了。巨贾火了，干脆一落千丈，给儿子买个七品芝麻官了事。

外省的"食健字"批号，操作起来很容易，"鸢尾素"拿到了批文，可以批量生产了。但这"食健字",不但进不了医院,连药房也只敢羞羞答答地卖。从批号上说,它是食品而不是药品。

这就是要害所在。要把一种食品说得有治疗效果,就像要把窝头说成能治癌症的灵丹妙药,这其中的机关要多深有多深,吕克闸殚精竭虑。

这一天,吕克闸回到自家别墅,老婆和两个孩子围上来。有钱的好处之一是能够多生孩子,吕克闸为老婆买了个外国国籍,就有了两个儿子。

老婆很贤惠,把吕克闸服侍躺下。吕克闸说:"老婆,和你商量个事。"

老婆说:"你不用和我商量。只要你想好了,告诉我就是了。"

吕克闸说:"过去多少年来,你都是这样说。可这一次,必得你同意了,我才敢做。我要大大地对不起你一次了。"

老婆把绫罗睡衣裹得如同闪亮的蟒皮,说:"你既然想到了这些,还要同我说,可见你的心有多铁了。下了这么大的决心,就更不用商量了。"

吕克闸说:"我要和你离婚。"

老婆说:"这又何苦!你可以在外面包二奶,你可以玩小姐,我都不会说一句二话。你什么都可以干,还有什么不满足?不是我在乎这个名分,只想为孩子保一个家。"

老婆说得入情入理,吕克闸更觉自己非得快刀斩乱麻,否则愧疚会坏了大事。吕克闸把世上的事,做了最简单的分类——大事或是小事。儿女情长是小事,要为建功立业的大事让路。

吕克闸说:"我没有包二奶,也没有玩小姐。你不需要名分,可我需要。把你不要的东西借我一用,就成全了我。至于孩子,当他们将来成了亿万富翁之子的时候,就能理解我了。具体手续,我会找律师和你办。钱,你将得到一大笔补偿。"吕克闸说完,就走出去,留下妻子垂泪到天明。

申凌约了褚强,在动物园会面。褚强在电话里说:"在哪里不行啊,偏在动物园?又不是小孩子!"

申凌说:"人家烦了嘛,要看猴子嘛!"

褚强遵命，在猴山旁见了面，天气凉了，猴子都不爱活动，蔫了吧唧的，有的得了癣病，叫人看了自己身上也痒痒的。

"给你。"申凌说着，从小包里拽出一团五彩缤纷的物件，迎风一抖，把猴王都惊动了，咻咻吐着白气，朝这边龇牙咧嘴。

"什么秘密武器？"褚强细端详。

"你要的丝巾啊！忘了？我可记忆犹新。你说好不好看？"申凌把丝巾展开，绚烂的郁金香，灿灿生辉。

"真好看。我怎么从来没看你围过？"褚强说。

"女为悦己者容。"申凌绷起小脸。

"什么意思？我还不够悦你的吗？"褚强沮丧。

申凌达到了目的，很高兴地说："革命尚未成功，同志仍须努力。"

褚强说："我现在对女人的心理多了些了解。你这是欲擒故纵。"

申凌说："我正要问你，小组的事怎么样了？"

褚强说："挺好。"

申凌说："具体点。"

褚强说："没法更具体了。小组活动起来，你一句我一句的，好像没啥特别的，变化就在不知不觉中发生了。我还真没法跟你学说。"

申凌说："那个叫成慕梅的，怎样了？"

褚强记起以前编的故事，支支吾吾地说："她呀，阴阳怪气的，总是同大家隔着张皮。"

申凌说："她快死了吗？"

褚强说："别咒人家啊！你也太爱打听事了。这和你有什么关系啊！"

申凌说："和你有关系的事，就和我有关系。要是没关系，你跟我要花头巾干什么？你怎么不管它要去！"说着，手一指。褚强顺着红红的指甲看过去，看到了猴王的红屁股。

"得了，我不要还不行！"褚强没经验，情急之中，以为这样说了会缓和矛盾，不想申凌恼了，说："好你个褚强，说要的是你，说不要的也是你！算我瞎了眼，热脸贴个冷屁股！"说完，一溜烟跑下猴山，剩下褚强孤零零地看着老猴给小猴捉虱子。

吕克闻查到了确切天气预报，找了一个极好的天气，安排了小组在墓地讨论死亡。下次活动又回到一家肿瘤医院。

癌是足部有着柔软肉垫的食人兽，凶狠残暴，走起来却是无声无息的，它循序渐进，从容潜入，相当长时间内不动声色。晚期需天翻地覆抢救的属极个别，所以肿瘤医院的急诊室，是一个相对寂寞的地方。

在医生诊室坐下，程远青说："今天咱们小组活动，有新组员参加，不知大家欢不欢迎？"

众人听了，就有些吃惊。小组活动了多次，从未有外人参加。出于对程远青的尊敬，大家口头上不好表示反对，便敷衍地说："欢迎欢迎。"口气里没多少热情。

大家四处张望，并没有什么新人出现。又一想，组长做事周密，没征得大家应允，不会贸然把人领进来的。没想到程远青走向里屋。

内侧有一扇小门，程远青拖出一张白木靠背的椅子，摆在屋当中，又从皮包里翻出一件白大衣，披在椅背上，细心扣好扣子，袖子在胸前对搭。恍然是个医生坐在那里，双手抱肘。

"好了，开始活动。过去一周，大家有什么特别事情要报告？"程远青说。

程远青的开场白后，通常要冷一会儿场。在城市，一周时间，足以把某人忘掉或是重新认识一百个人了。数月之前，彼此还是路人，现在，大家把小组当成家。有什么快乐事，拿出来分享，有哀伤的事，也念叨念叨。

今天，有点特别。椅子在中央，耀眼的白色，不怒而威，从每一条布丝溅射出威慑力，让人压抑。

程远青说："连一件好说的事都没有吗？"

岳评开口道："程老师，求您一事。好吗？"

程远青说："不要用'求'这个字。只要能办得到，当然可以。"

岳评说："求您把椅子搬走，起码把衣服拿走。闹心。"

马上有人附和："对对。怪吓人的。"

程远青好像恍然大悟，说："原来大家叫这把椅子吓住了。谁还有这种想法？"

所有的人都举起了手，包括褚强。程远青说："大家都是病人，医生是盟军，为什么不喜欢他们？"

白大衣上烦琐的肩带和腰线，显示出主人在医疗界级别之高。

寂静。癌症病人和医生的关系，是一个深不可测的黑洞，甚至比与死亡的黑洞还要神秘。

褚强年轻，对这种充满了内在张力的沉默如坐针毡。实在忍不住了，冲将出来，打破沉默："在我的记忆中，白大衣是和屁股上的针眼一起的。我妈说，打针一点都不疼，我就信了她。人生第一次被人欺骗，我想就发生在医院，骗人的人是我亲爱的妈妈，帮凶就是医生。打针很疼，这疼不仅是在屁股上，而且是在心里。我妈妈和那个穿白大衣的人，合伙骗了我。我一看到这件白大衣，以前的记忆就像海带泡在水里，湿淋淋的。我不喜欢这把椅子。"

褚强锐利的喉结上下浮动。

程远青说："你很恨骗你的人。"

褚强迟疑了一下，回答："恨。"

程远青说："那么，褚强，请你告诉所有在场的人们，你恨的是谁？"

褚强吭吭哧哧地说："我恨的是我 M……"褚强本来想说，我恨的是我妈，但妈的第一个辅音"M"都发出来了，又被他活活地吞了下去。是的，他怎么能恨自己的妈妈呢？他不能！他不敢！于是褚强转而答道："我恨的是我……马医生。"

程远青说："椅子上就坐着你童年时的那位马医生，现在，你有什么话说？"

褚强就慢慢地走到地中央，对着披着白大衣的椅子说："医生，你不该骗一个孩子。也许你是好意，但肉长在我身上，针扎在我身上！我相信了你，可一分钟以后，谎言就被揭穿了。我感到了深深的疼痛。以为一点都不疼，疼痛就来得格外惨烈。我对人的信任被疼痛粉碎了。你是我精神疼痛的制造者！我恨你！"

褚强说到这里，揪住了椅子上的白衣的袖子，狠命地摇动着。组员们紧张地看着他，不知以后还会发生什么事情。有人想上前帮助褚强，被程远青用眼光制止住了。

褚强摇晃了一阵白大衣，情绪渐渐地平复下来。程远青说："褚强，你刚才回到了你的童年。那个时候你多大？"

褚强说："三岁。"

程远青说："你代替三岁的褚强把他压抑了二十多年的话讲出来了。你现在感觉如何？"

褚强说："好像记忆洗了一个澡，灰尘抖落了，精神爽快了。真的，很舒服的。"

大家就半信半疑，不过褚强的面庞的确露出了轻松的笑容，不由不信这一番宣泄确有功效。程远青说："褚强，你能告诉我们，你现在看到这件白大衣的感觉，和刚才有什么不同吗？"

褚强说："真奇怪。我刚才一点都不想看见它。你可以说是怕，也可以说是讨厌，或者说是腻烦。总之，全是坏印象。现在，它只是一件医生的工作服，如此而已。"

褚强开了一个很好的头，但接下来依旧冷场，沉默压着众人。

安疆颤颤巍巍说："椅子比作医生，我想说，我不想见到你了。"

安疆回到自己的座位上，大家都向她点点头，千言万语尽在不言之中了。程远青说："为什么要把一个虚拟医生请进小组？治疗癌症的经历中，医生和我们的关系，甚至比亲人和我们的关系更密切。"

岳评走到"医生"跟前说："按说，我该感谢你，你给大家治病。可是，我想说，我恨你！"眼睛鼓起仿佛发威的河马。

此语一出，满场皆惊。恨医生？你！竟敢……

岳评说："病人和医生，力量对比太悬殊了。得了癌症的病人，把医生看成再造父母！可医生对病人，喜欢的是病，不是人。我女儿住院的时候，刚开始，医生护士围着她天天转，为什么呢？因为她得的是一种罕见的病，诊断不清楚，就像谁出了一个谜语。早上五点钟来抽血，满满五大管子！每一滴血，是她的，也是我的！有一天，我说，就不能省着点用吗？连地下水都要节约呢，这是什么？是血！医生说，不天天抽，我们哪能知道病的动态变化呢！我来了气，说你们病诊不出来，血快要抽光了。医生护士有个本事，就是你说你的，他不理你，逼得你自己没羞没臊低下头来。检查花了十几万，我们病家出钱，让医生练手艺。后来，诊出来了，是癌症，消化道完全阻塞了，吃什么都吐。医生和我们商量，说是把肚子打开，要是有希望，就尽量做手术，要是没希望，就原样缝起来。手术那天，我和女婿站着等在手术室外头，大脑一片空白。只记得医生交代了一句话，要是一个小时之内完成了手术，那就说明没治，怎么打开怎么合起来。要是手术时间长，就说明还有希望。我念念叨叨只一句话，老天啊，让我晚一点看到她从手术室里推出来。不知过了多长时间，手术室门开了，一个车推了出来。同时做着几个手术，家属呼啦围了过去。我死死坐在长条凳子上没动，我知道这不是我女儿，时间太短了，女儿怎么能这么快就出来呢。没想到女婿围着手术车，眼泪滚滚而下。我眼前一黑，马上就要昏过去。要不是想到我晕倒了，女婿就得两头忙活，我就死过去。昏过去是一种解脱啊。我曾把希望寄托在医生身上，那一刻，我知道完了，全完了！医生只是把我女儿像豆腐一样光洁的皮肤划开，像打开一个包袱皮，看了看里面的东西，就把包袱又照原样捆起来了。我走到手术车前，看到了女儿，她面色如土，游丝样的一口气，简直就是死人。我其实从那一刻，就知道自己永远地失去了女儿。那以后，医生对女儿的态度，就来了个一百八十度的大转弯。以前她是个灯谜，他们围着她，抢着破这个谜。用她的血写自己的论文。把她的肚子打开，谜底撂在那儿，一看，恍然大悟，女儿的价值也就丧失了。他们说，你女儿现在的治疗方针就是姑息对症。我是个当老师的，我知道姑息就是无原则的宽容。字典上是这样写的。宽容谁？宽容病魔。姑息养奸啊！在医生眼里，病无法治了，对这个人也就大撒把了。从那以后，凡是来查房的医生，总是匆匆而过，我女儿已经不值得看一眼了。她提前死在医生的眼眶里了。我追到医生办公室，对医生说，我女儿昨晚上没睡好觉，有什么办法吗？医生埋头写病历，头也不抬地说，这种病晚期，都这样。实在睡不着，找护士要点安眠药，安眠药对肝有破坏，自己看吧，该说的都跟你们说了，剩下的主意就得你们拿了。医生是干吗的？是治病的，更是陪着病人往前走的人。病不治了，关怀总要有吧？爱心总要有吧？人道主义总要有吧？让人觉得世界值得留恋的这份情义总要有吧？起码有相当一部分医生不把病人当人。我女儿，在医学上的价值没有了，但她在人的价值上还有很多啊，也许她一辈子最大的价值就要在这种时刻表现出来。她生命结束的最后那段日子，我哀痛无比……医生早就放弃了她……"

岳评一泻千里，这种经验对每一个癌症患者都不陌生，大家变得郁闷而愤怒。

应春草说:"医生是慈悲的事业,是救人命的积德事。往不好里说,医生是个行当,靠这个养家糊口挣钱过日子,没有什么了不起的,和街头修鞋剃头的没大差别。要说一定找差别,那就是应该说话更和气,笑脸更多些,手艺更好些。谁叫你收人家那么多钱呢!医院也是开买卖的,你卖的是药和手术,卖给谁?不就是卖给每位得病的人吗?我得病也这么长时间了,把家里的钱都送到医院去了,医院就像个老虎嘴,把血汗钱都吞肚里了,连个饱嗝都不带打的。我不知道别人,反正谁家里要是摊上个癌症病人,那算是亲手挖了一个无底洞,金山银山,也架不住一日一日地漏。听说谁癌症活过了多少年,大家都忙着祝贺他,我就在心里想,他家可拖累垮了。不用上他家参观,我能猜出,癌症像江洋大盗,把他家里劫得一无所有……"

大家不停地点头。癌症是个富贵病,没有成千上万的钱顶着,治不起啊。

应春草接着说:"算这笔乱账,大家都是一肚子苦经,我也就不念了,咱还说这大夫。我气不过的就是医生和病人,到底是谁养活谁?"

大伙说:"还真没想过这事。"

应春草冷笑道:"我这人水平不高,可记得说起革命道理,马克思一个大贡献就是搞清了谁养活谁的事。为什么这个大是大非的问题,在病人和医生当中就谁都不提了呢?"

大家回答:"明摆着的事。是病人养活了医生,养活了医院!"

应春草说:"这就是硬道理了。医生护士是雇工,别看病得东倒西歪,可要还有一口气,病人就是主人家,就不能受人欺负。在医院里,到处是医生护士欺负病人,他们用你的钱,从来不算计,大把大把地花,你还不能问个为什么!他们把病人当成试验品,你被人当成统计数字里的一个分母,你还以为是救你一命的活菩萨呢!给你一沓子化验单,全是外国字,那是用了你的血,用了你的钱,用了你的工夫查出的你的身体的秘密,可是没有人给你讲一讲。用钱买了一本天书。卫星能上天,就这几个洋码子翻译不成中文?成心啊!故意弄你个丈二和尚摸不着头脑,才显出他们高贵,有学问,能拿捏你,叫你好服他!多么歹毒!这还不算,你要是拿着化验单想找谁问问吧,那你就算是自取其辱吧。脖子昂得像个刚下过蛋的母鹅的大夫护士，脸上白板一张，好像看病的人都曾挖过他家祖坟似的！我敢说，每个得病的人对大夫说话都得察言观色。给大夫送礼，你敢不送？小命在人家手心里捏着呢！有没有好大夫？有。我也遇到过。可是少啊，越来越少了，比清官还少。要说腐败，我看医院是第一个腐败的老窝。看病用得了那么多钱吗？那是乘人之危喝人血吃人肉的勾当。可是你心知肚明的，眼看着是火坑，你也得往里跳。要说不平等，这就是最大的不平等！要是出了医疗事故，你瞧他们官官相护的那个劲吧，我住院的时候，听他们互相说起坏话来，那叫一个狠，可真要出了事，那就团结一心枪口对外了。不是他们人品突然好了，是为自己留着后路。他们互相掐，掐出骨头汁来都行，要是说病人想讨个公道，那他们立刻结成死党，专门跟病人作对了。我要不是看着我孩子的分上，不想她小小年纪就成了没娘的孤儿，我这病就不治了。别的不图，我就不让医生护士再盘剥我，我就让他们挣不成这个钱。我真想大吼一声：病友们，豁出来，不治了！饿死这帮披着白皮的狼！治怎么样？不治又怎么样？还不就是一个等死吗？我不怕！"

应春草说得唾沫星子溅出了一米多远，面色潮红两眼放光，好似进入迷狂之态。大家听着解气，也有点不知所措。毕竟，广大的医生护士还是好同志居多，这样一竹篙打翻一船人，太伤众了。

褚强小声对程远青说："程老师，我看应春草有点过于激动了，我是不是扶她到别处歇息一下？"

程远青轻轻摆了摆手。她有点犹豫，话语中的偏颇是显而易见的，但这毕竟是一种残酷的真实。无数怀着善良愿望和美好期待的病人，在受到了长久的冷漠和歧视之后，滋生出怨恨。应春草吐出苦水，这是大好事。纠正她的过分，还有时间。为什么医生可以任意地呵斥病人，但病人才说了这样一点实情，褚强——甚至包括她自己，就感到刺耳，坐不住了？这不正说明，病人，特别是癌症病人这一弱势群体，所遭遇的颓势是多么深重吗？

程远青看看大家说："摆个医生模型在这里，希望大家把心里话对医生说。如果在共同战斗亲密无间的关系里，充满了谎言和怨恨，还有言不由衷的感谢，不仅是虚伪，更是非常悲惨。"

鹿路说："要说感激医生，每个人都说过太多了。不用教，舌头翻着跟头就出来了。都是真心吗？起码有一半是吓出来的。世上有谁能逼着人说他的好话？只有医生！他能让你一肚子泪，脸上还挂着讨好的笑。咱们这种妇女病，男女有别。有些医生，好像你一得了这病，你就不是女人了，没了廉耻，对什么都不在乎了……"

大家都深有同感。乳房病了，你必得暴露自己。赤身裸体在素不相识的男人面前，尊严和羞涩被击得粉碎。

花岚说："我碰上医学院学生实习。教授说，这是不典型的肿瘤，你们都过来摸摸，体会一下手感。不管技术怎么进步，有了红外线，有了钼靶，手感还是第一重要的。好医生一双手能赛过Ｘ光和ＣＴ。开始，我当时躺在诊床上，露着胸。那帮学生跟苍蝇似的过来，呼啦这么一围，我立马就看不到天花板了。老教授的手法不错，摸得挺准，那些学生就差得太远了，手劲又重又粗，指甲上还带着倒刺，摸得我先麻后痛。我知道医生不是流氓，摸的时间再长，也是医学需要，可我实在忍不住了，说，大夫，我要回家。教授说，你等着吧。自己的小命揣在人家手里，不得不低头啊。有个学生使蛮劲摸，简直要把那块癌瘤从肋骨上抠出来。我的眼泪滴下来，躺着，泪珠一串串地流到耳朵眼里，耳朵眼灌满了，就流到脖子和后背的洼洼里。我快昏过去了，乳房不再是属于我的，是属于教授和他的教学。它已成了一个烂菠萝。我反倒死了心，它是块臭肉，该喂豺狗该喂秃鹫该喂毒蛇该喂王八蛋……那天在诊床上受的折磨，让我一想起来，就觉得活着太没意思了。医生对病人缺少起码的尊重和感激，你听到过一个医生对病人说过感激的话吗？说我感谢你让我练了手，让我增长了知识。虽然你死了，可你把经验教训留给了我，让我发表了论文，提了职称，涨了工资，娶了老婆，出了国，得了奖金，住了好房子，开了好汽车……所以，你是我的衣食父母，我感激你，我一辈子记住你的大恩大德！我是没听见过。不是向医生算总账，是医生中有几个人明白这个事理？如果连这么简单这么显而易见的事情都不明白，那他就成不了一个好医生，病人也就永没有出头之日！"

花岚一口气说下来，大家听得回肠荡气。

程远青说："我很感动，不！光用感动这个词，还远远不够。我觉得这是病人对医疗界的一篇檄文。这是天理！是正义！谁还要说？"

也许世上从没有人这样号召过病人们起来，控诉医疗的罪恶。大家争先恐后发言。

卜珍琪说："大家讲了很多，我就不再重复。得了病，人就特别敏感。医生对我说，你怕什么？就说是癌症吧，也是癌症里面最轻的一种！我气得不行。这叫什么话？乳腺癌就不是癌症了吗？给我确诊的专家，手艺很好。我用手艺这个词，因为他每逢周六，就飞到天南地北，给疑难杂症做手术，当然主要是乳腺癌。由于他专攻此术，熟能生巧，简直就是乳房克星。他对别人讲过，单是他亲手割下的乳房，就能砌起一道墙。我不知道这是一堵什么样的墙，是一家农户院子的围墙，还是万里长城？总之，他口气大得很。我是朋友托朋友，给了很大的面子，才找到他看病。他真是惜字如金啊。看了我的X光片子，他又伸手到我的衬衣里，不由分说地就摸起来，根本不管旁边站着多少人，是男人还是女人。摸几把之后，他说，恶性的。我说，您这么肯定？他说，如果不相信，就不用找我。

走出门，朋友说，你知不知道你得的是什么病啊？我说，我又不聋，他那么幸灾乐祸地大声宣布，我能听不见吗？朋友说，那你还敢得罪他？他是你的生命线，你懂不懂？我说，我信不过他！看不起他！以为有了病不要紧，我们还有医生。可我看了这样的医生之后，我丧失了对医院的信任，我变成了讳疾忌医的鸵鸟。"

真过瘾啊！这些卑微的残缺不全的躯体，在医生的圣殿里，肆意倾倒他们对医学权威的指责，在这种报复性的批判中，她们感到了病人的尊严与权利。

应春草喜欢大家重视她，说："得病这么些年，我吃最普通的药。一来贵药我吃不起，省着钱好供闺女读大学。二来是我信不过那些好药。我家邻居有个孩子，医学院毕了业，当了几天大夫，就应聘成了医药代表，眼看着就发起来了。自己汽车洋房不说，连他姥姥手上都戴了四五个金镏子，个个像海螺那么大。这行当太养人了。人家说这孩子卖的是治癌药，你还不和他拉呱拉呱。我没那个经济实力，人家就是药价打到一折，也吃不起啊。没等我把求人的话说出口，他姥姥就得了癌症。那么胖的一个老太太，没几天就抽成牛皮纸了，天天吃外孙搞来的进口药,三个月都没熬到头,就听蛐蛐叫去了。小时候,老师常叫写理想,那时候的理想多美啊,什么科学家女拖拉机手什么的,听着光荣,也得个好分数。我现在的理想特具体,特简单,就是活过一千天。为了这个目标,我参加一切省钱或是不花钱的疗法,比如小组……"

应春草讲完了。很真挚。真挚是有杀伤力的,也许不完美,也许不正确,却自有刺人人心的尖利。

成蓦梅躲不过去了,清清嗓子说:"对着一件白衣服,说什么?作为病人,我们和医生有许许多多的故事,我不想说。我只想问大家几个小知识。可以吗?"

成蓦梅留着披肩的长发,中式对襟花衣,琵琶扣小立领,脸上厚厚的粉底。螺丝转儿一样的鬈发,随着她说话左右摇荡。也许扣戴假发时过于匆忙,也许头套太松,总之她本身细脆而黄弱的发丝,从油黑的假发间隙支出来,有几分怪异。

大家表示愿意猜测和回答她的问题。

成蓦梅说:"知道比尔·克林顿的妈妈是怎么死的吗?"

大家互相看看,说:"不知道。只知道莱温斯基。"

成蓦梅狭长的面庞毫无笑容,冷峻地说:"那好,既然不知道,我就告诉你们——比尔·克林顿他妈是得乳腺癌死的。"

诊室内的温度陡然下降了好几度。成蓦梅不理睬大家的懊丧,说:"我再问大家一个问题,知道比尔·盖茨的妈妈是怎么死的吗?"

有了上面那个不怀好意的问题,大家就谨慎多了,没有人再开玩笑,只是有人小声嘟囔着:"比尔·盖茨他妈死了呀?他看起来蛮年轻的嘛!他妈的岁数也不太大吧?"

有人叹息:"嗨!黄泉路上无老少。要说她也死了,那真是够亏的了,儿子是世界首富,自己还没得济呢,就一命归西了,冤不冤啊!"

成蓦梅不管大家议论纷纷,径直说下去:"告诉你们吧,比尔·盖茨他妈,也是得乳腺癌死的。"

大家的脸就冷下来,对成蓦梅下面的问题,兴趣索然。成蓦梅执意要说:"你们知道李宗仁的夫人郭德洁女士是得什么病去世的吗?"

没人答话。这一次不是不知道答案,对于几十年前这位很有名望的女人逝去，年龄大些的人们还是留有印象的，只是面对阴阳怪气的成慕梅，没人愿回答这个问题。周云若年轻，只知李宗仁，而不知他夫人，就问："他夫人漂亮吗？得了什么病？"

成慕梅冷冰冰地说："漂亮不漂亮我不知道，得的病是乳腺癌。"

空气很压抑。当然了，这都是事实，但在这种时候，说这些事实，什么意思？大家搞不明白，程远青也不明白。且看成慕梅继续表演。她既然不厌其烦地从国内外的知名人士说起，终有图穷匕首见的时刻。

成慕梅又说："知道法拉齐是得什么病死的吗？"

有人问："法拉齐是谁？"

成慕梅说："是个有名的女记者，采访过世界上很多著名的国家首脑。"

大家说："我们不知道这个人，可我们知道她一定是得乳腺癌死的。"

成慕梅的脸上露出不怀好意的笑容说："真是有进步。你们说对了，法拉齐得的也是乳腺癌。"

岳评的情绪已稳定，愤愤道："成慕梅，你这算怎么回事？把古今中外的乳腺癌名人都拾掇出来，成心给大伙添堵啊？不用你提醒，人人都知道自己得的是什么病。"

成慕梅不理睬岳评，自顾自地说下去："有个女人，叫程姜氏，你们知道是谁吗？"

这一回，大家都不耐烦地说："我们不知道程姜氏是谁，也没有兴趣知道她是谁。"

成慕梅有一个特点，就是我行我素，她根本就不在乎别人的反感，还是按照自己的既定句式说下去。她说："程姜氏是我奶奶。"

大家反倒有些不好意思，安静下来，听成慕梅下面还要说些什么。成慕梅换上一脸忧戚说："我奶奶程姜氏，是一个非常善良的老人，从我记事起，她的乳房上就生了一个疮。我父亲说，妈，给您瞧瞧大夫吧！我奶奶说，不过是奶疮，有什么看的？破费不起！用花椒水洗洗就好了。奶奶用各种水冲洗她的疮口，那像鲤鱼嘴一样的大洞，能把一大碗花椒水吸干。那时小，奶奶也不避我，我能听到花椒水咕咚咕咚灌下去的声音。我问奶奶，疼吗？奶奶说，有我孙女儿的这句话，再大的疼也不是疼了。花椒水没管事，奶奶的乳房烂通了，水从这边倒进去，从后背流出来。奶奶就用布条探进洞里，从另一头把布条揪出来，然后像拉大锯一样拉扯布条，直到白色的布条变成紫褐色。不知道这种恶治的办法在医学上有什么根据，奶奶居然坚持了多年，比咱们现在用的各种疗法加起来的疗效，也差不到哪儿去。最后，奶奶终于坚持不住了。疮口里流不出血，掉出来的是黑脓和腐肉。奶奶不再让任何人看她换药，怕我们会吐，奶奶也不再用布条，改用竹签从疮口向外剔蛆虫。后来，奶奶死了，奶奶是被烂死的。奶奶最后只让我妈服侍她，连我爸也不让看。奶奶说我爸吃奶水长大，怕他看了恶心。奶奶错了。她哪能吓我呢？我一天也不能忘记她的样子。她那么慈爱，那么坚强。所以，当我患病以后，医生问我有没有家族史的时候，我马上说，有！我奶奶就有乳腺癌。在那一刻，我终于觉得和我亲爱的奶奶又在一起了……"

成慕梅这一番痛说家史，大家听得欷歔不止。成慕梅说完了，脸上又露出习惯的淡漠神色，说："我还想请大家告诉我，克林顿他妈、比尔·盖茨他妈、郭德洁女士还有法拉齐还有我奶奶程姜氏，她们都有什么共同点？"

这叫啥问题？她们之间的共同点真叫人费了斟酌。无论怎么拉扯，程姜氏也没法和美国总统世界首富之类瓜葛起来吧？成慕梅别是病火攻心，糊涂了吧？大家这样想着，一言不发。

成慕梅穷追不舍："能找出来吗？"

大家敷衍她说："找不出来。"

成慕梅说："我找出来了。不保守地告知大家，这个共同点就是——她们都是女的。"

大伙想，这个成慕梅，精神上没有什么毛病吧？

程远青也在琢磨：这是什么意思呢？成慕梅看来很动感情，这些看似毫无联系的例子里面，有什么内在的联系呢？她征询成慕梅的意见："我看你谈到奶奶很激动。我能体会到你对奶奶深厚的感情。也谢谢你告知我们的资料。现在，你还有什么要说的？"

成慕梅失望，微言大义没有人能体会到。她懒散地说："没什么了。别以为多此一举，乳腺癌不是专利。"

大家就很宽容地笑笑，心想真是个孝顺孩子，谈起奶奶使她心情激动。

看成慕梅情愿收兵，程远青就说："咱们今天能够在医生的殿堂里，大讲他们的劣迹，很不容易。"

大家你看看我，我看看你，好像是打了胜仗的士兵在交换战利品。程远青说："刚才大家发言的时候，我想，要是录了音，拿给医生们听，他们一定要怒火冲天委屈万分。听了你们的发言，我有很多感触。在医生和病人的关系中，病人是多么的无助啊。我觉得你们能够勇敢地表达对控制着自己生命的医生的真实看法，你们说出了无数病人敢怒不敢言的心里话。医生的功劳人人看得到，可医生的怯懦和无能，医生的卑下和猥琐，医生的丑陋和狭隘，医生的冷漠和残酷，却是很多人，特别是他们自己所不知道的。你们代表了无数的病人说出来的话，具有不可估量的意义。让医生们大吃一惊吧！被他们看成不堪一击的可怜和可悲的癌症病人，其实有着毫不逊色的智慧。让我们为自己鼓鼓掌！"

掌声响起来。由于乳腺癌手术后淋巴循环恢复不良，由于肌力的减退，对于普通人轻松平常的鼓掌，对于她们来说，并不是一件轻快的事情。一般来说，乳腺癌病人是不鼓掌的，即使是在那些必不可少要鼓掌的场合，她们也只是点到为止，做出鼓掌的姿态，而实际上不拍出声音的。在这间小小的医生的诊室里，响起了癌症病人对医生声讨的掌声。她们嘉许自己的勇气，欢畅地表达自己的好恶。

程远青说："在本次活动结束的时候，大家对椅子上的医生，还有什么话要说？"

应春草说："我想打它一拳。"

程远青说："行。"

懦弱的应春草就走到椅子的白大衣前，回头看了一眼程远青，好像孩子要吃一块糖，最后征得母亲的允许。程远青非常肯定地点了一下头。应春草粉拳紧握，嘭地打在椅子上白大衣的胸口。手指由于重力的撞击，颜色陡变。指甲依旧保持苍白，手指的关节处红肿起来，好像被滚油烫了。

椅子上的白大衣，由于左衣襟被戳得向椅背的缝隙处缩了进去，不可一世的傲慢姿态，变成了佝偻着身子不停咳嗽的老迈之相。

程远青抚摸着应春草的手指说："疼吗？"

应春草含着眼泪说："疼。可是心里的疼，比以前轻了。"

程远青说："你还想打它吗？"

应春草说："想。"

程远青："那你就还可以打，直到你的心彻底不疼了为止。只是你不要伤了你的手。如果你顾不上你的手，你就裹上一条毛巾。"说着，程远青把自己的手绢拿出来，递给应春草。

应春草接过手绢，抚摸着，抚摸着，她不是用它包在手上，而是捂在了眼睛上。过了好一会儿，才把手绢从眼皮上拿开，应春草说："程老师，我不打了。我的气消了。我知道您的苦心了。"

程远青走过去，把扭歪了的医生制服重新摆好，恢复了白大衣的威严仪表。程远青说："大家对医生的怨恨，自有道理，但它只是问题的一个方面。在和疾病斗争中，医生始终是病人的盟友。我们是把自己最宝贵的生命，交到医生的手里了。所以，我们理所应当对医生有至高无上的要求。我提议，在活动结尾，让我们向医生鞠躬，表达我们的信任和期望，表达我们的批评和监督，也表达我们对生命的珍惜和渴望！"

程远青说完，率先走到医生的白大衣面前，深深地鞠了一躬。组员们一言不发地依次走到白大衣面前，鞠躬和凝视。成慕梅始终没有弯腰也没有鞠躬，固执地保持着昂首挺立的姿态。

向北再向西

活动地点是岳校长所在的学校安排的。靠近黑板的半截教室腾空了，摆了一圈椅子。

一向退居人后的安疆先开了口："对不起大家，我心里实在憋得慌，就抢这个先了……"说到这里，老人不安地看着大家，好像在乞求原谅。

程远青说："安疆，你不是抢先，是带了一个好头。你看，大家都特别注意地在听你讲呢！"

安疆充满感激地看着大家，说："扫大家的兴了，上个星期，我觉着憋闷，就到医院里复查，结果有多处骨转移，还有胸水……已经到了晚期。医生让我住院，我没住，只把胸水抽了抽，喘气好点了。这些年，我一直在和癌症做着斗争，这不单是我自己的想法，更是政委的想法……"

会场冷寂。大家对安疆报以深深的同情，同时兔死狐悲。莫测的病魔，潜伏在幽暗的角落，不知在什么时候就会猛扑上来，咬得你鲜血淋漓。简单的问候和宽慰，都无济于事。重病人经过那种潦草的关切之后，更感到孤独。

安疆平素低调，但死亡的威胁可以大幅度地改变一个人。安疆说："我快死了，很想能在死之前，把心里话找个人说说。这些年，我最主要的事就是治病。这不是我要治病，是政委要让我治病。政委走了以后，我很想跟他一道走。后来，政委给大夫托梦，说他要我治病，我这才去做手术。我等着，结果等到了所长的老婆，说政委又给她托梦了，要我到这个小组来。这是政委的决定，政委的决定总是有理的……"

鹿路说："安疆，你张口闭口政委，政委到底是谁啊？"

老人说："政委就是政委啊！"

大家就面面相觑。程远青出马道："安疆，我知道你现在心里有好多话要说，你和政委的故事，能讲得详细些吗？"

程远青的话像一剂镇定剂，让安疆的情绪稳定下来，她又恢复了平时安静温顺的样子，说："讲讲我和政委吧。"

安疆原来不叫安疆，政委帮安疆改掉了以前的名字。安疆父亲做过旧时代的官吏，安疆出生之后，父亲再也不回家，在外娶了一个又一个小老婆，不给她们一分钱。母亲为了安疆能有一个官宦人家小姐的名分，一直要装得好像父亲无处不在。抗战胜利之后，父亲是伪官吏在外地被镇压，姨太太作了鸟兽散，母亲成了货真价实的反动遗属。奇怪的是，母亲对命运并无怨言，当她背上插着"×××的妖婆"被游街示众的时候，甚至还有某种程度的宽慰。别人都不懂母亲的心，但小小的安疆懂。母亲终于名正言顺地和父亲的名字站在了一起，母亲感谢抗战胜利。即使她最后贫困交加而死，也不怨恨父亲。安疆流浪到省城，找到一位远房表姐。表姐把安疆当成使唤丫头，安疆也秉承了母亲的无怨无悔。表姐家有满满几大橱柜书籍，表姐让安疆干很多活，但表姐不干涉安疆晚上读书。安疆原本只读了小学，书充填了她的头脑。后来省城解放了，安疆在早市买菜的时候，听说边疆部队到江南招女兵，要求有初中文化的未婚女子，出身不限。安疆掐着一捆油菜对表姐说，我要当兵。表姐不希望免费保姆远走高飞，表姐说，以你这样的出身，还想当兵啊？安疆说，人家说了，出身不限。表姐说，还有此事？做梦吧。表姐嘴上这样说着，心里还是嘀咕，找到了招兵的单位，问了个清楚。表姐世故，听了官方的介绍之外，又到市井中做了调查，在此基础上，又充分地发挥了想象。这一切完成之后，表姐对刚刚解下围裙的安疆说，安疆（那个时候她还不叫安疆，但安疆不肯讲她当年的名字，只能这样称呼了），你知道那些人把女兵招去干什么？安疆说，我打听了，说是当文化教员或是接线员，如果看你有前途，也许就让你当医生。表姐说，想得美！我打探清楚了，招女学生去，是为了给红军当老婆！

那时候，共产党的军队已经不叫红军了，可是表姐坚持叫红军。安疆大惊，她不想给什么人当老婆。如果不当兵，情愿一辈子在表姐家当保姆，守着书橱过一生。为了避免母亲的命运，她决意不嫁人。安疆连连摇头说，不会的！

表姐冷笑道，这你就不懂了。红军骑马挎枪打天下，现在还打着光棍，得给红军找个家乡的小媳妇。你就谢谢表姐吧，要不是我，谁能把这其中蹊跷闹明白！

表姐以为安疆的当兵热情灰飞烟灭，其实安疆是表面安静骨子里非常执著的人。安疆第二天找到了招兵小组，安疆问，我想当兵，你们要不要？招兵人说，我们不要。安疆说，为什么？我是女学生。我会写字，不信，我写给你们看。我还会加减乘除，不信，我算给你们看。招兵小组很和气地说，不是为了别的，只是你太小了。安疆一下子就想到了表姐的话，安疆脱口而出说，人家说你们来招人是为了给红军当老婆。招兵的人紧张起来，说，这是谁说的？安疆说，满街筒子的人都在说。招兵人说，这是破坏革命的行为。

那时候，革命至高无上，破坏革命，这还了得！安疆吓得嘴巴如同抹了胶，再也不敢说什么，倒是征兵人看着于心不忍，说小同志，你不要轻信谣言，我们是革命的部队，不是军阀的部队，怎么会有那样的做法？安疆说，我相信你们，我愿意跟你们走。我要当兵。招兵人和颜悦色地说，小妹妹，你的个子太矮了，年龄也太小了，等你长几年，再到革命部队锻炼吧。革命的大门永远是敞开的。说完，招兵人就转身同牛高马大的妹子们谈招兵的事了。

安疆知道了革命部队不是来招老婆的，这很合她的心意。她太矮了，年纪太小了，想不出办法让自己在几天内长高和变大，安疆不知所措。表姐是一只蛰伏的蜘蛛，任何风吹草动都会牵引她爬出来查看猎物，她看出安疆神色有异，追问不止。安疆就把一切同表姐讲了。

表姐知道安疆去意已定。表姐原来想的是如何留住安疆，一旦发现留不住了，就想着如何让安疆走好。安疆走到哪里对自家更有好处呢？如果安疆真的成了革命军人，如果真的嫁了革命老干部，安疆就是一把红伞，能罩住自己全家。如果把安疆强留在自家，短时间内留得住，长了也留不住。一筐水果，当然要在价钱最高的时候抛出，过了时辰，就成了甩货。

表姐对安疆说，你愿意当兵吗？安疆说，我想当护士。安疆不好意思说自己的理想是当个大夫，怕表姐笑话。安疆以为护士是大夫的小苗。

表姐没工夫细细体察安疆的心事，表姐说，就是给人当老婆也乐意吗？表姐要砸牢靠，要是安疆不乐意，以后就是当了官太太，也不会照料自家。安疆反驳说，人家不是招老婆的。你这样说，就是破坏革命。

表姐吓了一跳，心想这还没当上官太太呢，怎么就这么护着军队呢？表姐说，好了，好了，表姐觉悟低，以后还要靠你多帮助。

安疆对表姐的态度变化有些吃惊。表姐对她一向颐指气使，今天怎么这样客气了？安疆立刻想到和招兵有关。原来当兵有这么大的魔力，安疆就更坚定了当兵的决心。

表姐叹了一口气说，安疆，我不拦你了。你在这世界上的亲人，表姐我要算唯一的。有几句话，不得不说。这第一件，你万不可说出真成分。

安疆不解道，招兵的说了，出身不限。

表姐说，是，他们说了出身不限。可这共产党是穷人的党，红军是穷人的军队，他们总会向着原来那一拨人。听我一句话，说你是我的亲妹妹，咱家是小职员。

安疆觉得多此一举，但她不愿忤逆了表姐。表姐看安疆点了头，接着说，出身改过来了，还有你的文化。人家点了名说要女学生，你行吗？安疆扭扭捏捏地说，表姐，我看了好多的书，我想语文是行的，算术不行。

表姐说，中学，算术就叫代数了。你不行，我也没办法，算术不是一天两天能补的，只有凭运气了。安疆说，我有什么运气呢？表姐说，你爹你妈都撒手不管你的事了，你还有什么运气呢？碰到我，就是你的运气，你吃在我这儿，穿在我这儿，还在我这儿上了不花钱的学；有一天时来运转，可不要忘了表姐！

安疆虽说不喜欢表姐为人，听她这样一说，想到身世飘零，世界之大，只有表姐家的房檐为自己遮风挡雨，说，表姐，一辈子我都忘不了你！

表姐得了明确的承诺，开始认真为安疆谋划。招兵期限是一个月，如今过了多半，依安疆心愿，恨不能马上到招兵处应募。表姐说，急什么？你在家老老实实地做饭洗衣，这件事有我呢。你万不可自己去。

安疆不得不承认，已经闯过招兵处了。表姐把两道蛾眉拧成了毛毛虫，说，你见的那个征兵人，什么模样？安疆说，头顶有点秃，胡子有点大。表姐说，好吧。这次，我让你去你才能去。

表姐麻将也不打了，早出晚归，谁也不知道她干什么。几天之后，她说，你把这些题背下来。安疆一看，都是些革命的术语。表姐说，这就是他们的考题。你要是答不出，别说当兵了，就是给革命扫地革命都不要你。

表姐又拿出数学题，说是会让你当场演算。

题目都是表姐尾随着那些考过打道回府的学生们讨来的。

花了我不少钱呢！表姐说。表姐说的不是实话，她只花了很少的钱，大多数人都是无偿地告知表姐的。

安疆开始了疯狂的背诵。征兵只剩最后两天了。表姐对安疆说，下午送你去当红军。安疆惊讶了，为什么是下午？上午不更好？表姐说，下午好。下午头顶秃了一半的人不在。表姐说完，拿出一套姜黄色丝绸旗袍，对安疆说，穿上。旗袍抖擞着光芒，让安疆觉得是一条有鳞的金鱼。表姐拉过安疆的手说，你还愣着干什么？这是我从旧衣店特地为你买的！安疆穿上旗袍，被表姐拉到镜子前，年久的镜子脱了水银，安疆看到自己影影绰绰好像年画上的女人。表姐说，嗨！人要衣装马要鞍，现在谁还敢说你小呢！安疆从惊讶中醒过神来，这才发现旗袍的神奇之处——腰卡得极细，犹如一只螳螂，但是在旗袍的胸部装了特殊的衬垫，在安疆平坦的胸壁造出了两座山峰。安疆几乎不敢正视镜中的这个女人，那不是她，是一个妖精。怎么样怎么样……表姐不住地重复着这句话，欣赏自己山河再造的本领。安疆规规矩矩地站着，一动不动。如果她贸然行走，会摔一个大马趴，把旗袍从开衩撕到胳肢窝。

表姐一不做，二不休，拿出一双高底木屐。安疆颤巍巍踩上去后，如同站在两只小板凳上。一个钟头内，你想当红军，就穿着它们好好走。不想当红军了，就到厨房择菜去。表姐说完就去算她的麻将账。

安疆像踩高跷一样地走着。每当走到镜子旁边的时候，她就不由自主地侧过身去，看镜子里那个成熟的女人。她不认识她，可她热爱她，指望她。镜里女人长身玉立胸脯高挺，弱不禁风又气焰嚣张。

一个钟头后，安疆走得很熟练了。表姐回来说，看不出，你还真是个小姐命。走吧，也许能当太太。

安疆不喜表姐的胡说八道，但不敢得罪表姐。表姐拿出自己的脂粉，为安疆做了一番拾掇。当表姐牵着安疆走出巷子，幸好没有遇到人。要是有人看到了，会吓得不轻。

招兵的地方，是一所旧式庭院，安疆一扭一拐走到那里，脚脖子都拧酸了。半路上，表姐看她走得辛苦，想要一辆黄包车。表姐不想让她侍弄的庄稼还没挥镰，就被风雨毁得惨不忍睹。但一向温顺的安疆反驳道，要是红军看到我是坐黄包车来的，还会要我吗？表姐就和安疆一道走。安疆说，我一个人进去吗？表姐说，我又不当红军。安疆说，我有点怕。表姐说，你又不是没有进去过。上次不怕，这次熟门熟路的你反倒怕？安疆说，上次随便来看看的。这一次，打定了主意要当红军，怕他们不要。

西下的阳光如舞台上的追光，射到招兵人的房间里，地面像铺了金砖。身穿姜黄色旗袍的安疆袅袅婷婷地扭进来。单薄，但有一种野菊花般的灿烂。招兵人眼前一亮。来应征的姑娘，以为人民军队崇尚朴素，往素淡打扮，全不知表姐给安疆选定的这套行头，令安疆有个良好开局。

秃头不在，征兵人是一位西北大汉。问安疆，你的名字？安疆答了。又问，你的出身？安疆把表姐为她搞到的政府证明递了过去（不知表姐用了什么手段，把安疆定成了贫民出身），大汉看了很中意。

军大汉问了一些有关革命的认识，安疆很快回答了。军大汉当然能听出是依样画葫芦背的，但刚刚解放不久，能背到这个程度，亦属对革命有认识。军大汉又让安疆在纸上写一些字，这难不住她。

本来大汉想出几道数学难题，看看面前的秀丽女子内蕴如何，见安疆字迹娴熟，打消了再试的念头。毕竟是让他来招妙龄未婚女子，不是来招会计的。

面试进行到这会儿，基本上算是结束了。军大汉仿佛无意中问道，你对革命老干部是怎么看的？安疆愣了一下，在表姐为她准备的题目中，没有这道考题，一时有些慌乱。不过，她很快答道，我向他们学习。

安疆这样回答，并不是安疆的狡猾。安疆单纯，不知说什么好，就把自己心里冒出的第一句话说出来。没想到就是这道题的标准答案。

大汉装作无意问出的这道题，如果你回答得不妥帖，比如有的女生问道，你说的这老干部有多老啊？完了，无论这女子如何咬牙跺脚要当兵，招兵人也会把她的表格放入另册。

你可以回去了。军大汉很和气地说。安疆不知道这和气后面的意思是什么。共产党对老百姓说话都是很和气的。安疆就问军大汉说，我能当兵吗？军大汉说，过几天来看榜。

安疆很伤心，以为这是一句敷衍的话。军大汉没有让她做数学题，一定是觉得她不堪造就，根本没心思再考她了。安疆很灰心地走出招兵处的屋子。屋宇建在高台之上，有长而陡的台阶，安疆用脚心吸住木屐，走得很小心。

迎面碰上那个秃了半截头发的军人，三阶一步如同猎豹向上蹿来。他戴着军帽，安疆看不到他的头顶。相逢的时候，他很着意地看了她一眼，安疆有些害怕，他似乎认出了她。安疆转念一想，反正也当不上兵了，认不认出无所谓了。

表姐着急地问，怎么样？安疆说，不知道。表姐说，那就好。安疆垂头丧气地说，有什么好？表姐说，他也没说你不行，是吧？这么多天，你以为我在这里玩吗？我是上等的探子。如果你不成，红军会考到一半就格外好脾气地对你说，小妹妹，你回家继续学习吧，建设祖国需要很多有文化的人。他对你说这话了吗？安疆说，没。表姐说，那就有希望。以前有很多对不起你的地方，你忘了吧，表姐不是故意的。你一定要把表姐为你做的这些好事记得，表姐是用了心的……安疆听着，一言不发。她被面试耗尽了精气神，剩下的力气只够吸住厚厚的木屐回家。

发榜那天，安疆不敢去看。表姐看完榜，对安疆说，你以后成了革命太太，不要忘了这是你的家！安疆一时间没听清这是什么意思，愣在那里，表姐说，快收拾东西吧，军令如山倒。明天就发军衣，后天就走了。

安疆傻站着，手上沾满了油菜根的黄泥。第二天早上穿什么衣服到招兵处，安疆和表姐好一番争执。安疆再也不肯穿如同舞女的旗袍和高高的木屐，要穿自己的月白裤褂。表姐说，你以为板上钉钉了？你连他们的一根绿布丝还没穿上呢！为什么能收你当兵，这套衣服立了大功！你要是不穿，等着吧，怎么去的就怎么回来！

安疆不敢犟嘴，只好穿上旗袍。

招兵处热闹非凡，佳丽云集蔚为壮观。妙龄女子凑在一起的景象，令人感动。她们那么年轻，散发着如麝似兰的气息。表姐牵着安疆，走到报到的地方。我叫安疆。安疆怯生生地报出自己的名字，秃发军人比对花名册发放军装，他抬头仔细打量，安疆觉得他认出了自己。秃发军人深不见底的目光，好似一把尺子，横竖比量着安疆。

安疆困窘地站着，不知所措。秃发军人说，小妹妹，我看你穿2号的军装正好，声音很温和。表姐说，2号是多少号啊？秃发军人说，2号就是2号，是部队的服装编号。每人先发一套，以后还会发更多的衣服。表姐说，一共有几个号啊？秃发军人说，有5个号。表姐说，哪个大哪个小啊？安疆有点不好意思了，问这么细干什么？后面还有好多人等着领衣服呢！秃发军人和蔼地说，1号最大，5号最小。安疆以为表姐这次该满足了，没想到表姐又问，被子分号吗？如果分，我们不要2号，要1号的被子。安疆抻抻表姐的衣襟，表姐不管安疆的示意，瞪着眼，要求一个回答。秃发军人笑了，说，被子是不分号的，一样大。

安疆领了军装，对表姐说，回去吧。她有些伤感，表姐是她唯一的亲人。表姐说，忙了这么久，今天倒是最不忙的。我总要看看你穿上军装的样子。再说，你换下的这套衣服，我还要拿到旧货行，赔上几个钱，还能退回去呢！

更衣室里，到处都是女孩子，半遮半掩地换衣服，后来的只好站在地当央。光滑的脊背和臂腿抖动着，如同挖出一池塘七仰八叉的莲藕。大胆的女孩，穿一条花内裤，跑跑颠颠展示着自己。随着一件件自带衣物脱下，草绿军品包裹了女孩们年轻的身体。

军装是一种很抬举人的服饰，尽管它粗糙和千篇一律。妙龄女郎套上军装，就形成了巨大的反差。婀娜和威武融合在一起，让人遐想。只有安疆惨。脱掉姜黄色的旗袍和厚底的木屐，她原形毕露。2号军装的下摆几乎到了膝盖，她细长的脖颈在环状的领子里孑然而立。裤腿拖地，罩在新发的胶鞋外面，鼓胀如象腿。安疆知道表姐还在外面焦急地等着，要把旗袍带走，可她无法出去。磨蹭到最后，蹲下来，把裤腿挽了一道又一道，踝上好像套着两个绿色的藤圈，这才勉强走出来。

安疆踮起脚尖看到表姐，把衣服团往表姐怀里一塞，说，我要站队去了。表姐在她身后不住地说，我是你的亲人……

安疆穿着邋邋遢遢的大裤子挤到队伍中时，被秃发军人一眼捕到。记忆中根本不曾收过这样的残次品。只是现在人太多了，围观者成分复杂，暂且按下。

女兵们挤得铁紧，好像稍有懈怠，就会被重新打回老百姓行列。晚到的安疆就成了局外人，无论她想从谁的身边插进队伍，相邻的两个人就把身体粘在一起，将她排斥在外。安疆就只有站在最后一排队伍的最侧面了。

秃发军人拢好队形，说，换了衣服，你们就成了半个兵了。为什么说你们是半个兵呢？老百姓见了你们，会说，这是个当兵的。可你们内里还不是兵，兵不是换一套衣服就能当上的。从现在开始，你们要慢慢地成长为真正的战士。同志们，有没有决心？

女兵们回答，有！声音尖细，但是不齐。围观的人就笑，通常听到军人的喊声都是气壮山河的。秃发军人转过身，眯眯笑着说，乡亲们，从现在开始，我们就进入正式的军事训练了。请大家回吧。今天，人民军队从你们手里接走这些女娃，将来再回来的时候，她们就是顶呱呱的钢铁战士了！说完，他很有力度地挥挥手，可以说是坚定的承诺，也可以说是不容置疑地驱赶……

安疆听得入神，觉得字字都是新大门的钥匙，单从门缝里透出的这点金光已让她眼花缭乱。解散后，秃发军人走过来说，叫什么名字？

安疆回答了自己的名字。秃发军人在花名册上见到过这个名字，可他不记得这个人。必是经他人之手选定的兵。秃发军人说，你跟我来一下。到了征兵的屋子，军大汉在那里。秃发军人说，队长，你把安疆的征兵表，拿出来我看一下。

军大汉把征兵表找出来，递给秃发军人。政委，给您。军大汉说。

安疆知道了秃发军人叫政委。

政委拿起安疆的表格，只看了一眼，就放下了。那时的表格十分简单，再说政委天天看表格，政委对表格如同对指纹一般熟悉。政委对军大汉说，是你征的兵。

我？正在一旁忙着的军大汉停了手，说，我没收她。他说这话的时候，甚至都没再用余光扫一眼。安疆几乎想说就是你，但安疆没说。安疆觉得不能恩将仇报。

政委笑着说，你的字。军大汉就拿过表，考古似的看，然后说，怪了，还真是我。他拼命回忆。好军人有优异记忆，他看看安疆说，你……你是不是穿了一身黄旗袍？安疆战战兢兢地回答，是……

军大汉的气就不打一处来，说，政委，这可怪不得我。那天她起码比今天高出两寸，身板也厚实得多。谁知她在里头都装了点啥？我早就说我不适合干这活，非派我来。看看，出娄子了吧。以后，干脆派女的来，里里外外察看。咱隔山买牛，还能不走眼！

大汉说到这里，回头看看安疆，没好气地说，这妮子，别掺假啊，闹得我也受挂累。

安疆低着头，管你说什么，既然来了，就不走了。

政委说，小妹妹，不管是谁的过，你不符合当兵的条件。你太小了，吃不了那个苦。已经发你的军装，我们不要了，送你做个纪念。政委说到这里，就把桌上安疆的那张表格对折了起来，安疆很清楚，要不是看着她在场，政委会把那张表格撕碎。

安疆说，政委，赶我走？

政委说，不是赶你，是你不符合当兵的条件。

安疆说，那样，我就死在征兵的院子外面。

安疆说这话的时候，并不咬牙切齿，而是平平淡淡。正因为平平淡淡，政委不敢等闲。政委说，一个革命军人，除了上战场，不能随便说死。

安疆平日木讷，此刻话茬接得很快，说，我要是革命军人，我就不死。我要是老百姓，我就死。安疆用下巴颏点点窗外的女兵，说，她们做得到的，我都做得到。

政委若有所思道，她们做得到的，你都做得到？怕未必啊。

安疆不服气地说，革命部队是要搬山还是要填河？是要上天屠龙还是下海捉鳖？只要别人做得到，我也一定做得到。

在一旁久未搭茬儿的军大汉不耐烦地说，搬山填河哪用得着女人？

老爷们干什么？叫你走你就快走，你要再赖下去，我就叫地方政府来领你。

安疆破釜沉舟说，你们走到哪儿，我就跟到哪儿，我本来就是你们征来的兵，你们撵不走我。

政委对军大汉说，请神容易送神难。想她一个小姑娘家，街坊四邻都知道她来当兵了，现在又灰溜溜地回去了，叫她如何做人？部队第一次在这里征兵，要注意影响。一个人事小，破坏了部队声誉你我担当不起。她刚才以死示威，我们不可全信也不可不信。若是你我大队人马前脚走了，后脚就出了命案，你觉得利弊如何？

政委说这些话的时候，安疆就在一旁。安疆纵是不想听，也声声句句落在耳朵眼里。安疆觉得自己如同没有性命的死物，被人议论。

军大汉听了政委的话，实不甘心。可是政委的军阶高，讲得入情入理。军大汉恨恨地说，按您的意思办吧。我现在只想早早回到部队，骑上菊花青在草原上撒欢！

安疆留在了军队。第二天，女兵们离开城市，开到附近乡村。她们将进行短暂集训，然后远行。安疆恢复了安静的天性，所有的公差勤务她都抢先。内心里，她知道自己这个兵当得实在不易，以死要挟才留了下来。若有任何一点落在人后，就随时有向后转的可能。她抽空把军裤窝了边，看起来已不像最初那样邋遢。她把军装胸前的口袋塞满东西，甚至填过树叶，给单薄的身板增加厚度。

女兵们情绪并不太好。抱怨被子太薄，水土不服拉稀跑肚，驻地的女厕所太少解手要排队，营地里没有绳子，内衣裤无处晾晒，经常吃面食腰杆子泛酸……要是依队长的脾气，半夜拉出去急行军，多搞几次紧急集合什么毛病都没有了。政委连连说，你以为她们是谁？是骑兵团还是炮兵旅？同志，要不要我提醒你，她们是革命的宝贝！

队长只好忍气吞声地为宝贝们服务，当然，只要一有机会，比如进行新兵训练，队长就要不失时机地把宝贝们纳入真正的革命军人序列。让她们跨正步，让她们匍匐前进，把她们仅有的一套军装搞得其脏无比。大家要求赶快再发一套军装，这次，安疆要了一套最小号的，才比较合身。

短训以后，女兵们乘坐军列，奔赴大西北。安疆头一次听说军列的时候，很兴奋。想象中，那是如同鲲鹏一般风驰电掣的怪兽。到了军列上一看，闷罐子车皮里潮湿阴暗，充满了尿臊气，好像养过一群发情的毛驴。地上有暗褐色的稻草，本意也许为防寒，其实反成了寒冷的象征。

我们就一直坐着这车到部队吗？女兵们很有些惊恐地问。

想得美！能一直坐着这样的车，就离共产主义不远了。不要问那么多，打听得太详细，就是刺探军事情报。队长说。

安疆把被子在稻草上铺开，冷和脏，都安然接受。训练走入正轨，她吃苦耐劳乐于助人，在容貌和身材上的缺憾，渐渐被忽略。她要证明给队长和政委看，自己是个好兵。

军列很沉得住气，一动不动在一个小站上待了整整一天。女兵们很快就闻不到车内的臊气了。天昏地暗之时，军列突然开动，猛烈的惯性让女孩子们东倒西歪，之后一片欢叫。

列车先是向北，然后向西向西。军列的速度很不稳定，有时快得不可思议，有时一停就是半天。吃饭也很没规律，到了兵站，从狭小的车门送上几筐馒头，大家狼吞虎咽，再没了往日的淑女风度。菜是大青萝卜，咸得人恨不得呕血。白天还比较容易度过，在某个小站上停留的时候，可以下车洗洗脸，走动一下，土地已由略带红色的南方土壤变成苍黄一片。晚上是漫长和枯寂的，女兵们躺在地上，小声谈论童年的往事。挨在安疆旁边的是个名叫应眉的女孩，长得非常漂亮。即使在黑暗中，安疆也能看到她长长的睫毛和漆黑的眸子。

应眉读过真正的高中，是女兵中的高级知识分子。应眉很喜欢这个手脚勤快的小妹妹，每逢到了小站抢刷牙水的时候，温良的应眉总是无可奈何地站在蜂拥的人群外面，一脸苦笑。安疆一人拿着两个茶缸，如同抡着两板斧，冲着进去，挤着出来，从此应眉不但能刷上牙，而且还能用安疆节约下的半杯水，在如花的容颜上洒几点露珠。每天除了政治学习和集体活动以外，应眉常和安疆坐在铺位上聊天。

夜深了。应眉附在安疆的耳边说，你知道目的地是哪里吗？

安疆也用极小的声音说，不知道。火车停了就知道了。

应眉说，火车停了，还要坐汽车。

安疆吃了一惊，说你怎么知道的？

应眉说，我是偶尔听队长和班长聊天的时候说的。

安疆说，真希望到了地方之后，咱俩能分到一起。比如我当话务员，你也当。我当护士，你也当，对了，你的学问比我大，你应该当医生的……

正说到这里，班长大声斥责道，谁个不睡说个没完？闭嘴！

安疆和应眉就把头埋进被子里，假装睡得很熟，但马上又把头钻了出来。褥草的味道实在难闻。

终于，到了。当女孩子们的双脚重新站在土地上，确知自己从闷罐子里彻底解放的时候，禁不住热泪盈眶。那种有节奏的摇晃感在三天后还死死地攥住她们。

安疆听不懂周围人的语言，这里是铁路的尽头，距家乡已有几千里。稍事休整之后，女兵们又继续向西。这次，改乘大卡车。在战争中缴获的美制卡车，性能还不错。安疆和应眉幸运地分在一辆车上，并排坐在自己的背包上，那是她们温柔的座椅。几乎没有路，或者说地上原来是有路的，被连年的战火和无数兵马碾过，也就没有了路。每天早上在兵站吃一顿饱饭之后，就上路了。女兵们紧紧挤在一起，如果从天上俯瞰这支队伍，完全分辨不出这些军人的性别。她们戴着严严实实的军帽，头发塞进帽子，脸上敷着厚厚黄尘，牙缝里都填满了沙子。

有人在半夜哭泣，安疆一声不吭。艰苦已经大大超出了她的想象，自由和平等的快乐充满胸膛。在路上颠簸了一个月，到了最终目的地。大漠蓝天，雪峰矗立，军人在这里平息叛乱，屯垦戍边。安疆惊奇地发现，这里的杨树要比内地高大，这里的柳叶要比家乡肥厚。连空气都陌生了。家乡空气糯软，是向下滑溜和圆润的，这里的空气粗糙，是向上飞扬和带有毛刺的，经过喉咙时会剌破嗓子。

原以为到达目的地，会有强训练，没想到先改善生活，后理论学习。经过旅途劳顿委靡多时的女兵，如同蔫菜泡在清泉中。特别是应眉，蒙尘的细瓶器洗去灰尘，焕然一新美艳照人。

把女兵们成功从家乡带到部队，干部们以为自己可以打道回府了。上级领导说，你还要在这个岗位上继续工作，只有你们最熟悉这些女兵。政委知道接下来的任务十分艰巨，还是服从了。队长梗着脖子说，给我个处分吧！我背着处分走。上级考虑队长以往战绩，破天荒同意了他抗旨不遵，让他回战斗部队了。

临走的时候，队长说，老伙计，我跳出苦海了。听我一句话，拼着直落三级，也还是离开这是非之地。

政委安静地回答，你喝多了。回去休息吧。

政委担起双重担子，第一件事是给上级领导打报告，要求特批一批大米。吃米饭的日子，柔弱的女兵好似女匪。吃饱之后，下田种菜。

在劳动和学习革命知识之外，是唱歌跳舞。大家手拉手围成内外两个圈，随着乐曲反向跑动，圈子旋转不停……乐曲突然停止，大家原地停住，两圈人结成一对对舞伴，翩翩起舞。

乐曲激烈火暴，节奏快如旋风，再温良的人，也只好随着队伍狂奔。高速运动，对青春勃发的女子，有明显煽动作用。只要跑上这么一阵，什么羞涩啊拘谨啊，都烟消云散，嘻嘻哈哈你拥我抱，彼此在身体的撞击中感受蓬勃的生命力。

安疆腿脚灵活，舞却跳得不好，乐感不灵，跑起来跌跌撞撞。安疆用功，没事就练。

队里要和友邻部队组织舞会，大家喜气洋洋，提前把军装洗了，在枕头下压出两道裤缝。讲究的还用军用水壶灌上热水，把衣领烫得熨帖些。联欢的日子到了，女兵们早早吃了晚饭，把操场泼上薄薄一层水，待水汽浸入地下，平整洁净如金黄的地板。

女兵们双手扶膝，端坐在小板凳上，等着天色渐黑。

友邻部队来了。一队人马，岁数都不小了，脸上神气惊人相似，不怒自威。左右都是矫健的小伙子，那是警卫员。

面容沧桑的首长在里面围个小圈子，兴致挺高。政委组织相应数目的女兵，围成外围。乐曲响起，两个圈子奔跑起来，像正在磨合的齿轮。乐曲停下之后，里圈的首长和外圈的女兵正好结成一个个对子，跳起舞来。首长们的舞姿悬殊很大，有的真像那么一回事，有的简直是齐步加正步。好在女兵们经过学习，知道首长们出生入死，舞跳得不好，也是最可爱的人。玲珑小脚被踩得肿了起来，脸上依旧微笑盈盈。

剩下的女兵唱歌鼓掌，安疆就属这一拨。看到应眉被一个高大的军人揽住走动，像押一个俘虏。

音乐终了，政委宣布队伍解散，稍事休息。首长们被各自的警卫员围绕着，喝水或是抽烟。跳了一曲的女兵们，脸色红红，兴奋中夹杂娇羞。应眉大口喘气,好像刚刚在深水扎了猛子。安疆说,你被一个大高个搂得太紧……应眉说,那是副军长。安疆说,真的吗?应眉说,他亲口说的。安疆说,我没看到他和你说话啊?应眉说,死丫头,你盯着我们?安疆委屈地说,怎么是"我们"?我没盯他,我盯着你啊。

话还没说完,政委集结新的队伍。这一次,凡是上次跳过舞的女兵不再入选,换上一批新人。安疆再一次坐冷板凳,呆呆看别人起舞。好在这一次有应眉陪伴,可以把悄悄话说下去。

没有电,只有几盏大瓦斯灯照明,但每个年轻姑娘的脸,都是极好的反光镜。灯光打到她们脸上,她们就用十倍的亮泽把灯光反射回去,边疆漆黑的夜空中,有了来自大地的点点光斑,如同无数星辰坠落旷野。

安疆问应眉,今晚上这是怎么回事啊?那些人来干什么?

应眉说,你不知道我也不知道。

安疆说,我以为你会知道的。

应眉说,凭什么呀,你这么想?

安疆说,就凭你比我们读的书都多呀。

应眉沉吟着说,书上没讲过这个。

舞场经跺踏踢搓,地面水分已蒸发殆尽,每一步跑动,都搅起沙尘。

副军长下场,找到政委说,这拨不是刚才那拨女娃了。

政委说,换了一部分人。

副军长说,换回来。

政委一下子没听明白,反问道,把什么换回来?

副军长很简短地说,女娃。

政委在舞曲半截叫停,让第一次组队的女兵们再次上场。应眉走了,安疆第三次留在场外。

到了互相找舞伴的时刻,安疆看到副军长推开了正好跑到他跟前的女兵,四处张望。安疆再愚钝,此刻也猜到了副军长在寻找什么。安疆简化了对他的称呼,下意识地想到以后可能会常常提起他。副军长用侦察过无数敌情的目光飞快扫描,走到正和另一位首长跳舞的应眉面前。那位首长看到副军长之后,就把扶着应眉腰肢的手松开,举到右眉梢,行一个军礼。他可能是师长吧?安疆想。师长离开了,寂寞地走到一旁,点燃了烟。副军长和应眉跳起舞来,旋转着,从舞场中心向边缘漂移，很快安疆就看不到他们了。

安疆终于意识到了自己永远的劣势。她不漂亮，没有高挑的身材，平凡甚至是丑陋的。

舞会后，应眉总是很忙，或者说，应眉不忙，可总是处在待命状态。副军长有空，会派警卫员和雪白的战马，来接应眉。应眉不能和大家一道去菜地劳动，她不能满面尘土一身粪肥气味去见副军长。应眉也不能和大家一道吃饭，副军长只有在吃饭的时间才有闲暇，很愿意请应眉吃饭，让炊事员炒应眉最爱吃的豆豉腊肉。副军长一定要应眉吃很多，如果应眉吃得不够多，副军长就不高兴。应眉饭量小，如果在女兵训练队吃饱了，到了副军长那里，就吃不下多少饭。

没有人来接安疆谈心。安疆很自卑，觉得那些被请去谈心的人，比自己要革命得多。后来，舞会也很少开了，大多数女兵都被人接去谈心了。

安疆和应眉的谈话，也越来越隔膜了。应眉和副军长谈话的时间，要比和安疆谈话的时间多多了。应眉说，安疆，我把你的事跟他讲了。

安疆装作不懂，说，他是谁？

应眉说，你知道你还问。咱们俩好不容易才找到一个说话的机会，你要是这样，我就不和你说了。

安疆慌了，说，我有什么事？我怎么自己都不知道？

应眉说，我知道你的心。咱们坐过一个闷罐火车，又坐过一个汽车大厢顶。我不愿自己走了，留你在这里……

安疆抓住应眉的手心说，你要到哪里去？我不让你去！

应眉说，我就要到副军长那里去了。我走这条路，你也要走这条路。我已和副军长说了，叫他找一个好军人，职务高一些……

安疆到了这时，才明白了谈心的核心内容。她原本抓着应眉的手指，这会儿握住了应眉的手腕，说，应眉，你不是还要做医生吗？你怎么还没看过一个病人，就先成了人家的老婆！应眉，你别骑他的白马，你别吃他的豆豉腊肉……

应眉说，安疆，我一直把你当成小妹妹，现在才知道你该是我的姐姐。

应眉是队里第一个出嫁的女兵，副军长派人把应眉和她简单的行李一起拉走。应眉泪水涟涟，说训练队就是她的娘家。班长提出是不是给应眉开个欢送会，政委说不必。班长说，大家在一起这么长时间，还是很有感情的。再说，应眉嫁给了副军长，这是队里的光荣，又不是嫁给了国民党。队里不开，班里也要开。

政委严肃地说，队里坚决不开。班里也不能开。这是纪律。

班长不服地说，关心爱护革命同志，还有错吗？我不懂。

政委并不说明理由，神情坚定。他半秃的头顶几乎全秃了，面色晦暗胡子茂盛，好像打更的老人。

安疆没有送应眉任何结婚的礼物，一是女兵几乎没有属于自己的私产，物品全是发的，凡是安疆有的，应眉都有。二是安疆可惜应眉，还什么都没有学，什么都没有干呢！安疆故意躲着应眉，让应眉找不到和她告别的机会。等到应眉惆怅地走了，夜里安疆大哭一场。安疆在被子里面哭，眼泪把被头浸湿透了，感觉很渴，从通铺上悄悄坐起，走出宿舍门，想到炊事班找点水喝，走到空旷的院子里，也许夜色清凉，安疆突然不那么急切地想喝水了，在院子里一个人走来走去。

午夜的戈壁风，以它不变的刚硬，戳着安疆的皮肤，刺入她的骨骼。安疆感到从未有过的孤独。她听到了很轻很轻的脚步声，走到她身边，吹气如兰。她想这是应眉，应眉从副军长身边跑回来了，看望自己的老朋友，找回自己的医生梦。

她猛回头，看到了政委。

政委说，安疆你为什么不睡？

安疆很失望。她不想碰到任何人，但她碰到了她最不希望碰到的人。尤其令安疆奇怪的是，政委为什么会吹气如兰？后来她知道了，政委正用一种名叫"留兰香"的牙膏刷着牙，看到一个身影在院中彷徨，顾不得吐出牙膏沫，白着嘴唇过来。

安疆说，我要喝水。

政委说，你在这里站半天了，并没有喝水。

安疆说，又不渴了。

政委说，回去睡吧。

安疆说，我睡不着。

政委说，和应眉有关吧？

安疆不答话，几乎要哭出来。

政委说，这才刚刚开始。

安疆听不懂，说，什么刚刚开始？

政委说，分别。

安疆说，谁和谁分？

政委叹了一口气说，所有的人。

安疆说，我要当护士，当得上吗？

政委说，那是以后的事。现在去喝水，然后睡觉。

政委保留着各种各样的纸笺，那是首长们要在何时何地见到某女兵的便条。有些写在正规信笺上，更多的是写在日历甚至香烟纸反面，政委一律妥为保存。

劳动的担子越来越重。庄稼菜苗一起种下，你不能让田地荒芜。留下来的女兵本来就不漂亮，繁重的劳动更让她们黧黑而瘦削。

有一些女兵坚决不从，通常是她们遭遇的首长太年迈，或是丑陋粗鲁。女兵们会哭哭啼啼，严重的甚至寻死觅活。政委出面，首先和首长沟通，政委会说，首长，还有很多很好的女孩子，您要不要再参加一次舞会？……通常被拒绝的首长条件不是很好，被女兵伤了自尊心，不接受换人的建议。组织要求政委这边做工作。政委说，他可以服从，但不能催。附带条件是在他的工作没有做通之前，请首长不要再来训练队。如果不能依他，就请组织另派高人。组织当然知道，在军区所属范畴之内，再找这样一个政策水平高，谙熟女兵心思的干部，难于上青天。

政委受命回到训练队，基本上不理睬那个拒绝首长的女兵。政委会指派那个女兵的所在班，承受非常艰苦的体力劳动。连续半月之后，那女兵面容粗糙体力衰减。政委按兵不动，让该班放假。女兵们洗洗涮涮，在安睡和洁净之后，顾影自怜，感到年轻生命的躁动。休息之后，政委会安排该班重新开始劳动，但让那个拒绝了首长的女兵继续休息。那个寂寞的女孩子，只有成天躺着睡觉，或是无聊地在院子里游荡。别的女兵都被繁重的劳动累得意兴阑珊，无人陪她聊天。只有这时，政委才会把那女兵找到自己的办公室，隔着简陋的桌子和她谈话。

政委说，最近过得怎么样？

女兵说，还好吧。

政委会很直接地问道，累得够呛，想家。对吧？

女兵低头不语，那神情分明在说——对。

政委接着说，你知道我找你来是干什么吗？

女兵说，不知道。

政委说，你拒绝了首长，首长找到了组织，组织找到了我。就是这么回事。

女兵小声说，我是来革命的，不是来嫁人的。

政委说，是啊。你是我接的兵，我知道你革命意志坚决。可是，革命是什么，革命就是由一个一个人组成的。首长就是非常具体的革命一部分。你不能口头上说热爱革命，可却不能报以实际行动。你就是一个口头革命派，一个假革命派。

女兵很害怕，不知道不想嫁一个老头，怎么就成了革命的敌人。她急急分辩道，我不是不爱革命，我只是不喜欢他。

政委和颜悦色地说，不喜欢他哪一条？

女兵沉吟一下，说，不喜欢他抽旱烟。

政委说，等革命大功告成之后，他就会抽纸烟。谁不知道纸烟比旱烟好啊。

女兵说，我想找个不抽烟的男人。

政委说，不抽烟的男人世上有没有呢？有。可有出息的男人差不多都是抽烟的。

女兵又说，他还不爱洗衣服。

政委说，有了老婆之后，他就爱洗衣服了。

女兵又说，他没文化。

政委严肃起来，说，他没文化，这不假。可这不是他的错。最早的没文化，是地主资本家害的，他没钱学文化。后来的没文化，是为革命忙的，这是他的光荣。你有文化，可你不能因此看不起没文化的人。你刚刚参加革命，就看不起为了革命流过汗洒过血的人，对头吗？

女兵就低下了头。关于革命的道理，她说不过政委。女兵并不轻易改变自己的主张，她说，不是主张婚姻自由吗？不喜欢他，为什么一定要我嫁？

政委不急也不恼说，对啊对啊，婚姻自由，没有人逼你。你不干，这些天，首长并没有来找你。这就是尊重了你的意见。我和你谈，并不是要强迫你，你是我接来的兵，我见过你的家人，受过他们的嘱托。说句不好听的话，在某种程度上，我就是你的娘家人。男大当婚女大当嫁，你总不能一辈子不嫁人吧？

女兵说，我想再等几年。

政委说，你可以等，就在这戈壁滩上种菜种粮，几年后，革命的粮仓里有你打下的粮食，圈里有你养的肥猪，你就是革命的功臣了。

政委说得很平和，没有一点威胁的意思，可女兵想起了这些日子的辛劳，她下意识地抚摸着自己的手指肚，那里结满了茧子。政委说，几年以后，你还得嫁人。那时候，首长们都成了家，当然，你可以找不是首长的人，比如班长……

女兵抱住了自己的头。她知道政委说的句句都是实话。政委安静地等着，政委一点都不着急，政委知道若是在这样的谈话之后，女兵依旧不肯，那他只有收兵。女兵抬起头，政委看到了一张满是泪水的年轻的脸。那个女兵一字一顿地说，我要是就不嫁，我要是跑，我要是不当女兵了呢？

政委和颜悦色地说，你干吗咬牙切齿？一件好事，不要想歪了。

女兵说，我要是至死不嫁，你有什么办法呢？

政委说，我一点办法也没有。我只是想在你死之前，对你说，这不值得。你我所处的戈壁滩，根本就跑不出去。退一万步讲，你就是从戈壁滩跑出去了，你坐得上汽车吗？你坐得上火车吗？一个逃兵，什么证件也没有。就算你有天大的本事，两条腿走回了家乡，父老乡亲问你在部队混出了什么名堂，你怎么回答呢？你可以说，你不回家。可你不回家，你又到哪里去呢？共产党的天下，一个从革命队伍跑出去的人，有什么前景呢？

女兵被政委的苦口婆心感动，迟疑了半天，终于把秘密说出，我在家有一个恋人。他说好了要等我回去。

政委点点头，表示对此深深的理解。但政委毫不留情地说，我没有恋人，没有经验。我说的可能是外行话，供你参考。恋爱是两个人的事，不是一个人的事。你们虽然讲好了他等你，你到了这里，可曾收到过他的信？

女兵茫然摇头。

她不知道，她永远不会知道。女兵们收到的所有家信，都被政委检查过。如果他认为有女兵不宜接收的内容，他会存档。

政委说，好了，你可以回去了。跟你们班长说，明天你休息。

政委还对班长说，你要不停地注意她的情绪。她睡觉，你不能睡觉，她上厕所，你也要上厕所。不能出了任何问题。

班长连连点头，知道这其中的分量。女兵一夜酣睡之后，找到政委说，你跟首长讲吧，我愿意嫁他。日子由他定，越快越好。

政委点点头。政委的脸上既看不出欣喜，也看不出轻松。政委又在思谋新的工作了。

由于政委杰出的工作，训练队兵员迅速减少，再也没有举办舞会的任务了。队里好像被采摘过后的果园，树影稀疏。政委一如既往照看女兵，无论出操的人如何零落，口令总是坚定嘹亮。训导总是切中要害，一丝不苟。

组织上征询政委的意见，剩余女兵如何安排。政委说，不妨挑选一些功勋卓著的战斗英雄来和女兵们联欢。

和战斗英雄的联欢，是女兵训练队最后的盛典。战斗英雄们对这次会面极为重视，穿着崭新的军装，胸前悬挂着熠熠生辉的奖章。联欢会基本程式同前，只是气氛更加亲切。女兵们满面红光，觉得和英雄在一起比和首长相处，更富传奇。联欢会结束之后，政委进入了繁忙工作。英雄比首长更直截了当，首长还会挑拣身材长相文化脾性，等等，英雄们欣喜而务实。在首长那里受冷落的因素，在英雄这里反倒成了强项。首长喜欢文化高的女兵，英雄们不在乎文化的高低，在某种程度上，更喜欢文化不高的女兵，自己文化欠缺的自卑心理得到了安慰。首长们喜欢身材苗条面容白皙的女兵，英雄们更看重膀大腰圆肤色黧黑，认为更能吃苦过日子。总之，标准的穿插，使政委的设想收到空前完满的效果。

英雄中有几位略有残疾，怕心高气傲的女兵们觉得把瘸子拐子都找来了，是个冒犯，没想到女兵们对有残疾的英雄们，没有一丝嫌弃，婚姻很快就敲定，女兵们勇往直前，为自己的献身而感动。

189

女兵训练队好似一个新娘训练队，政委对英雄们也很负责，热情绝不比为首长们服务时稍有减弱。由于他对英雄们的敬意，把工作做得更扎实细致。

政委把女兵们送上奔往远方的马车。天昏地暗的忙碌过后，政委打量着女兵训练队的营地。这里，房屋依旧，菜地依旧，操场依旧，甚至女兵们用来晾晒衣物的细绳也依旧，只是女兵们消失了。当政委想起她们的时候，浮动在脑海里的是"消失"这个词。没有一个女兵自杀或逃亡，具体数目上，所有的女兵都在。但是，政委清清楚楚地知道，那些满怀革命热情，单纯活泼的女兵们是永远地不存在了。有的成为了首长的夫人，以后有不同凡响的命运。有的嫁给了战斗英雄，岁月将洗净光环，等待她们的是琐碎的劳作和奉献。政委浮想联翩，想象中，政委拍拍自己的肩膀，给了自己一个评价——你干得不错。

婚礼，还是军礼

政委在空荡荡的营区中惬意地走，菜畦角落里，看到一个小小身躯。

这是安疆。眼看着一个又一个的女伴走了，安疆如化石般遗留在冷寂营房。部队派来的班长们，返回各单位了。连炊事班也已解散，只留下几名炊事员为留守人员开伙。

政委站在原地没有动，他把安疆给忘了。政委很少忘记什么事，这一阵实在是太忙了。铁打的营盘流水的兵，该结束的都结束了，但还有一个人没结束。这就是安疆。

安疆是这批兵里条件最差的女孩子，她何去何从？

政委可以向上级打报告，要求能接纳女兵的单位，给一个名额，让安疆去报到。但一个女兵的去向，不是军机大事，没有人急如星火地办，谁知何日能批。训练队就要撤销，在编人员都将回原单位，安疆到哪里去呢？

政委对安疆说，大家都走了，你在想什么？

安疆像游魂似的重复了政委的话，大家都走了，你在想什么？

虽然是简单的重复，但在政委耳朵里听来，是嘲讽和诘问。政委说，我正在考虑你的去向。你不能怨别人。革命部队自由恋爱，我不能指挥首长，也不能指挥英雄。

安疆说，你能指挥我。

政委说，我马上连你也不能指挥了。建制即将撤销。我不再是你的政委，你也不再是我的士兵。

安疆说，是你把我从老家接出来的，你不能不管我了。

政委纠正她说，不是我把你接出来。要是依我的意思，你就应该待在老家。随便找个什么事做做，找个什么人嫁了，平平安安过一辈子。

安疆眼泪流下来，说，政委，我要跟你走。

政委说，我要回战斗部队。

安疆说，那么多女兵也都去了战斗部队。

政委说，她们不是去杀敌，是做了首长夫人！

安疆小声嘟囔着，我也能做夫人啊。

政委思忖了片刻。他从未考虑过自己的终身大事，革命尚未成功，同志仍须努力。从女兵入伍的甄选，到朝夕相处的集训，到为他人作嫁衣裳的操劳，政委两袖清风纤尘不染。

政委不相信爱情，政委只相信革命。不过，政委很快地调整了自己的思维，形势走到了这一步，为了革命的利益，他需要做个决断。安疆没有安置好，他作为女兵训练队的队长兼政委，具有不可推卸的责任。他要给安疆一个去处。当然了，最主要的出发点是他不愿上级为一个孤独女兵花费脑筋，给组织添乱。政委通盘考虑之后，对安疆说，我对你有一个想法。

安疆泪眼婆娑，用力点头。

政委语调平淡地说，不知你想过没有，我也是首长，级别允许娶你的。我要向上级打一个报告，批准了，我们就结婚。不是我近水楼台先得月，是你实在没有人要了。剩你一个人，别给组织上添乱。

政委本不想伤了安疆的心，可政委没办法。政委觉得实事求是，是对安疆的最好交代。

安疆默默地听着，蕴含已久的泪水一线落下。政委抹去她的泪水，说，你哭什么？你要是不愿意，我就不打这个报告了。

安疆就给政委敬了一个军礼。安疆的军礼极其标准，政委下意识地还了一个军礼。他们的恋爱就在这两个军礼的致敬过程中，从开端迅速深入。报告递上去了。在等待批复的日子里，政委恪守军纪，与安疆没有任何形式的亲昵。政委在没有得到组织认可之前，不会越雷池一步。安疆在那些日子焦灼不安，她既怕组织上不批政委的报告，自己将流离失所（其实不至于），又怕一旦组织上批准了政委的报告，自己将如何面对政委。

日子缓缓过去，谁都看不出来政委与安疆之间有何异常。其实安疆躲着政委。装作什么事也不曾发生？安疆做不到。对政委格外亲近？安疆也做不到。双方都在想，此时走得太近乎了，一旦组织上不批准报告，可怎么办呢？政委远远走来，安疆就有意拐弯或者干脆蹲下系鞋带。这当然很拙劣，幸好谁也不注意这个沉默寡言的女兵。

那一天，政委到处找安疆。政委向每一个碰到的人问安疆在哪里。政委终于在羊圈找到了安疆，安疆正在把几只小羊赶进栅栏。宰羊都拣膘肥体壮的下手，体弱的反倒活到最后。

政委对安疆说，今天就把这几只羊杀了。

安疆惊恐地护住小羊说，它们还没长大。

政委说，等不及它们长大了，训练队就要解散，会餐。

安疆不甘心地说，我要是跟大家说，不会这个餐了，这几只小羊是不是就能保住性命？

政委说，就算大家都同意你的意见，还是要杀羊。今晚是我们的婚礼。

政委说着，拿出了上级组织的批复件。安疆愣在那里，木鸡一般。政委走过来，拉住了安疆的手。在这之前，政委也和安疆握过手，那时安疆感到政委的手像冰冷的石板。这一次，是和一只烙铁接触，安疆被烫伤了。

见安疆非常紧张，政委就抽出了自己的手，说，安疆，你准备一下。

安疆惘然地说，我准备什么？

政委笑了，说，其实你什么都不用准备，杂事他们去办。训练队明天正式解散。

政委走了。安疆抱住咩咩叫的小羊，泪水涌流。小羊舔着安疆的眼泪，那些眼泪很咸很咸，小羊缺盐。

留守人员都知道了婚礼和解散的事情，大家忙着，没有人和安疆说话。也许，他们不知同这个即将成为政委夫人的女人说什么好。安疆就很闲散，烧了一锅水，把自己浑身上下洗了一遍。在戈壁滩上，烧水洗澡是很奢侈的事情。安疆不知别的新娘在出嫁前要做些什么，她抚摸着自己的身体，有一种告别的惋惜。她想到了表姐的话，第一次对表姐有了深深的想念。表姐是个聪明女人，她料到了这一切。可是，即使表姐在身边，她又有什么法子呢？安疆是自愿的，安疆没有受到任何强迫。她如愿以偿，又怅然若失。

安疆细细擦拭着自己每一寸肌肤，好像那是一棵从泥土中剜起的白菜。安疆把自己打扫干净，连耳朵眼都掏了掏。在军队里是没有挖耳勺的，安疆就用一根小小的红柳棍代替。

晚上到了。戈壁滩上的夜空有一种宝蓝色的神秘。星星好像奶牛凸起的乳头，把灿烂的星光注入大地。留守人员在大块羊肉的激发下，说了很多祝福的话。安疆知道，无论政委和谁结婚，他们都会这样说。

人们散去之后，政委在前面齐步走，安疆在后面跟。她跟得并不紧，但步伐不由得和政委一致。政委个儿高，步幅也宽，安疆跟得很吃力，可是安疆不敢和政委步伐不一致。地上有很多坑洼，政委巧妙地避开了这些障碍，走得很平稳。若安疆另辟一径，走不了多远，就会绊倒在地。

进了洞房。洞房就是政委的宿舍，在政委原本的木床边，支起了两个木凳，木凳上搭了一块木板，新床就大功告成。这张床，比普通的单人床宽，比双人床要窄很多。政委说，委屈你了。明天就要走了，将就一下吧。等到了新的单位，我向组织上要求一张大床。

安疆小声说，组织上也不开木器店，什么都管啊？

政委说，咱们是组织的人，当然组织要管的。睡觉吧。

政委说着，就把油灯吹熄。屋子变得像野外一样漆黑。安疆局促地站在地当央，不知下一步该干什么，等待政委指示。

政委温和地说，上床吧。

政委说完这句话，自己却并不上床，只是站在地上，等着安疆先上床。安疆说，政委，还是你先上床吧。

政委说，今天，你不许叫我政委。

安疆大惊，说，我不叫你政委，我叫你什么？

政委说，你叫我的名字好了。我叫吕之材。

安疆小声嘟囔了一声政委的名字，说，我叫不出你的名字。

政委说，一回生二回熟，多叫几次你就习惯了。

安疆听话，就试了试。不行。她无法把眼前熟悉的政委和一个平凡的名字联系起来。安疆不愿让政委不高兴，一遍遍地练习着，刚刚有了点眉目，政委却等不及了。政委说，安疆，你上床。

这一次，政委用的不再是商量的口气，用了命令的口气。安疆不习惯商量，安疆习惯命令。安疆就迅速上了床。

安疆虽然上了床，但全副戎装，一副枕戈待命的模样。政委知道商量下去是没有前途的，就继续命令道，你把衣服脱了。

安疆依旧乖乖地服从了命令。在这一瞬，她并没有意识到她是政委的法定妻子，只承认自己是一个优秀的士兵。当她发觉衣不蔽体，躺在一张吱吱作响的木板上的时候，她看到政委也把自己剥得像个婴儿。

安疆很惊异。虽然土屋里极黑，但她依然看得到政委变成了她完全不认识的模样，她无法掩饰自己的惊讶，失声叫道，政委你要干什么？

政委不答话，政委按照自己的既定方针办理。床铺很窄，安疆被逼得直往墙角躲去。政委说，你我是夫妻了，你躲得了今天，躲得了明天，躲得了一辈子吗？

安疆听了，就不再躲藏，战战兢兢地在床上放平了身子。她的右半边身子靠着墙，左半边身子靠着政委。政委的身体火炭样发烫，把安疆的半边身体也烤得炙热起来。但墙壁很凉，到了夜深人静的时候，更凉得刺骨。安疆就这样半边凉半边热着，完成了一个转折。

政委说，你干吗这么看着我，你不痛快吗？

安疆说，我是来革命的，我不是来干这事的。

政委说，革命和这事并不冲突啊。革命者也是人。你不和我干这事，你就得和别人干这事。

安疆说，我和别人也不干这事。

政委断然说，那不可能，不符合辩证法。

安疆忍不住连声叫，政委你轻一点，政委！

安疆就在对政委一声声的呼唤中，和政委成就了夫妻。劳累过后的政委很快就睡着了。安疆在黑暗中支起胳膊抬着头，看着政委。政委睡得很熟。安疆明白自己的命运和政委紧紧地联系在一起了，于是她的右半个身子也渐渐地暖和起来。

安疆婚后和政委一起到了后勤部。政委还是干他的老本行，训练部队。部队总是有很多人需要轮训，政委是个好角色。安疆对政委说，我要到卫生队当个护士。政委说，不是谁想当护士就能当护士的，要护士学校毕业才行。安疆不服气地说，不就是把针管往病人屁股上戳吗？我下得了手。政委说，你下得了手，我还拉不下脸。现在，你不是单独的身份了，你是我的家属。

安疆说，家属又怎么样？政委说，家属就是你的一举一动，人家必定和我联系起来。卫生队是个敏感地方，好多首长家属都没去成。你去了，对我是什么影响？

安疆说，政委，那你说我到哪里去呢？

政委和安疆还没走近，就闻到刺鼻的味道。干燥的气候通常把一切气味都变得寡淡了，可见这地方非同小可。

安疆看到了猪。很多头猪。这是部队的猪场。当地民众不养猪，部队要自力更生解决吃肉问题。猪场颇具规模，饲养员却成问题。一心想打仗的小伙子，没耐心照顾猪群，不时地让一些猪死掉，然后打牙祭。政委主动向领导请求，派安疆到猪场。安疆在身体上和政委结为一体之后，尽量在思想上也和政委融合。对于一些女人来说，身体的界限一旦被打破，她们同时也放弃了思想的完整。安疆接受了政委的安排。

安疆把每一只猪都当成了自己的孩子。知道养猪不单是为自己，也是为戍边的将士，更重要的是为了政委。她现在是政委的一部分了。她要给政委的脸上争光。安疆爱清洁，把每一头猪都冲洗得猪毛蓬松猪眼明亮。人们对于猪的第一要求是猪要足够的肥，至于猪干净还是不干净，那是非常次要的问题。被安疆冲刷一新的猪，更显出了瘦弱。粮食很紧张，猪只能吃野菜。至于吃哪一种野菜，才能更上膘，没人知道。安疆成了野菜迷，灰灰菜把安疆的嘴唇染成绿色，苦麻的根须把安疆的牙齿镀上蓝光。有几次安疆剧烈呕吐，政委以为安疆怀孕了，十分欣喜，其实不过是野菜中毒。

猪吃了安疆采摘的野菜，如同被仙气吹拂，健康而且聪明。安疆吃惊地发现，营养丰富干爽清洁的猪，智慧而善解人意。安疆和猪有了深厚感情，每当一只猪迎来它们宿命的结局，安疆都非常难过。安疆因此仇恨节日，每一个节日，都会让一批最优秀的猪走完生命历程。当那些安疆最喜爱的猪离开之后，安疆总是非常痛苦。

那些猪其实没有死。它们还活着。政委劝她。

安疆不习惯顶撞政委，但心里不服。

政委说，你在想那些猪都变成熘肉片或是红烧肉了，再不就是氽了丸子，怎么还能说猪还活着？

安疆不好意思地笑了。政委就是有水平。

政委说，辩证唯物主义是讲究物质不灭的。猪是什么变的？

安疆说，老猪下的。

政委像给大家上文化课一样说，也对也不对。老猪下小猪，这不错。可那小猪像个小老鼠。小猪长成大猪，是吃了你挖的野菜。在这个意义上讲，猪就是野菜变的。你把猪肉吃下去，猪就成了你的一部分。所以，我说，你的猪没有死，它就活在你我的身上，活在战士们的身上。

安疆嘴上说，我从不吃我养的猪。心里却越发钦佩政委，谁能既解除了她的哀伤，又把科学讲得深入浅出？只有她的政委啊！

安疆的工作为政委锦上添花，政委当了更高一级的政委。政委说，到了新的工作单位，你连猪也不能养了。只有什么也不做，才是对我工作的最大支持。

安疆不懂这是为什么，但安疆相信政委，成了一名家属。那是一个独立机构，如果安疆也在其中任职，哪怕是在猪场，也会对政委的工作造成影响。

那些年，安疆很寂寞。因为她是主官的妻子，人们会从她的一言一行中窥探出政委的动向。所以，政委什么都不告诉安疆。可惜当年神农尝百草式的工作热情，养肥了猪，却伤害了她的身体。安疆寻医问药，喝的中药汤大约能浇几亩地，却始终没有孩子。政委对这件事，有着深深的惋惜，但政委从来没有埋怨过，还开导安疆说，生个孩子，就是有了革命的接班人。不生孩子，革命也一样会发展。革命不缺接班人。

后来随着政委的进一步升迁，安疆也随之到了较大城市。对于她重新工作一事，政委是这样指示的：你一定要有一个工作，但是，你一定不要担任重要的工作。也许你有这个能力，我从你当年养猪的干劲看出来了，但为了我，你不能去做。单位要相对封闭，人员不可太多……

政委的话还没有说完，安疆就说，政委，你看着办吧，我听你的。她的确是真心实意地讲这个话，在这个世界上，她的一切都是政委规划的。离开了政委，她真不知自己还有什么主意。

政委让安疆到城里的图书馆上班。破败的院落，几棵古槐，几万本书，就是全部家当了。安疆每天为很少的几位读者填写借书卡，把尘封多年的旧书用剪刀糨糊加牛皮纸修补一番。剩余的时间，安疆就用来看书。看的书愈多，安疆就越佩服政委。她不是把政委当做丈夫来看待的，而是把他作为神。政委永远滴水不漏，政委永远见首不见尾。后来，"文化大革命"来了。即使在翻天覆地的变革中，政委依然是安全的。政委从不过激，无论多么瞬息万变，政委淡定自若。政委不曾受到冲击，也没有揪到他任何把柄。政委没有戴过高帽子，没有被批斗。没有人贴过政委的大字报，也没有人找出政委生活细节上的任何纰漏。政委是无懈可击的。

风平浪静地度过了"文化大革命"，表姐已经过世。这些年，她一直给表姐寄钱，但从未看望过表姐。政委说，不要和表姐来往，那是一个太有心机的女人。安疆暗自垂泪，觉得自己有负表姐，但她已没有自己决断的余地，生命的间隙被政委充满。

政委光荣地走完了军旅之途，到了干休所。政委到了干休所依然被称为政委，这称呼已成了他的皮肤。政委在干休所很低调，养花散步，政委知道不在其位，不谋其政的道理。政委只在安疆的心目中，保留着永远的权威。但是，也只有安疆知道，离休给政委带来了多么惨痛的打击。政委不会在任何人面前流露他的哀伤，但安疆的眼睛是雪亮的。安疆不知道如何驱逐政委的忧郁，只有忠心耿耿地服从政委的指挥。小到一顿饭是吃米还是吃面，大到关于某个国际形势的走向，安疆都听政委的。后来，查出来政委有严重的心脏病。政委并不害怕，详细地向医务人员问清了心脏病患者死亡的各种可能性，是呼吸先停止还是心跳先停止？会大小便失禁吗？口鼻是否有鲜血涌出……政委请卫生所长到家里来向他介绍情况，并要求安疆在一旁陪听。这对安疆是恐怖的折磨，但政委执意如此，政委需要她知晓这一切细节，好让她有所准备。

你会在洗澡、看电视或是上厕所的时候，突然晕倒。然后抽搐、挣扎，如果得不到及时的抢救，就会……或是虽然抢救了，但是病情太严重，你也会……

在政委的一再鼓励下，卫生所长战战兢兢地说完了以上的话。政委说，你不要不好意思，我把你没说完的话补充完，就是我会死去。

好了，安疆，你都听明白了，当这一切出现的时候，你不要慌张。关于我的后事，组织上都会操办，你放心好了。

安疆不想听，可她必须听。因为这是政委的安排。

后来，一切都如政委所预知的那样，他在看电影的时候，心脏病突发，猝然离世。安疆那天有些不舒服，没到礼堂去，不料就和政委永诀了。安疆得知消息，痛哭失声。木所长说，政委事先早有交代，如果他死在外面，请阿姨不要懊悔没有陪在他身边。安疆木然点头，政委知道她会哀痛，预先布置了一道篱笆，把她的哀伤阻挡在外。安疆提出要待在政委遗体旁边，木所长说，政委也早有安排，不要阿姨为他守灵。

安疆无法，跌跌撞撞地要回家里痛哭一场，木所长又说，政委生前嘱咐了，在他去世的当天，不能让阿姨一个人在家里待着，睹物思人，心中煎熬。政委要所里安排一个女医生，和阿姨在招待所里住三天。

安疆像一个木偶，听从政委生前的安排。三天之后，安疆回到了自己的家。政委好像并没有离去，到处都是他的痕迹。干休所对于处理老干部的后事，很有经验，所有的细节都考虑周到。选取了政委最英俊的一张照片，修好了底板，只等需要的时候，到照相馆里放出应有的尺寸。

政委逝世后，安疆的大脑几乎停顿。她不会思索，也不会哀伤。她不曾改变家中的任何设施，甚至连扫地笤帚安放的地点都和政委在时一模一样，更不消说政委的卧具和书籍。政委的老花镜就放在他读书的躺椅边，一伸手就可以拿到。政委的碗筷每一顿饭都会摆在他平常的座位上，安疆到街上买菜的时候，依然会以政委的口味作为唯一的取舍标准。

当时间的抹布把政委生活的细节擦得模糊之后，政委不是离安疆远了，而是更坚固地驻扎在了安疆的心里。安疆相信日有所思，夜有所梦。安疆养成了在梦中继续听取政委指示的习惯。政委没有让安疆失望，政委就生活在安疆的身边。从她拒绝手术，到她接受手术，直到参加小组，都是冥冥之中接受政委的安排。

人家都说我有精神病，我知道我没有。

安疆讲完了，长出了一口气。她是一个内向的人，这是她一生中第一次向人如此详尽地描绘她的一生。组内最少静默了三分钟，向一个逝去的时代致敬。

程远青说："安疆，谢谢你把你如此丰富的一生来和我们分享。"

安疆说："我也不知道为什么。也许，我这一辈子，除了政委，再没有其他的朋友。像应眉，那个嫁了副军长的女兵，政委也不让我和她来往，以后就断了音讯。在小组里，我感受到了温暖。我想跟大家说说我的事，哦，我明白了，最主要的原因，是我快死了。"

大家说："你老人家的身体看着还不错。别说这话。"

安疆说："是我自己不想再坚持下去了。"

花岚说："我真感动你和政委的爱情。虽说生死有别，可你每一天都和他生活在一起。不像有些夫妻似的，看着是在一个屋檐下，梦可做不到一块儿。"花岚说这话的时候，想到了自己，就格外感伤。

没想到卜珍琪冷冷插言道："我却不佩服这种爱情。为什么在这时提出了回忆？很简单，不甘心！窝窝囊囊地过了一辈子，现在，就要离开这个世界了，你的心不能安宁。所以，你讲了自己的一生。你想重新看看这一生！"

安疆风烛残年病入膏肓，可经得了这猛烈一击？

岳评赶紧当和事老说："爱情这事，没人能说得清到底是什么。像我们这个年代的人，革命就是爱情。我能理解安疆，那时就是跟现在不一样。求同存异求同存异！"她用手像和面似的紧着搅和。

大家就赶快附和，说，只要自个儿觉着好，别人也就别说什么。

周云若却不肯善罢甘休，说："安疆老奶奶，您别生我的气，我想跟您说几句心里话。"她美丽的眼睛无邪地看着安疆，安疆到底也是有多年修养了，说："我把心里话说出来，就是为了换得大家的心里话。有什么你尽管说，我不介意。"

周云若说："政委和你，总是政委一个人说了算。你到哪儿去了？"

有人赞同周云若的话，说："我们也有同感。安疆你怎么一步步变成了附庸？"

"附庸？"安疆轻声地重复着。她说："也许，我是甘当附庸的。"

应春草说："老奶奶，我觉得您挺惨的。我是惨在了明面上，谁都一眼看得出。一个下岗女工，要钱没钱，要地位没地位。您的惨，是惨在了心里。你可为自己活过吗？远的那些咱就不说了，就说你这治病吧，不听医生的，偏要信梦。你这一辈子，为自己拿过一个主意吗？"

应春草说得很动感情，安疆喃喃地说："我这一辈子，是为自己拿过主意的。那就是我要当兵！"

应春草说："老奶奶，那会儿的你多么叫人敬佩！我听着都热血沸腾的。可你自从成了政委的老婆之后，是不是就变了一个人？政委是个好人，但你到哪儿去了？政委过了他的一辈子，你的一辈子在哪儿？"

应春草口气热辣辣的。

人们以为安疆会勃然大怒，会痛哭流涕，会怒目而视，要不就是用沉默表示敌意。但是，都不是。安疆静静地倾听着，虽然不无震惊。岳评说："老姐姐，你过得不舒心啊。人家都说，得癌症和性格有关，我觉得你这些年来太压抑自己了。什么都是为了老头子的威信地位什么的，他可曾考虑过你的发展？当然了，我可不是想挑唆你们俩的关系。我知道你们是恩爱夫妻，人都不在了，咱还是多说好话多烧香吧。可正是因为人都不在了，不能把自己永远都拴在那个人的裤腰带上。老姐姐，做一回自己的主吧！要不然，枉活一世！"

周云若又说："安奶奶，这故事像一篇小说，凄美无奈。要是听小说，听到这里，也就算完了，很惆怅的一个结尾。可是，咱们不是小说，是真人。我最奇怪的是，您为什么不敢叫您丈夫的名字呢？您叫他政委。政委是什么呢？是个官衔。当然了，政委是那个时代非常优秀的代表。但我想说的是，他老人家毕竟去世了，就是给您留下了再多的锦囊妙计，也终有用完的那一天。您是打算一生在政委的影子下生活，还是挺起胸来，做一回堂堂正正的有主见的人？！"

安疆的面容此刻如大理石般苍白。那些浓密的皱纹，由于悲哀和震惊，显得格外深刻。程远青说："安疆，你听了大家这么多话，你有什么想说的？"

安疆迟疑了半天，最后说了一句："我好像回到了当年。"

谁设下的陷阱

政委——那个无时不在包绕着她的伟大的男人，突然渐淡渐远。这种距离感让安疆极不习惯，有一种羊被剥了皮的恐惧。外界的任何风吹草动，都强烈地击打着安疆的神经末梢，叹气样的清风也像暴风雨一样凶猛。

从小组回到家里，安疆整整睡了一天。这一天时间凝滞，万物消失。她如同婴儿般的无知无觉，干休所的老姐妹来看她，门铃按得天响，她也听不到。门窗紧闭，又悬挂着厚厚的绒布窗帘，敲门也毫无反应，老姐妹们找到了木所长，说，快去看看吧，老安怕是出了什么事！

木所长处变不惊。在这种岗位上，如果一惊一乍的话，木所长早被吓死了。木所长就叫上公务班一个身手最灵活的战士，来到安疆的家。木所长按门铃，毫无反应。木所长对战士说，扒门！战士一个鱼跃，攀上了安家门框，从上面的小窗户朝里张望，偏转头说，所长，没啥异常。木所长对邻居说，你再往安家里打个电话。电话铃清脆地响起来了，木所长对战士说，有反应吗？战士回答，没有。

安疆睡得很熟，电话铃在梦境中化为上课铃。她一生都向往读书，在真正的学校里做一回真正的学生。这一次，她如愿以偿了。她沉浸在课堂中，幸福无比。

木所长思索了片刻，下达命令：跳！战士熟门熟路地把窗户上的玻璃卸下来，一个狸猫打滚，钻了过去，轻捷得如同一朵蒲公英，飘在了门的一侧。

战士把门打开，木所长一行进来，蹑手蹑脚走进了安疆的卧室。老人满面笑容地躺在床上，那种安详与无声无息，让木所长在短暂的时间内，以为老人家已经安然仙逝。但他马上发现自己错了，他看到了安疆老人脸上的笑容在波动。

木所长轻轻地呼唤着老人。这很奇怪，一个老年人，睡到这般痴迷状态，真是罕见。木所长对安疆房间的陈设很熟悉，这并不表示他经常到这家来，只是表明安疆的家在过去的漫长时间内，陈设和布置没有丝毫改变。

木所长推醒老人说："您怎么样？"

安疆睁开眼，很吃惊地说："什么怎么样？"

木所长说："我们敲您的门，还打电话，一点动静也没有，我们就从窗户爬进来了。您不在意吧？"

安疆说："不在意。"

木所长说："我看您睡得很安逸，是不是梦到了政委？"

安疆很沉稳地回答道："睡得真好。好像几十年都不曾睡过这样的好觉。政委？我没有梦到政委。"

所长告辞了。安疆一动不动地坐在躺椅上，自己也感到奇怪——她没有梦到政委。放在以前，会让她不安。发生了很重要的事件，政委却缺席了。安疆自由自在地做了一个专属于自己的梦，安疆回忆这梦中的每一个细节，充满了少女般的憧憬和期望。

从这以后，安疆的病程不可遏止地走下坡路，精神却从未有过地安定起来。她对医生说："你们是好心，可我够了。我参加了一个小组，小组，你们懂吗？"

医生说："不懂。"

安疆也不解释，自顾自说下去："小组像篝火，先是暖和了我的手，接着是脚，然后是心。我在小组长大了。医生，你听一个七十多岁的老太婆说自己长大了，一定特别好笑。可这是真的。我有很多年没给自己拿过主意了，现在，我自己给自己做一回主，医生，不要继续治啦，让我顺其自然……"

这番话，对安疆犹如二战时斯大林格勒战役那样伟大的转折。她不再是虚幻梦境的回声壁，而是有了独立的意志。尽管这选择带着凄婉和无奈，但谁又能说凄婉和无奈就一定没有积极的含义呢？

医生大惑不解地看着他非常熟悉的病人面目全非。心想：小组？是一种什么东西？

程远青回到家里，略事洗刷，扑到床上，沉入暗无天日的睡眠。醒来，一时都搞不清是白天还是晚上，看了看墙上的静音强夜光表，六点。想来不会是下午六点。肚子很饿，要是下午六点，胃不至于生出痛苦的抽搐感。程远青起身，确认已是早上，又是洗刷一番。一边洗脸一边想：我从昨天回家到现在，做了什么呢？又要洗脸刷牙？这是仪式还是真的需要？

她满嘴都是牙膏沫子，像只新鲜大闸蟹。电话响了。程远青吃惊，大清早，都还没上班，谁会把电话打到家里来？最大可能是褚强，对昨天的活动，他想说的话肯定很多。"喂，你好。我是程远青。"程远青匆匆吐掉沫子，满牙龈冰凉的薄荷味。

"程博士，您好。我是成慕海。"那个沁人心脾的男声，把一缕阳光般的明亮注过来。实事求是地说，程远青喜欢这个声音。在被迫接受了成慕海为组外一员的城下之盟以后，程远青和这个男子形成了奇怪关系。她从来没有见过他，却成了经常聊天的朋友。每当小组活动之后，成慕海就会打来电话，当然，最主要是关心他妹妹，也对小组的其他人员臧否有加。成慕海是很好的谈话伴侣，谈论的又是小组——程远青魂牵梦萦的话题，交流就这样延续下来。

"奇怪我为什么大清早就打来电话吧？"成慕海说。

"不奇怪。"程远青说。

"博士，我有要事相告。"成慕海一本正经。

"什么事？"程远青拿起纸巾，擦掉嘴边的沫子，看来这谈话非同小可。

"我觉得小组这个词的翻译不够精确，容易引起歧义。"

"哦。"凡和小组有关，程远青就来了兴趣。

"首先我求教一下，小组的英文词是'Encounter Group'还是'Theme-Centered'？"

在这之前，程远青只知道成慕海发中文好听，现在才知道他的英文也十分地道。她说："是 Encounter Group。"

成慕海说："'Group'这个词，我越看越觉有趣。"

程远青说："它有多种含义。"

成慕海说："是啊。在数学里，它表示'群'；在法学里，它表示'团体'；在生物学里，它表示'族'；在地质学里，它表示'界'；在商界，它表示'集体'……"

程远青说："成先生，你是一部效能强大的辞典。"

成慕海接着说："在心理学里，简单地把它翻译成'小组'，是不是太朴素了？无法涵盖它丰富的内容？"

程远青说："越是朴素的东西，越有生命力。朴素而富含真理的东西往往长久。"

成慕海说："这个词在哲学里，当动词用，就有了碰撞对抗之意。"

程远青说："你觉得咱们小组的对抗还少吗？"

话出口之后，她觉得自己犯了一个错误。成慕海什么时候成了"咱们小组"？弥补也来不及了，只好绝口不提，期望成慕海淡忘。成慕海是何等人，哪能忽略了这一改变。

成慕海说："你说咱们小组是'Encounter Group'，准确的翻译应该是'交朋友小组'了？"

程远青说："成慕海，你是翻译协会的会员吗？"

成慕海一时没反应过来，老老实实回答："不是。"话出了口，才察觉程远青的揶揄之意，说："我是因为热爱小组，才下工夫研究它。你再抬出真理朴素说，我也难心服口服。老百姓没法把它和普通的居民小组分开。"

程远青喜欢成慕海说"热爱小组"，便认真起来，说："那么，翻译成'会心'，你觉得怎么样？港台就是这样翻译的。"

"癌症会心小组……"成慕海悄声重复着，好像面对一个襁褓中的婴儿。"对，就叫癌症会心，心与心的相会。我们得了癌症，可我们的心依然可以快乐相会。会心一笑。"成慕海高兴地说。

"你说你得了癌症？"程远青一惊。

"抱歉，说走嘴了。我没有癌症，是慕梅有癌症。我总是不由自主地和她在一起，请您原谅。既然说到了慕梅，程老师，您是否觉得慕梅有重大的心理问题？总是阴阳怪气的？"

程远青察觉到一大早绕了不少圈子，其实这才是成慕海最感兴趣的问题。她说："你很爱你的妹妹，她是我的组员，我也很关爱她。为了她的利益，原谅我不能告诉你我的看法。"

成慕海说："你的原则是不在背后议论组员。我同慕梅兄妹情深，为了慕梅，我愿呕心沥血。我知道她是小组内进步最慢的一个人，她乖僻冷漠，不合群，我为她心急火燎的。您是她的组长，我是她哥哥，俗话说，长兄比父，父母都去世了，我虽然只比慕梅大二十七分钟，也相当于她的家长。咱们现在的谈话，就像家长会后的个别谈心，全是为了慕梅好。您千万不要有什么顾虑，如果觉得她属于精神不正常，只管对我说，我会陪她到精神病院。退一万步讲，就是慕梅知道了咱们的谈话，要怪也只怪我，对您只有感谢。"成慕海非常恳切。

程远青坚守阵地，不管她从心底多么不喜欢成慕梅，成慕海兄妹多么骨肉难分，她不能同第三者非议组员。她说："你妹妹自有她的逻辑，每人都是一个内在的宇宙，有太多的奥秘和神奇。作为多年的临床心理学家，我对人充满了敬畏之心。你妹妹至今不肯袒露内心，必有她的大理由，有她的大为难。小组就像一间温暖的房子，你从寒冷的夜晚走进来，在炉火边，渐渐烤暖，你就会脱去大衣，摘掉头巾。如果一个人很久还把自己裹得紧紧的，只能说是壁炉烧得还不热。我要多加木柴。众人拾柴火焰高。"

成慕海一直沉默着。许久，他说："我喜欢在温暖房子里，脱掉大衣。"

程远青道："这是一个比喻。"

成慕海说："为了您温暖的房子，有一件事，我必须报告给你。"他语调森严，程远青凛然一震。

"小组里，有一个精心策划的骗局。"

程远青大惊，追问："你说什么？骗局？小组里？"

成慕海说："为了小组的健康发展，您必须揭开这个秘密！这是我对您的忠告！"电话里响起了忙音。

爱也需要证明

程远青今天的安排原本是读书。经典的心理学著作有永恒的魅力。大师们的某些话，以前看到时，如青青的果子，挂在树梢只是一个美丽的存在，却不可亲近。一个人有了相应的经历，再次和果园重逢，果子就熟了，有了发酵的醇香，隔着很远就能闻到。摘下来，读着读着，醉倒在字里行间。

这种享受，今天无缘了。

程远青到了隽永，井然有序的大厦，今天有些忙碌，熙熙攘攘，仿佛工蚁出行。褚强也马上要出发，程远青简短地把成慕海打电话一事告知了他。面对成慕海提示组内骗局一事，两人百思不得其解，想不出到底谁是嫌凶。褚强说："成慕海真是挺怪的。他妹妹就怪，这个家族爱出怪人。程老师，您别着急。让我想想办法。"

程远青说："我不是急，只是摸不着头脑。这话不可不信，也不可全信。小组现在发展得不错，咱们以后更要小心。中国的古话说治大国如烹小鲜。把国家都比作小鱼虾，怕一不留神烤焦了。这个小组，简直就是虾米皮。"

褚强看程远青焦虑，说："程老师，谁要是欺骗小组，就是对大家的集体谋杀。"正说着，有人催促褚强出发，只好分手。

隽永开展大规模的义诊活动，隆重推出新产品鸢尾素。广场上一溜排开若干蒙着红色丝绒的桌子，摆着制作考究的标牌，上面写着××专家××教授××主任×××委员的头衔。一箱箱鸢尾素堆在销售处，码放整齐如同弹药库。

鼓乐队不辞劳苦地击打着，将群众吸引过来。提前若干天，报纸就做了广告，说有百名专家将在此面诊，内、儿、外、妇全面覆盖，不管你是高血压糖尿病还是跌打损伤脑萎缩，都能应对。

将近十点钟，人群麇集。专家下车，道骨仙风——落座，人们如见血之蝇，猛扑过去，将专家团团围住。一时间，这边人声鼎沸，那边眼见得一箱箱药品流水般销出。

一个瘦削的男子，穿流行中式团花夹袄，在各位专家面前走过，插空挤进人群，问几句病情，得了专家的意见，若有所思地退出来，却总不见他买任何一种产品。

他走到满头大汗的销售经理面前问："说是有一百位专家，可我数了数，不到这个数。"

销售经理正埋头取药，吵得两耳嗡嗡作响，没好气地说："专家也不是小伙子，就不兴有个头疼脑热的？你真不嫌麻烦，还一个一个地数。"

那人不恼，说："我看那边有块牌子上写着王老名字，他是院士，大名鼎鼎的专家，怎没来啊？你们是不是卖假药的，老先生一生气，就不来给你们捧场啊？"

销售经理这个气啊，革命形势一片大好，哪来这么个阴阳怪气的家伙！气急败坏抬起头来，不由结巴起来："吕……总……"

吕克闸拉销售经理到一边，问："情况怎样？"

销售经理说："您都看到了，前期准备充分，鸢尾素都卖疯了。连我都上了火线。"

吕克闸说："专家的数目有缺口。"

销售经理说："老先生们年事已高，有的从外地来，身体不适，在宾馆休息。"

吕克闸说："王老呢？那边有几个病人就是冲他的名气来的。让顾客失望不好。"

销售经理说："王老留了活话，说是身体好就来。昨晚秘书来了电话，说感冒了。"

吕克闸皱眉道："是不是打点不够，因小失大？"

销售经理说："老人家高风亮节，和有些专家不一样。照您的指示，钱不是万能的，大道理先行，根本就没提钱的事。他真是年老体弱，平日深居简出的。"

吕克闸说："没有把握的，就不要在广告上出现名字。出现了，就要兑现。"

销售经理慌了，说："吕总，您怎么批评我都成，可我变不出一个王老来。"

吕克闸说："是吗？我看老爷子来了。"

销售经理大喜过望，说："老板，您在哪里看到的？"

吕克闸说："在隽永三楼最东面的房间里。"

销售经理说："怎么没人报给我？老爷子悄没声地来了，微服私访啊？老板，我这就去请。"销售经理连电梯也不等，一溜小跑登上三楼。由于不在一个楼层，他还真不记得三楼最东侧的房间是哪个部门办公室。气喘吁吁地到了目的地，只见门上写着"杂物间"。销售经理推开门，见一睡眼惺忪的老者正蹲在地上修理笤帚。

"你是谁？"销售经理不认识他。

"我老王啊。"老头整理笤帚毛说。

"你是哪儿的老王啊？"销售经理不敢大意。

"我就是拾掇厕所的老王啊。"老王不含糊，觉得谁都该认识他。

"你来这儿多长时间了？"销售经理还是不敢怠慢。

老王说："有两年了。"反问道："你来这儿多长时间了？"

销售经理哭笑不得道："我是销售经理，可能我老在外面跑业务，不认得你。"说着，关上了杂物间的门，心中百思不得其解。这吕老板，糊涂了？不能啊。要不就是叫大好形势冲昏了头脑？也不像啊。再不就是对未来忧虑急火攻心？不至于吧？

走到一楼，销售经理突然一拍脑门，明白了。他噔噔重又爬上三楼，冲进杂物间，一把将老王薅起来，说："你有西服吗？"

老王摸不着头脑说："有。"

销售经理说："在哪儿？"

老王说："在老婆子的细软柜里。"

销售经理说："来不及了。这样吧，咱俩的个头差不多。你跟我来。"说着，扯着老王进了自己办公室。

当老王重新走出，除了销售经理认识他，他自己都不认识自己了。西服笔挺，衬衣雪白，藏蓝底色白斜纹领带，每一根头发都若钢丝般固定。

"经理，这是干啥？"老王像个大头娃娃，连脖子都不知如何晃动了。

"从现在开始，人家叫你老王，你千万别搭腔。人家叫你王老，你就微微点点头。"销售经理手把手地教。

"老王！"销售经理出其不意地叫了一声。老王一动不动。

"好。就这个样子。"销售经理又叫了一声"王老"，老王还是一动不动。销售经理严厉起来，说："这不成。"

老王期期艾艾地说："不敢。"

销售经理说："没几个人真见过王老。见过的人说你像，你就是像。"

这招果然见效，再叫"王老"的时候，老王已能把脖子哆嗦一下。

"你一天打扫厕所，真是大材小用了。等咱这儿忙活完了，我有个朋友在电影厂当导演，我给你拉个线。"销售经理喋喋不休，"王老您跟我到外头去，有专门的席位，您就安然就座。病人自会扑上来说他们的病情，您就不吭声地听。他们会说，王老，您看我这病吃啥药好呢？您就说，吃鸢尾素吧……就这么简单。记住了吗？"

老王点点头，说："除了啥素记不住，别的差不离。"

销售经理说："就这个素最重要，您忘了啥都不能忘了它。"

老王慌了："保不齐。不敢瞎应承。"说着就要扒领带。

销售经理拿出鸢尾素资料说："这样吧，谁问，就把这传单塞他一张，然后说，依我的经验，您的病……用这个药……会好……记得住吗？"

老王说："这回差不多。一定得……吗？"

"一定得……说明你在思考。"销售经理强调。

"得了您哪，放心吧……记住啦！"老王嘟嘟囔囔，两人脚前脚后走到会场，人群一阵骚动。德高望重的泰斗驾到，气氛冲向高潮。立即有人说："看人家这老爷子，鹤发童颜。怎么保养的？听说还是院士，听他的，准没错！"

褚强告诉申凌，自己要到广西出差，最近不在北京。申凌说："为公司的事？"

褚强含糊应道："哦。"

申凌说："你到广西，给我带一件小礼物。"

褚强露出不屑的样子，说："广西那地方，穷乡僻壤的。什么好东西，北京没有啊。"

申凌说："我要你带一件广西特产。"

褚强想女孩子无非是蜡染一类玩意儿，就说："好吧。一定给你带回来。什么东西？"

申凌说："可不要吓着你啊。知道柳州吧？"

褚强说："不就是出刘三姐的地方吗？你是不是要歌带？我给你带回来。"

申凌说："傻了吧你，如今都波波族了，谁还听刘三姐的情歌啊。柳州还有一宗特产，你给我买两个回来。要有龙凤的那种。记住啊。"

褚强说："记倒是记住了，俩龙凤。可我还不知道到底是什么东西啊！"

申凌说："孤陋寡闻。你到了柳州自然就知道了。每一个到了柳州的人都知道。"

褚强知道申凌的脾气，你要是追着问她，她就得意非凡，更不告诉你了。索性照单收下，容日后再想法子，就说："你就等着收货吧。"

申凌说："别忘了给我打电话。"

褚强为难地说："那里十万大山，电话不好打，提前向你请假嘛！"申凌不信，说："中国现在还有不通电话的地方？别欺负我地理学得不好，没门！"

褚强求饶说："我这回钻到当年红军走过的地方，你知道吧？电话讯号很难有保障。如果联系不上，那就是天灾人祸，和我对你的忠心无干。"

申凌说："好吧好吧，回来的时候，再带点荔枝。妃子笑最好，实在不行，糯米糍也凑合了。"

褚强说："你也不看看现在什么节气？大雪纷飞的，哪有妃子笑，只有野狼嚎。"

申凌说："你不是去南方吗，南方有大雪？"

褚强说："好好，无论如何给你带荔枝回来，你就安静地等着剥妃子笑的皮吧。"

申凌突然想起什么来，说："咦，你那天问我信和字什么的，到底是怎么一回事啊？"

褚强看着申凌像婴儿一样无邪的眼睛，确信诡异来信和申凌无干。他说："有一个同事乱开玩笑，我以为是你呢！"

申凌大为不满地说："好事你不想着我，屎盆子尽往我头上扣。"

褚强赔着笑脸，心中却忽悠一下坠下去。那莫名其妙的来信昨天第三次出现了。很奇怪，所有的话都和第一封信相同，包括《现汉》的页数和字的序数，还有纸张的质量和打印的字体字号，也都完全相同。也就是说，这第三封信是第一封信的完整拷贝。三封信指示的字排列在一起是——"小心小"。

什么意思？或许只是那个玩笑的制造者疏忽了，把第一封信又寄了一遍？不知道。褚强只有顺其自然，再看有什么新动向。

褚强把申凌安置好了，心里的包袱就放下了一半。申凌爱耍小脾气，制造小情趣，闹个小误会，总之，跟着她，需要小小心心才是。刚开始谈朋友的时候，褚强对申凌的这种细腻和挑剔很是惊奇，由惊奇就生出了怜爱。他不忍伤害她，他知道她难过伤心痛楚的时候，是多么地悲戚，他觉得那都是他的责任。当他把一份责任背负在自己的肩上的时刻，爱情就像系上了保险带，可以被碰得七荤八素筋骨错位，却会含辛茹苦地纠缠着向前。

褚强给鹿路打了一个传呼，说有事同她商量。

褚强有王惠明的电话号码。鹿路在以后的日子里，从来也没有提起过王惠明，也不曾给褚强做过任何解释。

怀疑始终存在。看到程老师因为成蟇海的电话不安，褚强安顿了申凌，专心清理小组中的危险因素。

"你好，请问是您呼我吗？"鹿路答话了，背景嘈杂。

褚强告诫自己一定要从容，才不会引起怀疑。

"喂，我是褚强。"嗯，还不错，挺稳重的。

"副组长，有什么事吗？"声音里没有热情，只有慵懒的淡漠。

"我们公司生产一种药，叫鸢尾素，对提高人体免疫力很有效，提供大家试用。我发给大家。你看，咱们在哪里见个面？"

公司确有此意，为了调查鹿路，褚强提前抛出诱饵。

"这药，灵吗？"鹿路避开见面的事。

褚强说："试试就知道了……"

鹿路说："我可不愿成什么新药的试验品……"

褚强急了，说："这也是程博士的意见，反正也不花钱，彼此还可交流用药的体会。"褚强把程远青抬出来，假传圣旨。

听到程远青的名字，鹿路说："好吧，我去拿药。哪儿？"

褚强说："就在我们公司。"

鹿路来了，穿着鸭蛋白的长羽绒服，内里是棕色漆光蟒皮纹上衣，说青不青说蓝不蓝的裤子上缀着暗灰色的金属亮片，好像是一条蛇从半夜直接钻到太阳底下，在冬天萧瑟的寒风中，显出不合时宜的玲珑曲线。褚强这一阵子扎在患有乳腺癌的女人堆里，对女人外表的敏感大为降低，对女人内心的了解却呈几何级数增长。外人眼里，鹿路是很妖娆的，但褚强根本不把鹿路看成是一个女人，只是一个问号。

褚强把药品盒递给鹿路说："你试试吧。"

鹿路小声念着盒子上面的金字："鸢尾素……这是什么东西？我只知道鸢尾花。是从鸢尾花里提炼出来的吗？"

鹿路不打磕巴地念出了"鸢尾素"，褚强对她多了点好感。记得当时为产品定名的时候，有人提出这个"鸢"字比较生僻，怕在民众之中流行起来有难度。吕克闻一锤定音："就用这个难字。我们不靠朗朗上口，靠的是实力，是宣传，是疗效。要逼着全中国人民学会认这个字，扫盲。武则天还自造字呢。我们不是武则天，要超过武则天，成就伟业。"

"具体成分，我不清楚，你知道，这是商业秘密。不过可以保证它是全天然的，不是人工合成的。"

"全天然就一定好啊？眼镜蛇还全天然，毒蘑菇还全天然呢，你敢吃？"鹿路撇撇嘴。她是一只警觉的豹子，有残疾的母豹。自从那次不知深浅地挑逗了褚强，就一直等着褚强要她澄清。

褚强卖劲地宣传鸢尾素，鹿路说："我回去看说明书。谢谢了。"

"好好！不送你了。"褚强说。

"你留步。再见。"鹿路说。

褚强把鹿路送到了电梯口，殷勤地按了电钮。一侧的电梯先来了，褚强扶着电梯的门，把鹿路送上电梯，并让笑意在脸上又停留了若干秒钟，确信电梯门关上。褚强立刻跑到另一侧电梯，褚强飞快进去。

下到楼底，褚强一看鹿路乘坐的那架电梯，居然比自己的这架慢，这在高层建筑里是常有的事。褚强不能走在鹿路前面，敞亮的厅堂里也无处可藏，只好一缩脖子，又退回了电梯轿厢，可他又不能把电梯放走。气得一位来买鸢尾素的老头，一个劲地说："小伙子，倒是上不上啊？"

褚强只好龇出虎牙笑，待到用余光瞟到鹿路出来了，他才闪身而出。鹿路款步走到公司大楼门前的马路上，看样子是想拦的士，褚强不敢怠慢，赶快走向停车场。上大学的时候，校方办过驾校暑期班，学费减半。褚强就拿了驾驶本子，昨天找人借了辆白色捷达王。

鹿路先到了邮局。褚强不动声色地等待着，鹿路走出来后往这边扫了一眼，褚强吓得够呛。其实褚强戴着遮天蔽日的墨镜蜷在车厢里，一般认不出来。

鹿路坐上了公共汽车。褚强原本以为公共汽车开得慢，跟踪起来比较容易，其实不然。大公共气宇轩昂地在专用线内跑得像西班牙奔牛，褚强不敢违规，只有在旁边的车道亦步亦趋。幸好每站上下很多乘客，褚强才能跟上。鹿路几站后下了公共汽车，很悠闲地背着小巧的坤包，东张西望。

鹿路进了一家药店。门前有空位，褚强赶紧把车靠了进去，麻烦又来了。他是坐在车里等呢，还是也跟进去看个热闹？车里妥帖，但鹿路到药店干什么，也许是很重要的情报。褚强下了车，把本来就很高的皮衣领子干脆竖起来，仿佛戴了一个脖套，偏着脸走进药店。药店里很静，有点水至清则无鱼的意思。鹿路熟门熟路，只看了一眼药物的标签，就示意售货员开票，然后拿着票去交钱，在交款台前，抽出了厚厚一沓钞票。褚强不禁心生疑惑：什么药，这么贵？

鹿路拿了药，往外走去，褚强赶紧赶到孤岛柜台，对售货员说："刚才那位小姐买的是什么药？"

售货员说："她买她的，你买你的。"

褚强一想，也是的。人家凭什么把刚才那位买的药方告诉你。赶快换了一个说法："我以前用过一种药，忘了名字了，看那位小姐买的药，模样有点像。您能把这药再给我拿一瓶吗？"

售货员不苟言笑拿出药瓶，褚强一看英文说明，骇出冷汗。这是最新出品的治疗性病的药。

褚强把药瓶一推，赶出药房。鹿路打车直回度鸟别墅，很顺利地进了戒备森严的大门，但捷达王就没有那么好的运气了。身穿黑色制服的保安拦住了褚强，问道："您找谁？"

褚强张口结舌，不敢说我就找刚才进去的那位小姐，反问道："这还这么严啊？"

门卫说道："我们要为业主负责。您要找哪一位，请在传达室和他通话。如果他在家并同意，您就请进。如果他不在家，您进去也没用。"

褚强把车停在度鸟别墅百米开外。唯一的收获是锁定鹿路住在这里。旁边有一间小小的冷热饮店，褚强下车进去，老板娘是个胖胖的半老妇人，肤色白得像雪花膏，肯定是把卖不完的牛奶，都抹在自己身上了。透明冰柜里摆着各式冰冻饮品。

"要热的还是要冷的？"雪花膏搭讪。

"这么凉的天，还敢要冷的？"褚强说。

"穷吃热，富吃冰。这边的人爱吃冰。"雪花膏说。

"我是穷人。"要了一杯热奶，慢慢啜着，想着对策。

"您这牛奶够贵的了。"褚强说。

"贵吗？是贵了一点。可你也不看看这里是什么地方。"雪花膏笑眯眯地说。

"什么地方？东京？"褚强嬉皮笑脸。

已近黄昏，屋外寒风一阵紧似一阵，小店寂寞无客，雪花膏说："度鸟别墅和东京差不多。看房子的外表不怎么豪华，里面，吓死你！"

褚强装出快死的模样说："都是些什么人住在这里？"

雪花膏戒备地说："没钱你甭想住进来。你是路过这里还是找人？"

褚强百无聊赖说："是路过也是找人。我有一个朋友，出国了。他交过的一个女朋友，住在这里，叫王惠明。前几天，那朋友在网上对我说，他想起了王惠明，不知她近况。今天没事正好路过，想来看看，给朋友一个惊喜。可我除了名字，一概不知。"

褚强说到这里，无论怎样俭省，热奶还是喝完了，赶紧又要了一杯酸奶，好和雪花膏继续对谈。

"王惠明？没听说过有这么个人。多大岁数？什么长相？你说说模样，没准我还能给你提供个线索呢。"雪花膏见褚强吃相贪婪，来了热情。

"个儿挺高的，身条赛模特……"褚强把鹿路描述一番。

"这个女人，住在度鸟别墅。她不是业主，是个神秘人物。"雪花膏的声音不由得放低了。

"啊？不是黑道上的吧？"褚强大惊小怪。

褚强不够老练，进展快了，雪花膏收起热心肠道："你还喝不喝酸奶？问这么多干什么？"

褚强赶快稀里哗啦地喝酸奶，说："喝喝……你这儿的酸奶特新鲜……没别的意思，我这人就是特讲江湖义气。"

褚强在小店里，喝得像个婴儿似的从嘴角漾出奶沫，雪花膏却没再说出多少实质性的情报。不过，一句"神秘人物"就不枉此行了。

褚强觉出疲乏。看来私家侦探这种活儿，收取高额佣金，实在有道理。他想不出下一步的行动该怎么办。继续跟踪鹿路？到度鸟别墅门前盯守？要不先向程远青报告？

还没等褚强想出一个万全之策，第二天一上班就接到鹿路电话。

"褚强吗？"鹿路说，"今天下班之后，我在你的办公楼前等着你，请你吃饭。"

"请我吃饭？由头呢？"褚强问。

"到时候，你就知道了。肯赏光吗？"鹿路不正面回答。

下班后，鹿路果然等在公司门前，两人握手寒暄，像一对长时间未见面的老友。

"我做东，有个小馆，菜烧得不错，路却不近。"鹿路穿着一件毛色暗红的皮草，表层的皮毛有着流水一般的光泽，随着气息流转和她身体的轻微动荡，涌着涟漪似的波纹。

"咱打车吧。"褚强说。

"原来你没车啊。"鹿路淡淡地说了一句。褚强一惊，心想，她是不是发现了什么？想到药店那幕，褚强不敢和鹿路同坐在后排，便很绅士地打开前车门，对鹿路说："你坐在前面吧。好引路。"

的士七扭八拐的，到了一条小巷。褚强判断距度鸟别墅还有相当路程。小餐馆门脸是原木树皮子贴的，门楣上挂着红灯笼，在越来越暗的暮色中，显出一种让人打喷嚏的暖意。

鹿路付费，褚强要抢。鹿路说："说好了我请你。"褚强拒不用鹿路来历不明的钱，坚持付款。

进了饭店的门，一个喜眉喜眼的小伙子迎上来招呼："大姐，你来啦！还要单间不？"

鹿路说："好眼力！记得我。要。"

小伙子说："大姐出手大方，哪能不记得。还要上回那个单间吗？"

鹿路说："那儿有点吵，还有静点的地方吗？"

小伙子说："有。跟我来。"

一个僻静的单间。屋子不大，收拾得挺干净，墙上都是原木的树皮，插着野雉毛什么的，恍然在大兴安岭密林中。

褚强说："你常来？"

鹿路说："这儿的东北菜地道。想家了，就来这儿吃点顺口的饭，心里好受点。"她把菜单递给褚强说："挑你爱吃的。"

褚强说："你是熟客，点他们的拿手菜，让我也吃回地道的东北菜。"

鹿路说："东北菜是什么，我也不知道。谁知你吃着合不合口味？我就点了。"

鹿路点了东北拉皮、小鸡炖蘑菇、酸菜饺子、熊掌豆腐几样，还有素淡的小菜。

屋子虽不大，只坐两个人，显出空荡。褚强没话找话道："这屋子坐四个人正好。"

鹿路说："是啊，平常，只坐我一个人。"

褚强惊讶道："一个人吃饭，闷不闷啊？"

鹿路说："一个人吃饭的时候，才能想起很多往事，灯光中有松明子的味道了。"

菜上来了，鹿路说："先吃。吃饱了咱们再说话。"

褚强说："一边吃一边说吧。"

鹿路说："还是先吃饱。要不，话不投机，连肚子也跟着受屈。"

褚强闷头吃饭，一边考虑：鹿路若问到关于跟踪的事，承认还是不承认。

"你喝酒吗？"鹿路问。

"不喝。"褚强低着头回答。

"给我来一扎啤酒。"鹿路说。

"你的身体,喝酒,行吗?"褚强关切。

"如果要死,喝也是死,不喝也是死。不死,喝也死不了。命,要是连一扎啤酒都抵不过,不要也罢。"鹿路很低落地说。

闷酒也喝了,菜饭也吃得差不多了,鹿路说:"副组长,你能猜出我今天请你是为了什么吗?"

褚强老老实实地回答:"猜不出。"

鹿路抽出一支烟,点燃,狠狠地抽了一口,烟火无声燃烧,蔓延到了香烟的一半处才停歇下来。

褚强本想劝她,不宜吸烟,想来话一出口,必被驳回,也就不说。

鹿路很悠闲地把烟圈吐出,她吐得一点也不圆,只是把烟雾吹得很远。她说:"你猜不出我为啥今天请你,我就更猜不出你昨天跟踪我的缘故了。说吧。"

好在褚强已有对策:"好奇。"

鹿路乜斜着眼:"好什么奇,尽可问我。犯不上玩这种小孩子的把戏。"

褚强一看越解释越乱,索性拉下脸说:"那好。既然你说了,我就问问你。你到底是干什么的?"

鹿路已把一扎啤酒喝得见了底儿,脸上却无一丝血色,惨白着嘴唇说:"卖肉。"口气温柔淡定。

"卖什么肉?"他下意识地反问。

"人肉。"鹿路安然回答。

"太难听了。"褚强说。

"这没有什么难听的。把一个卖花露水的说成是卖肉的,这是难听。可把一个卖肉的说成是卖肉的,就是正合适。"鹿路一支烟吸完了,又点上一支。

"卖肉是个行当,老祖宗传下来的。猪肉能卖,羊肉能卖,人肉当然也能卖。没人强迫,我自愿。我需要钱,很多很多钱,你说我有什么法子整钱?从自己身上挖,总比从别人身上下刀子,省事点吧?一拍两响的事,愿打愿挨。副组长,你得到了答案,满意了吧?我不愿意你费事，乐意成全你。大冷的天，你也不容易。你是个好人，太嫩了点，是个嫩好人。还有什么要问的？底儿都端给你了，有不清楚的，尽管问。百问不烦。"鹿路说到这里双眼圆睁，眼神飘逸，如同两盏鬼火。

小组中豪爽的鹿路不见了，代之风月场中的沧桑老妓。

"鹿路，我……真不知说什么好……挺意外的……不过，你能不能金盆洗手？别……卖了！"褚强反倒乱了阵脚。

鹿路高声笑起来，绝望中掺杂着狎昵的浪笑，音调粗粝，内有尖细的喉音抽搐着："褚强，你想挽救我是吗？好心的副组长！洗了手，我上哪儿混饭吃？我一个人吃一口冷饭还不难，可我上有老母，还有一个日日夜夜等着透血的三哥……"

鹿路把自己的身世告诉褚强。接着说："我的钱寄不回去，三哥就肿，就会被毒憋得头往石墙上撞，就会被尿憋死在自家破床上！一想这些，别说是卖肉，就是卖肝卖肾卖眼珠，我也干得出来！猪肉多少钱一斤？羊肉多少钱一斤？人肉贵多了，还可再生，头天卖了二天洗洗，还能再卖！我容易吗？我比别人少一坨肉，这可是关键的一坨肉，通常就废了。在市场上，我还能把自己卖出去，这是本事！你昨天不是到度鸟别墅打听我吗，你不是跟卖酸奶的问起王惠明吗，不是大姐说你，你可够傻啊，干我们这行的，哪有真名实姓？我有多少名字，连我自己都不记得。可你要是跟老板娘打听'一只奶'，那就没有人不知道的！嫖客爱嫖'处'，这不假，可'处'嫖够了，就要换口味了。再说了，谁知那些'处'是真处假处？猫腻多了去了，我也懒得说。女人有两只奶不稀罕，有一只奶就稀罕了。有一只奶的女人还干这一行的，我不知是不是第一个。上回有个嫖客，还撺掇我申请个吉尼斯纪录呢！我功夫了得，也是钻研出来的。我这人虚心好学，硬件上不行了，就得在软件上下工夫。我这里来的都是回头客，第一回尝到甜头了，下次来我还有优惠！我是个病女人，是个残女人，天下的事就邪门了，偏偏有些男人，就喜欢病态残缺，就愿意和我这样的人鬼混，把这当成一绝。我挑人，我预约，我现在的身价，比病以前还高，我想这是老天可怜我，给我一条生路！给我那苦命哥一条生路！所以，我的副组长，你别劝我。往好里说，是劝赌不劝嫖，往坏里说，你不该断了我哥的活路！怎么样，副组长，你想知道的都知道了吧？你还想知道什么？我统统告诉你。我凭自己的身子挣钱，明码标价，不坑蒙拐骗，信誉好。我也不破坏别人家庭，从来不让嫖客离婚，也不打听他家的私事。我从来没对嫖客付出过真心，这是职业道德，再说啦，我还想嫁给我三哥呢！副组长，你别把眼睛瞪得那么大，我三哥和我既不同父也不同母，我是抱养的。我要还这个恩情，我这一辈子也还不完！我苦命的三哥啊……"不知是酒力，还是真到伤痛欲绝之处，鹿路伏在桌上痛哭起来。

褚强听得五内俱焚。要知道会跟踪出这一番悲情陈词，他就是再有事业心和责任感，也会逃之夭夭。这席话，实在已超出一个阳光青年所能承受的最大极限。褚强只觉得从内到外，分离成了好几层。心里周天寒彻，一块见棱见角的寒冰，锋利地刺向每一道骨缝。寒冰之外是一团愤怒火光，也不知要燃向何方，在心头像日冕一样膨胀着，烈焰熊熊。最外层，又是一层冰封的外壳，没有任何裂隙。他的脸铁板一块，不是因为无以作答，是因为他要用脸上肌肉的全部力量控制住牙关，免得它们不争气地嗒嗒作响。

鹿路擦擦眼泪，轻轻按了一下藏在桌子下面的小铃，那个喜眉喜眼的小伙子走进来，说："大姐，有啥吩咐？"

鹿路说："拿二锅头。"

小伙子鳝鱼一般无声走出，很快回来，手里捏着酒瓶。"给他满上。"鹿路示意。

褚强本来想说不要，但他开不了口。一张口，牙就会击出声响。"大姐要吗？"小伙子问鹿路。

"满上。舍命陪君子。"鹿路说。

小伙子无声地贴着墙边出去了。鹿路向褚强示意，让他把酒喝下去。褚强毫无酒量，平日滴酒不沾，却一仰脖，把二锅头送下喉。酒真好，把无穷的热量和激动，送进了褚强的内脏。他感觉到那些寒冰在融化，变成了淙淙的小溪，冲刷四肢百骸。

鹿路喝了二锅头，颊上泛起轻微浮红。"你这样的年轻人，是不该知道世上还有这样的丑人脏事。可你跟着我，只好让你知底。"鹿路说。

有了酒精助力，褚强讲话："该请求原谅的是我。我不知道这么惨。"大悲大痛弥漫肺腑。

"是我自找的。"鹿路淡然说。

褚强斗胆道:"可是,我还是觉得这样下去不行。"

鹿路冷笑道:"我也知道不行,可怎样才能行?不操这一行,今天晚上我就可能饿肚子,明天就没有住,后天就被扫地出门。你如果是我,你怎么办?"

褚强张口结舌。

鹿路说:"小兄弟,我知道你是好人,程博士也是好人。在我乱七八糟的生活中,能有你们这样的人关心我,爱护我,对我产生好奇,我就非常知足了。在小组的这段时间,是我一辈子最有意思的时光。在小组,我是良家妇女,被当成一个正常女人对待,我太快活了。我这辈子,还从没有被这样尊重过,呵护过,有那么多人认真地听我讲话,为我的事着急操心。我是个不要脸的女人,在小组里,我找到了自己丢了好久的脸。"

鹿路说到这里,手臂无力地垂了下去。她本来不能喝酒,今天实在喝得太多了。她把心里的东西掏空之后,虚脱袭上全身。

"我送你回家。"褚强说。

"不。我自己……走……你不要到度鸟……只有一个请求,答应我……"鹿路的眼珠凝固不动,一颗大大的椭圆形泪珠挂在睫毛上,久久不肯坠落。

"你说,我一定办到。"褚强咬牙跺脚保证。

"今天的话……不要告诉……人。"鹿路的泪水终于坠落下来,一发不可收拾。

"可以不告诉别人,可是我得告诉程博士。"褚强不敢贪污这样重要的信息。

"好。你……看着办……"鹿路支撑着站起来,抹去泪痕,精神好像恢复了一些,呼唤服务员买单。

褚强扶着鹿路,在路边等了很久,才打到一辆车,安顿鹿路坐在前排,自己刚要上车,鹿路说:"你别去。"

褚强说:"我……不放心。"

鹿路挣扎着说:"放心好了。今天……我比哪一天都自在。"

鹿路绝尘而去。留下褚强在寒风中伫立,冰冷的夜风从头顶灌下,让他渐渐地清醒起来。其实，在这之前，他也不是糊涂，只是丧失了反应能力。他恨不能今晚就给程远青打电话，禀告此事，又一想，还是让组长睡个安稳觉。

第二天早上，褚强打电话告知程远青，说有重要的事情通报。程远青说，全天都有安排，只有傍晚前后了。褚强忙说，那也行。褚强在焦灼中煎熬，干什么都心不在焉，浑身荆棘。褚强忍不住拨了鹿路特别留给他的手机号，想确定她是否平安。鹿路接电话的声音很不耐烦，嘶哑着喉咙说："啥事？"

"只想问问你……"褚强也没想好到底说什么。

"没事我挂了。"鹿路没说自己好，也没说自己不好，甚至不待褚强的反应，就将电话挂断，留下无尽的忙音敲打褚强疼痛的耳鼓。

褚强揣测，她肯定不是单独一个人，所以这样不耐烦。她干什么呢？是不是在"卖肉"？

一想到鹿路对自己工作性质的描述，褚强对她的悲悯就化作了厌恶。感谢这份厌恶，才让褚强心绪稍微安宁。

下午，一家小小的茶座，两杯绿茶。采摘的时间久了，绿叶已被北方干燥的空气攫走了色彩，泛着疲倦的淡黄色，昏头昏脑地在玻璃杯中浮动着。褚强说："程老师，我已经查到了谁在小组内不说实话。"

"谁？"程远青道。

"鹿路。"褚强把跟踪和对话的全过程，一一报来。

"没想到她真是妓女。一个悲惨的理直气壮的妓女。"褚强扶着头。

程远青半天做不得声，嗓子发咸，胸口堵得直想吐血。眼皮底下的弥天大谎，居然毫无察觉。她暗叫着自己的名字说，程远青啊，你还博士呢，连一年级都没有学好！妓女和良家妇女都分不出，真是枉读了那么多书！屏息半天，作了若干次深呼吸，一寸寸地将手指握紧又松开，调整了半天，才渐渐平静。明白其实这不是失败，而是心灵的深入，无论真实怎样残酷，也比粉饰的虚假好。心理学家也不是神仙，不可能洞察所有的秘密，对自己不要太苛求。

"怎么办呢？"褚强看到程老师也和自己一样惊骇，赶紧问。

"什么怎么办？"程远青有些虚弱地说。

"妓女。"

程远青沉思，她已将心态复原："对于一个面向社会所有公众招募的小组来说，这种情况不稀奇。褚强，你不要沮丧。这正说明了小组的生命力。"

褚强说："以前的事就算了，今后怎么办？"

程远青说："首先要解决你怎样看待鹿路。"

褚强说："点我死穴了。说真的，下次活动，我都不知如何见她。"

程远青小口喝茶，说："你觉得向你亮出了真实身份的鹿路，和以前的那个鹿路，哪个更能让你接纳？"

褚强说："还是后面的鹿路。虽然我一想起她有性病，就打心底腻歪。"

程远青紧追不放，说："挺复杂的？"

"是。"褚强老实承认，"我就没她这份勇气。要是我，我就不说，打死我也不说。"

程远青叹息道："这就是人的多样性啊。你把这话告诉她了没有？"

褚强一时摸不着头脑，说："哪句话？"

"就是佩服她勇气的话。"程远青说。

褚强说："这话也就是我和您私底下说，哪能真告诉她？我一堂堂正正男子汉，佩服一妓女？这能说出口吗？"

程远青说："妓女怎么啦？杜十娘、李香君不都是妓女？要挽救一个人，只有让她重新燃起尊严。"

褚强想想道："如果需要，我可以在小组内，说钦佩她的勇气。"

程远青沉吟道："鹿路的身世，你看在小组能否公开？"

褚强说："别公开。大家的反应会多种多样，对鹿路对大家，都是大挑战。再说，她本人再三再四要求保密。"

程远青说："我也为难。不解决吧，题目已然出了。用什么方式，就要斟酌……"程远青一边沉思，一边不停地喝茶，直到把杯中的茶喝得精光。茶小姐走过来续水，轻声道："茶要留一点，才有味道。喝苦了，就是续进新水，也泡不出来了。"

程远青若有所思道："通常在小组以外，组长和组员没有个人交往，但鹿路情况特殊，约她出来坐坐，个别谈谈。"

褚强说："我可以作陪吗？"

程远青说："事是从你那里引起的，你要在。茶室的单间不错，隔音，陈设雅致，气氛很温暖。就定在这里吧。你约鹿路，看她愿不愿意来。"

褚强紧张地问："要是她不愿呢？"

程远青说："只能尊重她的意见。"

褚强领了指示，到屋外去给鹿路打电话。鹿路半天才接电话，劈头就说："嗨！烦不烦啊你！别误了我干活。快说。"

褚强很坚决地说："我有重要的话要同你谈。"

鹿路为难，但还是说："我再打给你。"

褚强拿着手机，在茶室外的绿地旁，焦急等待。几乎绝望时，鹿路回话："什么事？"口气简短冰冷。

"程老师想和你谈。"褚强也简短。

"告诉她了。"鹿路的声音里听不出嗔怪，也没有激动。

"是。你不生气吧？"

"知道你会。"鹿路说，还是平淡如水的语调。

"咱们一起谈谈。你赶快来吧，我们在……"褚强报出地点。

"你忘了问我有没有时间，我的代价……"鹿路幽幽地说。

褚强飞快地想到了鹿路的代价是什么，一些画面电光石火地从脑海中闪过，都是影碟中的色情镜头，所有的女主角都变成了鹿路。

褚强对着话机吼道："我不知道你在干什么，但我知道你来了以后我们会干什么！鹿路，这是你的机会，赶快来吧，无论你付出多大的代价，你都要来！"

鹿路冷冷地说："别跟我说什么应该！对我来讲，没有什么是应该的。也许，我最应该的是死！"

"别……"褚强紧抓住电话，好像那是鹿路冰冷的手指。

鹿路丝毫不为所动，说："收起你的话。我会让你们所有的期望化成灰……"

褚强疯了似的对着电话喊道："鹿路，你不知道我要说什么！我想说的是——我佩服你的勇敢！"

这一句话后，嘭的一声巨响，然后长久静寂。不，不是完全的静寂，可以听到呼啸的风声……褚强知道那是手机掉在地上了，质量极好的机子，毫发无损，收拢着周围的风声……久久的静默之后，传来鹿路非常微弱的声音：“等着我……”

褚强回到茶室，程远青问：“她来吗？”

褚强揉着被冻僵的耳朵说：“来。”

两个人无声喝茶，好像再做任何交谈，鹿路都会听到似的。闲着无聊，褚强又要了一些香蕉干、兰花豆、点心之类的小食品，不停地吃着。程远青说：“等一会儿鹿路来了，就不能吃了啊。”

褚强苦笑道：“也不是肚子饿，是心里发虚，总想用什么东西垫补垫补。”

从黑夜到黎明

茶室的单间，一个清雅幽静的所在。一张小桌，古朴的檀香色，厚重而沉稳。几把椅子，散在小桌四周。程远青说："褚强，我考考你。一会儿鹿路来了，三人如何落座？"

褚强看桌子是方形的，招呼来小姐说："能换张圆桌吗？"

茶小姐说："几个人呢？"

褚强说："三个。"

茶小姐说："圆桌有，只是和这屋里的颜色不很配。"

褚强说："麻烦你把圆桌拿来。"

小姐换上圆桌，果然颜色污浊，好在茶室内的灯光也很柔和，看着还算相宜。

褚强让小姐把多余的椅子搬走，只留下三把，围住圆桌。问程远青："可行？"

程远青点头："很好。我还要考考你，这三把椅子，怎么坐？"

褚强说："看鹿路了。她愿坐哪儿就坐在哪儿，她会舒服些。"

程远青说："考虑得不错。不知你想没有，鹿路来这儿，我们将和她谈什么，心里没底儿。加上对你我的尊重，她不会直接选座位的。我们就把一个最符合她心意的位置留给她。"

褚强说："难了。我也不是她肚里的蛔虫，谁知哪个座位最合她的心思？"

程远青说："这个距离门口近的位置，可能她中意。谈话对她压力很大，潜意识会想着如果实在受不了了，就能逃出去。这个位置又能看到窗户，给人一个视野豁亮的感觉。你看那个位置，缩在犄角旮旯里，很憋气……"

褚强说："我坐那儿。一会儿全看您的了。"

程远青说："甭紧张。有话就说，没话就不说。"

正说着，茶小姐进来续水，程远青对小姐笑笑说："还要来位朋友，就不麻烦你了，我们自己操持。"又对褚强说："把茶碗茶壶都收拾到一旁去。待会儿，没有我示意，咱们都不喝水。记住啊，尤其是不给鹿路喝水。"

程远青很安详地坐着，好像在打坐。门开了，一个裹着巨幅黑色披肩的女人，走了进来。披肩遮住了她面颊的三分之二，只留出两个眼睛，好像阿拉伯妇人。她看到程远青和褚强，身体一歪，倒在那个预留给鹿路的椅子上。待把黑色的披肩揭开，程远青和褚强都不禁"啊呀"一声惊叫起来。

来人是鹿路。但不是他们熟悉的鹿路。脸颊肿得老高，眉头偏左一道粗重的血痕，脖子一团团淤血的青紫……

"鹿路……怎么了？出了车祸？"褚强说。

鹿路说："工伤。我平常挺敬业，干活时连手机都关上，以防客人不满意。今天，我总觉着会有事，就没关手机。两次接了你的电话，把客人从身上甩下去，后来，干脆把钱扔了回去，自己走了。客人给我身上留点红，也是应该的。"

褚强毛骨悚然，不单为鹿路遭受的蹂躏，更为她的平静和漠然。程远青一言不发地看着鹿路，说道："鹿路，看你受伤，心里真难过。与其受这么大的折磨，不如你干完了活再来。我们会一直等着你。"

鹿路双手支着头，说："生怕晚了，你们再也就不理我了。"

褚强说："怎么会！"

程远青说："褚强把你的事都告诉我了。你怪他吗？"

鹿路说："我谢谢他。一直想跟您说，可我不敢。我是个下贱女人，我怕说了会失去你们。"

程远青抚摸着鹿路的头发说："你为了给哥哥治病，把自己的一切都押出去了，这是你的美德啊！"

鹿路惊得差点没从椅子上跳起来说："程老师，我没听错吧，你说我有美德？我——这个被千人骑万人跨的女人，还有美德吗？"

程远青很郑重地说："我个人坚定地认为这就是美德，这就是舍己救人。我猜想你在干活的时候，原谅我用这个词……"

鹿路说："程老师，你就说干活吧，我就是干这个的。我知道羞耻。"

程远青说："好，鹿路。我猜你在那种时候，会想到你哥哥。会觉得你所有的付出，都是为了一个好的目标，虽然你干的是最卑贱最肮脏的行当。"

鹿路泪流满面，那些红肿和紫色的伤痕，由于眼泪的滋润，变得更加触目惊心，她说："你怎么什么都知道啊？我心里想的是什么，你都听到了啊？我是不是在梦中告诉过你？"

程远青抚摸着鹿路的手说："鹿路，我知道你想着有一天，当自己攒够了钱，帮助哥哥换了肾，让他像正常人一样生活，你再也不干这活了，你会和哥哥走得远远的，走到一个没有任何人知道你过去的地方，你嫁给哥哥，永生永世地服侍他……"

程远青说到这里，鹿路突然站了起来，惊恐地睁大了眼睛说："程老师，你是神还是鬼？我没有告诉过任何人，你怎么什么都知道？你是天兵天将来救我的吗？"她战战兢兢地退后一步自问自答道："你……你是不是我的亲生娘？不能啊，我亲娘是个穷苦女人，她哪能有您这份学问？再说，岁数也不对啊。可是，你是怎么知道的？你是不是在外国得了什么能刺探人内心秘密的仪器，要不然，你就是神灵附体？"

程远青把鹿路重新按在椅子上坐好，说："鹿路，我还知道你得了病以后，知道自己的时间不多了，你跟死神赛跑，你希望在自己临死之前，能尽可能多地为哥哥挣下一点钱，那样，就是有一天，你死了，你臭了，烂了，全世界的人都骂你，可你还觉得自己活得值。你自己为自己流泪。你觉得你虽然干的是最下贱的事，可你心里有一眼干干净净的泉……"

椅子上的鹿路，刚开始还像倾听神谕一样，听程远青说话，后来，身子就软软地顺着椅背耷拉下来。褚强在一旁看着，赶快去搀扶，鹿路已经昏厥了过去。

"这可咋办？！"褚强手足无措。他讶然于程远青怎么能说得那么肯定，那么决绝。鹿路的反应，更让他始料不及。不会有生命危险吧？

"给她喝一点热水。"程远青很镇定，一边用指甲掐着鹿路的人中，一边吩咐褚强。褚强赶紧对出不凉不热的清茶，凑到鹿路唇边，喂她咽下。过了一会儿，鹿路渐渐清醒过来。

"我这是在哪儿？"鹿路的眼光像婴儿一样无辜而好奇。程远青心里一动，若干年前，当鹿路的父亲第一眼看到鹿路的时候，她一定也是这副模样吧？

"你在家里。我和褚强在陪着你。"程远青说。

"我没有家。"鹿路绝望地说。

"你以前没有家。以后会有一个家。"程远青非常肯定。

"我以后的家在哪里？"鹿路困难地思索着，眼神空洞。

"我们的家，就在我们的心里啊。"程远青柔声道。

"你是说，我的心一直没有找到自己的家？"鹿路渐渐地恢复了思维。

"是。"程远青很肯定地说。

"我没有心。我没有家。"鹿路面如死灰。

程远青抱着鹿路，如同她是一个小女孩。程远青说："鹿路，你的心到哪里去了？"

"我生下来就没有心。"鹿路迷茫但是很清晰地说。褚强在一旁看得发傻，觉得好似谶语。见两人的态度都极认真，只有满怀疑虑地观望下去。

程远青说："鹿路，你的意思是你一生下来，就和别的孩子不一样。"

鹿路说："是。我不知谁是父亲，谁是母亲。我是多余的人。没人爱我，我又何必爱惜自己！"

程远青庄重地说："身世不幸，这不是你的罪过。你一定无数次叩问苍天，为什么自己的命运这样悲苦？你觉得这一定是你天生有罪。所以，当你知道是养母含辛茹苦把你养大，你就不遗余力地用自己的一生报答她，报答她的孩子……"

鹿路忧郁的眼睛睁得很大，注满了惊愕和狐疑，但这些光芒如同电光石火一般闪动和变幻，很快成为一片灰烬。

鹿路反驳说："程老师，我承认你说的某些地方对，我是私生子，一个野种，我没有父母，没有家。抚育了我的养母，对我有一生一世也报答不完的恩情。养母不在了，我就尽力报答她的儿女。程老师，在这之前，您说的都对。可是，我对三哥，不是简单的报恩，我爱他。他不幸，我更爱他。为了这份爱，我会献出一切。您不是说要给自己的生活找一个意义吗，我找到了。不论我和多少个男人上过床，可我的心从来没有放在那张床上。它干干净净地放在家乡的草地上，我只爱三哥。"

褚强听得非常感动。说实话，他对妓女深恶痛绝，觉得她们都是些人渣，为了一点钱，居然把身体零敲碎打地卖了。他一直想不通那些世界级的大文豪，怎么描写了那么多优秀的妓女。比如羊脂球比如玛斯洛娃比如茶花女……现在听到一个活生生的妓女描述自己卖身的理由和对爱情的向往，让他动容。

程远青知道更严重的挑战在即。刚才的谈话，虽说犀利，还在鹿路能够承受的范围之内，那么，她下面要触及的话题，就更直接更残酷了。也许，她应该就此打住？深入地揭开一个人内心的疮疤，脓血四溅白骨嶙嶙的场面，所有的善良人都难以忍受的。可是，如果浅尝辄止，鹿路的内心就无法得到真正的解脱，那纠缠了她一生的梦魇，也会永远作祟。如果鹿路翻脸不认人，拒不承认，或在惨痛的打击之下，精神趋于混乱呢？不得不防。斟酌再三，程远青决定谨慎挺进。

程远青说："鹿路，你很爱你三哥。是吗？"

鹿路毫不迟疑地说："是。非常。"

程远青说："如果三哥的病能好，你会和他结婚。"

鹿路说："那当然。"紧接着又补充道："即使三哥病不好，只要我能挣到足够的钱，我也要和三哥结婚。结婚之后，我再也不会干这活了。结婚前，我要先挣足钱。"

程远青缓缓地说："鹿路，咱们先不谈钱。假设你已经有了足够的钱……你知道，结婚是两个人的事情，爱是两个人的事情。"

鹿路很快地答道："这我知道。"

程远青说："鹿路，我知道你很爱你三哥。可你知道，你三哥爱你吗？"

"这……"鹿路张口结舌。她好像从未想过这个问题。

程远青单兵深入，说："两个相爱的人当中，爱还是不爱，是很明确的，你怎么好像很意外？"

鹿路舔舔口唇说："我想，他是爱我的。"

程远青说："听你口气好像没多少把握？"

鹿路不悦道："我有把握。"

程远青知道触到了鹿路的痛处，遭到责难。这不是鹿路对程远青的不敬，而是她必得躲开。程远青怎能让她躲开？现在接近问题苦涩的内核了，切不可手软。程远青说："对不起，鹿路。可能我不够了解情况，如果有冒犯，请你原谅我。你能告诉我，你怎么知道三哥是爱你的？"

鹿路心里焦躁，很不耐烦地说："我敢说他是爱我的。否则，我寄回去的钱，他怎么都收下了？他还老说谢谢我……"

"就这些？"程远青穷追不舍。

"就这些，还不够吗？你还想要什么？你有完没完了？你？！"鹿路突然变得穷凶极恶龇牙咧嘴，面部和脖子上红红紫紫的伤痕一起沁血，简直如夜叉出更。

褚强吓了一跳。鹿路不是非常尊重程老师吗，怎一下变得青面獠牙？看看程老师，还是人淡如菊。

程远青情知已和鹿路一齐走到悬崖边缘。要么人仰马翻，要么柳暗花明。不能退，必得挺进。程远青说："鹿路，爱不是一相情愿。就你刚才所说的那些爱情的证据，恕我直言，实在是太苍白了。对于一个病入膏肓的人来说，如果妹妹在外打工，号称有一份很体面很高收入的工作，给自己寄些钱来治病，我以为他接受下来表示感谢是很正常的事情。我估计，他从来没有用任何一种方式表示过他是爱你的，不管是文字还是口头。所以，你所说的爱，是没有证据的！不但犯罪需要证据，爱也是需要证据的。没有证据的爱，只能是镜花水月！"

鹿路脸色铁灰，褚强真怕她又一次昏倒。

褚强真想堵住程远青的嘴，替鹿路哀求程老师：别说啦！求您别说下去！就算事情真这样，也不要说破！

褚强没敢动。程老师不时给他明确的眼色，示意他少安勿躁。

鹿路被逼到了穷途末路，负隅顽抗。她说："就算我以前没跟三哥挑明我是爱他的，但我要是现在说了，他也会说爱我的。"

程远青说："好啊。为什么不说？"

"不……敢说。"鹿路的气焰削弱了。

"你对三哥是不是真爱你，没把握？"程远青步步为营。

鹿路用极低的声音说："也许吧。"

程远青说："要是我，我就要问清楚。爱与不爱，关系一生。不能一笔糊涂账。"

鹿路说："我为什么要搞清楚？不要！我很好！"

程远青说："你很好吗？骗谁啊？我看你不是不清楚，而是很清楚。只不过你不敢面对这个清楚。"

鹿路困惑地看着程远青，无助地说："程老师，我不骗你。我真的不知道。"

程远青逼她道："你知道。"

鹿路胆战心惊地说："你是说——其实我三哥从来没有爱过我？"

程远青残忍地说："鹿路，我不能回答你。你只有自己回答。"

鹿路歇斯底里叫起来："这不可能！三哥是爱我的！他只是因为自己有病，才不敢对我说爱。如果他的病好了，他能确知我们没有血缘关系，他一定会说的！"

程远青说："鹿路，未知数太多了。"

鹿路说："我三哥爱我不爱我，我还不比你知道？"语气之中，已有恼怒。

程远青内心长叹一口气，看到过太多自欺欺人的爱情，越是到了接近核心的时候，那揭穿真相的痛楚就越来越锥心刺骨。她换个角度说："鹿路，你说得很对，你比我更知道三哥爱不爱你。但是，我要说，这世上，还有一个人，比你更知道三哥爱不爱你！"

鹿路的眉毛耸得飞入鬓角，说："谁？"

"三哥！"程远青说。

"我可以问问三哥？"鹿路一点就透。

程远青说："对啊。两人相爱，当然可以问。"

鹿路说："我今天晚上会把这个问题搞清楚。可是，我怕……"

程远青说："怕什么？"

鹿路说："我不知道。"

程远青说："最可怕的是假象。"

鹿路平静下来，她对褚强说："我想喝水。喝很多很多水。"

褚强看看程远青，程远青点点头，褚强就把早就晾好的茶水递给鹿路。心里惊呼，我的天，一个女士，居然牛饮一般，水顺着鹿路的嘴角滚到脖子上，血红的伤痕镀了釉似的放光。鹿路的精神好了许多，对程远青说："那我就走了。谢谢你。"她又把面孔转向褚强，说："谢谢你的追踪和告密。"

鹿路走了，如同她来时一般匆忙。

褚强说："程老师，吓死我了。我看您倒是胸有成竹。"

程远青喝着茶说："哪有成竹？连个笋丝都没有。我也很紧张。每一个人都那么不同。人们的经历就是人们的宝藏，也许正是这些宝藏制造了他们的苦难，除了他们自己想挖掘出来，谁也没有办法。"

褚强说："您估计鹿路下一步会怎样？"

程远青说："如果一切顺利的话，估计她晚上会给我打电话。"

程远青的估计有一个小小的误差，鹿路的电话不是晚上打来的，而是半夜。

"程老师，这么晚了，会打扰您吗？"鹿路有点迫不及待。

"不打扰。我正在等你的电话。"程远青如实说。

鹿路接着说："程老师，我给我三哥打了电话。其实打电话是很容易的，可这么多年，我不敢。今晚，我要彻底整明白三哥究竟爱不爱我。我跟三哥说了很多，我不是他的亲妹妹，他也不是我的亲哥哥。我爱他，我要救他。我想和他结婚……"鹿路的口气渐渐急促起来，程远青也跟着紧张。虽说久经历练，且那答案也在预料之中，面临一个活生生的回答，还是充满悬疑。

"三哥怎样回答？"程远青说。

"我三哥说，你就是我的亲妹妹，我就是你的亲哥哥。他一连说了好多遍，无论我怎样解释他也不听。他说，要不是亲的，你还会这样搭救我吗？只有血才是最浓的。我说，三哥，就算你不是我的亲哥哥，我也一样救你。他说，他不信。他说自己是风烛残年的人了，对什么爱不爱的一点兴趣也没有。他还说他的医药费快用完了，问我何时再寄钱回来。他还说，让我找对象的时候，一定要找个怕老婆的，自己才能当家做主说了算。不然结了婚以后，再往老家寄钱就不顺当，三哥的命就难保了……我木木地听着，心一截一截地变成石头。我知道，三哥爱的是那个能寄钱给他治病的小妹，三哥从来没把我当成一个独立的女人。三哥自始至终，从来没问一句我的身体，三哥以为我是铁打的……"

鹿路说到这里，话筒里出现了长久的缄默。程远青一言不发地等待着，知道鹿路此刻只需要陪伴，不需要安慰。最悲恸的时刻是要一个人孤独地享用。任何分餐都会让痛苦卷土重来。

时间过去了很久。鹿路说："谢谢你，程老师。谢谢你一直在听我说。夜已经很深了，我的心比这夜晚更黑。"

程远青说："黑夜过去就是黎明。"

鹿路说："像我这样的人，还有黎明吗？程老师，我恨你。你把我心中最后的美好幻象打破了。"

程远青说："凡是能打破的，就不是美好的。真正美好的，是打不破的。"

鹿路说："我最美好的东西是什么呢？四周一片黑暗。我什么都看不到。"

程远青说："你最美好的东西就在你身边。"

"我身边？"鹿路失声叫道，"不！我身边全是虚空，什么也没有。"

程远青说："你身边有一样东西，那就是你自己。"

"我自己。千疮百孔肮脏不堪残缺不全……这个身子有什么好？"鹿路说。

程远青说："你帮助养母一家，你自己身患重病还顾念他人，你对爱情的向往和付出，你的直率和坦诚，你的挣扎和渴望，这些，不都是最最宝贵的东西吗？鹿路，我想对你说，你要学会爱自己，爱惜自己的身体，爱惜自己的灵魂。这才是世界上最宝贵的东西！"

鹿路在电线的那一侧听着，听着，突然爆发出了凄厉的哭声，吓得程远青全身的皮肤立时增厚，原来是起了一身厚厚的鸡皮疙瘩。鹿路的哭声一会儿大一会儿小，断断续续延续许久，程远青一直在耐心地听着。胳膊拿得酸痛了，就把听筒放在桌上，然后把自己的腮帮子也贴在桌上，听着那哭声。她也尝试着把电话的免提功能打开，这样虽说是听起来不用费劲了，但震耳欲聋的哭声响彻屋宇，让人毛骨悚然。程远青只得赶紧把免提关了，还是用传统的耳机听哭声。虽然鹿路一次也没有和程老师有交流，但程远青坚信鹿路知道自己是不是在听。程远青无论多么劳累，倾听鹿路的哭声没有丝毫倦怠。

终于，暴风雨过去了。鹿路的哭泣渐沥起来。"程……老……师……"她抽噎着说。

"鹿路，我在。"程远青说。

"谢谢您，我好多了。我知道我要为自己活着了。我不知道自己还能活多久，可是我从来没有这样清楚地知道，我要爱我自己。程老师，我永远会记得今天。"鹿路大哭之后，声音喑哑，但却有一种神圣的坚定。

"鹿路，如果我在你的身边，会紧紧抱住你！"程远青一直等着鹿路挂了电话，才把听筒放下。

想象死亡

褚强收到了第四封信，指示他去查《现汉》1531页第三个字。这第三个字一查出来，褚强脸色大变。

这是一个"组"字。和前三封信连在一起，组成一个短句——"小心小组"。

是谁发出的警告？如果说以前褚强还可自我调侃，以为是公司里什么人的恶作剧，那么此刻，怪信锋芒指向小组，褚强心中惶惑。公司同伴对小组并不知情，基本可排除嫌疑。神秘的写信者，为什么反复用这种烦琐方式，报警于他？是到此为止，还是另有下文？

他带着所有信件去找程远青。程远青翻来倒去看了信，沉吟半晌，说："不去管它。"

褚强不解地问："为什么不管？"

程远青说："很简单，不是不想管，是没法管，束手无策。也不能报案，没夹子弹，也没有炭疽菌。"

褚强说："那就听之任之？"

程远青说："褚强，只要我们按兵不动，我想，那个写信的人就会有下一步的举措。唯有以静制动，别无他法。"

褚强心稍安，拭目以待。

小组活动，定在安疆居住的干休所内。一是老人希望大家到她家做客，二来停止所有治疗之后，安疆身体虚弱，天寒地冻，她出门不便，只有把小组活动地点向她靠拢。木所长大力支持，找的房间宽敞肃静。一地金色阳光，烘得大家脸庞也有暗红浮动。

小组团团围好，进行了日常报告之后，岳评说："我憋得够呛了。求求大伙，一定给我个时间，让我把心里话说说。"

大家就笑，说："岳校长，您怎么跟急着上厕所似的，好像谁不让您说了。您尽管说。"

岳评说："谢谢大家给我这份信任，我却是对不起大家的。我要先在这里向大家道歉，请大家原谅我，我才能把以下的话说出来。"

程远青说："你心事重重。"

岳评一拍大腿说："我骗了大家。"

众人愕然，独有褚强出了口气。原来小组在鹿路之外，还另有骗子。自己跳出来了。

岳校长说："告示上说，参加人员是乳腺癌手术后的恢复期病人。我报名的时候，在电话里问过，要检查身体吗？程组长说，不是医院，不用检查身体。我为什么要问这样的话呢？我不是一个乳腺癌病人，我也没有做过手术，我是混进来的……"

大家的目光冷厉起来。

岳评赶紧说："我不是混进来做什么不法勾当，我有我的苦衷。我是没有得过乳腺癌，可是我女儿得了乳腺癌，去年已经过世了，才二十八岁……"

大家"啊"了一声，不满烟消云散了。岳评说："女儿生前，我从来没和谁说过癌的事。从得病到她走，我们就没有一个字说过这病。我和女儿原来可好了，是无话不谈的朋友，人家说多年父子成兄弟，我们是多年母女成姊妹。她什么都爱和我说，别家孩子的成长期反抗期什么的，在我女儿身上，一点都没有。她后来成了一家公司的白领，男朋友是个医生，很帅，文文静静的，对我女儿好得不得了。我不是那种怕女儿长大的妈，不是那种一看女婿要把女儿领走，就百般挑剔的丈母娘。女儿把约会和接吻的事都告诉我，我还和她研究约会的地点，劝她不要到太僻静的小树林子和荒郊野外游玩，以防小伙子把持不住，太热烈了。我和女儿聊得热火朝天，连她爸爸都嫉妒。女儿结婚了。我这边房子宽敞，婆婆那边只能给他们腾一间小房。女儿问我，妈，我们是住在那边还是这边？我说，我站在是你妈这个角度说话，就希望你住我这儿，早早晚晚我都能见着你，就跟你没出嫁似的。可我要是站在你的角度，我就住在那边，到底是人家的人。女儿抱着我的脖子说，妈，你真说到我的心里去了。女儿和女婿住到他们的小屋里去，每个星期回来一次。对了，说了这么半天，还没讲我女儿的名字，她有大名，我就不说大名了，说小名，叫小澈，清澈的澈。结婚一年之后，小澈当了妈妈，她生的也是女儿，名字叫蕊蕊。蕊蕊一岁的时候，女儿得了乳腺癌。她的癌怪，乳腺上的肿物一点也不显著，一开始就是肝脏转移，把胆给堵了，人就黄了。他们带着孩子正在泰国旅游，我本来还直反对，说这么小的孩子能记住什么呀？女儿非说，小时候的经历一辈子都有影响。带就带吧，没想到病发了。蕊蕊看见她一下变得像金子做的，都不认她这个妈了，吓得直哭，香港也不游了，直接回家，从机场就去了医院，医院马上就留下了。当时以为是丙肝戊肝什么的，怕肝衰竭……"

岳评一口气说到这里，没有丝毫喘息的机会，她终于注意到大家的神色，不好意思地说："我这么讲，是不是太啰唆了？"

大家一时不知说什么好，还不知道岳评要讲的主题是什么。

岳评跳出来，这是一个意外。成慕海所说的有人作假，指的就是这件事吧！程远青看了看成慕梅，心想她的同胞哥哥从哪里知道了岳评的故事？

成慕梅挂着腮帮子，很注意地看着岳评，表情仍是一贯的漠然。程远青对岳评说："最悲痛的事是什么？"强调了"最"字。人需要学会简洁，即使在悲怆中。

岳评说："医生把她肚子打开之后，什么也没有做，就关上了。上次说了，别家都盼手术短，只有我家盼手术长。女儿出了手术台，没想到我和她的反目就此开始。从那一刻到她死，女儿没和我说过一次有关病情的话。癌横在我们之间，如同铜墙铁壁。她对我说的最多的一句话就是，妈，我觉得好多了。我对她说的最多的一句话也是，孩子，我看你也比以前好多了。谎话啊！弥天大谎啊！无论是说的人还是听的人，都不曾相信过哪怕一秒钟，可我们天天重复，像念经一样无数遍地叨叨着，装出喜形于色的样子。就在这句话的重复中，我的小澈，从体重 110 斤身高 1.70 米的优雅女性，瘦成了一根灯草，缩成一团，身上千疮百孔，比个木乃伊还可怕。木乃伊到底还是个全尸，我女儿剖腹探查的伤口一直到死都没有愈合，张着嘴流着脓液。从住院到她死，没有吃过一顿饭，瘤子广泛转移，肚子里黏成了大冰疙瘩，肠子完全不通，吐了胃液吐胆汁，最后就是吐血。太馋了，会吃下一个小饺子。

她会把那个饺子在嘴里嚼呀嚼呀，一直嚼上十分钟，那个饺子才消失了。不是她咽下去了，是在嚼的过程中，饺子一点一点化成了渣，顺下去了。饺子下肚不足五分钟，她就会大吐特吐，我真不知道，一个饺子可以让人吐出这么多东西……女儿死后，我最最不明白的就是，一个癌症病人，在最后的时刻，和自己的亲人为什么不说实话？每当我关心她的病，她就会非常不耐烦地说，妈，你累不累啊？你烦不烦啊？你有完没完啊？你还让不让我安静一会儿啊？

"我每天胆战心惊地观察着她，你想啊，她身上的每一寸肌肤，每一个零件，都是我给予她的，对于她的身体，我像对我自己的身体一样熟悉。现在，这个如花似玉的身体，每刻都在发生可怕的变化，黄疸深似橘皮，脚面肿了，头发掉了，鼻子出血，尿却越来越少了……我不敢相信自己的眼睛。我去向医生报告，他们总是胸有成竹地告诉我，晚期就是这样的，还会出现很多……那些吓人的恶兆，从医生嘴巴吐出来，就像天气预报，平淡，但是准确。我想和女儿说说这些事儿，她能给我一个解释，说这只是某种药物的副作用或是一个暂时的情况。小澈每次都粗暴地打断我的话，顶我饿我，我的眼泪哗哗地流，她才不做声。等女婿来了，她就跟女婿告状，说我一天老恼她。她把对病魔的怒火都发泄到我身上，我想和她开诚布公地谈谈，不要再说'好多了'的假话，把最后的时间，用来说点温暖的话，彼此也留点念想。可是，我找不到机会。互相折磨中，病越来越重，隔膜也越来越深。我甚至觉得女儿仇视我，因为我比她年长，她要死了，可我还活着。她只对蕊蕊和颜悦色，拼尽自己最后的力量，和蕊蕊玩。哪怕刚刚吐完血，用纸巾把嘴角的血丝一抹，就满面笑容和蕊蕊说笑。有一次，血沫子没擦干净，蕊蕊说，妈妈，你嘴巴怎么红红的？我女儿用手指按按嘴唇说，这是妈妈新擦的口红。我在一旁看着，就想，女儿啊，你也是当妈的人了，为什么你对你的女儿就那么好，却不让我对你好？直到女儿死，我和女儿的关系也没有恢复，我不知道这是为什么？为什么两个本该是最亲的人，却如同路人？我一直想不通，这比女儿的死还让我难受。死没法逃避，可我和女儿的关系为什么变成这样？我错在哪里？女儿去了，疑团留给我，好像火球，藏在我肚子里，烧得我日夜不得安宁。我装病，实在不是想骗大家，或是猎个奇什么的，我要把女儿的心事搞明白，她不在了，我想问问你们。求你们给我一个答案。我想在我活着的时候，搞明白这事。要不然就只有等到我也死了，见了我女儿，才能明白。再一次为我欺骗了大家而道歉，请大家帮我。"

回肠荡气一气呵成。真不愧是当校长的，把小组也当成了大礼堂，作报告一般讲完了她的心事。大伙听得心一阵阵紧缩，以为岳校长说着说着会哭起来，但岳校长自始至终，一滴眼泪都不掉，音色也保持着洪亮。

程远青说："岳校长，谢谢你带出了一个非常重要的问题。我们病了，亲人在怎样一种煎熬当中，也许我们不明白。这种改变，深刻地影响着我们和亲人。甚至，在癌症病人故去之后，他的亲人依旧被无尽的折磨包绕。岳校长刚才谈得比较多，我大致总结了三个问题。岳校长，你听听是不是全面？

"一是如果你得了癌症，你愿意知道真相吗？

"第二个问题是：你希望怎样度过最后的时光？其实，这个问题，谁都会遇到。即使不得癌症，人生也有大限。

"最后一个问题是：当我们远去之后，你希望亲人怎样生活？"

程远青说完，岳校长和组员都频频点头。程远青说："咱们请岳校长做主角，做一个游戏。"

这么惨痛严峻的题目，如何同游戏联系起来？

程远青说："游戏很简单，每人就第一个问题，想好自己的答案。岳校长走到你身边，你偷偷地把自己的答案告诉她。"

大家说，好啊。

岳校长有点忐忑，尴尬地低着头，希望大家原谅她的打扰。"从谁开始呢？"她自言自语。

"从我开始吧。"周云若说，又问，"我不想小声说，我想大声说。可以吗？"

程远青说："可以。"

岳校长就走到周云若面前。周云若一把抱住了岳校长说："我不喜欢糊里糊涂地死，我要知道真相。您今天的话，对我太重要了。我现在已经能对陌生人讲我是一个乳腺癌患者，可是我还对父母保密。我马上回家，告诉他们。不然，有一天我离开了这个世界，母亲会洒下像您一样多的泪水。岳校长，谢谢您！"她拥抱着岳校长，岳校长也紧紧地拥抱着她。

应春草是第二个。她附在岳校长耳边轻轻地说："我不想知道。可我还是要知道。"她轻轻用手指尖触触岳校长，好像岳校长是个稻草人。

第三个是褚强。褚强说："我没得过癌症，希望以后也千万别得。如果万一得了，请在第一时间告诉我。如果谁知道了还不告诉我，我跟他没完。"

大家就笑了。说你到了那会儿，就是想跟人家没完，只怕也是心有余而力不足了。

第四个安疆。老人坐在椅子上，站不起身来，岳评俯下身，听到老人微弱但清晰的声音："瞒一个人容易吗？不容易。快死的人聪明。骗不了，趁早说了好。"

轮到鹿路了。今天的鹿路化着浓妆，不知道的人以为那是浮华，其实是为了遮挡满面伤痕，遮掩青紫的淤斑。浓妆之下神情肃穆，有一种祭祀般的宁静。她没有拥抱岳评，用沙哑的声音说："告诉我真相。"

卜珍琪站起来，她身材高挑，和胖胖的岳评正好形成反差。卜珍琪在岳校长耳边悄声说了一句，谁也没有听清。但岳校长很重地点头。

到了花岚身边。花岚长叹了一口气说："还是别告诉我了。太可怕了。"岳评表示明白了，刚要离开，花岚又扯住她说："我又改变主意了。还是说吧。说了，大哭一通，总能过去。"

岳评最后走向成慕梅。成慕梅坐着，露出不打算站起来的意思，斩钉截铁地说："务必把真相告诉我。"

岳评一圈走下来，才要落座，程远青说："你还没问我呢。"岳评说："您我就不用问了。"程远青笑道："这么有把握啊？你倒说说看，我会怎样回答？"

岳评说："您学问大，也许会说得非常幽默。您的看法一定是——把最坏的情况和最好的希望都告诉我。当然，还有时间。"

程远青惊讶无比，说："岳校长，你吓着我了。我真会这样说。"

程远青环顾四周，所有人的意见都征询完了，程远青说："岳校长，把大家的意见报告一下。"

岳校长说："没想到，都是得知真相。我谢谢你们，我知道我错了。我那苦命的女儿，在孤独中挣扎的时候，多么需要得知真相。为什么怨恨我，这也许是非常重要的原因。以为爱，实际是害。无法沟通的痛苦，离间了我和女儿的情感，这比身体上的癌更可怕。"

程远青说："这第二个问题，我想用……"

大家接下茬说："一个游戏！"

程远青笑着说："这么想玩游戏啊？"

大家说："题重，方法轻松好。"

程远青很高兴，回想当初，小组刚成立时，情绪压抑紧张，对死亡讳莫如深，如今，已能谈笑风生。

程远青说："第二个问题是如何度过你最后的时光。不要受经济、地域、条件这类环境因素的限制，天马行空撒开欢儿想象。每人一张纸，把愿望写下来。时间五分钟，写好后直接交我。"

卜珍琪问："多少字？"

程远青说："一二十字就行。不要写名字。"

褚强发纸。某些人考虑过千百遍了，刷刷动笔，有的人就很困难，抓耳挠腮。五分钟过后，程远青示意褚强收卷。有几个人还没写完呢，程远青也不宽容，说："停笔。"

程远青把卷子拢在一起，对褚强说："还要劳驾你，把卷子打乱了再发下去。"

卷子发下，全场无声，大家都忙着参观他人的临终愿望。程远青道："把你手上的条子念出来，与大家分享。"

褚强念："到一个遥远的地方，安静地躺在白云下，死亡之后被秃鹫啄食，不让任何人看到我的身体。"

场内的气氛陡然间阴冷。略带浪漫的死法，不可言传的孤寂。

程远青琢磨——这是谁？吃不准。她不动声色说："继续。"

应春草念道："我要死在家里。别给我吃。让我安静。"

岳评念道："把窗帘拉上，放一首江南的丝竹音乐。点上香，要那种檀香味道的。在我死后一个小时之内，不要离开我。我还需要陪伴。"

这话叫人听起来，几分苦意，又有几分禅意。

成慕梅念道："请给我足量的镇痛药物。如果有可能，让我的孩子围绕在我的身边，当然，孙子辈的就算了。他们太小，别吓着他们。我会在还能动笔的时候，留下一封信。永别了，人们！"

一张很有特色的条子，虽被成慕梅念得毫无水分，感动依然蔓延。

轮到安疆了。她衰弱得几乎透明，但精神尚好。一阵撕扯般的咳嗽由于她准备念纸条而爆发，让大家很难过。"安奶奶，我替您念吧。"周云若说。

"我行。我高兴。"安疆困难地说完，又休息了一段不短的时间，才缓缓地念道，"妈妈，我就要到你那里去了。我很高兴。爸爸，一想到马上就要见到你，我就情不自禁地期待着那一刻快些到来。"

安疆由于底气不足，断断续续，更加重了一种乞求死亡的气息。连程远青都莫名其妙。谁写的呢？

大家的情绪也随之低落，这简直就是对死亡的邀请书。

程远青不得不插进说："大家会听到各式各样的说法，也许并不美妙，却是心灵的自然流露。在这个意义上，我尊重所有的纸条和它们饱含的感情。我们依然可以用明亮来对待它们。毕竟，生命此刻在我们手中。"

有一个条子让大家忍俊不禁。

纸条上写着："我要吃一大碗红烧肉。要把空调开得暖暖的，临死前嘴里要含一块糖。"

大家就把目光投向褚强，说："也不怕蛀牙！实在是太年轻，离死太远。"

褚强说："我这已经是挖空心思在想了。程博士说了，贵在真心。"

后面几个条子大同小异，只有一个条子独到："把我身上所有的管子都拔下。不要抢救。怎样来就怎样去。"

大家对别的条子，都不表态，对这个条子，鼓起掌，说："对！这太重要了。"

最后轮到花岚念道："死不足惜。就是化成厉鬼，也要报仇。我会拨打那个电话，日夜不宁。死在哪里都可以，就是不要死在家里。"

气氛为之一变，疑窦丛生：谁？咬牙切齿？有深仇大恨不得化解？

程远青算是把魔鬼放出来了。生死一线之时，矛盾激化。如果你安然，那时就更加安然。如果你混乱，那一刻就翻江倒海。所谓"死不瞑目"，就是这个意思吧。

这份冤仇凝结的檄文，不能拖延。程远青微笑着说："这条子，吓了我一跳。不知大家感受如何？"

大家说："汗毛乍起。"

程远青说："条子的主人就在我们之间。我想，你之所以写了这个条子，是心里的苦痛和愤怒实在压抑不住了。既然你已经等了很长时间，能否再耐心地等待一会儿，让我们把大家刚才的条子做一个总结？好了，你不必说同意，只要你不反对，我们就往下进行。然后，我们再回到你的纸条上来。"

人们面面相觑，没人反对。

程远青说："我听了大家的条子，第一个感觉是想死在家里的人比较多。"

大家说："正是。"有人小声补充说，我条子上没写，但心里也是这么想的。只是家里地方小，怕不吉利，添麻烦。

程远青说："这就是你的不是了。我刚才不是说了吗，你怎么想的就怎么写，别顾忌太多。"

大家说，嗨！要是条件允许，谁不愿死在家里啊！

程远青说："第二个感觉是特别在意有亲人陪伴，死在熟悉的环境和亲人身边，福气啊。"

大家就说，岂止是福，是奢侈！

程远青说："第三点感受是，大家对于现代医学对于死亡的大幅度的干涉，抱消极态度。当生命不能挽回，就顺其自然了。"

大家说，太对了。真该请医院的大夫和卫生部的头头听听我们的话，一省钱，二顺民心。以为人临终时总是千方百计求活，大谬不然。死亡不可避免之时，过程搞得人道一些，就是医学的大成就。

程远青说："这第四点感受是，大家还有一些未完成的事。思念呀，复仇啊，如果假以时日，愿意把它完成。"

有人频频点头。

程远青说："如何死的事，要有提前量。干得动的时候赶紧准备，要不然，真到了那会儿，没人能知道我们真正的心愿。"

大家说，对啊，要让全社会的人都多知道一些癌症病人的真实想法，是功德无量的事。就算我们自个儿不一定能享受成果，为以后的癌症病人造点福，也是好的。

程远青说："不知大家注意到了一点没有？无论写得伤感也好，凄凉也好，没有一个人写到钱。"

大家就笑了，说，钱在生死面前算什么呢？有钱的，在这之前，早立下了遗嘱，该分就分了。没钱的，想挣也来不及了，也没脸谈钱了。那么小的一张纸，谁能想到钱？您要是发一张大字报那样大的纸，或许在犄角旮旯里，能写到钱。

程远青说："第三道题。那就是我们死后，你希望家人，你所爱的人，如何生活？"

周云若抢先说："我在手心里写下意见，在小组内走上一遭。你要是同意，就举手。要是不同意，再提出自己的看法。好不好？"

大家都说好。褚强就从文具中拿出一支笔递给周云若，说："这能在玻璃和金属上写下字迹。你手心得洗干净，有油腻可不行。"

周云若接过笔说："我的手心也不是红烧肘子，哪有那么多的油水！"说归说，周云若还是到洗手间，把手洗净，用笔描画了一番，握着空心小拳头，绕场一周。

成慕梅细细看了周云若手心，迟疑着，好像不是很赞同。但她思忖了片刻，还是把右手举了起来。

每当一个人看过之后，周云若就把手心重新攥起，又怕字迹模糊掉，就松松地蜷着手指，好像手心握着一只蚂蚱。这个手势引得大家充满了好奇，不知在五根美丽手指护卫下，是怎样精彩的答案。每个人看过之后，就会把自己的手臂抬起。这个动作，对于一般人来说，是很普通的，但对于乳腺癌病人来说，却要付出艰辛。根治术切除了肌肉和皮肤，臂膀像是被无数绳索捆绑，要高举过头，是很吃力的。

周云若最后走到程远青面前。周云若的手心写着两个大大的字，由于保护得很好一点也没有洇散，新鲜得如同两尾活蹦乱跳的小鱼。

那两个字是——"快乐"。

岳评此时泪如雨下。她觉得这是远在天上的女儿在说话。在这一瞬，她终于明白了女儿。因为太痛，她无力和最亲爱的妈妈诀别。每一句话，都会回忆起无忧无虑的日子。面对最沉痛的爱，只有选择欺瞒。女儿走了，今天在这里，在这些和女儿患了同样疾病的人身上，岳评明白了女儿的良苦用心。得知了女儿在天上对亲人的祝福。

快乐就是解脱和救赎，是冰释和消融。

程远青走过去，轻轻地抱住了岳评。

多么好的气氛啊！程远青真想在此刻的氛围中结束今天的小组，但是，不行啊！关于秃鹫和化成厉鬼的纸条，都是已经开始行走的定时炸弹。

要拆除它们的引信。仗得一个个打。

程远青说："那个厉鬼纸条是谁写的？要是经过了这样一段时间，你不愿谈了，也完全可以。有话要说，请抓紧时间。好，我开始问了。这个纸条是谁写的？"

静谧。没有人回答。

程远青倒很平静。在她心理医生的生涯中，最大的收获就是知道人是那么精密复杂，所有不可思议的事件，都能发生。你可以惊异逻辑的怪异，却不能否认它所呈现的事实。

没有人答话。为了气氛的松动，程远青说："我像是拍卖会的拍卖师，可惜手里没有锤子。现在，我问最后一遍——谁写的那张条子？"

在人们几乎绝望的时候，花岚说："我。"

大家着实吃了一惊。那张纸条是花岚念的，她念得很平静。混合之后，她写的条子又分到了她手上。刚才都在猜测，没有人猜到花岚头上。这种咬牙切齿的狠话，难以想象出自她口。

程远青说："有大冤苦大仇恨的人，才能在最后的时光，还这样耿耿于怀。原谅我用了耿耿于怀这个词。我们愿意分担你的悲愤。"

花岚抬起头，大家一看她的脸，几乎认不出她来。文静的面孔被怨恨扭得狰狞，眼光聚成一串火星，如果那个令她愤怒的人在面前，会被她撕碎。

花岚讲她的经历，反复提到绿色的香纸。花岚把对她丈夫的怀疑和推论，演绎得活灵活现，如同一个充满悬念的故事。花岚闭上了嘴，大家不知所终。

程远青说："你最需要大家帮你的是什么？"

花岚很茫然，说："我不知道。您刚才说让我们想象临终遗言，我一怒之下写下了那些话。我不想临到死都是一个糊涂虫。许久以来，就像有一只脏手，掐住了我的喉咙，现在，它让出一条缝，我喘气通畅多了……"说到这里，花岚绷紧的小脸，有了一些似笑非笑的纹路，荡漾着，比刚才中看多了。

程远青绝不被表面的松弛所迷惑。她说："花岚，你觉得好些了，我很高兴。可是，你下一步的行动呢？"

"行动？我没有什么行动。下一步，我会回家，到超市买点果味酸奶什么的。"花岚说。

程远青说："如果那张绿色的纸条又出现的话，你怎样办？"

花岚一听到绿纸条，怒火就腾地蹿起来，她咬着牙说："我会撕了。"

程远青说："如果纸条不断出现呢？"

花岚冷不防哭起来说："我现在特别怕小组结束。小组散了，我再到哪里找这么多知心朋友！"

大家看到花岚对小组这么痴情，纷纷说，花岚，别害怕。即使有一天小组结束了，我们仍旧是你的好朋友！花岚破涕为笑。

程远青说："花岚，你真的舍不得大家吗？"

花岚不悦地答道："程老师，我说的是真话。"

程远青说："想念大家什么呢？请说具体些。"

花岚困惑地说："见到大家就高兴。"

程远青说："没那么简单吧。你会和大家再谈起你的磨难。对吗？"

花岚理直气壮地说："当然会。我把大家当成我的篱笆和桩。花岚不是好汉，当然更需要人帮了。"

大家听得感动，说，花岚，你放心好了。我们不是一般的桩，是水泥墩。

程远青朝大家摆摆手。组员们噤了声。程远青说："谈完了你的苦难，你再做些什么？"

花岚说："回家。酸奶……"

大家听着，仿佛明白了一些，也仿佛什么都没明白。

程远青和颜悦色道："恐怕还得加上翻看你丈夫的衣兜……"

花岚不情愿，还是承认了，说："是。翻兜。"

程远青正色道："花岚，我不知你发现了没有，你进入了一个怪圈。

当你忍受不了的时候，你就宣泄。但你宣泄完了以后，你就忍耐。这是一个黑暗的循环。你不能把我们大家的倾听当成一个高压锅的减压阀，你呼呼吐出怨气，然后，压力舒缓了，你又有空间接收新的怨气。直到下一次忍无可忍之时，再来一次减压。花岚，那不但是对大家的利用，更主要的是你的苦难的延误，是对恶势力的妥协。仇恨不会终结，只会越压越深，直至引发全面的崩溃。"

大家听得冷汗涔涔。

花岚双手抱住头，大叫道："是的，我就是要崩溃了！我的心一会儿松一会儿紧，好像弹性绷带。好的时候，我以为那不过是心魔。坏的时候，我会有一阵阵的冲动，去跳楼卧轨割腕摸电门……绿纸条像蟒蛇，越缠越紧……"花岚说到恐怖处，双臂环头，如同受刑。

程远青不去安抚花岚，说："我知道你所遭受的痛楚，用语言来形容是非常无力的。我想知道，你为解脱自己的苦境，采取过什么步骤？"

花岚无力地说："诉苦……"

程远青说："然后呢？"

花岚抹干眼泪，肿着眼睛说："我要找一家私人侦探所，我已经把有关的程序都搞清楚了。包括费用，一大笔钱，我准备出。我要他们派出最干练的私家侦探，追踪我的丈夫，然后，找到留下绿色纸条的女人，最好能抓拍到他们苟合的镜头，起码也要录下音，这样我就人赃俱获……"花岚说着说着，悲戚一扫而空，换上眉飞色舞的表情。看来这个周密的计划，在她脑海中构思、孵化很久了。

大家呆了，觉得像肥皂剧。

程远青很认真地倾听并思索着，说："然后呢？"

花岚目光空空道："到这儿就差不多了。"

程远青说："什么叫差不多了？你不会是把录音带留着自个儿欣赏，把相片插到影集里留个纪念吧？"

花岚揪着自己的衣角说："我真的不知道以后该怎么办了。也许，我会大吵一架，把录音带和相片甩到裴华山面前……"她困难地想象着，如同一条受伤的蠕虫在泥泞中爬行。

程远青毫无体恤，说："然后呢？这可不能算完，好戏才刚刚开始啊。"

花岚双手抱头说："我不知道！你为什么要这样逼我！"

程远青说："没有人逼你，这就是现实！你不是小孩子，你可以想象一下，裴华山看到了你搜集来的证据，会有什么想法和举动？和你的期望吻合吗？还有很多具体的问题，你都要思考。"

花岚说："程老师，我不是不想回答你的问题，是我真的不知道真相。"

程远青说："花岚，你有能力知道真相。"

花岚说："你的意思是，要我打那个绿色纸条上的电话？"

程远青说："这不是我的意思，这是你自己的意思。从你临终时想完成的事里，不正表明了这一点吗？"

花岚吓得直往后藏，好像程远青会扑过来逼着她打电话："不！我不敢！"

程远青说："你怕的是什么？"

花岚想了想，说："我怕知道真相。"

程远青说："我看你是个分裂主义者。一方面，鸵鸟埋头，另一方面，又充满想象，编织悲剧。在分裂状态里，必会崩溃。你选吧。要么知道真相，要么想入非非，包括崩溃，都是你的选择。"

花岚低着头，坐着。花岚甚至伸出手指头，一个一个地扳动指节，好像小孩子算术一样，数着她的选择。大伙这个急呀，恨不能拉着她的手说，这还有什么可迟疑的！

程远青不急。有些非常复杂的问题，只围绕着一个极简单的内核旋转。有些非常简单的问题，背后却是整整一生的浓缩。急什么？人的一生都在寻找，寻找那个真正的与众不同的自我，寻找属于自己的快乐和自由。

花岚想了半天，这半天简直比百年还长。她终于开了口说："我不知道。"大家就火了，说花岚你真是榆木疙瘩，这事简直太明白了，你只要……

程远青适时地打断了大家的指责和教诲，说："花岚，我想你心里很乱。"

花岚说："是，乱极了。比我第一次看到那绿色的纸条时还乱。"

这一次，程远青用严厉的眼神制止大家插话。程远青说："我明白。那时候，你还能用种种的假设搪塞自己。可现在你面临着选择。"

花岚说："我没有选择。选择不在我手里。在裴华山手里。"

程远青说："咦？原来你是裴华山的附属。"

花岚不愿意听了，说："我不是任何人的附属。我是我自己。"

程远青紧抓不放地说："花岚，你刚才说什么来着？请你再说一遍。也请大家注意听，这是一句非常重要的话。"

花岚有些尴尬，也有些莫名其妙，说："这句话真那么重要吗？我刚才说的是——我不是任何人的附属。"

程远青："祝贺你，花岚，你说出了一个最基本的事实。既然不是附属，就能自己做主。现在的问题是，你有选择知道事实真相的自由。当然，你可以放弃这个自由，如同你以往做过的那样。但是，你会死不瞑目。"

花岚若有所思地说："我知道了真相又能怎样？"

程远青说："你依旧可以再次选择。"

花岚说："就是说，我可以佯作不知，我也可以找裴华山摊牌？我可以警告他，也可以原谅他？我还可以离婚，也可以忍辱偷生地过？"

程远青说："基本上是这样的。纠正你一个说法，你知道了真相，如果选择继续保持婚姻，也并非忍辱偷生。你为了一个目的，比如你的父母，比如你的未来，而有意付出的代价。你不是被迫，而是主动。这就是两者的区别。"

花岚慢慢地说："我明白了。"

程远青觉得气氛过于严肃，微笑着说："我也明白了。"

这下轮到花岚不解，说："程老师，你明白了什么？"

程远青说："我明白了，你不想家庭解体。采取的方法就是蒙蔽事实，糊里糊涂苟延残喘。"

花岚说："程老师，真相只是更有利于选择。"

在人们几乎以为无望的时刻，花岚拿出了精巧的手机，对大家说："对不起，我要在这里打一个电话。"她想也没想，就拨出了一个个数字。那些数字在她的脑海中已生根发芽。

电话通了，有人答话。由于屋子里极静，花岚的电话质量过硬，居然大家都听到了一个机械的女声应答。那女声说的话是——对不起，您拨的号码是空号……

子 非 鱼

　　程远青回到家里。每逢小组活动的那一天，程远青早上从家走的时候，就像核潜艇驶向深海，不知道将遭遇怎样的波涛。回来的时候，也像返回港湾，夹杂着疲倦和喜悦。

　　小组像花苞慢慢长大。从社会各个角落汇集而来的病渣，在小组的这个锅子里，搅拌煮沸蒸腾，今日的小组和刚刚成立时的小组，已不可同日而语。人还是那些人，但她们脸上的笑容显著地增多了，她们打开了封闭的心扉，把纷杂的往事一一梳理。大多数成员，心境已趋清爽。

　　当然，不是全部。程远青知道，即使到小组结束的那一天，也不能保证所有的组员都会有长足的进步。这和自己的指导水平有关，更与每个组员的开放和灵性密不可分。

　　"死亡之后被秃鹫啄食，不让任何人看到我的身体"的纸条，让程远青不安。谁写的？纸条在褚强手里，一时也无法判断笔迹。

　　程远青把自己像个线毯似的铺在床上，背后倚个软绵绵的靠枕，随意翻本休闲的杂志。

　　她有点心不在焉，说得严重点，甚至是魂不守舍。她是在连连换了几本刊物，都不能成功地读上五页的时候，发现了自己的烦躁。

　　昨天才和国外通了电话，女儿在写硕士论文了，使她很欣慰。女儿显然不是她不安的原因。那么，招致她不宁的原因究竟是什么呢？

　　程远青细细搜索，很快就明白了。一旦她明白了，就有些生自己的气。原来，她有意无意地在等成慕海的电话。如今的成慕海，成了一个奇怪角色。经常会在小组活动的当日晚上，或是第二日早上，打来电话，述说他对小组的评价。成慕梅事无巨细都报告给哥哥，以致程远青曾愤愤质问："你妹妹是不是携带了针孔录像机？"

　　成慕海充满磁性的声音说："外人很难理解双胞胎之间的那种感应。

小时候，我们兄妹一个得病了，父母会给两个孩子一起喂药。刚开始我以为是预防，怕另一个也得病，后来我妈说，两人都吃，药一块儿使劲，两份药治一份病，好得快。所以，妹妹不是故意的，我也不是故意的。如果您特别在意，我就不说得这么详细了。"

成慕海说得恳切，程远青只得作罢。当然了，程远青操有主动权，可立停交谈，但她始终不能断然叫停，奇怪的谈话就延续下来。程远青需要一个交流者，一个置身度外却又明察秋毫的观察员。在这种交谈中，她快乐轻松。成慕海是宁静的，有着淡淡的书卷气和忧愁，健谈，但有分寸，行于当行，止于当止。时有发人深省的疑问，有时会带一点巫气。比如他说组里有人不以真实身份示人，程远青几乎要一笑了之。没想到褚强深入下去，才挖掘出了鹿路的一段隐情。鹿路的改变是显而易见的，她将重新规划自己的人生，从这个变化来讲，成慕海功不可没。只是，他从哪里知道的？

也许，鹿路风尘生涯，过人无数，使成慕海从某个途径得知了她的真实身份？程远青这样推理。他不会亲自会过鹿路吧？想到这里，程远青有些惆怅。

电话铃响起来了。程远青立刻抓起了话筒。

"你好。程博士。在等我的电话吗？"那个充满磁性的声音，有些喜出望外。

程远青暗骂自己接听得太快了，故意说："您是哪一位？"

成慕海说："程博士，您真的听不出我的声音来了？心理医生都有很好的听力，您是佼佼者，这点修行还是有的吧？如果我说得不错的话，其实您听出了我的声音，故意装作听不出，以防让我得意。是这样的吗？博士？"

魔鬼！程远青暗暗地骂了一句。但正因为这种魔鬼般的聪明和判断，使得程远青把和成慕海的谈话，当成一种精神的博弈和休憩。程远青说："凭此出言不逊，可以判断出是成慕海先生了。铃声只响一声就被我接听的理由，没有你想得那么复杂，只是我凑巧走过电话机旁。成先生，您有什么事吗？"

程远青有意拉开和成慕海的距离。

成慕海感到了这其中的淡然，马上恢复了恭敬的口吻："程博士，请别介意我的随便。主要是刚和妹妹聊完天，听她绘声绘色地讲你的小组，感同身受，余兴甚高，好像和您也很熟稔了。其实是陌生人。"

这席话倒是还算让程远青入耳。有关小组的情况，程远青当然愿意听到反馈。程远青在音调里加入少许温和，说："你对小组有什么新印象？"

成慕海等的就是这句话，马上说："如果您时间充裕，我就多聊点。反之，就简练点。"

程远青希望多聊点，说出来的却是："请简练。"

成慕海说："哦，好。最简练的发言还是我以前说过的一句话，您应该记得的。"

程远青说："对不起，您说过很多话，不知您说的是哪一句？"

成慕海说："小组有骗局。也就是说，有人脸背后还有一张脸！"

程远青愕然。澄清鹿路身份之后，以为问题已然消解，不想仍在原地踏步。程远青道："你还坚持这个说法？"

程远青记起同鹿路的谈话，并没有在小组公开，便笑自己大惊小怪，又不能把来龙去脉告知成慕海，就说："不知你妹妹在向你描述的小组，有什么变化吗？"

成慕海说："成慕梅发现鹿路不同以往。她讲话很少，几乎没有任何突出表现，但很显然，一个深刻的变化已经发生。她身上的流浪漂泊之感消退了，好像有了家。至于岳评校长，我不知您是否把她的表白当成了谜底？她就算是欺骗，也是一个小小的善意刺探。这算不了什么，还有更深刻更令人震惊的假象，存在于小组。"成慕海最后的话，简直充满预言的味道。

程远青沉吟了片刻。不知这份敏感，是属于成慕海还是成慕梅？想想看，一份病两份药治，这样的共同体真是不可思议。

程远青说："你说得这样肯定，是否可以告诉我，你从哪里得知？"

成慕海笑了，说："博士，你不该这样问。我只是一个局外人。我告诉你的是真的，这就足够了。"

回家路上，花岚又用手机拨打那个号码。她很紧张，等来的还是"没有这个号码"的女声。花岚先是松了一口气，马上她又怀疑是不是记错了？打错了？

记错是不可能的。号码已烫在脑屏，就是死了，火化之后，在碎骨的白色垩面上，也一定会留下这组数字。花岚再次查看了自己的打出记录，没错。地铁讯号不是很好，花岚索性提前下了车，爬出地面再次拨打那组数字。屏声静气地听，还是那个标准的录音在回答花岚的等待。花岚现在几乎可以确认那是空号了。于是，花岚上了瘾似的一次次按下电话的重拨键，享受地听着那个不带任何感情色彩的声音。

她给裴华山打了电话，要求他回家来吃晚饭。裴华山自由惯了，什么时候回来什么时候走，花岚都表示一种冷漠的淡然，好像根本不在意。今天不是邀请，是"要求"，这让他思量。

裴华山说："有什么要紧事吗？"裴华山在脑子里迅速搜寻，谁的生日？世界抗癌日？好像都不是。再说，他家从没纪念这些日子的习惯。

花岚说："我很想和你谈谈。"

花岚从未用这种口气和裴华山说过话。裴华山推掉了重要应酬，早早到了家。花岚治出一桌菜等他。花岚体弱，不胜油烟，自己也没胃口，全靠西洋参乌鸡精什么支撑身体。其实，她小时候，家中雇过一位杭州保姆，会烹制很精致的小菜。花岚跟着学过几手。今天特意表现，就有几分江南小馆的风味了。

胃的力量强大，裴华山津津有味埋头便吃，至于种种疑问，饭后再说吧。

花岚说："有一件事，我一直想问你，可我一直没有问你。"

裴华山剔着牙缝说："干吗这么兵临城下？有什么事，你说吧。"

花岚觉得自己的牙床骨直打架。不是因为冷，也不是因为害怕。谜就要揭破，她有一种颤栗的期待。花岚说："你的衣服一直都是我洗的。"

裴华山说："是啊。你是不是对此有意见？如果你觉得太操劳的话，我可以自己洗，也可以送到洗衣房。"

花岚说："我在你的衣服上经常闻到脂粉的气味……"她不得不停下来，因为她的声音抖得不成样子。她觉得这有损自己的威严。

裴华山一点都不意外地说："是吗？这有可能。你知道我们经常要和一些客户打交道，甚至要到一些很暧昧的场所。我不能放弃这些业务，你病了，需要钱，我不能不去。但我洁身自好，倒不是品质多么清高，甚至也不敢说是对你的忠诚，实在是出于清洁和健康的考虑。我可以向你发誓，我从来没有做过背叛你和这个家庭的事情。"

裴华山讲得很坚定，眼睛也毫不躲闪地望着花岚。花岚经过小组的锻炼，知道这样讲话的人，通常是真实的。但她能相信裴华山吗？焉知裴华山不是一个老到的情场高手练就了风雨不透的功夫？花岚自觉不是裴华山的对手，她从来就说不过他，也从来算计不过他。但此刻的花岚不自卑。她已经反复琢磨过自己的处境，与其在痛苦的猜测中焦灼而死，不如问个明白。在今天小组活动之后，花岚决定不再用一生来做赌注，而是顷刻就要面对真相。

花岚说："我给你看一样东西。希望你保存它的完整。这是一个仿制品。你就是把它撕毁了，我还有不止一个的真品。"

裴华山来了精神，说："花岚，我佩服你。一天待在家里，想出了神话。它是什么东西？你说到撕毁，可能那玩意儿质量不好，是纸或塑料或丝绸？你放心，我不会撕毁。"

花岚就拿出了绿色的纸条，丢到裴华山面前，说："你看吧。很熟悉，是不是？"

裴华山很仔细地看看，又把那串数字念了出来。花岚冷静地说："一组密码？很亲切，是不是？"

裴华山抚着纸条说："这对我真是一组非常重要的数字，有关一个重大的投资客户。它恰巧是八位数，和电话号码的位数相同。不知为什么，我总是记不住这组不规则的数字。但是，和客户谈话的时候，又要不停地重复这组数字。没办法，每当我和这个客户见面之前，助手都会把这组数字抄下来给我，以防我忘记。我这个人有时会突然考试晕场，不信去问你爸爸。"

花岚半信半疑。那个袭扰了自己无数夜晚和白天的数字，竟是如此简单！她甚至怅然若失，为自己所有的眼泪和惆怅，为自己无数脑细胞的夭折和毁灭……

"这是真的吗？"花岚哽咽着说。它太简单了，简单到让人心碎。

裴华山说："你可以拨打这个号码啊！我不知它能不能打通，即使通了，也是完全的巧合！"

花岚说："我打了。几十遍，都说不存在这个号码。"

裴华山轻松地耸耸肩膀说："那不就得了。我总算洗净了。"

花岚还有最后一个疑问："那张纸条，为什么那么香？"

"香吗？"裴华山有些吃惊，想了想说，"那是业务助理为大家买来的便笺纸，进口的，都说好，我还从来没闻过它的气味。我是老鼻炎了，你也不是不知道。"

花岚转过身，号啕痛哭。这是她自得知自己乳腺癌之后，最气壮山河的一次痛哭。她恨那些牵肠挂肚的日日夜夜，恨所有的胡思乱想，恨出卖绿色羊皮纸的商店，甚至恨那个机械的女声，让自己所有的忧虑变成毫无疑义的虚幻。好像一个标有骷髅头的集装箱，浸泡在海水里，长久不敢打开。今天打开了，大箱子里面套着小箱子，小箱子里面套着木匣子，木匣子里面是布袋子……当所有包装打开之后，她看到了一点灰尘。

也许这就是人类常常面临的困境。你以为是海洋的地方，是一滴水；当你以为妖孽出没的时候，是一根鸡毛飞舞……

半夜里，在久违的鱼水之欢之后，裴华山说："想不到，你活力迸射。以前，我几乎不敢碰你。"

花岚说："如果你不碰我，我就真没活力啦。"

裴华山说："你病了，我觉得是我的责任。我要好好地保护你。我要压制自己对你的欲望，我觉得那是不道德的。所以，我拼命地在外面工作。"

花岚说："你每天看也不看我，我以为我做女人的魅力一点都没有了。你总在外面不回家，我以为你另有他欢。"

裴华山紧紧地搂住花岚说："你变了。"

花岚说："以后还会变。"

裴华山说："见好就收吧。变化太大了，我可害怕。"

花岚说："不会的。我只会越变越好。即使我的病治不好，我也依然可以幸福。"

这次小组活动地点，是花岚选的。精神面貌一变，脸上的神气就不一样。本来嘛，哭笑全是脸上的肌肉组合而成。肌肉也同扑克牌，组合不同,成就了千姿百态的表情。花岚的衣服也换成了跳跃的粉蓝色,透着轻快。银行有处"阳光屋",面积虽不大,但十分敞亮,还栽了若干在北方很罕见的热带植物,不是形单影只的巴西木苏铁,而是高大的椰树和芭蕉。通常不外借他人,只是单位员工可来此休息吃茶。花岚来借,知她有病,就破例批准了。花岚做了准备,常绿椰树下,椅子摆成圆圈。为了活动方便,把四周帘子挂上。冬阳从玻璃屋顶垂直倾斜下来,好像一匹金色瀑布。

新地方,很多人怕来晚了,提早出发,车顺了,到得格外早。暖融融的光线像一支支金黄的麦秆,挠着人们的鼻子和眉毛。大家闲来聊天,反正褚强这个唯一的男性还没到,肆无忌惮,开始讨论胸罩问题。对于切除了乳房的女人们,胸罩就不仅是美观,简直就是保持体面和尊严的同盟军。

花岚说:"我用的是一种内囊充满了水珠的假乳。关键不在好看,主要是有波动感,我觉得这太重要了。硬邦邦的乳房,无论形状多么逼真,只要一走动,就露馅了。"

应春草说:"你说的这个东西好是好,可是,得多少钱呢?"

一个否定句。可惜沉浸于快乐之中的花岚,把它当成了疑问句,轻描淡写说出了一个吓人的数字。

"我的是自己缝的。"应春草说。

"我的天!胸罩不比裤子,要很多奇形怪状的布才能拼起来,手够巧的。"花岚顺嘴说。

应春草说:"自己的身子,哪凸哪凹都有数。第一次不合身,二次就有了。要不,一辈子的事,老买现成的,太破费。"

大家连连称是,这确需长治久安。

"你在里面填什么呢?"安疆又出现了。她的身体极为虚弱,被周云若搀扶着来了,谁也劝不住。

"这个……"应春草有点迟疑,好像寻思要不要把独门功夫传授他人,反问道,"安奶奶,您的胸罩哪来呢?"

老人家瘦得如同棺材板,腰伛偻如虾米,对这样的提问很满足,说:"我是自己做的和街上买的相结合。"

大家说:"您说详细些。"

安疆老人说："我只能在街上买少女型的胸罩……老了老了，还用上少女型了……"老人咧开干燥的嘴唇，开心地笑了起来。从暗色的唇中，你感到生命正在出逃。但是，谁又能阻止一个老人在阳光下开心地微笑，并遥想自己的少女时代呢！

"少女型还是肥，乱晃荡，没办法，动手把它改得更瘦。这样，有东西的那一边算是凑合了，可没东西这一边，就得絮棉花进去，要不然，跟个空老鼠洞似的，多不好看。后来，我技术革新，找到一个好物件往里填，你们猜是什么？"老人眯缝着眼睛，只有在饱经沧桑而又充满天真的人身上，你才能看到这种得意的笑容。

不知真的无人猜中，还是大家要讨老人家的喜欢，纷纷说，猜不出，您就自揭谜底吧。

安疆得意地说："我在空罩里填的是旧丝袜！怎么样？又软和又透气还好洗！"

大家就夸张地表示自己的钦佩，乐得老人简直觉得这个创意，可以申请个专利。

应春草小声对身边的鹿路说："填袜子，对老年人，特别是麻秆形的老太太还行，但对中青年不行。我另有一诀窍。"

鹿路微笑着听大家讨论胸罩。她当然曾有过最性感最奢华的胸罩，胸罩是她的旗帜。这些经历，对如今的她来说，已远隔天涯，她搬出了度鸟别墅，租了一间小小公寓，正在读书，准备开始新的生活。

"你有什么好法子呢？"鹿路问应春草。

"绿豆。我在假乳房的袋子里，放绿豆。我放过米，江米小米都放过。我也放过各种豆子，黄豆红小豆……最后发现只有绿豆最好。你知道为什么吗？"

鹿路说："不知道。"

应春草说："重量。乳房的重量是最重要的。小米太轻了，不成。黄豆太重了，一边像挂了颗手雷，另一边却什么也没有，悬空。悬空的滋味不好受，不平衡，人会歪歪斜斜。绿豆和乳房的比重是一样的。这是我的一大发现啊。只是有一条，夏天的时候，要勤换。你要有两口袋绿豆替换着用。这份汗透了，赶快倒换下来晾晒。刚开始用绿豆，我没经验。一次出外，两天没来得及换，到家一看，绿豆露出芽啦！

以后我琢磨着把绿豆炒熟，也不能太熟，七八分就成了。太熟了，人一靠近你，会闻到豆香气。心想，咦，这女人刚在家吃完铁蚕豆吧……"

应春草喋喋不休地讲着，鹿路耐心地听着。她知道，这就是一个普通的平民妇女的生活。也许，这就是她的未来。

大家说笑一番，目标集中到沉默的成慕梅身上，问："你用的是啥胸罩呢？有没有什么经验，也给大伙交流交流。"

成慕梅闷声闷气地说："我在里面填的是石头。"

大家哄堂大笑，觉得成慕梅够幽默的了。只有周云若没笑。她想起来了，上次和成慕梅拥抱的时候，发觉她的胸部非常硬，好像鹅卵石。

大家又问一直没说话的卜珍琪。卜珍琪说："一会儿，我会在小组活动中讲这个事。"大家就有些奇怪，戴什么样的胸罩这类事，还要一本正经地说吗？

程远青和褚强到了，小组正式开始活动。程远青说："我想告诉大家，小组会在最近结束。"

大家听得一颤，空气也跟着起伏，附近的那棵国王椰子的枝叶，明显地哆嗦了一下，惆怅涌上心头。

程远青说："刚成立小组的时候，我听到外面有人说——给一群患了癌症的人做小组，还叫什么'成长会心'？癌症病人还能往哪里成长？再成长，成长到坟墓里去了。心会到一处都是苦的。很多次活动了，你成长了没有，自己心中有数。如果你觉得自己成长得不够，那么，这个责任也在自己了。"

程远青说到这里，稍事停顿。提到时间，不但是一种督促，更是预防针。一个小组，也同一颗麦子一样，有沉闷的种子时期，当土壤湿润，当肥料撒下，当温暖的阳光照射之后，那颗麦子就艰难地拱破了土壤，露出稚嫩的幼芽。风来吹，雨来打，麦苗细弱左右倒伏，但生命的本能逼迫它向着太阳生长。它拔节抽穗，它灌浆成熟，变成金子一样地放射着灼目的光芒。然后，它沉甸甸地垂下了自己的果实。再等一段时间，它会把饱满的麦粒送给肥沃的土壤，把新的希望交给下一轮的生命。然后，麦秆萎黄了，它干成充满香气的粉末，随着风抛向远方。

程远青是老农，知道麦子的生命轮回，知道一株麦子无法对抗生生不息的宇宙。程远青预告了小组的终结，人们很安静，斟酌宝贵的时间如何走过。卜珍琪说："刚才听组长说时间有限,心中紧迫。说实话,我对小组,刚开始没抱太多希望,心想一群哭哭啼啼的女人,能说出什么来呢？但我还是来了,因为孤独。我以前在办公室里养过一缸金鱼,人家都说金鱼好养活,随便喂点鱼食就能活。我是我那个部门的领导,人家都说我好像缺少女人味,我不服气,就从花鸟虫鱼市场买来了这缸鱼。那时正是夏天,鱼买回来活蹦乱跳的,尾巴就像红纱巾,在水草中摆动。我非常喜欢它们,给那条最大的鱼起了个名叫红袖。来我办公室的人看到了,都说,司长,工作累了看看鱼,心情也荡漾起来。鱼食都是现成的,只要每天别忘了往缸里投食就成。就是一天半天忘了,也没有关系,金鱼很皮实。如果我出差了,就告知司里的同志,代我喂喂,大家都很帮忙。鱼活得很好,个头也见长。后来,很奇怪,有一天早上我上班,习惯地走到鱼缸那儿,除了红袖,别的鱼都死了,像乒乓球一样翻着橘黄色的肚子。我傻了,是谁谋害了我的鱼？死了的先不管,抢救活的。我赶紧把红袖从鱼尸中打捞出来,暂时养在我的脸盆里,把那些死鱼倒了,把缸刷干净,再把红袖移到干净的水里。我给红袖喂食,它吃得很欢,完全忘记了同伴们的悲惨遭遇。鱼的死因,我一直搞不明白,很久之后,才听人说,金鱼喜冷不耐热,在炎热的夏天,它们之所以还活得优哉游哉,是因为办公大楼里空调强劲。那一晚,正是三伏天最热的时候,办公室停电了。气压又低,鱼儿经受不了忽冷忽热的折磨,就一一谢世。对于剩下的红袖,我格外地当心。我亲自喂,怕它不知饥饱,吃个没完,容易撑死。没用多长时间,红袖居然有了一条大鱼的模样。有一个懂行的朋友来我办公室看到这条鱼,他说,你被人蒙了,这不是金鱼,是金鱼的爷爷。我说,那不是赚了吗？朋友说,这叫红毛鲤鱼,养大了,可以烧成一盘。我说想得美,我会给它养老送终。红袖每天在一只硕大的鱼缸里游来游去。凡来我办公室的,都会看看红袖。有的人,本来是不来我办公室的,为了看红袖,也来了。不知从哪一天开始,我突然注意到,所有看到红袖的人,不论是老的小的男的女的,只要他们独自观赏一会儿红袖,都会说同一句话。好了,同志们,我就请大家猜一猜,这是一句什么话？"

　　卜珍琪今天是要拉开架势和大家好好谈谈了。平常,她惜字如金,隐带领导者的霸气，言简意赅，语句干净得让人有一种被冷风呛着了的感觉。今天的卜珍琪婆婆妈妈絮絮叨叨。甚至离题万里不着边际。好在经过小组的训练，大家的耐心都有很大提高，诚恳听下去，就会知道那背后潜藏的秘密。

大家微笑着齐说："猜不着。"

卜珍琪也没准备大家能猜出来，说："只要身临其境想想，那句话就脱口而出了。每个人看到红袖都说，它多孤独啊！一个伴儿也没有。所有人说的都是这句话。刚开始，我还觉得很好笑，秉承那个古老的理论，你也不是鱼，你怎么就知道它孤独？当然了，这话也可以反过来说，你也不是鱼，你怎么就知道它不孤独！但是，当我一个人看着红袖的时候，我就知道了，人们为什么会这么说。看到红袖，我们就看到了自己。当我知道患了乳腺癌，我就成了红袖。为了这无法排解的孤独，我来到了小组。我知道物以类聚，人以群分这句话，可我没想在小组中找到知音。刚到小组，除了组长以外，我谁都看不起。当然了，我会把它包装得很严密，一般人能感到，但抓不到。即使抓到了，我也不在意。因为，我从小就觉得自己是与众不同的。

"刚才组长讲到小组即将结束，我要把自己的心里话和大家讲一讲。我知道自己在这个小组里，学历算高的，职务也算高的。我把这些看得很重，但从这个小组里，我知道了一个人的价值不单在标签上，更在他内心。看到了那么多真实的生活状态，我也要真实地活一次。所以，我要告诉大家，我欺骗了你们！"

大家呼出了一口长气，阳光屋内的绿色植物，枝叶抖动。

小组里为什么这么多秘密？小组内为什么这么多"骗子"？小组有什么魔力，让一个个秘密大白于天下？

卜珍琪说："我复查出乳腺癌之后，没有告诉任何人。就是我最好的同事，我也没说。我至今没做手术。所以，我违背了小组发起要求中必须是乳腺癌术后这样一个先决条件。癌肿还在我身上。"

卜珍琪深深地喘了一口气，看来这样的长篇大论她也很不习惯："我不想手术。罹患癌症，是冥冥之中的报应。部里马上要提拔一批正局级干部，我是人选之一，呼声很高。我对自己说，如果我动了手术就让那些反对派有了口实，说这个女人得了癌症，那还提拔什么呀？马克思比我们更喜欢她。我不能功亏一篑，所以，我要坚持，坚持到提拔我的命令下来的那一天。命令只要一下来，我就住院手术。在这之前，如同战士不能离开阵地，我不能离开我的岗位。说实话，如果我这时遇到什么意外，比如车祸或是在下面检查工作的时候以身殉职，从我的身上搜出了疾病诊断书，也许真的会以为我是一心扑在工作上的好干部。我和那些为革命鞠躬尽瘁的好干部不一样，他们是真的，但我不是。我究竟是什么，我也不知道。我的疾病在进展之中，虽然很慢，但我知道它分分秒秒侵蚀着我的肌体。父亲很在意仕途，他炉火纯青的时候，遇到了'文化大革命'。'文革'最可怖的是'耽误'。'耽误'把一切可能性都扼杀了。父亲被耽误了，但父亲没有怨天尤人，真正的政治家是不怨天尤人的，只是把更多的期望放在今后。由于父亲的内向和寡言，父亲不曾说过期望。没有说出来的期望就是更大的期望。父亲期望我在仕途上有所发展。父命不可违。之所以不做手术，是因为手术会毁了我的仕途……"

程远青洗耳恭听，知道人要胜过自己的父亲，是一件深具标志性的事情。有多少人在这样的空想之下，耗尽一生。

其实，夜深人静之时，卜珍琪知道事情不是那么简单。她可以被人骂成"官迷"，但她知道自己心底迷的不是官，是父亲的遗愿。

也许这就是问题的终极答案，但卜珍琪总还觉得有什么地方不对头。她不知是哪里搞错了。如果当事人都不知道是哪里错了别人又怎么能知道。所以，卜珍琪不相信小组，但亲眼看到了很多人的变化和成长，卜珍琪有点慌了。她知道有一天小组会解散，散了之后，她那无时无刻不在的疑问就成了千古之谜了。

卜珍琪谈起自己幼年时的经历。她说："当时发生了什么事情。我忘了。等我醒来之后，就'文化大革命'了。在我的脸上，有妈妈的泪水。妈妈的眼泪如同强酸，腐蚀了我以为她是金属的感觉。妈妈后来再也没有回来过，然后就死了。"

卜珍琪说得很平淡，程远青却敏锐地感到事件完全没有那么简单。因为卜珍琪的一生都在实践父亲的愿望，为什么和父亲同等重要甚至更为重要的母亲，在卜珍琪的记忆中居然是一张白纸？

程远青说："卜珍琪，你能用一句话告诉我们，你想要解决的主要问题是什么？"

卜珍琪想了一会儿说："我想知道我为什么不愿做手术。"

鹿路说："卜珍琪，你是真不知道还是假不知道？"

卜珍琪一脸清白地说："真不明白。"

程远青说："你想知道吗？"

卜珍琪很惊讶地说："这和我想不想有关系吗？"

程远青说："当然有关系了。你为什么会忘记，就是因为你不想记住它。它已经沉默在记忆的海底了，就像泰坦尼克号的残骸。那年，有人要打捞泰坦尼克号，死难者遗属都反对。他们说，就让死者长眠在冰冷的海底吧，不要在这么多年之后再去打扰他们的安宁。人的大脑，是有保护机制的。记忆太痛苦了，才要忘记。把遗忘的记忆从深海中打捞出来，你也许会痛不欲生。你可有这个勇气？"

卜珍琪说："程老师，我明白你的意思。我不知我忘掉的是什么，可我相信你说的，它一定非常痛苦。生命有限，我要知道在我的生命里到底发生过一些什么事情。它曾丢失了一个晚上。不，正确地说，是几十分钟，我觉得它不是空白，是一个黑洞。至今还在飕飕地冲出冷风，吹遍我身体的每一个角落……"

卜珍琪嘴角抽搐着，双手交叉着抱住肩部，在人们看不见的华丽衣着下面，一定是密布的鸡皮疙瘩。

程远青看看大家，说："大家愿意用今天的时间来帮助卜珍琪找回她失去的记忆吗？"

大家异口同声："愿意。"声音之齐整，犹如幼儿园的小朋友。

程远青说："卜珍琪，你准备好了吗？"

卜珍琪惊讶："我还需要什么准备吗？"

程远青说："你可以选择在小组内讲，或是在下面个别谈。"

心如火燎的卜珍琪卡了壳，嗫嚅着说："我还可以反悔吗？"

程远青说："当然可以了。只要你还没准备好，我们会等你。"

卜珍琪半仰着脸，好像等待分发苹果的小朋友，问："等多久啊？"大家奇怪地发现，极具杀伐决断力的副司长，突然变得如此幼稚。

程远青说："咱们两个底下谈，好吗？"

卜珍琪嘟着嘴说："好——吧。"

大家算是彻底糊涂了，卜珍琪变成了受气包儿似的小姑娘。

　　程远青决定马上终结和卜珍琪的对话，帮她出逃这个境地。程远青说："卜司长，这个事就这样决定了，你还有什么意见？"程远青的口吻极像写字楼中的味道。

　　卜珍琪清醒过来，挺挺腰板，在短暂的迷惘之后，很快恢复了正常的神态，她好像并不记得自己刚才的表现，很自然地说："我没有意见了。就按您的指示办。"

　　大家就把目光收了回来，虽然摸不着头脑，但知道程博士这样处理，一定有深意，遵从为上策。

泪洒春草

有人哭泣。程远青不用扭头，就知道是应春草。这算是程远青一绝，视野余光格外宽，好似一架质地特别优良的广角镜头，可把周围人和事尽收眼底。

应春草哭得很痛心，一把鼻涕一把泪，全然不顾把自己的脸面和衣服搞脏。衣服是很破旧的羊毛衫，早年间的四平针织法，袖子下面都磨出了洞，被肉色的丝袜补在里面，依然可见断裂的线头子。脸上细小的皱纹，被泪水一洗，肿得亮起来了。

大家不知所措。有人轻轻地抽出手帕纸，塞进应春草手中。应春草感激地点头，然后起劲地用纸头猛擦脸颊和眼袋。纸巾质量不好，加之过于用力，纸末被泪水黏结，很是狼狈。

程远青走过去，示意坐在应春草身旁的周云若暂时和自己换个位置。周云若乖巧地让开身，程远青坐下，轻轻地拍拍应春草的肩膀，说："春草，你哭得这样伤心，想到了什么？"

应春草不说话，把自己的破毛衣袖子往上撸了撸。大家就看到应春草的胳膊上青一块紫一块的，有一道道像刮痧留下的血痕。应春草又把自己的毛衣下摆往上拉，于是大家又看到她的肚子上有一块块螺旋状的伤痕，好像红豆沙撒在肚子上。

"这是什么？"其实都想到了那个答案，但大家不敢说，不忍说，于是问。

"是那个人打的，拧的……"应春草哽咽着说。

人们气愤了，说："谁？！"

"那个人。"应春草说，还下意识地看了看屋外。

于是大家猜到了那个人是她的丈夫。

"他这么打你，多长时间了？"安疆虚弱但是很生气地问。她一生被政委呵护，不能想象一个女人被自己的丈夫殴打成这个样子。

"还有见不得人的伤呢……"

女人们极端地愤怒了。男人——在场的褚强也震惊和愤怒。这样惨无人道的迫害，居然就在我们身边发生着，而且这个女人隐忍多年！

"告他！把他送到警察局！打110报警！"岳评怒火万丈。

"这也太无法无天了。退回去六十年，若是在穷乡僻壤，这事就蒙混过去了，可现在是什么时候，21世纪了，做女人的，哪能就这样任人蹂躏！奋起反抗！"花岚说。

周云若说："哎，应春草，你男人是干什么的，怎么这么残暴？你当初怎么找上他的？这不整个一个上当受骗吗？"

应春草小声嘟囔着："那会儿他不是这样的,好着呢。每天我下夜班,他都到厂门口来接我，骑一辆大28的破车，让我坐在后头，他带着我，送我回家。路不好，坐后头颠得我屁股都快两瓣了。后来，关系密切了，他就说，要不，你坐大梁上，那样舒服些。我说，只有小孩才坐大梁上呢，我一个大人，哪儿坐得下。他说，坐得下。说着，就把我抱到自行车大梁上了。那是冬天，可冷了。我坐在大梁上，其实就是裹在他怀里，他的胳膊从我背后伸到车把上，紧紧地搂着我。按说他要是把手放在车把边上，也还算宽敞，可是他不。把手往里掏，都攥在车铃铛内里了。我缩在他怀里，那个暖和啊，我第一次听到一个男人的心跳，那么大一块地方都在跳，不像女人的心跳，只有小小的一个地方。男人的心跳像一块忽闪的门板……"应春草说到这里，脸上荡漾出满足和幸福的光芒，让大家看得目瞪口呆。

程远青适时地打断了应春草的美好回忆。程远青说："应春草，你说的那个他，是谁呀？"

应春草一下从梦幻中醒来，她不是一个太聪明的女人，但她从程远青的话里听到了疑问。她支吾着说："嗨，还能是谁？就是那个冤家啊。"

程远青说："哪个冤家？我看你刚才好像很享受的样子。"

应春草不服气地说："那个时候的他，特可爱。淳朴青年。"

程远青说："可你今天哭了。你的泪流了那么多，我想，你今天要和我们讨论的是这个淳朴青年的事吗？"

应春草嗫嚅着说："那是过去的皇历了。"

程远青说："也不能说是都过去了。我看你刚才回忆起的时候，满脸笑容。"

应春草吃惊地说："是吗？连孩子都说我不会笑了。我刚才真的笑了吗？"

程远青说："你们看，应春草不相信我呢。大家说说，也好替我作个证。"

大家就说："应春草，你真的笑了，挺享受的。不骗你。"

大家以为应春草听了这话该高兴，没想到应春草抹抹未干的眼泪说："想那会儿有什么用呢？人怎么一结了婚，就变得不是人了。起码不是原来那个人了。"

程远青说："应春草，你说的这个人是谁啊？"

应春草说："就是那个人。您不是知道了吗？"

程远青很严肃地说："应春草，你为什么说不出他的名字？"

应春草抗拒说："你知道，我知道，为什么一定要说出他的名字。我讨厌他！我不说。就不说！"

大家看到应春草对着程远青发脾气，就有些打抱不平。岳评说："应春草，你怎么就不识好人心？程老师问你，就必有她问的意思，你就说呗！你男人的名号，又不是皇帝老子，说了就说了，怎么就不能说！"

鹿路倒是多少能理解应春草的心情，说："你是不是不敢说？说了，怕他知道了再揍你？"

应春草忽就变了脸，说："我不怕他揍我，我就怕他不揍我！"

天啊，这是什么逻辑？安疆老人伸出骨瘦如柴的手，哆哆嗦嗦地摸了摸应春草的额头，说："孩子，发烧了？"

应春草简直变得不可理喻，她推开了安疆的手说："我好着呢。你们干吗盯着我不放啊？"

要是平时，卜珍琪遇到这种事，就会用领导的口吻说："应春草，是你要大家帮助你搞清问题，你要反思。"可惜今天的卜珍琪沉浸在自己的混乱中，无暇他顾。

半天没说话的褚强挺身而出，说："应春草，我看你被人打成这样，心里特难过。可你到底是怎么回事，怎么一转眼反倒和自己人干起来了？你这不是混淆了敌我吗？"

应春草翻翻白眼说："谁是敌？谁是友？我不跟我男人是友，反倒跟外人是友？休想吧你！"

一席话，把褚强噎了个大窝脖。

大家此刻已顾不得恨应春草了，无边的疑惑袭上心头，这个下岗女工着了什么魔？翻手为云覆手为雨，毫无立场。人们发出厌烦的吁声。有人说，组长，时间这么宝贵，别瞎耽误工夫了。

程远青眼看应春草像变色龙一样改换腔调，唯一不变的是她臂上的血痕。不管大家情绪多么纷乱，程远青对自己说，别慌。回到刚才应春草逃开的地方，那就是要害。

程远青说："应春草，我还要拉你回到你不愿意回答的那个问题。"

应春草忘得一干二净，她说："哪个问题啊？我回答。没什么保密的，没不乐意回答的。"

程远青笑笑，面向大家说："我邀请大家给我作个证明，我问的题目应春草是一定知道的。如果她不愿意回答，就说话不算数，待会儿散了，要请大家吃饭。"

大家说："好啊！"

这本是开玩笑，家境贫寒的应春草还真费琢磨。她叮嘱自己一定要回答出程远青的问题，要不然，这么一大拨子，人吃马喂的，那得多少钱啊！应春草不单是心疼钱，按说大家小组一场，请组员们吃个便饭，也不为过，但应春草今天身上只带了几块钱，预备着给家里买点菜，要是请客，连买水喝都不够解渴的。

想到这里，应春草说："行，只要知道，我一准答出来。"

程远青说："好，那你听好了，应春草，你身上的伤，是谁打的？"

"是……他……"应春草下意识地抚摸着自己的胳膊，可能是伤口被触痛了，她原本就皱缩的小脸，更显枯萎。

程远青说："他是谁？"

"我男人。"应春草吃力地回答。

程远青说："他叫什么名字？"

应春草看看程远青，看看大家。程远青坚定地看着她，大家期望地看着她。应春草好像下了极大的决心，说："他叫苏——秉——瑞。"

程远青说："苏秉瑞打了你，你怎么想？"

应春草木呆呆地说："以前恨，后来就不恨了。"

大家百思不解，说："打你还不恨他，你太懦弱了。"

应春草说："你恨，他就更打你。你不恨，他过了那个劲，就来哄你，对你可好了。你要是好长时间不挨打，你就皮肉痒痒。他打了你，他才会后悔，他才能想起疼你，给你买好吃的，送个礼物什么的。所以，他说，你就是找打。你一想，还真是这么回事。男人不是无缘无故地打你，必是你有了该打的事，不打你，你就不知道害怕男人，你就自个能上天了。男人打你，是爱你。男人不打你，就是没把你放在心上。你要是恨了自己的男人，你就是个大笨蛋！你就是大傻瓜！"

在座的好几位，都用手掐了掐自己的大腿。大家愣着，不知道说什么好，或是说什么都不好。

程远青想起一道兵法，叫做"引蛇出洞"。蛇不是应春草，是她心中的死结。

程远青说："我猜这番话，你常常对自己这样讲。"

应春草说："那是。"

程远青说："你得感谢这些话。"

应春草说："程老师，不是笑话我吧？"

程远青说："你挨了苏秉瑞那么多打，你要是不对自己有一个说法，你就活不下去了。"

应春草说："程老师，我从心里不恨苏秉瑞，我这个人就是欠收拾，要是没有苏秉瑞打我，我没准变坏呢。"

程远青说："应春草，那你刚才为什么哭呢？我看你是怕小组就要结束了，你的心事再也没机会讲了，你才哭的。你靠哭引起大家的注意，大家真的注意到了你，你就后悔了。你觉得家丑不可外扬，就说起了苏秉瑞的好话。你被苏秉瑞吓怕了，你连他的名字都不敢说。应春草，你自己选吧。你可以逆来顺受，也可以挨了打还说那个凶手的好话。你要是活得连这点尊严都没有了，谁还能救你呢？你可以忍，也可以选择改变。"

应春草呆若木鸡，撇了两下嘴巴，她想说"我可以忍"。但说出来的却是："我要变。"

那个说出要改变的话的人，是埋在躯壳里的另一个应春草。

"如果你要改变，请你把刚才说过的那些话，再说一遍。"程远青乘胜追击。

"哪句话？"大家和应春草一起问。应春草记不得了，大伙也都不知所以。

程远青说："就是应春草你刚才长篇大论的那套打人有理，你不恨苏秉瑞的话。只是，这一次，你要把话中所有的'你'都改成'我'。也就是说，你原来说的是——'你恨，他就更打你'，改成'我恨，他就更打我'。就这样。明白了吗？"

应春草迷迷糊糊地说："明白是明白了，可这有什么不同吗？"

程远青和颜悦色道："你试试吧，应春草。"

应春草就慢慢地说起来，刚开始因为不熟练，常常磕巴，后面就流畅些了："我恨，他就更打我。我不恨，他过了那个劲，就来哄我，对我可好了。"

不知为什么，同样的话，把"你"变成了"我"，意思就大不一样了。应春草说道："我要是好长时间不挨打，我就皮肉痒痒。"

大家就笑起来，看到应春草的眼泪掉下来，才感到不合时宜。

应春草说不下去，可怜巴巴地看着程远青，程远青可不为之所动，表示非说下去。

应春草只好咬着嘴唇说："他打了我，他才会后悔，他才能想起疼我，给我买好吃的，送个礼物什么的。所以，他说，我就是找打。我一想，还真是这么回事。男人不是无缘无故地打我，必是我有了该打的事，不打我，我就不知道害怕男人，我就自个能上天了。男人打我，是爱我。男人不打我，就是没把我放在心上。我要是恨了自己的男人，我就是个大笨蛋！我就是个大傻瓜！"

刚开始应春草边想边说，留声机一样地复述着，后来就渐渐激愤起来。大家先是听着好笑，听着听着就再也笑不出来了。一个受尽屈辱的灵魂在呻吟中挣扎。

说完之后，久久沉默。把"你"变成了"我"，就具有了神奇的力量。当一个人频繁地使用"你"这个代词的时候，就在下意识中把自己的真实感受掩藏起来。那无法隐忍的真实，太残酷和冰冷，乔装打扮的"你"就出现了，一个替身，一个稻草人，代你受辱受屈受害受压迫。你以为那个"你",和你无关,殊不知真实的"我"正躲在"你"的背后哭泣。

就像一个医生用了一剂猛药之后,不知会有怎样的疗效? 程远青等待着,时间是如此地长久。

应春草突然抬起头,说:"程老师,我知道您的意思了。我要是这样了,我还不恨那个男人,我才是个大笨蛋! 我才是个大傻瓜!"

大家鼓起掌来。在小组内,是很少鼓掌的。因为变化的萌动总是悄然发生,你想要鼓掌也找不到契机。但这一次,组员们都看到了应春草是如何在艰难中蜕变。

程远青说:"你恨他了?"

应春草说:"恨。他也是人,我也是人,他为什么打我?"

程远青说:"他打你,是为了让你屈服。"

应春草说:"是。我明白了,可是我今天回家之后,他还要打我,我可怎么办呢? 我本来就又瘦又小的,加上还做了大手术,我哪儿是他的对手呢?"

鹿路说:"这我可以教你一招美女防身术,专门朝他的下三路下手,不需要多大的气力,趁他不备,四两拨千斤,保你教训得他嗷嗷叫。"鹿路一边说,一边站起身来一通比画,出手快捷,看得站在她身边的成慕梅胆战心惊。

应春草说:"这功夫不是一会儿半会儿练得出来的,真的伤了他那儿,我还要负责任。"

程远青说:"应春草,你想达到的理想状态是什么呢?"

应春草说:"我也不打算跟他离婚,苏秉瑞对我好一点就成了。这是起码的。"

程远青说:"你跟他说过吗?"

应春草说:"以前说过,可他不听。后来我就不说了,逆来顺受。我想我是个残废人了,做个女人都不完整了,老爷们儿要打,也没法。"

程远青说:"大家有什么法子,教教应春草。"

安疆说:"家庭暴力,现在是犯法的。你跟他说,这可不是过去打老婆,打就打,你要是告了他,他就要坐牢。到底是共产党的天下,看他还能横到哪儿去!"安疆是典型的生命不息,学习不止,报纸文件只要有一口气,就记在心里。虽然说话都上气不接下气了,威严可

271

不减。

应春草说："对，别看他跟我凶，其实胆小着呢。他不敢跟法律对着干。"

花岚说："我问你，苏秉瑞打你的时候，你怎么着了？"

应春草说："我还能怎么着啊？忍着呗！门牙打落了和着血咽下肚。"

花岚说："傻了吧？如果他打你，你可千万别忍着，要往外跑，大声呼救，嚷嚷得街坊邻居都听得到，给他来个曝光。就算他不一定能改，起码自己少挨打，也比较安全一些。"

应春草一拍大腿说："我是傻。我还替他护着脸，其实护着自己的命，才是最要紧的啊！"

周云若说："我也教你一窍门，顶不顶用就不知道了，你可以试试。准备一个白胡椒粉瓶子，一看大事不好，就把胡椒瓶子打开，朝他一扬，嗨！那叫一个百发百中。"

应春草说："我家没白胡椒粉，听人说贵着呢。"

周云若说："那你就把花椒磨细点，估计也能管事。"

卜珍琪已从自己的情绪中走出来，很有总结性地说："这个事情，关键是你自己的态度。只要你挺起腰杆，事情就会起变化。"

程远青不做声地听着。事情当然不是这样简单。从应春草的描述中可以看出，她的丈夫苏秉瑞虽然在事业上未必有什么能力，但在操纵控制他人方面是个暴君。小组能解决多少实际的问题呢？程远青没有把握。今天来不及了。夕阳西下，浮云遮住了阳光，光线明显地黯淡下来，温暖的屋内也有了丝丝凉意。卜珍琪的发言，也是一个很好的收尾。

大家散去。卜珍琪走到程远青身边，还没开口，程远青就微笑着说："我知道你要问什么。等我找到了合适的谈话地点，我再同你联系。"

卜珍琪说："我家很安静，也好找。如果您方便的话，到您家里也行。"

程远青说："不能在你家。也不能在我家。我们要找一个第三地。"

卜珍琪说："好像一场意识形态不同的谈判吗？"

程远青说："和意识形态无关。只和时间有关。"

晚上，一切收拾停当，程远青又舒舒服服地把自己摆在一个听电话的位置。也许是因为压力太大，也许是因为严格的行业约束，使她无法同他人交换对小组内诸多情况的思考。她需要督导，但是条件不具备。中国的心理医生，就是在这样一种艰苦的情况下开始工作，只有因陋就简了。程远青一面提醒自己这是明知故犯，一面为自己开脱。记得《爱德华大夫》吧，那是一个多么经典的心理片子。可是就在那部片子里，爱德华大夫就公然违纪了。他同前来就诊的病人一同滑雪，才造成了曲折的故事。好了好了，不要为自己辩护了。程远青敲敲自己的头，好像啄木鸟要叼出树干里面的虫子。我并没有和成慕海谈更多的事情，最主要的是听他说。听别人说话，并不是错误啊！

程远青这样想着，电话响了。

"程博士吗？本不该这样不停地骚扰您。但是，一来因为慕梅，二来同您聊天是件很愉快的事情。如果您不想听下去了，就可以马上放下电话。"又是那个充满磁性的声音，又是那种先入为主的霸道。而且，他有一种让人乐意接受的狡猾，把你的种种猜测，都先说到头里，就使你明晰的预见，变得像个玩笑。使你的所有防范，都显露出不必要的滑稽。

是个聪明人，极端的孤独。打着他妹妹的幌子，实际在探索我这个心理医生的内心，窥测他人的秘密。

程远青迅速做出了判断，但遗憾的是判断归判断，那是理智的事，情感上，这个深夜的男子的声音，依旧给了她很大的欢愉。她知道此刻的主动权在自己手里，成慕海就是再大的道行，也不能强迫心理学博士跟他聊天。

多了解了解这种类型的人，也是心理学家的工作。我不怕！程远青找到了不挂掉电话的理由。

"我只有一点时间。工作很多。"程远青说。

这是一个中性的回答。你可以理解为：我很忙，所以你不要打扰我。我不欢迎你这个不速之客。也可以理解为：我很忙，但是我接听了你的电话，这说明我还是欢迎你这个不速之客的。

成慕海按照第二种逻辑推断。他说："工作永远是多的。博士，这么晚了，该休息时就休息。况且，你的小组今天有了很大的进展，你该给自己放点假。"

成慕海知道，只要一谈起程远青的小组，她就像斗牛看到了红布，激动起来。程远青也知道这是一个诱饵，但是没办法，她一定会上钩。

"你每天还关心别的事吗？"程远青反问。

成慕海说："我忙得很。但慕梅非要跟我说，我只有听。慕梅在病中，我要多倾听她。"

程远青喜欢这种充满了浓浓亲情的相知。对一个身患癌症的女性来说，有这样一个坚强的哥哥，是她的福气啊。

程远青口气就和缓了，说："哎，我问你，成慕梅和你在一起的时候，健谈吗？"

成慕海说："还可以啊。你想啊，她要是不健谈，我怎么能跟顺风耳似的，知道小组里那么多事？毕竟我们是两个人啊。"

成慕梅为什么在小组内，总是沉默寡言？整个小组都活动起来了，好像一棵灵敏的跳舞草，只有成慕梅这片叶子，瘫痪着。幸好有她哥哥这条线索，能让程远青得知别看她人不言不语的，心倒是一直和着小组的脉搏跳动。在导师们的著作里，也谈到了这种现象，说是有一些格外内向的人，语言表达很少，脚步始终追随小组。对此组长要有耐心，不必强求形式上人人发言花团锦簇。

成慕梅真是这样的人吗？她的哥哥倒是很健谈并且富有生趣。

成慕海很敏感，他说："是不是慕梅在小组内的话太少？"

程远青说："不是太少，是几乎没有。前几次还好一些，今天，简直一言不发。"

成慕海说："那您就点她的名。小组就要结束了，我觉得她的进步不够大，起码和她嘴里的别人的变化比起来，她要算第三世界了。我挺着急的。"

程远青说："你催催她。"

成慕海苦笑道："她能把小组内的活动一五一十告诉我，我就很阿弥陀佛了。要催促，还是您吧。"

成慕海说得很恳切，简直就是哀告了。程远青说："我催？你出个主意。"

话一出口，她就觉得自己很好笑。乾坤颠倒了。哪有医生向病家讨方子的。成慕海出主意说:"下次活动,您要逼着慕梅开口。不然,她岂不是小组内的死角吗?"

程远青说:"我怎能逼组员开口?也不是旧时的衙门搞刑讯。我倒真想从你那里多知道一些你们的家庭背景、生活习惯什么的。"

这本是非常正常的一个要求,起码在程远青看来是这样的,没想到成慕海突然火了,说:"慕梅的事,和家庭背景生活习惯什么的,都没有一点关系,只和她个人有关系。下次小组活动的时候,你就让她把衣服脱掉,看看她的伤口就行了。这就是治疗!"

程远青吓得差点没把电话筒扔到地上。那个温文尔雅的哥哥消失了,代替他的是一个暴躁的凶神,说出的话如此不可理喻。这个哥哥,居然让组长逼迫妹妹脱下衣服,展示她的伤口,还说这就是治疗?!程远青确信,在电话线两端,有一个人是脑筋错乱了。

程远青想,也许成慕梅寡言和闭塞背后最主要的原因,就是这个哥哥。哥哥对她的无比关爱,是一种暴虐的控制和指挥。如果真是这样,成慕梅最终走向心理康健,必须和哥哥彻底分离。

想到这里,程远青对成慕海滋生出了强烈的兴趣。她把语气调得很柔和,说:"成慕海先生,你的建议让我很感兴趣。但我不知道这样是否会冒犯了你妹妹。毕竟每个人对自己的身体都很敏感。"

成慕海没能识出程远青诱敌深入的战术,说:"我不是心理学家,但我知道,它对慕梅一定有效。程博士,求你了,请一定要在小组中,让慕梅露出她的伤口。她本人没有这个勇气。你要帮她。如果她失去了这个机会,就没有人能帮得了她了。"话语中的迫切令人动容。

程远青何许人也,才不会被这些花言巧语所蛊惑呢。她决定要把成慕海搞清楚,说:"你和妹妹的情谊,我很感动。我想,约个时间见个面,咱们当面谈谈?"

一个多么通情达理的建议,程远青语调温和,不具任何威胁性。没想到那边的成慕海好像被毒蜂蜇了,叫嚣起来:"不行不行!我没空见你。就这样吧!"迫不及待收线。

程远青如堕五里雾中。自己对成慕海的了解,除了一个电话号码,再无任何线索。

程远青直觉陷入到一个诡异的预谋当中了。

记忆之门

卜珍琪遗忘的东西究竟是什么呢？那段遗忘了的往事，对今天的卜珍琪还有多大的影响呢？程远青不知道，但程远青相信如果是某人反复提及某事件，那么一定在她的心中有魔法一般的力量。

程远青要为卜珍琪做一次个别辅导。

当她千辛万苦地把地点商定之后，打电话给卜珍琪。接电话的卜珍琪明快利落，声音嘎嘣脆，真听不出是个癌症病人。程远青心里反倒更不踏实。卜珍琪拖延手术，只靠虫草雪莲在勉力坚持。越是让人看不出她拖着病体，越说明她内心冲突激烈。——种可怕的分裂状态。

下午。没有风，天空瓦蓝。卜珍琪到达了程远青指定地点——一家街道办的幼儿园。由于事先打了招呼，胖胖的园长很是热情，把程远青和卜珍琪当成准备把孩子送托的家长，喋喋不休介绍着。程远青说："您忙吧。我们自己看看。"

园长完全听不出婉拒之意，说："我不忙，你们忙。我领着你们，能节省点时间！"卜珍琪只好单刀直入："我们自己看看。"所长这才作罢。

卜珍琪说到往事，反复提起幼儿园，程远青推断，一定在幼儿园发生过极其重要的事情。她找到了这样一所老旧的幼儿园，企图在相似的环境里，唤起卜珍琪遗落的记忆。

但是，她想岔了。童年的记忆是那样地顽固，这个幼儿园怎能替代孩子心中的那个幼儿园！卜珍琪顽强地抵挡着这个幼儿园，根本就不开启记忆的罐头。无论程远青怎样希望她沉思默想进入情境，卜珍琪还是顽固地清醒而矜持。程远青不气馁，领着卜珍琪从小班转到大班，从盥洗间到秋千架大象滑梯，从小饭桌到游戏室，简直就像检查卫生的，搜索了个遍。程远青在前面走，卜珍琪就在后面跟，很乖，但是绝对封闭。从理论上说幼儿园的结构大同小异，但细节可完全不同！程远青几乎绝望了，但她还在坚持。

到了厕所，靠墙摆着一长溜圆形便盆，有的盖子紧紧扣着，想必是刷洗干净的。有的斜盖着盖子，露出孩子们解出的秽物，看来值班保洁员手脚不够快，还没来得及倒掉。卜珍琪一看，几乎呕吐，一溜小跑闪了过去。

程远青觉得卜珍琪的表现有点过激。虽然她是个老姑娘，没孩子，也不至于敏感到这种地步啊。凡是反应过头，可能就是症结所在。程远青叫住了卜珍琪，说："咱们到卫生间看一看。"

卜珍琪一百个不乐意，说："臭烘烘的，有什么好看的？"

程远青说："你不是想把问题搞明白吗？"

卜珍琪无法反悔，只得跟随程远青钻进了幼儿园的卫生间。无论是贵族幼儿园还是乞丐幼儿园，童子尿所富含的生长激素味道，夹杂着刷洗不净的尿碱味，还有幼儿园最愿意泼洒的来苏水味，像无法仿造的气味鸡尾酒，熏得人踉跄。

味道是无法抗拒的，它储存在大脑中非常古老的地方，一旦被唤醒，就会把意识席卷一空。卜珍琪的一切防卫机制，都被童年那不可磨灭的味道击穿，成了味道的俘虏。她变成一个饶舌的小姑娘，乖乖地对程远青谈起了往事。

童年的卜珍琪很早就发现，阿姨们在孩子们睡着之前和睡着之后，所讲的话是不一样的。当她没睡着之前，阿姨会说，美丽的小公主，你是咱们全市最可爱的小姑娘。快睡觉吧，睡了就会长个儿，长大了你就是全市的大美人。

卜珍琪就甜蜜地睡去。一觉醒来，上厕所的时候，她在走廊里听到两个阿姨悄声聊天。

"你说卜家那个丫头长得好看吗？"一个阿姨问。

"好看什么！卷子脸，大颧骨。就是眼睛大点，可叫脸上的疙瘩肉一挤，也看不出啥了。等着吧，长大了，看嫁不出去吧！"夸过她的那个阿姨说。她的脸很瘦。

另一个阿姨说："都是人，咱家的孩子就不能比了。我看我的闺女，一个美人坯子，可整天黄龙过江，两筒子绿鼻涕，臭得不行。看大夫，说是鼻里有个洞化脓了。要是不赶紧治，鼻子里的小骨头都得烂穿。你说怎么这么不公平？"

瘦脸阿姨说："怎么不公平？公平！你知道市长的老婆为什么到了星期天也不接孩子？那是她和人私通！嫌孩子碍事！"

"真的？你怎么知道？"家有流脓鼻涕孩子的阿姨说。

"谁不知道？只有市长不知道！他到上头去开会，老婆就在家里偷人。那个男的是小白脸，演许仙和张生。因为大家在传这件事，剧团的生意格外地好，许仙成了大明星。"瘦脸阿姨说。

"嘻嘻，许仙把自己的绿帽子给市长戴上了。"

两个阿姨笑得不可开交。

这段话，卜珍琪记得非常清楚。包括当时她完全不能理解的一些名词。孩子的记忆很奇怪，他们不懂，可是他们能记住。这种记住，更比明白了的记住要强烈百倍。卜珍琪从蔑视的语气中，知道了母亲在做一件非常丢人的事情。它的程度足以让家有流脓鼻涕孩子的阿姨，快活起来，可见那是比脓鼻涕还要恶心的东西。

之后，小小的卜珍琪每晚克制着困倦，在躺下之后，强制自己不睡觉。这对于一个孩子来说，需要极强的忍耐力。卜珍琪在被窝中目光炯炯，等所有的小朋友熟睡之后，蹑手蹑脚地走近阿姨值班室。

可惜，她再也没有听到有关她父母的直接议论。越是听不到，卜珍琪越滋生出偷听的愿望。她因为有了这个秘密，在小朋友中鹤立鸡群。如今，她蔑视别人，不再是因为她可疑的美丽，也不再因为她有一个"国王"父亲，而是她独一无二的秘密。她每逢见到瘦脸和家有流鼻涕的孩子的那两个阿姨，都会特别地乖巧，希望她们能在背后多讲有关她父母的坏话，使她了解更多的内幕。她在讨好她们的同时，看不起她们。她觉得她们是一种植物，就像窗台上养的绣球花。那些花开得很娇艳，同时散发出浓烈的臭气。卜珍琪不爱喝牛奶，卜珍琪想不通，自己不是小牛，为什么要不停地喝牛奶。即使是小牛，四五岁时也不再喝奶，为什么人还要喝？如此深刻的疑问，让卜珍琪把牛奶倒到臭绣球花里了。臭绣球花刚开始得了牛奶的滋养，长得很茂盛。但是，经不住长期的高营养，臭绣球终于不臭了，也不再开花。

卜珍琪像养臭绣球花一样，养着瘦脸和家有脓鼻涕孩子的阿姨，她们也像臭绣球花一样，让卜珍琪失望。不过，卜珍琪在偷听的过程中，极大地锻炼了自己的意志和勇敢，并且学会了忍耐。包括穿着衬衣衬裤忍受寒冷和长久的一无所得。阿姨们总要聊天，否则她们无法打发漫无边际的夜晚。阿姨们的聊天涉及除了国家大事以外的所有领域，卜珍琪在这种偷听中知晓了很多在她那个年龄不能理解的事情。卜珍琪也被阿姨发现过，好在阿姨们绝想不到这个孩子日复一日在偷听，只是大惊小怪地把卜珍琪抱起来，摸摸她是否发烧，以为她是因为身体不适来寻求帮助。卜珍琪从偷听中得到了成长。

星期六晚上，她被接回家。爸爸妈妈都在的时候，她搂着妈妈的脖子，问了一句："许仙是谁？"

这是一个世界上最可怕的问题。妈妈的脸色缓缓地变了，好像一朵红绣球花被扔进了沸腾的牛奶锅，从血红变成惨白。爸爸在灯光的另一侧，没有看到这一幕。爸爸抢先回答了女儿的问题，说："许仙是戏里的人物。"

卜珍琪说："我要看戏。"

妈妈已经缓过神来，说："这个戏不是木偶戏，小孩子不喜欢看的。"

卜珍琪说："我就要看这个戏。我要看许仙。"

妈妈抱着卜珍琪，卜珍琪感到了妈妈的手臂在发抖。妈妈一下子把卜珍琪放到地上，说："你快到外面玩去吧。"要把她推走。

卜珍琪那一天非常执拗，她一个劲儿地吵着要看许仙。以至于爸爸破天荒地问道："你们剧团在演什么戏？"

妈妈说了一个戏名，卜珍琪没记住。那里面没有许仙。爸爸接着说："那你们就演一场《白蛇传》吧，我带珍琪去看。"

妈妈进行了殊死的反抗，说："你怎么能为了一个小孩子的话，就打乱整个剧团的安排？你这让我如何做人？"

也许正是妈妈的反抗，激起了爸爸的好奇。他说："你老说我不关心你的事业，这一次，我和珍琪愿意去看你的剧团演戏，你为什么反倒不高兴？现在，不是一个小孩子要去看你们的戏，而是一个市长要去看你们的戏。团长同志，就开始排练吧。"

卜珍琪知道自己惹了祸。她不知这祸是如何来的，她没有办法阻止灾祸向前发展，只有紧张地等待。当她等得几乎忘掉这件事的时候，

"文化大革命"逼近了。

在市长"亲自督促"下,剧团日夜抓紧时间排练《白蛇传》的消息,激动了全市的人民。公演的那一天,成了一大盛事。爸爸从来不曾这样兴师动众,因为是初次陪着女儿观看妻子领导下的剧团演出,爸爸很早就到了剧场。卜珍琪喜欢第一排正中的位置,她个子矮小,觉得在那里才能一睹许仙真颜。尽管警卫再三说明,在首长前面的座位可以完全空出来,也就是说,给他们预留的第三排位置,实际上就是第一排。小女孩心里,第一排就是第一排,不是用第三排假装的第一排。

那一天在爸爸的身边,留了妈妈的座位。妈妈刚开始没有到这个位子来坐,妈妈对爸爸说,她要亲自在后台关照。后来爸爸再三要求,妈妈才来了。一边坐着爸爸,一边坐着妈妈,卜珍琪夹在中间,好像多嘴的小鸭子。那一天晚上很隆重,卜珍琪受到了空前的关注。小姑娘以为那是因为自己的出现,使人们忘了身旁的爸爸才是这一切的主角。

回忆到此为止。

卜珍琪站在幼儿园的卫生间里讲了这一番故事,完全忘记了时间。程远青就站在卫生间里听完了卜珍琪的童年往事,一次也不曾打断她。卫生间里的空气很不好,但幸亏远祖给了大家很好的能力——久入鲍鱼之肆不闻其臭,程远青刚开始直想作呕,她一个劲儿暗示自己——你不能吐,一吐,就帮不成卜珍琪了。还好,最初的恶心过去之后,便安之若素。

卜珍琪讲完了,卜珍琪得到了释放,可是事情的关键还埋藏着,卜珍琪自己不知道,程远青也不知道。程远青说:"你现在感觉如何?"

卜珍琪说:"好像有什么东西松动了。好像有一束光,照到了一个晦暗的洞穴。"

程远青说:"回家好好休息。改日我再找你。"

五天后,程远青领着卜珍琪来到一所大院的墙外。那种建国初期的大院,自成一体,围墙高耸,当时只有军政要地才有这样的气派。透过围墙,可以看到疏朗枝条后的灰色三层小楼房,虽然破旧,却有一种过时的威严。程远青通过吕克闸的帮助,说服了有关人士,被允许进入。在警卫处登了记，程远青和卜珍琪进了大院。

建造于上世纪 60 年代的礼堂，方方正正，残破，昔日的辉煌依稀还在。恐怕不久就要推倒了，连看管的人也久寻不到。一个面无表情的中年男子，开了大门上一把巨大的铁锁，说："走时，锁上就成了。"

程远青忙着道谢，那个中年男子好像连承受别人谢意的耐心也没有，不等程远青说完，自顾自走了。

走入尘封的礼堂，让人想起《夜半歌声》之类的恐怖片。大门口的光亮很快就被礼堂幽深的大厅吸附一尽，变成午夜的黑瞳。程远青摸索着找到开关，开了一个，是一侧甬道的天花板灯。毕竟明亮些了，人的心情也好了起来。程远青不灰心，一盏盏开关摸下去，终于，关键的开关打开了，整个礼堂被昏黄的光线塞满。

"这个礼堂，像你当年看戏时的礼堂吗？"程远青小声问。她看出卜珍琪的神色有些迷惘。

"有一点像。那时候的礼堂都是很像的，也许全国都用一张图纸。"卜珍琪说。

"你们——就是你和你父亲母亲坐在哪一排座位上？"程远青牵引着卜珍琪往前走。倒不是她有意充当阿姨的角色，是卜珍琪把手伸给了她。

"喏，就在那一排。"

卜珍琪指了指中间靠前的那排椅子。程远青感到卜珍琪手心又湿又冷，像一摊化了的雪糕。卜珍琪本能地抗拒着，不肯向前，程远青拖着她，走到那排座位。

真要感谢当年设计师乏味的千篇一律的造型，礼堂的椅子，薄而脆的三合板，简陋的纹路，还有排与排之间的距离，都非常近似。找到幼时看戏的位置时，程远青示意卜珍琪坐下，自己退到暗处。

现在，偌大的礼堂里，看起来只有卜珍琪一个人。她看着舞台，开始哆嗦。距离是一种要命的东西，从这个位置看舞台，角度和远近都和她幼年时一模一样，如果说这个礼堂在结构和细节上，和卜珍琪家乡的礼堂还有若干差别的话，那么当卜珍琪坐在这个硬而凉的椅子上，当她的视线穿越飘满灰尘的空气，落到空无一人的舞台上的时候，冬眠的记忆就像蛇一样复活了。是的，当时就是这样的，父亲坐在左边，母亲坐在右边，她坐在中间……

有霹雳火光闪出，伴着隆隆的雷声，卜珍琪恐怖地捂着自己的太阳穴，失声叫道："程博士，你在哪里？我头痛。吓死人了，我要走。"说着，她就要从那儿跑掉。

程远青站起来，抱住卜珍琪说："我知道你一定想起了什么，你非常害怕。我在你身边，我会一直在你的身边。卜珍琪，我问你，你现在多大了？"

卜珍琪沉浸在自己的想象中，对程远青的问题置之不理，只是一个劲儿地叫道："我不要在这儿了，我要走……我要回家……"

程远青的个头自没有卜珍琪高大，这样搂抱在一起，对于程远青是很吃力的。程远青觉得卜珍琪如同雪人，疯狂地把她身上的寒意传达给任何靠近她的物体。包括她的冷战，都像电波一样辐射着，连程远青也不由得乱晃起来。程远青嘱咐自己要挺住，这是关键，她要和卜珍琪一道，把那悲惨的尘封往事，挖掘出来晾晒。

程远青扶正卜珍琪的脸，让她的眸子正对着自己的目光，在如此近的距离内四目相对，灵魂如同钢板，激烈地碰撞着。程远青说："卜珍琪，你一定要告知我，你现在几岁了？"

也许是"几岁"这个词，对成年的卜珍琪太奇怪了，她一下停止了抖动，恢复到惯常的表情，说："我几岁了？对我这样的年纪还能用几岁这个词吗？我已经几十岁了。问女士的岁数是不礼貌的。这您知道。"

程远青说："对。你不是几岁，你是几十岁了。你明白这一点，很好。请你再看看台上。"

卜珍琪的目光一转向舞台，筛糠似的抖动就又出现，只是这次的频率降低了一点，幅度稍微减小。

程远青给自己打气：一定要坚持下去。她接着对卜珍琪说："几岁的你害怕舞台，几十岁的你，还害怕舞台吗？"

卜珍琪说："我……不……怕……"那"不怕"二字吐出来得煞是吃力，但终究是说出来了。

程远青说："那就盯着舞台看，你看到了什么？"

空空的舞台上什么也没有，但卜珍琪惊恐地后退着，她的腰背痛苦地弯向后方，双眼惊恐地看着天花板，好像前面有一个圆形的庞然大物压迫着她，上面又有一道铁钩悬起了她的脖颈……

"我看到了……"透过时空，卜珍琪看到了一个至死不忘的场景。她的抖动变得越发粗大起来，好像钟摆，牵扯着程远青也摇来晃去。

"你看到了什么？说出来。"程远青指示。

"我不敢……"卜珍琪尖声嘶叫，近乎歇斯底里。

"你已经是成人了，你看看你的身体，看看你的衣服，看看你的手和脚……"程远青轻轻地抚摸着卜珍琪，柔声说道。卜珍琪就顺从地依着程远青的指令，看着自己穿着墨绿色西装的身体，看着自己的身高和胸膛，看着自己长长的手指和穿着高腰皮靴的三十九码的脚。她很疑惑地说："我这么大了……"

程远青说："对，你完全是个成年人了。无论你看到了什么想到了什么，无论它原来对你是多么可怕，今天都变得毫无危险性了。有漫长的时空间隔在中间，你是安全的。"程远青说得非常肯定，掷地有声。

卜珍琪很信任程远青，说："好。我不怕。我……"她把目光重新投向舞台，说："我看到了戴着绿帽子的许仙……后来，我就大叫起来，我说，爸爸，你看许仙的绿帽子多好看啊，人家说他把绿帽子送给你了，把你的绿帽子拿给我看看……后来……"卜珍琪惊恐地四望，程远青紧紧地抱住她，然后又松开，是的，对于一个成年人，拥抱只传达力量和关切，传达到了，就及时松开。只有对一个恐慌无比的孩子，才要一直抱紧她。

卜珍琪明白了程远青的用意。她又一次自发地看看自己的手和脚，从这些实物里验证自己确已长大。

"后来发生了什么事？"程远青追问。

"后来，我妈妈就伸出手来堵我的嘴，我说，人家说许仙的绿帽子是你给的，妈妈，你还会缝帽子啊……后来，我就感到妈妈捂住我的嘴的手慢慢地松了，滑了下去，滑到她的身体两边，她的身体也滑了下去，倒在了椅子上……我大叫起来，妈妈妈妈，你怎么啦？我的声音很大，几乎全场的人都听见了。我说，妈妈，我不要你给许仙的绿帽子了，你醒来……我的话没有说完，就再也说不下去了。这一次，不是妈妈捂住了我的嘴，是爸爸强有力的手掌捂住了我的嘴，他的手太有力量了，我也像妈妈一样昏了过去……再后来，我醒了之后，就再也没有看见妈妈……听说妈妈是和许仙一起死的，喝了苦杏仁里提出的一种毒粉……'文化大革命'开始了，我听到有人说，就是这个小丫头把她妈妈给羞死了……"

说到这里，卜珍琪颓然跪倒在身边的椅子旁，那里，就是她母亲的座位。想象中，母亲依然在那里微笑着看戏。

不知过了多长时间。程远青一言不发。在一个人最紊乱最艰难的时刻，有的时候，只需要一个一言不发的陪伴者。任何语言都是蛇足。当卜珍琪再次抬起头来，程远青看到泪眼迷蒙的惨白的脸，但脸上的神气已是成熟女人。

"我妈妈是我害死的。我当众羞辱了她。我就是杀害我妈妈的凶手。我父亲在的时候，我用对父亲的报答，掩盖了自己对母亲的愧疚。这么多年以来，我拼命地进步，在学业和仕途上的奋进，我以为是为了我的父亲，其实，骨子里是要掩盖对杀害母亲的自我罪责。后来，父亲去世了，我一下子失去了继续奋斗和生存的目标。我只好在心中把他幻化成神，以为他在冥冥之中和母亲在一起，我做的所有为了让他高兴的事情，母亲也会有知，也会快慰。后来，我知道自己得了癌症，我觉得这是对我不孝的报应。我其实一直在等它，我等它这么多年，终于等到了。我不做手术，我觉得我应该死了，我要去见我的妈妈，我要用我的生命来赎我的罪。当然，这一切我说不出来。我对自己讲的是，我要提升，我要进步。我讳疾忌医，在这一切的背后，是我要用我的生命，来赔偿我屈死的母亲……"

多么灵慧的女人啊。这样的女人是不应该死的。这样的女人还会有很长很长的岁月要慢慢地走过啊。程远青一边听着卜珍琪说，一边想。

爱情如雪花

吕克闸打电话给程远青，约她吃饭。"时间你定，地点我定。"他说。

程远青说："我最近很忙。"

吕克闸说："我也很忙。"

程远青笑起来说："那咱们不吃这个饭岂不正好？"

吕克闸说："我这么忙，还邀请你吃饭，可见这个饭是非吃不可了。"

程远青说："那就是早吃比迟吃好。明天晚上吧。"

吕克闸说："地点在电视塔的旋转餐厅。"

第二天，大雾弥漫，十步之外，人影绰绰。程远青到了电视塔下，见吕克闸已等候在那里。问候之后，大家一齐说："好大的雾。"

两人走到检票口，小姐说："二位还是另挑一天再上塔吧。"

程远青诧异，说："为什么？"

小姐说："今天这么大的雾，你们到了上头，什么也看不见，跟泡在牛奶里似的，白花冤枉钱。票是全年通用的，等下回天气晴好，你们再来吧。"

程远青看看吕克闸，吕克闸毫无表情。程远青说："小妹妹，谢谢你的好意。"

两人随着电梯急遽上升，到了顶层的旋转厅，空空荡荡，居然没有一个游人。俯身下望，广袤城市淹没在浓雾之中，恍若消失。程远青扶着栏杆向外眺望说："这种感觉很怪异，你确知偌大的城市和无数人群就在你脚下，可你看不到一丝踪迹。"

吕克闸说："他们和我们没关系。今天只谈咱们两个人的事。"

程远青一直感觉这个冷峻男子也许会和自己发生某种更深关系，没想到这么快就在浓雾中铺开。

吕克闸说完，不待程远青反应，就拉她走向茶座，要了两杯茶，选了一张距服务台最远的桌子，坐下了。

程远青同人谈话，喜欢坐成呈"丁"字位，比较放松。这一次，程远青特地面对面坐下了。

吕克闸说："你先看一下有关的文件。"说着，从厚厚的公文包里，取出文件夹。

程远青不解道："和文件有什么关系？"

吕克闸不回答。程远青打开卷宗，看到了离婚证书。

"你离婚了？"程远青说。

"这是谈论我们之间关系的基础。"吕克闸说。

程远青有些愕然。她知道很有一些人是容易爱上心理学家的，那是移情，而不是真正的爱情。看来，她要把老总从感情漩涡中打捞出来。不过，有人爱你，是让人振奋的事情，久经考验的心理学家，也会得意。

程远青说："离婚是你个人的事情，我不能发表意见。但你我之间，除了工作关系，我不知还有什么关系？"

吕克闸说："是的。我们现在是没有其他的关系，但是，可以建立。"

程远青说："你并没有征询我的意见。"

吕克闸说："我不必征询你的意见。"

程远青轻笑道："吕老板，你太一相情愿了。"

吕克闸说："我不征询你的意见，是因为你肯定不会同意。觉得我这个人是个商人，没有你学识高，唯利是图，追求你，不过是为了满足自己的虚荣，也许还有更大的野心……或者干脆就是骗色骗财……"

程远青忍不住大笑起来，说："你不能强加于人。我没有想这么多。"

吕克闸偏着头说："笑了就好。这才像个谈情说爱的样子。"

程远青说："谁跟你谈情说爱了？"

吕克闸说："我朝这个方向努力。做事要遵循游戏规则，我独身一人，在法律上无懈可击。记得你说过追求一个心理学家很难，我这个人，就愿意挑战难的事。"

程远青说："我不年轻了。"

吕克闸说："我不用你提醒这个事实。我可以找非常年轻的女孩，可我对年轻已心生厌倦。那是一种多么幼稚无知的状态。我不断渴望自己快老，历经沧桑饱含经验，现在，我总算熬到有点模样了。我希望我的女人和我一样苍老，一样富有经验，历久弥坚。这就有双份的智慧和能量。"

程远青说:"这样的爱情宣言,我第一次听说。"

吕克闸说:"我知道世俗的爱情是什么样。我可以从玫瑰花和情话绵绵开始循序渐进。可惜我没有时间,没法慢慢来。另外,您洞若观火,那些幼稚的把戏,我猜您一眼看穿,暗自好笑。我决定直截了当。这不是鲁莽,是对我自己和对您的充分信任。当然了,我不会强迫您。您可以思前想后慎重考虑。也可以拒绝,但不是现在,给我一段时间。"吕克闸撒豆点兵,一番话面面俱到。

程远青阅历再丰富,这立等可取的场面,也是头次遇到。她注视着吕克闸,吕克闸也勇敢地迎着她的目光。程远青想:看来他是认真的,这有离婚文件为证。也不是简单的移情,而是深谋远虑。

程远青干涸的内心渐渐酥软,惊奇缓缓滋生。虽然寡居多年,程远青对于情爱,并不悲观,她相信在世界的某些僻静角落,一定还生长着纯真的性与爱,暗自芬芳和永久。那是珍稀植物,需要很多特殊条件的养护。程远青对于爱情降临到自己身上的概率,几乎不抱期望。

难道它真的来了吗?

程远青看着吕克闸,心生惶惑。她在旁人的问题上,有着女巫一样的直觉,可她看不透面前的这个男人。他高大干练,几乎可以说是英俊的。他有灵敏的头脑和机智的谈吐,他喜爱心理学,有一颗热衷公益的心……

此刻的程远青,几乎单纯透明,疑惑和思考都写在脸上,被吕克闸破译。

吕克闸决定把火烧得更旺一些,说:"我知道心理学在中国方兴未艾,我愿意援助这个事业。如果你不是我的妻子,这种帮助就会大打折扣。不是我小气,是师出无名,我要避嫌。我看过心理学大师马斯洛的传记,他晚年能在学术上有那么大的成就,和一个经济财团支援他的研究很有关系。我希望我能名正言顺地做这件事。对你是个帮助,对你的事业小有裨益。"

这席话攻心为上,效果显著。程远青几乎要缴械投降了,她曾立下毒誓,再找爱人,一定要热爱自己为之献身的事业,看来吕克闸是能够做到的。

吕克闸捕捉到进展，趁热打铁地说："程博士，原谅我还这样郑重其事地称呼您。关键不在称呼，而在心的距离。我猜，你一定还有疑问，我为什么要追求你？以上所说，都是真的，但还不是最重要的。最重要的是……"

程远青有点揶揄地说："你不会想说是一见钟情吧？"

吕克闸说："程博士，你也太高看我了。我哪有一见钟情的能力？那是年轻人的专利，廉颇老矣。我是为自己后半生做一个设计。我要站在中国生物制药的前列，我需要健全的人格，我需要卓越的胆识，我需要有人能和我旗鼓相当。我觉得你能帮助我，成全我。所以，我要穷追不舍。这是我的全部底牌。"

程远青在一个极短暂的时间内，仿佛遭受了核打击，丧失了反应能力。

"你一定要帮我，远青。"吕克闸柔情地说，在桌子上握住了程远青的手。

程远青心中一热。已经很久很久，没人叫她"远青"了。单这一个称呼，就让她百感交集。她克制着自己的情绪，说："给我时间，让我好好想一想。"抽出了自己的手。窗外，浓雾渐渐消散，阳光羞羞答答地从云缝中泄漏下来。

下雪了。小组活动第一次遇雪。程远青有些担心，组员都是病人，风雪交加的日子，挤公共汽车或是打车，都不容易。有心要改变时日，一是小组的纪律不许，二是今天的活动场所定在别墅，她就睡了个懒觉。一觉醒来，漫天洁白，看看时间，路远的组员已上路，通知也来不及了。

程远青披挂好了头巾靴子，正要出门，电话铃响了。程远青有心想不接，可丁可卯的时间，十分紧张。又怕有急事，就穿着靴子，回卧室听电话。

"我是安疆啊……程组长……"一阵猛烈的呛咳，让安疆的话淹没在霹雳样的杂音中。

"老安，不急，有什么事慢慢说。"程远青不敢露出一点焦急语气，这位坚强老人，不是万不得已，不会打电话找她。

"也没什么特别的事。我就是打电话告诉你，我请假，今天不能……

参加小组了。昨天我大口咯血，广泛肺转移，侵犯气管了。医生说也没有什么好法子，要不就把肋骨切几根，看能不能再做放疗。我说，不了。给军队节省点钱。我太想参加小组，一口接一口咯血，怕给大家添乱。都是这个病，可别吓着大家。我就不去了，代我向大家……问个好吧。"说到这里，又是一阵猛烈的呛咳，震得程远青耳边嗡嗡作响，只好把听筒挪远些，立马觉得是对老人的不敬，又把听筒移近，倾听剧咳……远远近近了一番，那边安疆的咳嗽才告一段落。

"老安，你安心休养吧。有什么需要我们帮助吗？"程远青说。

"不……没……生活上的事，干休所找了个护士老吴，照顾得很好，放心吧。能认识小组，真好。我安疆一生，只有这最后的时光，才过得这么明白，如果说人生有什么遗憾的事，对我来说，就是在小组的时间短了点啊……"老人很感慨。

时间不允许程远青过多表达，她说："老安，小组的伙伴们，会去看你的。"

安疆说："我有一个要求，最后的要……"老人迟疑着。

程远青说："您有什么要求，尽管说，只要我们能做到……"

电话那一端的安疆突然忸怩起来，说："这是个难题……我希望大伙……最后……和我在一起……"

程远青一时没明白安疆的意思，或者说，她明白了，却被惊愕袭击，不知说什么好。她说："我找一个充裕的时间，细细听你讲。"

安疆轻轻地舒了一口气，知道组长明白了她的意思。这是她为自己一生设计的结尾。她一辈子不愿麻烦他人，这下子，却要大大地麻烦大家一下了。安疆为自己创造一个死亡盛典。想到这里，安疆在电话里，轻轻地笑了起来。

程远青听到了安疆的笑声，在癌症剧咳的间歇中，这些笑声显得那么晴朗而干净，甚至还有一点点的顽皮。安疆最后说："下雪了，多好啊。多美啊。你们快到雪地玩吧！"

安疆垂危，但此时她的声音充满了平静与欢愉。在程远青眼里，安疆是从未有过地康复了。她的心康复了，她为自己制订了一个伟大战役的计划。她希望组长协助她实行。让这些和她一道哭过和笑过的人，陪同她走向死亡。

和安疆道了别，程远青一看手表，肯定要迟到了。她安然地走在路上，看纷纷扬扬的雪花把城市装饰得陌生。按照她以前的脾气，身为组长迟到，心里会焦虑万分，不原谅自己。明知要迟到了，也要一跌一撞地死赶活赶，希图把迟到的时间能缩减那么一分半分的。程远青从慢慢的脚步中，感到了自己在小组中的成长。是的，生命是多么的宝贵啊，人们急匆匆地向前赶去，在生命的终点，矗立着一个死亡。为什么不欣赏一下瑰丽的风景呢？被诗人咏为"燕山雪花大如席"的雪花，不是那么容易撞上的，撞上了，就要珍惜它掠过鼻尖的凉意。

　　雪花把城市变得像旷野，大厦像山峦，马路像河流，匆匆的路人像雪人。程远青从地上捧起一把雪，手心微薄的热气融化了雪花，还有几朵坚强的雪花，顽固地保持着六角形状，像钻石一样熠熠闪光。程远青看着雪花在掌心化水，从指缝漏地，滴出一个个黑点，消失得无影无踪。瑞雪兆丰年。也许，这预兆着她的爱情？自电视台会面之后，吕克闸恪守着"不打扰"政策，留程远青思前想后。程远青心绪很乱，最后制定的策略是，在小组活动期间，不能分心。一切少安毋躁，慢慢斟酌。

　　临近小组活动时间，程远青给褚强打了一个电话，说自己和安疆的谈话，耽误了时间，请大家别急，建议大家到楼下去看雪。

　　褚强宣布分散活动，题目是"看雪"。人们面对纷飞的雪花，感慨万千。

　　褚强一脸茫然。早上，他有个奇怪的预感，就在来小组的途中，到单位转了转。在他的办公桌上，堆着厚厚的信件。他飞快地扒拉着信件，好像饥饿的大公鸡。在最底下，他又看到了神秘的来信。

　　褚强撕开信封，这次，A4纸上打着两行字：

　　1387页第六字。

　　1435页第一字。

　　好嘛，看来这个发信人也沉不住气了，居然一下就指示了两个字。那就看看这是两个什么字吧。褚强打开了手边的《现汉》。如今《现汉》天天都放在最顺手的地方，闭着眼睛也能找到。

1387页的第六字是"有"。

现在，有五个字了。拼在一起是："小心小组有……"

有什么？

总不会是有钱吧？褚强苦笑了一下，打开了第1435页。谜底就要揭开。

那个字是"诈"——"小心小组有诈"。

这就是全文吗？还会不会有下文？褚强不知道。他很想马上把消息通报程远青，看看表，来不及了，只有立刻出发，待今天小组结束之后，再和程博士商讨这诡异的信件。

如果说莫名其妙的来信，让褚强心猿意马，并不全面。扰乱他心境的，还有和申凌的关系。自从上次他为了跟踪鹿路，对申凌撒了个小谎，说是自己到广西出差，裂隙就日益加深。

褚强把鹿路调查明白了，重新出现在申凌面前时，拎了一篮子包装精美的荔枝，说："快吃吧，我从南宁机场买的。"

申凌用兰花指掐着荔枝说："那边要便宜些吧？"

褚强说："差不多。你喜欢就好。"

申凌吃着荔枝，问："你到柳州了吗？"

"到了。"褚强这才记起当初是这样对申凌说的。

"柳州特产给我带回来了吗？"申凌口气娇嗔。

褚强一惊，他忘了当时的承诺，这可怎么办呢？难不住褚强。他说："柳州特产是带不回来的。"

申凌说："你说的是什么特产？"

褚强说："刘三姐的山歌啊。你如果特喜欢，我这就到街上音像店买也来得及。"

申凌说："我说的特产不是这个。凡去柳州的人，都会带回棺材。"

褚强吓得一激灵，说："申凌，开什么玩笑？带棺材？这不是恶作剧吗？"

申凌突然说："生在杭州……"然后目光炯炯地看着褚强，等待下文。

褚强说："你跟个土匪似的看着我，干吗？"

申凌说："说对了，我就是要跟你对个黑话。你说吧，这下一句是什么？"

褚强猜出这是一句类似切口的话，但他不知道正确答案，胡乱说："生在杭州，吃在广州。"

"错！那会儿还排不上广州呢。告诉你吧，是死在柳州！"申凌冷笑。

啊？眼看要露馅，褚强负隅顽抗，说："我只知道死在邙山。那里的黄土最厚。"

申凌反击道："那不是死在邙山，是埋在邙山。怎么埋，总不能裹在布里放在坛子里吧？要有棺材！柳州的棺材天下闻名，带个小棺材回来，寓意升官发财，这阵子我们公司正酝酿换中层，我心里许了愿，你哪怕带个最小号棺材回来，我就能升主管。你倒好，我千叮咛万嘱咐的，你没带回来不说，还停装傻。毁了我的前程，你心里到底有我没有啊？"

褚强这才知道棺材具有如此深远的象征意义，双重罪过，连连赔不是。申凌说："你到底去了柳州没有？"

"去了。"褚强死不改口。

申凌冷笑道："你这荔枝篮子里，有附近超市的标签。骗谁啊？坦白从宽抗拒从严。"

褚强到底没经验，经不住诈，就招了，说自己因为癌症小组的工作，临时放弃了出差。

"那你为什么不告诉我？烦我了是不是？哼，我就知道你一天扎在女人堆里，学不了什么好！告诉你吧，小棺材没带回来，升官发财的希望就毁你手里了。还瞒着我，说谎……"申凌哽咽起来。

褚强忙着掏出不怎么干净的手绢说："我觉得咱俩喘气都越来越快。好不好来个暂停，长出一口气，也许好些？"

申凌不接受这个合理化建议，说："我看你参加了那个老娘们小组，坏毛病是越来越多，再也不把我放在心上了。甭废话，要这样，趁早散伙……"申凌说着说着，眼泪就下来了，扭着身子跑了。

褚强也懒得追。

一系列的事，让他太累了。冷处理，大家都静一静，各自后撤二十公里，停火一段再说吧。

裸 体 秀

程远青慢悠悠地走到别墅，大家正在楼下打雪仗，当然了，她们捏的雪团很小，扔得也很近，简直像樟脑丸，但这已经是久违了的快乐。

程远青感谢安疆。老人给了大家一个多么好的机会啊。如果没有她的提议，我们会辜负了这场好雪！

人们累了，程远青宣布告一段落，回到室内，开始小组活动。她特别注意了一下成蓦梅。身材高挑穿着羽绒大衣的成蓦梅没做雪球，孤零零看着变臃肿了的小柏树。她和组内的任何人都没私交，雪球贸然打过去，别人不喜欢，自己会难堪。她用指尖轻触着侧柏羽毛状的叶子。侧柏修剪得很齐整，积雪堆积其上，成蓦梅手指掠过，雪花扑簌簌落下，仿佛鸽子惊飞。

程远青走过去，对成蓦梅说："一人玩啊？"

成蓦梅面无表情地说："一个人有一个人的好处。"

程远青说："你和哥哥无话不谈？"程远青早就想和成蓦梅谈谈她的哥哥，但成蓦梅总是拒人于千里之外。小组快结束了，有些事一定要说明白。

成蓦梅轻声重复着："哥哥？是啊，无话不谈。"

程远青说："你哥哥对你很关心。"

成蓦梅说："我和哥哥好得如同一人。"

程远青又说："你哥哥每次和我谈了什么，他会告诉你吗？"

成蓦梅迟疑了一下，好像在考虑如何回答。最后她说："我知道。"

程远青心想这话有点毛病，答非所问，不会是成蓦海每次和程远青通话都录下音？程远青还想深谈，可惜组员们已经上楼，不能再耽误。

进到别墅，暖气格外热，用温暖如春形容都不贴切，简直是如夏了。大家纷纷脱了外衣，环顾四周，物是人非。那时是夏末，大家都穿着单衣，此刻已是冬末，大家都穿着羊毛衫。你看看我，我看看你，彼此都说：

"啊呀呀，你好像比刚来时漂亮了！"

大家笑着说："咱们这不成了相互吹捧吗？"

程远青一本正经道："还真有学者研究，说成功的小组活动，有美容效果！"

周云若大感兴趣地说："正规的美容院做一个脸贵着呢！小组怎有如此魔力？"

程远青说："我觉得这原理，可能不是让皱纹减少皮肤变嫩，而是让人的表情有了变化。要总是愁眉苦脸的，在人背后绞尽脑汁地策划阴谋诡计，久而久之，一定会像面具塑型，把脸改成丑陋的样子。如果你由衷地微笑，别人就觉得你美丽了。"

大家说："这倒是！最近认识我们的人，都说看起来你气色不错啊！"

程远青说："你们怎么回答？"

花岚说："我就谦虚呗！说，得了这种病，还能说什么好气色呀。"

程远青说："这事可别谦虚。身体每时每刻都在监听我们的对话呢。要是你谦虚，它努力的劲头就大受影响了。"

大家就笑了，说："身体还挺狡猾的，内有窃听机构。"

程远青正色道："时时给自己一个积极的暗示，潜能发挥起来，向着光明目标挺进。"

小组就在其乐融融的气氛中开始了。先是应春草报告她回家这一段时间的遭遇。屋内安静下来，可以听到暖气中水流的声音。大家都不动声色地打量着应春草的手和脸，还好，没有可见的伤痕。但是，谁知道人们看不见的地方，是否潜藏着血迹和淤斑？

应春草说："上回小组活动以后，我想了好多。我怕他在外面找女人，就故意气他，让他打我，他打了我之后，就会对我好。每过一段时间，我就得这样试验他一回。要是我气了他，他不肯打我了，我就会疑神疑鬼，反倒特伤心。我就变本加厉地气他直到他动手打我，我才安了心……我得了癌症之后，有一段时间他不打我了，我特不摸底，我想，他不在乎我了，我气他也不生气，连打我的兴趣也没有了，我就狠狠气他，直到他暴打了我一顿，我这才放下心来……"

大家骇然。应春草不管大家反应，自顾自地说下去："一天早上，苏秉瑞上班以后，我搂着枕头大哭一通。我觉得我太惨了，我还是个人吗？我靠着皮肉受委屈，来让自己得到一点爱。这是爱吗？这是施舍！是一点可怜的补偿！我病了，身体本来就差，还要这样折磨自己，我真不是人！我对不起我自己！我为什么这样窝窝囊囊地过一辈子？我不知道自己还能活多长时间，可我要挺直了腰板活一次。我一边哭一边想，连中午饭也没吃。我把一辈子的委屈都哭出来了。等把这些里里外外的事想通，苏秉瑞也下班回来了。平常日子，我都是拖着病恹恹的身子，给他把爱吃的东西做出来。他是个粗人，最爱吃的是红烧肉，现在的人都不爱吃这个了，说胆固醇高什么的，他不，老说自己像毛主席。毛主席就爱吃红烧肉。我作化疗，吃不了油腻的，为了凑合他，强忍着恶心吃，还不能让他看出来。这回，我第一次不管他，按照自己的口味做了一碗肉末鸡蛋羹。他进屋来，往常都是我蹲在地上，给他换上拖鞋，这一天，也改换章程了。我躺在床上，一动也不动。苏秉瑞进了屋，看到我无动于衷，说了句，你装什么死狗啊，我肚子饿了，有什么吃的？我说，你才是死狗呢。我还想好好地活着。他说，哎，老婆，你吃了炸药了？怎么变了？我说，看出来变了就好，再不能像以前那样了。苏秉瑞说，以前怎么啦？我说，你以前打我，这是犯法的。苏秉瑞说，我以前打你，是你自找的。隔一段时间，你就要我给你松松骨。我说，你胡说。天下没有愿意挨打的人。苏秉瑞嘻皮笑脸地说，我就是愿意挨打的人。我说，那我就打你！他横眉立目说，你敢？我说，打人犯法，我不打你。你以后也不许打我！你要打我，我就告你去！……"

大家说："你首战告捷了。"

应春草反倒不好意思，说："也不知他今后能改多少，但我不能像以前那样任人宰割了。"

程远青说："应春草你说得好，你改变了，就让事情有可能向好的方面转化。"

程远青看看组员们，屋里温度高，除了严重贫血的成蓁梅和鹿路，大多数人的脸色都红扑扑的，容光焕发。在这个组里，大家一块儿哭过，一块儿笑过，结下了生死的情谊。世上的事就这么怪，你会忘记和你一道笑过的朋友，但你不会忘掉和你一起哭过的朋友。

"大家还有什么要说的？毕竟，我们在一起的时间已经很有限了。"程远青说。对于今天的活动，她没有更多的安排，要根据组员们情绪的起承转合来进行。

大家纷纷说起参加小组的变化，心胸开朗了，不像以前那样怕死了。情绪比较稳定，不那么怨天尤人，比较能接受现实。更能够体会到人世间的美好和亲情宝贵。卜珍琪说，自己的字比以前写得好看了。程远青笑道："这可真是个新发现。"

卜珍琪很认真地说："我以前找过一位笔迹专家，他的工作是研究比对案犯的笔迹，笔迹能反映心理。他说，我没法给你更多的意见，你的字已经写得很好了。如果你想要更好，只需把写字的速度放慢，会有奇效。我说，写快不容易，写慢应该不难。笔迹专家说，不一定。一试，才发现像骑自行车，快起来好办，慢起来就难了。没想到心境一平和，手就自然慢了，字也眼见着好起来，最近不止一个人夸我呢。"卜珍琪说得很得意，眼睛闪闪发光。程远青不由想起一句西谚：你夸将军会打仗，这不是夸奖。你夸将军会跳舞，这才是夸奖。卜珍琪有多少杰出能力，她都淡然，却为自己的字迹，由衷地高兴。

这是历次小组活动中，最欢声笑语的一次，好像辛劳的渔民，开始收网，看到鱼虾乱蹦乱跳。

"可是，我呢？我的收获比大家都小。"成慕梅说。

程远青说："收获大小，这和一个人的投入是紧紧相关的。你觉得自己的收获不够大，检查一下原因。一次小组，也不可能解决所有的问题，小组不是万能的。"这些话固然不错，对于心急如焚的成慕梅来说，远远不解渴。

"我有一个秘密，可是我不敢说。我之所以来参加这个小组，就是想说出这个秘密，可是我张不开口……"成慕梅真是急了，哀告大家。

这番话若在几个月前说，还真不知会得到怎样的回应。那时的小组，自顾不暇，人人都有一本难念的经。如今不同了，炉火正红，炙烤着每个组员的心。你加入薪柴，你获得温暖。即使你袖手旁观，一旦表示出对燃烧的向往，火苗也跳跃着欢迎你的到来。

大家不计较成慕梅平日的淡漠，很关切地对她说："说吧说吧。有什么困难，我们和你一道走。"

成慕梅喃喃自语:"不是困难。比困难要命多了……"她一边说着,一边开始脱衣服。成慕梅穿着一件米白色的羊绒衫,保暖性能很不错,她的额头沁出细密的汗珠,但是,这个脱衣的动作,还是让人有些不得要领。没热到这个程度吧?

程远青凛然一惊,她想到了成慕海那个可怕的建议——你可以让她脱掉衣服!成慕梅要在大庭广众之下,展示自己骇人的伤痕或是躯体的残缺?

小组就是如此地具有挑战性,每个人都在和别的人互动,携带着她们家族和本人的历史,其中还潜伏着无数的密码。方寸之地,汇聚着人间悲欢离合。这边程远青飞速地考虑着,那边成慕梅不停地脱着衣服。羊绒衫脱下,露出了莱卡的白色内衣和挺拔胸部,现在,成慕梅开始把内衣的下摆往头上兜去。此刻,就是再愚钝的人,也明白成慕梅打算演一出裸体秀了。

程远青迅速判断形势。成家兄妹对脱衣这事,决心已定。这不是一时的心血来潮,而是一个精心的策划。既是有备而来,单纯阻止恐难奏效。身为女性,在小组内如此大胆暴露,不管她此时如何迫不及待,也许事后会悔不该当初。身为组长,她有提示之责。

程远青道:"成慕梅,你是要把衣服脱掉吗?"

成慕梅的头颅已包绕在白内衣里,发出的声音瓮声瓮气:"我不在乎。"

可以看出她决心已定,破釜沉舟也不在乎,但组内还有男士。对年轻的褚强来说,是否相宜?程远青看褚强一眼,褚强悄声说:"我回避。"

成慕梅听到褚强声音,忙不迭地说:"褚强你留下。你在,我还踏实一些。你千万不能走!"

一个离奇要求。褚强不知所措,大家也一脸茫然。程远青小声问褚强:"你愿意留下吗?"

说实话,褚强才不想留下来。半老徐娘裸露残缺身体,虽然他可出于革命人道主义表示关切,感官上肯定不愉悦。成慕梅殷殷恳求,脸露不出来,两手直作揖,褚强只好说:"好吧,我留下。"

这当儿,成慕梅已把自己上身,像个削了皮的萝卜似的扒光了,只留下了粉红色的文胸。大家都不知一向拘谨内向的成慕梅，今天怎么如此放荡不羁。看她的神色，一副沉冤似海的模样，不像是开玩笑，屋内死一般寂静，且看她如何动作。

程远青也不知所措，好在心理学家的素养，让她保持基本的从容。成慕梅目光专注，动作有条不紊，不像是精神错乱的恶症。但一个中年女子，就算是和大家再熟稔，在这北风呼啸大雪纷飞的日子里，当众裸露上体，终是不可思议之事。

相处半年，从素不相识到深入到彼此生命的底色，组员已结下难舍难分的情谊。如果在背人处，看看刀口疤痕，也可理解。不料最封闭的成慕梅跳将出来，当众裸体，令人惊诧不已。

成慕梅脱下文胸，把它甩到一边。

粉红色文胸滚落在地,转着圆圈。一个会舞蹈的文胸。两个罩杯中，各有半个花皮球。那种早已过时的现在很少有人玩的花皮球。红黄绿三种颜色好像被太阳晒化了的油漆，混合在一处，随意流淌着，形成了不规则的图案。每瓣皮球里塞着一团圆形棉纱，恰到好处地填充起了花皮球。于是，花皮球就成了半个惟妙惟肖的乳房。

大家看得发呆。如果说这个人造乳房样子古怪，倒还没什么了不起的。造物主把女人的性征拿走了，那么，这个哀伤的女人用什么法子来弥补自己的缺陷，谁也不能多说什么。关键是，文胸两侧都镶有花皮球：也就是说，成慕梅双侧乳房都是假的。

大家第一个想到的是：会有极少数病人罹患双侧恶性肿瘤，只好将双乳一并摘除。这是极大的不幸。

目光从粉红色的文胸移到了成慕梅身上。之所以没有在第一时间关注成慕梅，是地上滚动着的粉红物件太引人注目。当它安静下来，人们才发现更大的惊骇还在后面。

成慕梅的胸膛上的疤痕，远没有人们想象中的那么长,甚至可以说，比在场任何一位动过手术的女性的疤痕都要小。最最恐怖的是——她胸部只有一侧有手术的痕迹，在另一侧，平坦胸壁上，是男性的乳头！

成慕梅就那样赤裸着胸膛，低垂着头，接受着大家惊骇莫名的目光鞭笞。他知道必须承受这一切。

他不是一个女人，他是一个男人。从夏秋到冬春，每当小组活动的时候，就装扮成一个女人。他以女性的身份参加这个小组，直到今天，他决心恢复自己的真实性别。

程远青呆若木鸡。这种过分的真实，已经超出了常人所能够容忍的极限，大家闭上了眼睛。

成慕梅是一个男人！一个货真价实的堂堂男子！胸肌发达，胸毛茂盛。他一直混迹于一帮女性癌症患者之中，居心何在？！

程远青感到自己受了莫大的愚弄。一个并不高明的弥天大谎，居然把一个资深的心理学家蒙得晕头转向。面对这种大虚伪大欺骗，程远青恼羞成怒，想把裸露上身的成慕梅一脚踹出，方解心头之恨。

全组盯着自己，程远青第一个反应是——你务必冷静！

程远青自知有一致命弱点，就是难以忍受被人欺骗。以牙还牙以眼还眼！程远青相信，凭借她在组员中的威望，只要一号召，谴责将如冰雹砸下，成慕梅必成丧家之犬，灰溜溜滚出小组……一百种报复的计划在程远青脑海中闪过，反击的话语已堵满双唇，只要嘴一张开，叱骂就会冲口而出。

程远青，你何去何从？

一个优秀的心理学家，有清晰的自我洞察能力。程远青深吸一口气，徐徐吐出，问自己：你为何如此愤怒？

成慕梅乔装打扮来参加小组，必有他锥心泣血的理由。招致程远青怒火中烧的答案只有一个：程远青觉得成慕梅此举成功，是对她这个经验丰富的心理学家的嘲弄和蔑视。

记住，在小组中，你要永远把注意力集中在组员身上，而不是在自己身上。你要把组员的利益看得重于一切，而不是把自己当做中心。程远青的耳边想起导师的指教，那个有着一双湛蓝眼睛的老人，说出这些话的时候，音调轻轻，此刻在耳边响起来，却有万钧之力。

程远青，放下你自己的得失！你在小组中，组员在看你！你能否接纳成慕梅，也是大家的一面镜子。不管开头怎样，成慕梅已经走向了更真实的存在。他在众人面前卸下了伪装，把一个赤裸的自我展示给大家，这就是进步，这就是成长！你要用宽广的胸怀，来包容这个令人震惊的变故。

程远青吐纳胸中空气，那是碰到火柴就会像甲烷一样燃烧的气体。

她把新鲜的空气呼进肺里，将一种稳定感从丹田传到胸部颈部头部，然后又下行到手臂手指大腿小腿脚踝和足尖……呼吸渐渐平稳，肌肉放松下来，这才轻吁了一口气，缓缓地说："成慕梅，你穿上衣服吧。别着了凉！"

组员们也同时呼出了一口气。她们被成慕梅的当堂变性惊住，丧失了应对能力。愤怒吗？被人骗了半年。沮丧吗？居然没有一个人看出有诈。好奇吗？且看他说出怎样的理由。一时转不过弯来，天下竟有这样稀奇古怪的事。好像电视连续剧，不知后面将上演怎样的节目……程远青的态度就是小组的态度。如果组长说把成慕梅赶出去，大家一定群起而攻之。褚强是男性，但人家磊落光明，是大家的小弟弟。现在倒好，一个大老爷们混迹女流之中，简直有被他偷窥春光的感觉。虽然女人们基本都不年轻，就是被窥，也只能算是秋光了。

成慕梅感觉冷，顺从地穿上内衣，用另一种青檀样的嗓音说："对不起，请大家忘记成慕梅这个名字吧。这个世界上，没有成慕梅，我的真名叫成慕海。"

幸亏椅背很高很结实，承受程远青身体猛地后倾之时，没有发出劈裂之声。成慕梅是虚拟的，是水中月是镜中花，是无中生有的幻象。原来在漫长的冬夜，和程远青窃窃私语的成慕海，就是面前这个"变性人"。原来资深的心理学家被人耍弄而不自知，原来整个组都在混沌之中，只有面前这个男扮女装的家伙才是唯一的明眼人！

程远青的理智已像千疮百孔的小船，刚从旋涡闪过，复又遭遇暗礁。程远青只想朝着成慕梅——对了，没有成慕梅了，目前只有成慕海了，大吼一声：你这个骗子加混蛋！你给我滚出去！

程远青咬着嘴唇，在心里反复默念这几句话。她不能出声咒骂，这是她的教养和身份所不能允许的。她只能无声咒骂，一遍又一遍。

时间凝固。大家虽说搞不清这个成慕海是何来历，总之明白了是同一个人用两套名字的把戏，非常诧异。她们看着组长，等着组长。眼光交织成致密的轨迹，如弹道射向程远青。

程远青紧急清理着自己的思绪。在连续骂了成慕海若干遍之后，情绪稍稳。理智如雷暴之后的天光，缓缓澄明。如果说违背天条，程远青负有不可逃避的责任。不要和小组以外的人交谈小组！程远青明知故犯，她遭到了报应。

程远青，你快从一己恩怨走出！

以小组为重！

以组员为重！

以成慕海为重！

程远青连连呼叫自己的名字，好像面对昏厥之人。一系列警示，风驰电掣从脑海中闪过，如同冰冷急速的潮汐。她渐渐冷却，平稳下来，从心境扩展到语调。她强制自己抽动了一下嘴角，一个痛楚的笑容，但毕竟是笑了。她轻声说："我们以后就称呼你成慕海了。"

这表明组长代表全组，接受了一个名叫成慕海的新组员。成慕海不知所措地频频点头。他做好了被宣布为"不受欢迎的人"驱逐出组的准备。现在，他归队了，悲喜交集。

程远青说："成慕海，你让我们非常惊奇。觉得自己很弱智。这可不是一种舒服的感受。"

成慕海穿好衣服，舔舔嘴唇说："能给我一点水吗？"

成慕梅即使改叫了成慕海，他也是很清楚小组活动中不喝水的规矩。他的确是太焦渴了。程远青破例同意了他的要求。

喝了水，成慕海表情稍安，说："我不是诚心想骗大家，虽然看起来就是这么回事。在小组里，我无时无刻不想说出真相，可是我不敢。"他改作男声，大家听着很陌生。

花岚说："啧啧，你真是一个男人？"

成慕海说："真是。货真价实的。"

岳评说："你一下子变成了成慕海，还真不习惯。我要是说走了嘴，叫错了，你不会介意吧？"

成慕海苦笑道："我哪还会介意？大家不介意我就好了。"

岳评说："那我就说了。你不是个二尾子吧？就是半男不女的那种人？真是，也没什么。大家能接纳你。只是这回你可要说真话，不能再玩花活了。"

成慕海说："我是个男人。生理上没问题。"

鹿路说："虽说咱们这个小组也没说只许女人参加，活动中也没有什么不能让男人看的节目，可你这个事，我还是别扭。你是不是把我们骗了这么长的时间，自己挺得意的？"

成慕海诚惶诚恐地说："我哪还敢得意！每次来活动之前，我都对自己说，大家都那么交心交肺的，我瞒着天大的一件事，对不起大家啊！可我一到了小组活动，就没有勇气了。我怕大家一生气，就把我赶走，那我就再也不能参加小组了。我喜欢这个小组，在这个小组里，我体验到了真情。我很少说话，心还是和大家在一起。由于我自己这事，把我压得不敢和大家痛痛快快地交流。小组也要结束了，就是把我赶走，小组的绝大部分活动我也参加了，我也不亏了。其实我还有一个选择，就是一直不说，可这样，一是我心里的疙瘩就再也解不开了。过了这个村，就没有这个店了。就算癌症还能饶我一点时间，可我未必还能找到像你们这样的姐姐妹妹，还能得到程老师这样的组长……二是我就太对不起大家了。所以，今天来的路上，我下定了决心，不管大家怎么骂我，我要把自己的真面目露出来，对自己也有一个交代。真实做一回人。"

听了成慕海的这一番掏心窝子的话，原本恼怒的人，也就原谅了他。

好像为了弥补以前活动中说话太少的毛病，成慕海滔滔不绝。

我非常孤独，从小内向。身体不好，不爱活动，体育不行。对男孩子来说，学习再好，跑不快跳不高，就没有自尊。我爱和女生一起玩，她们细心温柔，不欺负人。中学我在戏剧社演过女角，是《雷雨》中的四凤。大学毕业后，在机关工作了两年，后来下海做了生意。人们看我可信任，很快业务就做得很大。我也交过几个女朋友，相处一段之后，都离开了。临走的时候，都说我是好人，但没有激情。我也不知道她们说的激情是什么东西，我对她们很好，这还不足够吗？后来，我索性也不想去闹明白了。日子慢慢过着，突然我发现胸壁上有个硬块。以为是疖子，就没理它。但这疖子很奇怪，一点也不疼，却无声无息长大。有一天我路过医院，想看看医生。司机帮我挂号，他说，老总，你挂哪个科？我随口说乳房上长了个疖子，你问问我挂哪个科？司机捂着嘴乐个没完，说老总你哪儿不好病，怎么病在了一个女人的地方。我这才发现病在那儿，这是个很严重的问题。我对司机说，你到车上休息，我自己去看病。在挂号处问了护士，她让我挂乳腺科。我以前不知道医院里还有这样一个科。想想也挺正常，既然耳朵鼻子都有专门的科，乳腺为什么就不能单有一科。到了乳腺科，管分诊的护士把我的挂号条看了好几遍，好像我偷了别人的单子。到处都是女人，闹得我有了一种进了女澡堂的感觉。轮到我检查了，医生触摸之后，脸色很严峻。我说，有问题吗？那个老太太，只说你再做个红外线检查吧。我好不容易找到了红外线室，在医院的角落里。老楼，走廊挺宽大的，光线不好。每过一会儿，检查室的门就打开，放出四五个完成了检查的人，再把单子拿进去，可能是做登记或是筛选之类的工作，再叫一些人进去。在我这个搞电脑的人看来，工作程序太原始了，手工化，少慢差费……我把单子排好队，就坐到角落等候。叫到名字了，我起身进了检查室。没想到我一进去，就听到妇女噢噢尖叫声，说，一个男人！赶出去！一位女医生严厉无比地说，谁让你进来的？我说，就是你让我进来的啊。你念了我的名字。女医生说，你怎么是个男的？我说我一直是个男的啊。我的登记表上也写的是男的啊。女医生还真把我的表又拿过来看了看。可能是为了让医生更好地在仪器下工作，屋内只有一盏微弱的红灯，如同血泊。这时我的眼睛已经适应了暗红色，注意到黑暗中浮动着白色团块，那是众多女人裸露的胸部，耳朵充满纷杂的摩擦声。原来女人们为了等候检查，都提前把衣服脱掉了，现在看到一个大男人闯进，魂不附体，窸窸窣窣抢穿衣服。轮到我了……

头发花白的女医生反复比对之后，告诉我说，几乎不用再做检查，依她的经验，就可以断定我患了乳腺癌。随手开了住院通知单，要我尽快预约手术。

在猩红色的黑暗中，我声嘶力竭地说，我是一个男的。

女医生说，我知道你是一个男的。

我说，为什么会得这种病？

女医生说，你知道几乎所有的癌症都病因不明。

我问，怎么办呢？

女医生说，不是给你开了住院单吗？赶快手术。

我说，可我怎么说呢？

女医生纳闷，跟谁说？

我说，所有的人。

女医生忙着把我的资料敲进电脑，头也不抬地回答，你不必跟所有的人说。

我揪着医生的白袖子说，大夫，告诉我，这病的概率是多少？

女医生抽回胳膊告诉我，在发达国家，已占女性癌症的首位。

我歇斯底里地吼起来，我不是女性！我要知道像我这样的男人，在这个病中占多少？

女医生定定地看了我一眼，在红色的背景中，她的眼神像被枪击中的鸽子。她说：百分之一。

我跌跌撞撞从检查室出来，看到太阳像一颗粗糙的绿色苍耳，嵌在猩红色的天空。从此，猩红色挥之不去，总在缠绕着我。我用最后的气力坚持走到停车场，司机说，老总，你面色不好看。

我说，到了医院，还能有好脸色吗？他很关切地问，怎么样？我只有装做不明白，说什么怎么样？他笑笑说，就是那个女人地方的病？我看着他充满了玩笑意味的嘴角，在这一瞬决定了，我要保守这个秘密。我说，没事。是我大惊小怪。司机的脸色一下子明亮了，说，一个男人，哪能得奶子上的病呢？那还算是个男人吗？

我从小就最怕人家说我不像个男人。现在，我得了这种病。疾病是有性别的，疾病也是有品位的。你是老板，你可以得高血压心脏病糖尿病，那是富贵病，是豪华享受的同义词，你不丢人。但是你不能得肝炎。得了肝炎，人们立刻会想到你身份不高，经常在路边大排档吃饭，你才得了传染病。如果你得了性病，那倒没什么，只要不是艾滋病，男人们都可一笑了之。可是，我得了女人的病。如果告诉别人，在应该收获同情和关切的时候，我将成为人们茶余饭后解闷的奇闻。

记得哪位哲人说过，如果他受了伤，会独自一人躲进密林，用舌头舔干血迹，等待伤口慢慢结痂。不会有人看到他断裂的白骨，伤口长好，他才会走出密林。我欣赏这话。以前就喜欢，所以记住了。当我做出向所有的人隐瞒病症的决定的时候，这句话成为我的指南针。

我把生意交给助手，住到了另外一家医院。不是因为这家医院的名气更大，是为了在原来医院彻底蒸发。这个病不是疑难杂症，我已不是早期，第二所医院的诊断更为快捷。我住进了医院，用了一个假名字——成慕梅。这不是我的发明，是我死去的妹妹的名字。身份证是很容易作假的，你只要给街头的小贩一张照片和写着你设计的住址等资料，三天就可以取货。住院的登记很简单，我就以这个名字做了手术。我对所有认识的人，都说我到欧洲旅游去了。大家都说，放松一下是对的，你的脸色最近不太好，一定是太疲劳了。警惕过劳死，日本人最爱得这种病了。我住进了医院的单间病房，不愿被人撞见。没有告诉任何人，也就没人来看我。我也不和病友交谈，除了和医生护士说几句话，我都面壁而卧。面壁这件事，能让人思索很多东西，所以古代的高僧都面壁。一定要是白色的墙壁。你不可能对着一面五颜六色的墙壁思索很多深刻的问题。手术的前一天，麻醉师来看我，我给了他一个红包。我不是想贿赂他，只是想多咨询有关的问题。我不怕手术，我怕在手术中糊里糊涂地死去。这个环节最易在麻醉的时候发生，那么，这个穿着蓝色工作服戴着蓝色工作帽的小伙子，就是我的活阎王了。红包是我付给阎王的咨询费。

我说，在手术之前，你们都会来看病人吗？

他说，是的。特别是全麻。

我说，全麻，就是我什么都不知道吗？

他说，你的手术范围很大，时间也很长。但究竟有多大，究竟有多长，只有到了台上才知道。

我说，麻醉如果出了意外，我就会死。是这样吗？

麻醉师说，手术台上的任何意外都有可能招致严重后果。我们会尽力。

我知道再问也问不出什么了。麻醉师走后，我抚摸着自己的胸壁，它目前虽然有病变，但还是完整的。明天以后，它就不完整了，但也没有病了。这样想了之后，我就嘲笑自己，也有一个极大的可能是：胸壁不完整了，病变依然存在。

男子乳腺癌的发病率虽然极低，一旦发病，常常很凶险。我已有多个淋巴结转移。除了助手之外，我没有将病情告知任何人。除了那些最必要的手续，让助手在百忙之中到医院填写，其他有关病情的进展和预后，都是我和主治医生直接谈。

我不知这是好还是不好，没有温情脉脉的面纱，全是最严酷最精粹的真实。我可以在医生面前表现得很沉着冷静，他们都夸我是他们见过的最稳定的病人，殊不知，在医生走后，我会用一条干毛巾敷在额头上，盖住眼帘。我并不觉得自己流泪，但那条毛巾会慢慢变湿。我也不动，让风和自己呼出的气，再把毛巾晾干……

在生命的搏杀中，全军覆没的感受是如此强烈，以至于每晚的梦境都被黑色压扁。精神被分馏了，在精神的最表层，是淡黄色的稀薄的期望。其下是猩红的黏稠的绝望。

手术之后是化疗。这都是老生常谈，我不多说了。出院以后，头发都掉光了，朋友们问这是怎么啦？我说在欧洲洗了一种温泉，里面含有矿物质，过敏了。大家就笑我说，看你这样子，不像是从欧洲回来的，像是从非洲回来的。我说，不管是从哪儿回来的吧，我现在要好好工作了。

话是这么说，但气力大不如从前了，你看过饭馆里客人点吃的那种活鲤鱼吗？抄子捞起来，让客人过目，验明正身，活蹦乱跳的。过秤，然后当着客人的面，把那条鱼拎起来，啪地往地上一摔，那条鱼就一动也不动了。表面看起来，那条鱼和以前没有什么不同，头还是头，鳃还是鳃。那条鱼受了致命的伤，已是肝肠寸断，所有的骨头都脱了臼。我就是那样一条鱼。

我的病无法对别人说。医院斗室，虽日夜一人，起码医生护士还会走进来，问你几句话。出了院，才陷入真正的孤独。偌大世界，我不知道还有哪个人和我患了一样的病。从理论上讲，一定是有的，可他们藏在哪里？也会在暗夜中哭泣，在太阳下装出硬汉的模样吗？我不知道。本来得了癌症的病人就是孤独的，他不是一个健康人，他也不是一个死人。他游走在这之间的真空地带。后来，我找到了一个做伴的人，那就是成慕梅，我创造出来的承担我疾病的那个倒霉蛋。我把自己分裂成了两个人。当我是成慕梅的时候，我阴郁孤僻落落寡合。当我是成慕海的时候，我开朗健谈风趣善解人意。没有成慕梅，我无法安置自己惨淡的人生。没有成慕海，人生对我了无意义。我穿插在成慕海和成慕梅之间，凭着这个古怪的分裂的创造，我才得以在那些极端孤独的日子里，自己和自己对话，自己给自己排解，才有了活下来的勇气。我喜欢成慕梅，在某种情况下，我要感谢她。她负载着我全部沉重灰暗的东西，是一个真实的人物。另一方面，我不喜欢成慕梅，如果一直像她那样活着，我还不如死了。我愿意永远当一个成纂海，可是我做不到。过去的成纂海已经消失了，在手术台上被割走了，扔到粪车里了。新的成纂海是我创造出来的，他是我的偶像。我知道我做不到他那样优秀，当我扮演成纂海的时候，我要耗尽心血，我坚持不了多长时间，我就要逃走，因为这个充满阳光的男人，是暂时居住在我的这个残缺的躯壳里的。病把我切成了两个人。刚开始，我还能胜任他们之间的转换，好像点歌台切转曲目。后来越来越困难了，冷热水龙头失灵。要拧热水的时候，浇你一个透心凉。想要冷水的时候，把你烫出燎泡……

　　每半年一次的化疗，切割着我的生活。我预感到自己要崩溃了。神经无法胜任这种转化，吱吱地冒烟。我想到了死。这个念头一出，无论是成纂梅还是成纂海，都击节叫好，他们罕见地统一起来。我知道，这就是我最终的选择了。我搜集了有关的资料，成了一个自杀问题专家。我决定自我爆炸，把炸药捧在胸前，如五马分尸一样支离破碎，没有人会知道我曾得过这样的病。我选择了一家狗肉馆作为最后的葬身之地。

　　正在这时，我看到了报纸上的癌症小组招收组员。这一次，成纂梅和成纂海又罕见地达成了一致，表示要参加小组。我想，也许这就是生命的本能吧。成纂海就先打了电话，表达了愿望。具体出席的是成纂梅，因为在想象中，病是在成纂梅身上，成纂海是她的哥哥……

　　在死亡的阴影中，我参加了小组。

　　小组有一种奇怪的引力，对抗着自杀对我的引力。我要为我的自杀找一个理由，可这个理由越来越不容易找到。我在迷茫和怀疑中，给褚强写信，起初是恶作剧，以排解自己的苦闷，后来就变成了一种变相的呼救。现实中，成纂梅每次参加小组活动前一天，都要去做润肤美容，特别是用紧肤水收缩粗大的毛孔，让颜面比较细腻。临出门前，都要用数小时乔装打扮，浓妆艳抹以免被识破。置备各色高领服装，以遮盖喉结。她练习用女声说话，冷漠孤僻，寡言少语……大家讲的每一句话，都进入了我的脑海，它们撕扯打架昼夜不息……慢慢地，我发现自己起了变化。我再也不喜欢两个人共同生活在一个躯壳这种局面了。我要把这两个人整合在一起。我不知道症结在哪里，我无能为力。我要感谢你们的真诚。我发现自己最大的误区是在企图掩盖一个发生了的存在。为了让这个真实的存在变得虚无，我把自己一分为二。只有在这种分裂中，我才能为自己的懦弱找到栖息之地。今天，我一定要把成慕梅和成慕海合在一处，我没有其他的方法，我只有用我的身体来说话，证明我本来就是一个人，而不是我臆造出来的两个人。我早就想把真相告诉大家，可是我没有勇气。我希望程博士能够揭穿我，所以，我在电话里通知程博士组里有人隐藏秘密，以假象示人。程博士大智若愚，没有动静。我不停地给副组长写信，提醒他小组有诈，希望能引起他的高度关注，把我揭露出来……

　　成慕海说到这里，充满歉意地看看组长副组长。程远青面上还算安然，褚强可是恨得牙根直痒痒。好你个成慕海！简直是间谍，直至今天早上，还把人吓得手脚冰凉。原来这一切背后，竟是一个分裂人格在反复表演。

　　成慕海接着说："谢谢大家。今天，你们的惊讶，你们的愤怒，你们的宽容，都让我知道了一个最基本的事实，我是一个人，而不是两个人！现在，我已经能够感到成慕梅和成慕海渐渐地靠近，重叠在一起，他们的边缘互相模糊，变成了一个人……天边的猩红渐渐远去，代以清新的草绿……"成慕海这样说着，目光凄迷。他真实声音仿佛不是从一个男人的身体内发出，而是从一架优良的仪器发出来，游离着，悠然回荡，带有稍纵即逝的魔力。

　　成慕海说到这里，头重重地垂了下来。人们以为他是昏过去了，急忙围拢。程远青摆摆手，示意散开。他是睡着了。这一席话，耗竭了他所有的精力，魂灵出窍。

　　大家不敢触动他。

　　程远青心里百感交集。这一番剖白，她始料不及。人啊，多么复杂！类似这样由疾病引发的人格分裂，极为罕见。作为组长的她，没能在早期识别出这种复杂的多重人格表现，但小组强大的功能，拯救了成慕梅和成慕海复合体，一个新人在此地重生。

水晶厅的表决

　　程远青若干天内委靡不振。成慕海的自白，让她身心俱损。

　　心理学家并非神，只是对自己有更多的觉察和重构。

　　觉察这个词，在佛教中有"顿悟"之意。程远青觉察到了自己的盲点。她的情感生活被压抑得太久了，遇到一个虚幻的异性形象——幽默风趣智慧的成慕海的声音——就被吸引，破坏了小组活动的天条，使双重人格扑朔迷离，难以捉摸。如果自己无懈可击，整个事态就要简单得多。幸好没有造成更严重的后果，但这个教训她要终身吸取。

　　吕克闸常有电话来，程远青正在反思之中，口气淡淡。

　　吕克闸说："博士你好像不开心？"

　　程远青说："我在总结小组的经验，不尽如人意之处甚多。"

　　吕克闸说："博士是否太谦虚了？我听褚强说，小组卓有成效。组员的心理状况都有了很大的改变，也许因为我是造药的，不知她们病理上有无改变？"

　　程远青问："癌症是一种非常顽固的恶性疾病，根据国外的研究，辅以适当的心理治疗，可以调动病人的免疫系统，增强和疾病抗争的能力，延长生存时间，提高生命质量。让病人对即将到来的死亡有比较达观的态度……但针对东方人的具体资料，我不曾查到。"

　　吕克闸说："博士，你可以来做这个研究。成立一个癌症心理研究所。这是功德无量的事情。"

　　程远青说："谈何容易。"

　　吕克闸说："只要动手去做，也不一定很难。噢，我给你打电话，是打算放松一下，没想到一张嘴就又是工作。"

　　程远青说："你是一个工作狂。"

　　吕克闸说："你也是。物以类聚。"

　　这样的对话，你不能说不和谐，但程远青总在疑惑之中。她不知自己还有没有能量再次进入深深情感？吕克闸是一个合适的人选吗？也许是以往失败的哀伤还在腐蚀着她？愤怒是可以变化的。有一些事情，在它新鲜的时候，你是愤怒的。当它陈旧了，你就不愤怒了。可是，哀伤是不会变的，它只是更深沉和更细致了。

鸢尾素市场出击遭遇挫败，因为它是"食"品而不是药品。公司高层发生争论，焦点是再次动用种种合法以至不甚合法的手段，让鸢尾素升级为"药"准字，还是依旧以食品面目出现，辅以更强大的宣传攻势？好比是重新为这个小伙子捐个红顶戴，还是凭现有的资历，横刀跃马独闯天下。

"老总，您大手笔，何必在乎这打点的小钱呢？"副总说。

吕克闸说："这不是钱的问题，是时间。中国保健品市场鱼龙混杂，大洗牌在即。报批药品，且不说它能不能算药品咱们心里有数，就是用钱把它堆出来，那些作为药品必须经过的临床试验，耗费多少时间？退一万步讲，就算都拿下来了，时不我待，市场早已饱和，功亏一篑！"

大家面面相觑，危机如狼，噬咬脚后跟了。

"那咱们怎么把食品说出药品的疗效，让人们一窝蜂地吃？"高层意见统一起来，下一步就是具体的市场运作了。

"我有这样一个设想……"吕克闸说。

褚强给程远青打电话，说要提前进行小组活动，地点就在公司的水晶厅。

"理由？"程远青不解。心理小组也不是救火车。

褚强说："公司办公室要我把最新包装的鸢尾素发给大家服用。这是好事。"

程远青说："好事也不能办得像抗洪抢险。有这么十万火急吗？"

褚强说："公司目前把鸢尾素当成市场主打品牌，准备在全国地毯式推开。标语刷向大街小巷，就像当年红军打土豪分田地一样，大造声势。"

程远青说："如此大动干戈？鸢尾素究竟有何奇效？"

褚强说："具体的谁也说不清楚，商业秘密。从老总到普通职员，用了都说好。强身健体益寿延年。"

程远青扑哧笑了说:"褚强,你怎么像旧时天桥卖大力丸的?单说这益寿延年,鸢尾素问世才多长时间?没有经过时间的考验,没有对照组,怎么就能说神效呢?"

褚强说:"现代的人,都喜欢夸张。反正这鸢尾素还是挺不错的,吕总批了免费给咱们小组服用,是大家的福气啊。"

程远青说:"鸢尾素到底是植物还是动物药材?"

褚强说:"顾名思义吧,鸢尾就是鸢的尾巴。"

程远青说:"瞎猜。世上有多少只鸢把尾巴拿来制药?绿色组织还不得和你拼了?"

褚强说:"那就是植物吧?凡·高还画过鸢尾花。"

程远青说:"凡·高和咱们没关系,只是这提前召开小组会一事,在我看来,没有必要。"

褚强说:"那下次活动,一定要把鸢尾素发下去,这是公司交给我的任务,地点在公司水晶厅。"

程远青说:"我还有一件私事要你帮忙。"

褚强说:"我愿为您赴汤蹈火。"

程远青说:"我需要吕克闸和公司的有关情况,越详尽越好。"

褚强说:"我一定尽力而为。程老师,您不是工业间谍吧?"

程远青说:"你高估我了。只是为了研究。"

组员们没到过如此排场的公司,特别是进了水晶厅,眼睛不够使的,四下散开参观。程远青走南闯北,也叹为观止。

墙壁全为透明玻璃砖建造,室内除了米白色沙发为皮质,余皆为玻璃或水晶制品。玻璃茶几水晶灯,玻璃烟缸玻璃柜,银光迸溅,锋利冰冷。悬挂的艺术品,也都像是从冰雕现场切割来的,晶莹剔透,寒光四射。

大家环顾四周,觉得自己像被观赏的热带鱼。

程远青说:"这么奇怪的会议室,利用率高吗?"

褚强说:"总裁最喜欢这间会议室了。"

程远青说:"如此纤毫毕见的环境,无论是会客还是会议,就不怕受干扰吗？"

褚强说："这您就有所不知了。这墙壁是等离子可控的。能让外头的人看不见里头，也能让里头的人看不见外头。"说着，动了一个开关，果然，墙壁很快变成了墨绿色。褚强说："内外隔绝，谁也看不到谁。"

程远青好奇地说："这么奇怪的墙壁，有什么实用价值？"

褚强说："公司业务不景气的时候，老板会在这里办公，内外清澈如水。每一个人上下班的时候，都会看到他来得最早，走得最晚。"

程远青心里打了一个结。

程远青对大家说："这地方看起来古怪，现在其实和普通墙壁差不多。咱们该干什么就干什么。"

大家稍安。褚强拿出了鸢尾素，大伙说，鸟枪换炮，新包装像喜糖。褚强也喜滋滋地说："改进了配方，这是最新款。免费让大家长疗程试用，怎不是喜事？街上一盒要卖上百块钱呢！"

大家读着上面的说明。有人问褚强："公司真大方，白给我们吃？"

"那还有假？"褚强一拍胸脯，好像鸢尾素是从他身上提炼而出。

"太甜。"鹿路撕开螺旋形的包装盖，一低头，把一管吸了进去，咂咂嘴巴。

"是吗？甜了好！都说良药苦口利于病，我吃了苦药，病也没见好，从此信甜药。"花岚说。

岳评因为自己不是货真价实的癌症，想要又不好意思，低着头，对褚强小声说："有多的吗？要是有，就给我点。要是不多，我就不要了。尽着要紧的人吃。"

褚强大声说："有！人人有份！"

大家拿了药，欢欣鼓舞，刚要收拾起鸢尾素，进入正常活动，呼啦啦大门开了，进来一伙儿拿着长枪短炮的年轻人，对着大家拉开阵势。一个扎着马尾的女生，像是头领，连连喊着："灯光，灯光，别看这屋子光线不错，还要打强些，镜头才好看。"

大家愕然。程远青恍然明白，这一干人马是来摄像的。她一直潜藏着的不安，如同一只夜惊的水鸟，终于飞起，变成了现实。隐患暴露，她反倒安下心来。同指挥女生说："对不起，我们正在进行小组活动。"程远青语调温婉，拒绝之意却很清楚。

小指挥不知是没听出来，还是由于这类不受欢迎的话听得多了，并不在意，笑嘻嘻地说："您就是程博士吧？一眼就能看出来，气度不凡。我们是电视台的，来录你们活动的场面。"

程远青说："你们并没有征得我们的同意啊！"

小组成员原本以为程远青知道此事，现在方明白均被蒙在鼓中。

小指挥也很奇怪，说："公司事先同我们联系好的，没跟你们打招呼啊？这就是他们的疏忽了。"

程远青问褚强："你知道此事吗？"

褚强红了脸说："知道。"

程远青愠怒，说："你怎能背着大家答应这事？"

褚强委屈地说："我没答应。早上来了才知道。我只是个小卒。"

程远青直觉一个计谋在渐渐合拢。她对小指挥说："很抱歉，我们不同意这个安排。"

小指挥发觉出了岔子，就说："博士，虽然责任不在我方，但我还是为打扰你们而先说一声对不起。"说完竟滑稽地敬了一个不伦不类的礼，场上气氛因此缓和很多。

程远青明白公司要利用乳癌小组做一篇文章，也许还是大文章。她想还是先把情况搞清楚，依旧微笑着说："小姐，我不知道你想拍什么？"

小指挥说："癌症小组这一创举，对病人康复大有好处，听隽永老总说，在国内填补了空白！他们资助这项慈善事业，也是为了癌症病人的利益。"

程远青点点头，说："还有呢？"

"没有了。"小指挥说。

"小组活动的时候，不能有外人参加，更不能录音录像。这是小组的规定。"程远青解释。

"您就通融一下，况且，主要部分并不是拍小组的内部秘密，只是配个场面。"

程远青平和地说："你要我配合，总要把主要部分是干什么的告诉我。"

这话看似平常，却很有杀伤力。小指挥摄像，领衔受命而来，剑拔弩张也办不成事，不如坦诚相告："隽永生物公司要为鸢尾素的效果做一系列软广告，癌症小组长期服用鸢尾素，精神面貌和身体状况都不错，就是最好的活例证。我们用事实说话，榜样的力量是无穷的。"

程远青摸到了底牌，心中动怒。说："隽永生物公司有隽永生物公司的构想，我们有我们的原则。不能拍。"语调虽柔和，话锋毫无商榷余地。

小指挥锲而不舍地说："如果您一定不让拍小组，那能不能拍个人呢？她们虽是您的组员，但也都是独立的个人，总有自己决定的权利吧？"

小指挥闯荡江湖多年，来了个迂回战术，把橡皮子弹射向程远青。

程远青明白小指挥说的也在点上。即使程远青阻止了此处的拍摄，记者私下约见组员，大家作何反应，也是自由。

程远青和颜悦色道："你是为工作而来，这么重的机器，这么多人马，不容易啊。"

程远青说的是真心话，身高不过一米六的小姑娘，操持这一标兵马，不简单。

小指挥点头，并不为这番将心比心话所动，逼道："程老师若是体谅我们的不易，就请配合一下。只耽误您一点时间就够了。"

程远青说："让我们单独讨论一下好吗？"

小指挥一看，乱糟糟地僵持下去，像也摄不成，音也录不下，便说："您看需要多长时间？"

程远青说："十分钟之后，给你们一个答复。"

小指挥示意把黑黢黢的设备留下，一干人马撤出。

屋内安静下来。由于刚才的嘈杂，此刻的安宁更显异样宝贵。程远青说："大家都听到我和导演的对话，小组，最初在公司的资助下成立，我以为出自慈善动机，是无偿的。关于鸢尾素，也不知它的成分疗效究竟怎样。公司和电视台电台等媒体，策划的一系列活动，我不知晓。如今，大兵压境，留给我们讨论的时间只有十分钟。不对了，现在已经没有十分钟，只有九分钟了。我想听听大家的意见，小组是一个整体。"

水晶厅内鸦雀无声，冷光晶莹。

卜珍琪最先发言："在组长和组员不知情的情况下，隽永生物公司把媒体约到现场。这不是偶然的疏忽，是一次预谋。这类似国际上的单边主义，一方说了算，另一方只有服从。这是不平等的。"

大家纷纷点头。岳评说："我也不知道鸢尾素是个什么效果，要说不要钱让白吃，我愿意一试。还没吃出个名堂，就要说好，不是编瞎话吗？我不能说。"

花岚说："我很想得到鸢尾素。可要是付出这样的代价，还是自己花钱买比较踏实。"

应春草说："这不是变相广告吗？就凭这么几盒子药，就把咱们打发了？这也太小瞧人了。"

有一位最后收拾设备的公司人员，正要退出，好像看到曙光，插言道："这位大姐，您要是嫌少，那您觉得给多少药，你才肯做这个节目呢？"

应春草说："那你起码发我够吃三年的药。"

褚强说："您可够贪心的了，三年以后，不知公司还在不在呢！"虽说是笑话，但褚强毕竟是公司的职员，一听应春草要白吃三年，屁股就坐到公司的椅子上了。

应春草说："一个抗癌药，没有三年，你能看出效果啊？三年还少说了呢，按说该有五年八年的。要是三年以后，我还活蹦乱跳，别说你请我，就是你不请我，我也要逢人便说呢。"

成慕海今日着男士服装，西装革履，大家不惯，格外认真地听他讲话。他说："我可以吃鸢尾素，也愿意配合公司做一些工作。但不能这样急，强人所难。"

周云若说："我先表个态啊，我不参加这个鸢尾素的治疗方案。我现在挺好的，不愿乱吃药了。要是大家都参加，只有请你们原谅了。"

除了安疆病重不能出席，在场的人基本上都发了言，程远青刚要说话，销售经理进屋，快步走到程远青面前，说："程博士，吕总想马上和您谈谈。"

程远青到了吕克闸的办公室，沉暗的黑胡桃色让人压抑。

"没想到这种情况下，咱们见面。"隔着阔大的老板台，吕克闸有些伤感。

程远青一笑说："我倒觉得这很好。真实坦率。"

吕克闸说："工作太忙，有些事沟通不够。我以为咱们有默契。"

程远青单刀直入，说："你是指小组的事吗？"

吕克闸说："正是。媒体我都打了招呼，马上就全面开动起来。公司已经通过了以鸢尾素为拳头产品的计划，你在这个时候，来了个釜底抽薪，我想不通这是为什么？"

程远青说："我要为组员负责。"

吕克闸说："你只为你的组员和教条负责，我这是为了向全中国的癌症病人负责。一个能拯救他们于水火之中,延长他们宝贵生命的方剂,可能就由于您的不配合，和无数人失之交臂，耽搁的是时间，丧失的是人命……"吕克闸说得很动感情，目光炯炯逼视着程远青，好像她是千古罪人。

程远青莞尔一笑。她要感谢褚强的资料,让自己有了更清醒的把握。她要感谢心理学的训练，使她在这样义正词严的指责面前，举重若轻。心中叹道：吕老板，你可能用这一手，成功地操纵过很多人，完美地达到了自己的目的，并把一个无懈可击的背影留给世人。你想和一个心理学博士联姻，以提高自己的身价，把癌症小组作为商业筹码，获取滚滚利润。以为出其不意就可让小组就范。可惜，这一次，你碰到了一个懂行的人。

程远青说："吕老板，帽子太大了，我和组员们担当不起。鸢尾素和癌症小组没有关系。"

吕克闸说："既然担不起，就应承下来。于国于民于己都有利。你说没有关系，这不是事实。癌症小组是隽永生物公司资助的，包括你的工资。"

程远青说："如果我记得不错的话，虽然我们口头上约定了，但您还不曾履约。"

吕克闸说："对。如果癌症小组不配合隽永生物公司的宣传，那这个约定就无法履行。"

程远青说："好。谢谢你告诉我。我完全可以做义工。"

吕克闸继续紧逼道："还有，如果你一意孤行，褚强将无法继续在隽永生物公司工作。"

这一招倒令程远青意外，她说："责任我一个人来负，你怎能株连褚强？"

吕克闸说："请你站在我的角度想一想，公司的职员，不能为公司的发展尽力，我岂能用他！"

程远青愤慨道："吕老板，你太冷血了！"

吕克闸挥挥手说："不一定吧，程博士！"说着，他拿出一个信封，稀里哗啦作响，说："这是我打算送给您的礼物，原本想在下次见面的时候，给你一个惊喜。不想，咱们提前见面了。你是心理学家，能猜猜这是什么东西吗？"

程远青说："你不要对我说这是一栋别墅的钥匙。"

吕克闸露出伤感之色说："程博士，你把我想得太低俗。我不会送别墅给你，那就小瞧了你的人格。我尊敬你和你的学问。你有一部分说对了，这是一把钥匙。是你未来的癌症研究所的钥匙。"

程远青坚定地微笑着说："吕总裁，一硬一软两手，我看你都使完了，就此打住吧。无论你说什么，我都不会让我和我的小组受制于任何人。"

销售经理正在走廊里和褚强谈话，见程远青归来，很恭敬地说："我就等你们的最后决定了。"说罢闪到一边。

褚强神色不安而凝重。程远青低声问："他威胁利诱你了？"

褚强说："您怎么知道？"

程远青说："同病相怜。"说完和褚强一道进了水晶厅，组员们等得不耐烦，见他们进来，迫不及待地说："电视台来催过好几回了。"

褚强说："我现在的身份很复杂。大家看到我们公司的排场了，在这里有一份不错的工作，我很珍惜。我是公司的职员，我又是小组的副组长。小组对我来说情同手足，在小组里，我和大家结下了深厚的友谊，我也得到了很多成长。现在，我特别为难，不知是站在公司的角度还是站在小组的角度说话……"

程远青说："这样吧，你就做个角色扮演，先以副组长的身份说话。然后再以公司职员的身份说话，怎么样？"

褚强缓和下来，说："我以公司职员身份说话的时候，大家不要打我啊！"

几个年轻的组员，鹿路和周云若，粉拳紧握，说："那可不一定。你要说得太离谱，小心美人拳！"

褚强清清嗓子说："我是副组长。我完全拥护大家的意见。鸢尾素是一个还没有经过临床验证的滋补食品，具体有没有疗效，有多少疗效，都有待时间考验。我们很希望这一天早点到来，给无数癌症患者一个福音。鉴于我们并没有长期服用鸢尾素的经验，小组无法为鸢尾素做广告。这是对广大患者负责，也是对小组的声誉负责，更是对每个人的良心负责！"

大家说："有理有据有节。"

褚强把椅子挪到对面，以示楚河汉界，又用手掌从额头往下平推，表示另一副面孔呈现。果然，抚过的面庞，没有一丝笑容。

"你们这个小组，是我们公司出资兴办的。在商言商，掏了钱，理所应当要求回报。回报很简单，就是请大家谈谈服用了鸢尾素之后的体验。你可以说好，也可以说不好。当然了，说不好的，我们就不给你播出去。期待着合作成功。"

大家说："如果合作不成功呢？"

"拒绝广告，公司原来对小组承诺的一切资助将予以撤销。我将失去在公司的岗位，程博士将完全是义工。"讲完之后，褚强赶快离开对面的位置，和大家挤坐一起。

屋内一下子炸了。这些话犹如一支从毒蛇红信中提炼出来的侮辱剂，注入了大家的心。

敬爱的程老师这么长时间辛苦操劳，没有一分钱的回报。小弟弟褚强，将为此失去工作。怎么办？投鼠忌器啊。

一向懦弱的应春草发了话："将心比心，我觉得程老师和褚强付出的代价太大了，要不然，咱们就做了这个广告吧。留有余地，别把话说死，行不行？"

她的声音很小，但如同一粒滚珠在地面上淌过，余声不断。

卜珍琪斟酌着说："恕我直言，我以为，问题的关键就在程博士和褚强身上。对于大家，无非是一个'得'，对于程博士和褚强，就是一个'失'，而且不是小'失'。我们不能替你们做决定。"

周云若说："我看，征求程老师和褚强自己的意见，再来讨论。"

鹿路说："我们给程博士捐一点钱吧。肯定不够，只是心意。"

程远青不禁眼帘微湿。这些癌症病人，自己挣扎在极端困境之中，还敢于坚持原则，不再认为自己是弱者，要驰援她这个健康人了。

程远青看着褚强说："咱俩成了问题人物了。我提议，咱们用游戏来决定这个问题。"

"游戏？！"兵临城下，气氛压抑，哪还能做游戏！

"如何做？"褚强狐疑地说。

"你我都闭上眼睛，你不看我。我也不看你，我们伸出右手。如果你答应做广告，就出手心。如果你拒绝，就握拳。"

褚强说："听明白了。"

程远青眨眨眼睛，说："OK！那咱们这就开始。"

大家饶有兴趣地等着看组长和副组长出手。突然，卜珍琪说："我有一个疑问，不知当说不当说？"

程远青说："当说。咱们是一个完整的小组嘛！"

卜珍琪说："既然是一个完整的小组，我觉得这个问题就要在小组内解决，不仅仅是你和副组长的事情。"

程远青说："意见好极了！改正的方式就是——咱们整个小组，来玩游戏。规则同前。"

鹿路问："有的手心向天，有的握拳，怎么统一？"

程远青说："少数服从多数。"

应春草说："投弃权票，怎么表示啊？"

褚强脑子来得快，说："手背向天，如何？"

大家说："同意。"

周云若说："我还有一个小小的补充。"

褚强发言："快说。电视台的人都急了。"

周云若一本正经说："我需要两票。左右开弓。"

大家说："哎呀，我的小姑娘，都火上房了，你就别添乱了！"

周云若说："刚才商讨时，我已给安疆老奶奶去了电话。她病得厉害，神志却非常清楚，我向她做了一个现场转播。她说，如果要表态，你替我传个话。所以，我被委托投票。"

熙攘之后，屋内安静了。程远青看看墨绿色的水晶厅，对褚强说：

"这神秘的墙壁，目前什么状态？"

褚强说："和普通墙壁是一样的。外面看不见咱们，咱们也看不见外面。"

程远青说："请你把它调成全透明的。我们能看到外面，外面也能看到我们。"

褚强一番操作，水晶厅就变成一览无余的鱼缸了。大家看到公司和电视台的人目不转睛地看着屋里，嘴唇翕动，只是听不见他们说什么。

程远青说："这是我们小组的一次表决。我把它公开了。"

大家说："好。我们同意。让他们看看癌症病人的心愿。"

程远青说："现在听我指挥，请大家闭上眼睛。把你的右手伸出来，代表你自己。如需代表别人，就把左手也伸出来。如果你同意癌症小组为隽永生物公司做广告，就把手心向上。如果你选择了拒绝，就把手攥成一个拳头。如果你弃权，就把手背朝上……"

小指挥很窝火，有偿新闻，时间就是金钱，原本可丁可卯的安排，不想却在第一站搁浅。隽永生物公司打了埋伏，原说和癌症小组打好招呼了，谁知人家根本不知情。不知情也不要紧，事情不复杂，三言两语就能说清。谁知这帮得了癌症的人，不单是乳房出了毛病，脑子也都不灵光了。如今的广告，有多少是真的呀？你看那些明星，今天说自己得了这个毛病，明天说自己得了那个毛病，挣起钱来生龙活虎的，你就知道他们是真病还是假病了。倒是这帮真正得了不治之症的人，反倒如此较真。这种人，岂止是应该得癌症，干脆死了算了，要不，世界还怎么向前发展啊？再说那国外学成的博士，怎么连这点国情都不懂啊？鸢尾素有没有疗效，几年以后的远期效果如何，你管得着吗？操那么多心干吗？你没看那些个外国手机都说自己的辐射对人体没害处，其实手机问世才多长时间？他们凭什么打这个保票？人家就敢红口白牙地拍胸脯。咱中国的广告业够老实的了，让咱等咱就等。其实，我就胡乱找些群众演员，让他们说自己是癌症小组的，吃了鸢尾素如何好，让他们咋说就咋说，哪用费这个事啊？真是的，怎么早没想到这个好主意啊？对，就用癌症小组这个创意，至于那些人是不是癌症，死无对证！

小指挥这样想着，快乐飞上了她那青春的脸庞。正在这时，面前的玻璃幕突然透明起来，好像卖火柴的小女孩临死前看到的那堵墙壁，室内情形呼之欲出。

　　癌症小组的男男女女们都肃穆地站立着，受场地的限制，围成了一个不算很圆的圈。每个人都闭着眼睛，向前平伸着自己的手臂，粗的细的胳膊微微有些颤抖。咦，怎么还有一个人伸出了两只胳膊……小指挥看得一头雾水，心想，这不是在练一门邪门武功吧？得了癌症的人，生存无望，是很容易走火入魔的。她正胡思乱想着，隐约听到心理学博士说："好，我喊一二三，大家就可以睁开眼睛了。"

　　臂膀细弱而抖动，伸出的每一只手，都紧紧攥着拳头。

花纹下面是金属

吕克闸双手抱肘，站在水晶厅旁，看到了众人攥拳的这一幕。除了鼻翼喷张，他基本上可算不动声色。他明白自己在这场较量中，面临关键的一局。手下人没有能力驯化这批癌症病人，看来他要亲自出马了。以前，他低估了女博士的能量，以为她像水晶厅里的外国花瓶，名贵高雅，但是脆弱。现在他知道了，如果一定要把程远青比作花瓶，那也是青铜制造，在精美的花纹下面，是坚硬的金属。必要的时候，抡起来简直可化为凶器。

吕克闸示意一干人退下，只身大踏步走进了水晶厅。

"我是这里的老总。欢迎大家。"吕克闸嘴角抽动了一下，算是给了个简陋的笑容。他自诩深谙癌症病人的心理，认定给予他们的关爱已太多，不妨反其道而行之。

程远青摸不清吕克闸的来意，说："吕总，我们刚刚表决完，很遗憾，不能为鸢尾素做广告。"

吕克闸淡然地挥挥手，说："不遗憾。天下三条腿的癞蛤蟆难找，两条腿的癌症病人好找。当然了，骨癌截了肢的不算。总而言之，让你们上广告，是给你们这些一只脚迈进骨灰盒的人一个露脸的机会，也是死到临头的福气。大家都是凡夫俗子，能在告别人世前上上镜，给家里人留个念想，不然，你们无声无息地死了，多冤啊。我是为大伙着想，可不要给脸不要脸啊。"

全组愕然，没想到隽永的老总居然这样出言不逊恶语伤人。程远青用目光一一巡视大家，她看到这些对一般癌症病人不啻致命毒涎的话，如水珠从她的组员身上光滑滑过，又旋即蒸发，不留一丝伤害的痕迹。当大家在这间银光四溅的水晶厅里伸出握紧的拳头时，就准备好了承受这一切。躯体是病弱而残缺的，但他们的精神在这一瞬，完整而坚定。

程远青优雅地笑笑，在这种时候还能保持优雅，不仅源自她的教养，更是力量的体现。程远青说："吕总，我记得你的父母都是得癌症去世的。"

吕克闸不知何意，梗着脖子说："那又怎么样？"

程远青叹息："你在患有同样重病的人面前这样讲话，我深深地为你父母难过。"

吕克闸说："博士，你错了。我造药，正是为了祭奠父母。没想到你的这些癌症病人，竟是如此冷血，不肯助我一臂之力。"

程远青说："吕总，恕我直言，你的祭奠是以攫取无数金钱为目的。你认为再吝啬的人，在癌症面前也得卑躬屈膝，这个钱便成了天下第一好赚之物。你把你的悲伤换成了金钱和计谋。"

大家频频点头，声援组长。

吕克闸恼羞成怒地说："不要把自己说得那么高尚。我再也没兴趣陪着你们玩了。我宣布，从今天开始，癌症小组解散！"

程远青站起身说："吕克闸，你没有权力这样说！"

吕克闸冷笑道："怪了！请你们睁开眼四处瞅瞅，这是什么地方？你们在我的地盘上，我是这个小组的发起人，我当然有资格这样说！"

组员们不待程远青发话，都站起身来。程远青说："吕克闸先生，你可以看到，癌症小组将继续活动。今后还会有更多的小组成立。"说完，她和组员们手拉手离开了隽永。

吕克闸看着他们的背影，心绪难平。在女博士和一帮苟延残喘的癌症病人面前，他败了，败得毫无周旋之力。他愤然想，博士，我知道你不会改弦易辙，可我也很坚定。癌症是个圈子，说大不大说小不小，咱们后会有期，来日方长。伙伴是一种亲密关系，既然做不成，那就成为另一种亲密吧——仇人。在吕克闸内心，从爱人到仇人的鸿沟，有索道相连。他一旦认为伤及自尊，瞬间就完成了跨越。

小组如同有生命的小船。每一场风暴都化作养料，木板炼成了钢板，风帆变为发动机组，羸弱的乘客成了骁勇的水手……小船被浪涛捶打成为巨轮。

褚强离开公司之后，很快找到了另外一份工作。他年轻的面庞因为经历浓缩的沧桑，而显出不相称的成熟。和女友的关系，也在积极的修复当中。申凌惊讶发现，她离开的这段时间里，褚强不知被何人点化，不刮目相看绝不可能。她撒娇，褚强不急不恼。她发火，褚强淡然处之。她装疯卖傻，褚强以柔克刚……申凌把戏用尽没咒念了，只得和褚强认认真真地谈恋爱。

岳评校长发觉自己能安静地听别人讲话了。从前，每当开完校务会，嘴角都凝着两磴坚硬的白沫子，用指甲抠一阵才能剥下来。现在她屏息静听，口中津液充沛得能养一条金鱼。老师们有了说话的机会，干劲倍增。岳校长获益匪浅，却还是想不通，为什么自己说的少了，大家反倒听话了？

卜珍琪不再讳疾忌医，用了一种新疗法，正在按部就班的治疗中。

鹿路开始了一种全新的生活，她现在又有了新的名字。就像古老的传说——一个人在病入膏肓的时候，应该改名，让按图索骥的魔鬼找不到你。只是她在小组内，还沿用着以前的名字。这里是她的再生之地，保留着这个名字，就保留了刻骨铭心的记忆。人有时候很奇怪，引起快乐的东西常常被遗落，但必然引起痛楚的东西却会长留身边，并在特定的时刻拿出来让自己滴泪。

周云若开始写作她的硕士论文，题目是"中国古典诗词中对死亡意象的超越"，同时开始了热火朝天的恋爱。这一次，她一洗情爱铅华，认真得如同情窦初开的高中生。同室的女友大惊失色，说周云若你怎么在爱情上返老还童？再说这两件事，如何能同时并进？周云若笑着说，死亡和爱，本来就是永恒的主题嘛！

应春草报名参加了一家女子防身术训练班。教练第一眼看到她，差点没背过气去。应春草在花团锦簇的年轻学员当中，很沉着地说，您是看我太瘦像个螳螂吧？我能吃苦，一定是个好学生。其实教练不是怀疑她的好学精神，而是琢磨：像这样的女人还有性骚扰的危险吗？

花岚坚持整日上班了。最初的几天，她不胜烦苦，刀口处也炮烙般疼痛，咬紧牙关，渐渐就适应了。她把家中的各路"神仙"请进小屋，让它们专心致志"修身养性"，腾出的时间，和裴华山聊天。裴华山说，你参加的这个小组，还真有几分奇。不知以后有没有专为商界开发的项目？比如"老板小组"或是"CEO 小组"？

成慕海已经把那个精密的爆炸装置销毁了。破坏它的时候，很有几分奇怪，想不通自己在那些日子里，为何对这个置人于死地的玩意儿如此痴迷。分裂是天下最可怕的状态。国家分裂了，就是内战。家庭分裂了，就是离婚。山河分裂了，就是地震。天空分裂了，就是黑洞。目光分裂了，就是斜眼。人格分裂了，就是疯子和死亡。统一的感觉可真好。唯一遗憾的是他经过狗肉馆的时候，要把头偏过去，不忍心看那悬挂着的血腥菜名。无法以自己的生命换回狗的安宁，十分惭愧。补偿的机会要等到很多年后，一群藏獒和一只京巴……

　　没有了成慕海的电话，没有了吕克闸的电话，程远青耳根一下子清静到枯寂。她在沉痛反思。自己情感上的空白，是造成这一系列波动不可推卸的原因。那是一个百转千回的死结。她不知道在自己的有生之年，是否可以解开它。心理学家不是神仙，也不是完人。程远青探到了自己的死穴所在，今后的日子里，她会格外当心。也许最终她也没有能力解开这个结儿，只能在漫长的岁月里，绕道而行。承认这个限制吧。

　　安疆许久没有消息了。

死亡盛典

安疆要走。这一走，就是永远。

木所长把这一消息告知程远青的时候，语气很平和。木所长保持语气平和的原因，除了经验以外，主要来自安疆本人的态度很平和。

癌症的死亡通常是相当缓慢的，在给予痛苦的同时，也给予罹患者以足够的时间，用于告别和安顿后事。安疆坚持不再治疗，她要死在家里。安疆在尚有余力安顿事务的时候，委托木所长帮她找有经验的女护士轮流值班，费用由她个人支付。她有一事相求——最后时光到来之时，请木所长给程组长打一个电话。

"干什么呢？"木所长刨根问底。木所长是一个爱管闲事也爱思考的人。经他料理的数目庞大的老人后事，上至将军下至炊事员，没人提过这样的要求。

"你就告诉她我快死了，别的就什么都不用说了。"安疆安静地说。

木所长知道安疆不忌讳谈死，就放松和随意了一些。老人分成能谈论死亡和不能谈论死亡两种。和这两种人谈话，分寸有很大差异，木所长要区分清楚。

木所长说："您放心，电话我一定打。只是，他们会来吗？"到时候老人很可能昏迷不醒，他需要落实此事。

安疆说："我和程博士说过了。她说，她会来看我。"安疆甚至有点兴高采烈，好像不是在议论自己的归期，而是一次朋友聚会。

木所长笑了，木所长觉得这很有趣。别开生面的死法——让萍水相逢的人陪伴自己死亡。原谅木所长对小组不是很了解，所以把组员们的关系框入到"萍水相逢"。安疆从木所长的笑声里，猜出了他的疑虑，但是安疆不想解释。到时候，他会看到的。

"只要打了电话，别的事情就不要你管了。"安疆说。

木所长还有一点拿不准的地方，虽说他对弥留之人何时仙逝，有

326

一些经验，但这不是机械性的操作，很可能有失误的地方。你以为人马上不行了，结果他又呼哧带喘地活上几十个小时，你以为他还能带病延年，没想到转眼人就没了。

木所长就把自己的顾虑和安疆说了，比如小组的人都来了，老人家若是一直很能坚持，让大家久久候着，怎么办？安疆说："咱俩一块掌握着。"

木所长说："什么叫一块掌握着，您还得明示于我。"

安疆说："估计着我要不行了的前几个小时，我给你打个招呼。"

木所长不以为然。他说："您就这么有把握？您也没经历过这事，怕不内行吧。"

安疆说："到时候，如果我说不出话来了，就向你眨三下眼睛。你可记住了啊，别以为我是因为眼睛不舒服才眨眼，我是在向你通报信息——你该去打电话啦！"

木所长说："好嘞！我记下啦！您也得记好了，可不能乱眨眼，到时候我老木打电话不要紧，把那些组员都惊动了，担当不起。如果人来了，您老好长时间不走，那我是代您招待他们歇息，还是一直围在床边守着您？您别烦我啰唆，问清楚了才不会忤了您的意。"

安疆说："木所长，我得用最后的气力向军区给你请个功。这才是个真正为老干部琢磨事的好所长。你放心，我不会太早惊动大家的，我有数。如果真到了人们来了好几个钟头，我还走不了，我就不再说话，让大家以为我走了。到时候，你别揭穿我就是了。咱们约好！"

木所长这才真正相信，老婆推荐安老太参加的这个癌症小组，自有神奇所在。安老太脱胎换骨，不但有了主意，居然风趣和幽默了。后政委时期的安老太，变得极富创意，浮想联翩了。生命的过程很奇妙，年轻力壮的时候，你的精神很可能并不强健，甚至可能是不堪一击的。当你垂垂老矣病魔缠身，你的精神也有可能并不颓废，甚至历久弥坚斑斓多姿。

木所长答应了安疆的请求。临走的时候，安疆又叮嘱了一句："我要是表示感谢，表示我很幸福，我也眨三下眼睛啊！"

木所长说："老人家，您刚才说叫人就是眨眼睛，这下表示幸福又是眨眼，到底让我如何翻译？"

安疆说："让你叫人，我就眨左眼，表示我幸福，就眨右眼。记下了吗？"

受人之托，木所长不敢怠慢，特地和程远青事先沟通一番，连细节都讨论周全。

接到电话通知，所有组员立即以最快的速度赶到干休所。小组的最后一次活动，是陪伴安疆走过生命最后一程。一次充满了严峻与温柔的活动，不但对所有的组员是个大挑战，就是对程远青本人来说，也是绝无仅有的经历。能够被允许观看一个人的死亡，这是非常亲密的行为。一个人从容地计划自己的死亡，这不单是勇敢，更是优雅。当这个平凡的老女人追随她的意志而去的时候，死亡就变得从容和富有情趣。

安疆发出了死亡请柬。她的一生就像一棵树，普通到毫无味道的一棵树。现在，树老成精，枯索萧瑟，树根被砍出了深深的斧痕，大树将倒。它日渐枯萎的枝叶，散发出了让人震惊的芬芳。

大家到达安疆的卧室，大约是中午。冬末春初，头天下了大雪，雪后又起了风，寒意肆虐。走进安疆的卧室，却是非常温暖。五十多岁的退休护士老吴守在安疆身旁，屋子收拾得非常洁净，有淡淡的茉莉花香，没有一点不洁的气味。安疆睡在她和政委的大床上，靠着边，只占了一个极小的角落。她瘦得如同一张未及染上颜色的皮影，苍白得透明的脸上，只有眼光依然是清澈和温煦的。

"你们来了……你们……好……"安疆吃力地说出这些话，干枯的眼眶因此变得湿润。

每个人都默默地走过来，用口中的热气把手心哈热，搓了又搓，直到手心滚烫才轻轻握握老人的手。安疆的手如同一把枯枝，把干燥的乏力传达给每一个人。

成慕海走过来，有点不好意思。如今他是男人装扮，组里的其他人都熟悉了他的新身份，但自从他恢复原形后，安疆还没见过他呢。

安疆非常宽容地微笑着接纳了他，虽然那微笑只是嘴角的一个微弱的牵动。周云若每次活动之后，都把要点向老人家汇报。"这样……好。"安疆吃力地说。

随着阳光西斜，屋内光线像铅一样沉重起来。大家你看看我，我看看你，彼此用目光打着招呼。传统中，死者为大。在这间屋子里，有一位即将远行的长者，大家都不由自主地压低了声音，怕惊扰了她的安宁。

安疆仿佛睡着了，紧闭着双眼。程远青和组员们走到另一间房屋。老吴把灯打开，明亮的日光灯把整个房间照得如同正午。大家问老吴说："她现在痛苦吗？"

老吴说："基本上没有痛苦，她只是极为衰弱。所有的系统都衰竭了。就像俗话说的，油干灯灭。"

卜珍琪说："她的神志怎样？我看刚才我们进来的时候，她非常清楚。"

老吴说："神志目前没问题。我也不知道这是好运气还是坏运气，癌症病人弥留的时候，基本上会清醒到最后一分钟……"老吴不知道这周围聚拢的人当中，大部分是癌症病人，自顾自讲着。

"是福气。能够掌握自己到最后一分钟，怎么不是好运气呢。"卜珍琪说。她刚做完一种新治疗，身体很虚弱，还是来了。

老吴叹了一口气说："你们能来，对老安像灵芝一样有奇效呢。我护理过的临终病人多了，咽气的时候，就是高干，也没有这么多人围在身旁。老太太有福气，走了不孤独。"

程远青说："我们还有哪些要注意的事？"

老吴说："别在她面前说和她无关的话。我相信每个临走的人，都一直能听到别人在说什么，他们脸上一点表示也没有，那是他们没这份力气了。要一直把她当成一个正常人。"

说得多好！要把一个临死的人当成正常人。是的，死是正常的。

周云若说："我过去看看吧。别把她一个人扔在那儿，奶奶会伤心的。"

过去一看，安疆睡着了。周云若轻声说："要不要我剥一个橘子瓣，一会儿她醒了，给她润润喉咙？"

花岚跟着说："我还带来了纯正的西洋参片，含上一片，回阳救逆很灵的。"说着就开始翻动提包。

卜珍琪说："我有人参。中国人，也许还是吃本国特产的更好。"

大家纷纷找自己带来的补剂和急救药，安疆病重众所周知，都有

329

准备。

这一回，不等老吴表态，程远青就抢先说："安疆已经选择了安然离去，就不必再强行给她喂药和进食。我代安疆谢谢大家了。"

岳评说："程老师，您别生气啊，我有个问题……"

程远青说："有什么尽管说。我不会生气的。"

岳评说："程老师，您也没死过一回，您怎么就知道她不爱吃了呢？您看，《大宅门》那个电视剧里，老太太的大儿子隐名埋姓多少年，好不容易回来看老太太一眼，老太太奄奄一息了。大儿子就愣把一块点心塞在老太太嘴里，说儿子孝敬您老儿……照您说，这就不大对了……"

程远青说："那儿子的心意我能理解，要从老人那方面讲，多此一举。儿子不是为老人着想，是求自己一个心理平衡，觉得我妈临死也吃上了我给的一块点心，心里就稍安一点……"

岳评说："那咱们怎么就知道老太太不会拼着自己难受，也乐意让自己的儿子日后想起来好受点呢？"

程远青说："你这么想也对。只是，我们的组员安疆老人不是电视剧里的老太太，我们也不是她的儿女，不必心存不安。我虽然并没死过一回，但有很确切的研究证明，人在临终状态，生命之火渐渐熄灭，除了极少量的饮水，其他都不需要了。给人一个尊严体面的死法，就是咱们古话里所说的'善终'，尊重她的想法是最好的。咱们和安疆在一个小组，她觉得咱们了解她……"

程远青说到这儿，老吴打断了她的话说："老安和你们这个小组，感情可深了。谁给她来个电话，说说小组的事，那一天她就过节了。以我的经验，垂死的人，并不像咱们正常人那样知道饥渴，他们已经没有这些感受了。别打扰他们，让他们逐渐进入一种安静的弥留状态，就是仁慈和人道。人和病是有一道坎儿。在坎儿这边，人可以受苦，可以希望，受罪值得。过了一段最困难的时光，病魔就败了，人就会慢慢好起来。如果你在坎儿那边，你无论吃多少药，受多少苦，受多少罪，都没了意义。病魔不会退，摇身一变，就成了死神。你所受那些磨难，除了让你觉得生不如死以外，没有别的意思了。这道坎儿，在哪儿竖着，医生不知道，只有病人知道。身体会给你一个信号，你要尊重这个信号。别太相信医生，我一个当护士的说医生的坏话，是不地道的事。但正因为我是护士，我才有资格说这个话。什么人才能当医生呢？都是学习最好的孩子。他们从小就喜欢成功，不愿接受失败。当了医生，他们也把死亡当成失败，觉得高科技怎么能不灵呢？他们不甘心。他们要搏。在我说的那道坎儿之前，是没错的。但过了这道坎儿，就甭这么折腾了。所有的折腾都是泡沫，除了让死亡变得更长和更难以忍受之外，没有效力。不是所有的人都明白这个理，就是当了多少年医生护士的人，也拿不准这一条。我佩服这个老太太，她不是搞医的，也不是干过多少大事的人。可她明白极了，她用这种明白，让自己有了一个尊严的死法。她没有一个亲人，可她能有你们这么一大拨子组员陪着，难得啊！前几天，她体格比现在好些，有时能说一会儿话，我还问她，一不沾亲，二不带故的，你说的这些个组员到了时候，会来陪你吗？她想了一下，说，能来。我说，你认识他们多久了？她说，半年。我说半年的交情够吗？安疆老太太很肯定地说，够。这半年，抵得过我以前几十年！我也不知道小组是干吗的，也不知道你们小组里发生了什么事，反正我没见过这么有主意的老太太，不悲观，不害怕，不怨天尤人，那么从容，那么优雅……真不知她是如何修炼成的？我早想问问她，是练成了这份胸怀，还是天生就是一个把生死看成寻常事的人？我还没来得及问，现在，没机会了……"老吴很遗憾地摇摇头。

程远青和组员们知道答案，他们不说。

程远青说："老吴，谢谢你这样无微不至地照顾安疆，你也是她的亲人。"

老吴有些不好意思地说："老安还真这样说了。所以，我见了你们，也有很亲近的感觉。咱们过去吧，我估计老安可能会清醒一段。回光返照，差不多都有这时光。"

安疆平平地躺在床上，微阖着眼睛。眼皮有点浮肿，使她的脸看起来有些变形，依然是平和的。她的嘴唇很干燥，老吴用一个棉签蘸了温水，轻轻地为她擦拭。死亡就这样慢慢驾临。它冷而强壮，不可一世，用陡峭强直的线条，涂改着人间的温情。

安疆并没有醒来。回光返照的光芒还不知在哪里摇曳着，不肯光临。组员们默默地坐在安疆的周围，好像睡莲的花瓣守候着花心。花心蜷缩着，一刻比一刻缩小。组员们默不作声，空气中有一种奇怪的味道，似麝似檀。在人们以为这是灵魂的香气的时候，才发现是老吴在墙角点燃了一盘名贵的香料。

"这是我的一位朋友从西藏带回的香，用很多名贵草药和香料熬制的。我守候在垂危的病人身边，会点燃这香。对人有一种安抚作用。"老吴低声说。

人们注视着安疆，等待着，等待着那一刻的到来，好似虔诚的观众。这是一场生命结束的演出，安疆是主角。组员们是看客，但每一个人都深知自己有一天一定会成为主角。有幸观摩这样的演出，是机遇和福气，也是残忍和震撼。程远青曾经再三地考虑过是否请所有的组员参加安疆的临终告别，对于这些罹患绝症的人来说，这考验非比寻常。死亡距离比一般人要近很多。思忖的结果是：邀请全组参加。谁认为难以承受，可以不出席。

这是盛典！如今，你难道可以随随便便看到死亡的全过程吗？在以前，比如一百年前，比如五十年前，比如现在某些闭塞的村庄，你可以看到。但是在近几十年的城市，特别是大城市，你看不到死亡。这不是因为死亡减少了，是因为死亡被包装起来了。人们害怕死亡，人们对死亡束手无策，人们把死亡看成可以隐蔽起来的东西。于是人们把死亡转移到了医院，人们用冰冷的白布和铿锵作响的医疗器械，把死亡割裂和包裹，然后直接焚化。人们以为这是科技带给我们的优越和好处，殊不知这违背了人类的天性。人类是害怕孤独的，在生命的最后时刻，没有人愿意被陌生人和金属的亮光包围着，但他们到那时已无法反抗。安疆用自己的思索，为自己创立了一个体面而温暖的死法，这个瘦弱如剪纸一般的老女人，成功地为自己也为他人创建了一个模式。也许，这死亡本身所具有的意义，已超过了她活着的岁月的总和。

人们默默地思索着，思索着自己的生和死。和以往的小组活动不同，这一次的活动静寂无声。思索和顿悟都是在沉默中孕育，当你以为什么都没有发生的时候，一个思想的婴儿已然在血泊中啼哭。

静默，在场的连带老吴，是十一个人。木所长有一个重要会议，暂时还来不了。一个人躺着十个人坐着。躺着的那个人，目前她还能被称为是一个人，再过一会儿，就要以另外的名字称呼她了。十个人坐着，分明感到一位没有受到邀请的客人已经走进了房间。他无声无息，但你感觉到他在房间的每一个角落抚摸。他是安静的，不慌不忙的。他只取走他想要的东西，对于他目前还不想染指的东西，淡然处之。他就坐在人们之间，打量着大家，也许在暗自掐算着下一个目的地是哪里。

人们和这不请自来的客人共居一室。他冰冷而颀长的手指，从人们的头顶温柔地掠过，弄乱了大家的头发，抹湿了大家的鬓角，捏了捏大家的心脏，让它们扑腾扑腾乱跳了几下，牛刀小试之后就轻轻地放开了，径直走到床边，看着那垂死的老女人。

人们看到安疆的身体猛然搐动了一下，大家都相信安疆感知到了自己最后时刻的到来。死神如同一支抽吸酸奶的透明吸管，插入了安疆的身体。他把她的精神带走了，剩下了她的躯壳。周云若俯下身来，凑在安疆的脸上。少女的杏色身体，犹如精致的小提琴。老女人的皮肤如同风干的肥皂，沟纹皱褶，几乎裂开。这强烈的对比，让人无以承受。

安疆的呼吸越来越缓慢，如同叹息。安疆的心跳微弱到好似一只甲虫的蠕动，即使经验丰富的老吴，也已探索不到了。安疆的皮肤迅速地退掉所有的颜色，仿佛切下的蜡片。安疆的眼帘再也没有打开，一扇苍老的百叶窗永远地关闭了。

没有回光返照。安疆就这样安静得仿佛空气一般平静地走了。死亡被她演绎成了一泓秋水，在这冬末春初的夜里。

人们走过去，一一握住安疆渐渐冷下去的手。她的手可真小啊，如同一只空的儿童手套。人们轻轻地附在安疆的耳边，说出心中的祝福。

周云若轻轻地说："安奶奶，我知道你走了，到一个遥远的地方。我以后也会到那里去，我会去找你玩。在我还没去的日子里，你要多多保重你自己。如果你听到了我的话，你能让灯光暗一下吗？"

周云若的声音很轻很轻，但所有的人都听到了。于是人们清楚地看到屋内的灯光猛地暗了下去，好像有一个大功率的电子设备启动。还没等人们的惊呼出口，灯光就恢复了原样，怯怯地，像极了安疆生前时的谦和，好像是为刚才的举动道歉。

门嘭地一声开了，把大家吓得不轻。一身寒气的木所长闯了进来，一看老人的气色，就知道已然晚了。

"哎呀，你为什么就不等等我？生我的气了？您听我解释，这个会不能不开，我是个好军人，你不是不知道。这关系到干休所上百老干部的福利事，您原谅我吧！再说啦，咱们还有一个约定呢，您让我给您做翻译，我紧赶慢赶的，就是要完成您的这个心愿。您让我白跑一趟，是不是？您看，您的小组的同志们还等在这里呢，您就没有个临终遗言什么的？你不说出来，将来找不到我这样的翻译了呢！"木所长自说自话，捶胸顿足。

然而，其后发生的事，大家可都真真切切地看到了。安疆老人的右眼，轻轻地眨了三下。幅度之轻微，简直不能说是通常意义上的眨眼，只是右眼皮的轻轻抖动。

扑在安疆床边的木所长抬起身子，五大三粗的汉子泪眼婆娑。他说："看到了吗？眨右眼！"

大家说："看到了。三下。"是的，所有的人都看到了，不知是什么意思。

木所长说："安疆告诉过我，她的意思是——她很幸福……"

安疆的身体如同燃尽了却不肯倒下的香灰，不堪一击而又神圣庄严。她的精神在空中俯瞰着人们，充满了平静与欢愉。现在，一切都过去了。她已经彻底地从人生的苦难和病痛的折磨中走了出来，带着她最后完成的自尊，无憾地走向宇宙的另一端，去领受她应得的那一份幸福和快乐。

无声的眼泪在众人的脸上流淌。什么是幸福呢？在珍爱你懂得你的亲人中间，远行，这就是所有幸福中最永恒的一种。

安疆的后事就由木所长和老吴操办，程远青就带领大家走出了安疆的家。

冬末春初，白天刮风，到了晚上，风停了。

天空湛蓝，无数闪亮的星星，从高渺的空间俯视着人寰。干休所有个小小的花园，一些石头凳，围成一个不很规则的圆形。旁边竖着黄黄的路灯。程远青几天前来看望安疆的时候，就选下了这个地方。

大地回暖，有汹涌的热气从地心向上涌动，春天毕竟挡不住地来了。

大家的心情很复杂，谁都不说话。目睹一位亲密组员的死亡，心中的涟漪久久不能平静。

程远青说："这是我们最后的一次小组活动。我很高兴，安疆参加了这次活动，并给了我们无比宝贵的启示。我现在请大家抬起头来……"

在宝蓝色的天空中，有无数星斗。程远青说："看到了什么？"

花岚紧紧自己的风衣说："您是想让我们看到一颗流星，请我们记住这就是安疆给我们留下的财富？"

程远青说："哦，我没有看到流星。我也不相信地上消失一个人，天上就消失一颗星星的说法。我只是想让大家看一眼单纯的星空。看到银河了吗？"

大家说："看到了。"

程远青说："我可要考考你们了。谁知道太阳系是由多少颗星星组成？"

应春草说："这我知道。九大行星，加上太阳。太阳算不算星星呢？"

大家说："当然要算啦！咱们看太阳很大，其实如果在别的星球上看太阳，也不过是一颗普通的星。"

程远青说："我喜欢'普通'这个词。太阳系是属于哪里的？"

大家说："程老师，你不教心理学，改教天体物理了，是吗？"

程远青说："别打岔啊。知道吗？"

鹿路说："这谁不知道啊。属于银河系啊。"

程远青说："大家抬起头来，再看看银河系吧。"

浩瀚的银河系波光粼粼，在春天上升的蜃气中影影绰绰地浮动着，无数星光汇合成无声的波涛，横过九天。璀璨的星光有一种摄人魂魄的魅力。这是一种更浩瀚的生命对另一种短暂生命的浸润，当这种浸润阔大无边的时候，奇迹就要出现了。

大家一时屏气息声，为之怆然。程远青说："谁知道银河系是由多少颗星星组成的？"

大家你看看我，我看看你。向来程博士在这一连串的问题之后，必有一个令人动容的结论。于是没有太大把握的人，就不敢贸然回答。

卜珍琪说："我记得是两千多亿颗恒星，像地球这样的行星，就不知有多少亿颗了。"

程远青嘉许地说："对。很对。那我现在再问最后一个问题，在无限膨胀的宇宙中，人类已经发现了多少个规模如同银河系这样的星系？"

这就更难回答了。静默片刻之后，成纛海说："我看到过一组数据，记得不太清晰了，好像是说据人类已经观测到的数据，在宇宙中，像银河系这样的星系，被简称为河外星系，已经发现了一百亿以上。"

程远青说："成纛海你不必谦虚，完全正确。是的，一百亿以上的河外星系。这样，大家就可以算一笔账了，我们每个人的生命是如何地渺小和短暂啊。面对浩瀚无穷的宇宙，我们可以做些什么？"

大家抬起头来，久久地凝望星空。

程远青发给大家每人一张白纸，说："现在，我们来做最后一次答题，它的名字叫'生命线'。在纸的左面写上你出生的年月，然后你向右延伸，把你一生的大事记标在这根线上，把你一生想干而还未来得及做的事，也写在这条线上。好吧，开始画吧。"

程远青看着她的组员们俯下身子，以膝代案，忙碌地画起来。她看到组员们的大脑一一活动起来，犹如停电过后恢复照明的城市，一盏一盏地亮起了璀璨的街灯。

每个组员，都很认真。在这条曲折的线上，人们都画出了一个显著的顿挫，标明乳腺癌，一如标明自己的上学、获奖、恋爱、婚姻、生育的年份，然后，他们沉思着，写下对自己未来岁月的设计。

这是一些独特的人。这是一些千疮百孔而又无比复杂的身体，它们比世界上的其他很多身体，都要饱经磨难。有很多奇怪的科学产品注入其中，被打过若干的孔，剔开了若干的缝隙，割裂了若干的口子，缝进了若干的线头。大脑思索的轨迹里程，比起一般人，也要漫长很多。从这个意义上讲，这些大脑和这些身体，都是无与伦比的宝贵。

程远青轻轻走动着，一一看过去。在生命线的右侧延长线上，大家标出自己的理想。有人要读博士，有人要当部长，有人要生养孩子，有人要写一部小说……那些线延伸着，没有尽头……

按照小组的规则，组长是不参加这类具体测试的。但这一次，程远青给了自己一个例外。她在想象中画了一条笔直的生命线。那上面，浓缩了自己的前半生，失败的婚姻和艰苦卓绝的学习……在线的前方，并不很远的地方，她标出了自己的理想——开办中国的癌症心理研究所。

天蓝似海，树直参天。路灯暖得孤独凄凉，雪地也被渲染成棕色。水凝成雪，走过多么遥远崎岖的路。在酷暑中蒸发，在严寒中链接。被无数乌云折磨和裹胁，被风暴鞭笞和戏耍。雪花会心一笑，自九天降下，把如玉的花瓣在枯枝上粉碎了，粉末溅落在人们的发丝上。死亡欢欣地协助了生命的诞生。这个过程是如此地壮丽，如此地波澜壮阔，它漫无边际地涌动过来，淹没了落叶飘浮的残息。

雪化了，变成了泪。泪被温暖的风吹干了，雪就变成了春天。